C. S. Harris, auch bekannt als Candice Proctor und C. S. Graham, ist die USA-TODAY-Bestsellerautorin von mehr als zwei Dutzend Romanen, darunter die historische Krimi-Bestsellerserie rund um Sebastian St. Cyr. Als ehemalige Akademikerin mit einem Doktortitel in europäischer Geschichte hat Candice einen Großteil ihres Lebens im Ausland verbracht und in Spanien, Griechenland, England, Frankreich, Jordanien und Australien gelebt. Heute wohnt sie zusammen mit ihrem Ehemann, dem pensionierten Armeeoffizier Steven Harris, in New Orleans, Louisiana.

DIE GRÄBER VON TANFIELD HILL

Ein Sebastian St. Cyr Krimi

C.S. HARRIS

Deutsche Erstausgabe Oktober 2021

© 2021 dp Verlag, ein Imprint der dp DIGITAL PUBLISHERS GmbH

Made in Stuttgart with ♥
Alle Rechte vorbehalten

Die Gräber von Tanfield Hill

ISBN 978-3-98637-102-9
E-Book-ISBN 978-3-96817-879-0

Copyright © 2009 by The Two Tallers, LLC
Titel des englischen Originals: What Remains of Heaven

Published by Arrangement with TWO TALERS LLC.

Dieses Werk wurde vermittelt durch die Literarische Agentur
Thomas Schlück GmbH, 30161 Hannover.

Übersetzt von: Angelika Lauriel
Covergestaltung: Buchgewand
Umschlaggestaltung: Buchgewand
Unter Verwendung von Abbildungen von
shutterstock.com: © Kevin Eaves
depositphotos.com: © releon8211
stock.adobe..com: © smartin69, © rodjulian
Korrektorat: Dorothee Scheuch
Satz: dp DIGITAL PUBLISHERS GmbH
Druck und Bindung: Books on Demand GmbH, Norderstedt

Das Werk darf – auch teilweise – nur mit
Genehmigung des Verlages wiedergegeben werden.

*Für meine Töchter
Samantha und Danielle*

EIN Mord macht den Mann zum Schurken,
MILLIONEN Morde machen ihn zum Helden: Herr-
scher haben das Privileg
Zu töten, und die schiere Zahl heiligt das Verbrechen.
Ach! Warum vergessen Könige, dass sie Menschen
sind?
Und Männer, dass sie Brüder sind? Warum Vergnügen
ziehen
Aus MENSCHENOPFERN? Warum sprengen sie die
Bande
Der Natur, die ihre Seelen doch verweben sollten
In einem zarten Bündnis aus Liebe und Freundschaft?
Und doch atmen sie Zerstörung, ziehen weiter voran,
Erfindungsreich im Unmenschlichen, auf der Suche
nach
Neuer Pein fürs Leben, neuem Schrecken fürs Grab,
Handlanger des Todes! Immer noch träumen Monar-
chen
Vom ewigen Reich, erwachsend aus
Ewigem Ruin. Zerschmettre das Hirngespinst
Herr der Heerscharen, lass deine Kreaturen nicht wer-
den
Zu unbetrauerten Opfern von des Ehrgeizes Schrein!

- Aus »Death: A Poetical Essay« von Dr. Beilby Porte-
ous, Bischof von London 1789-1809, The Cambridge In-
telligencer (14. September 1793), ins Deutsche übertra-
gen von Angelika Lauriel

Kapitel 1

Tanfield Hill, Dienstag, 7. Juli 1812

Es hatte wenig Würde, wie Reverend Malcolm Earnshaw nach Luft schnappen musste, als er von der Hauptstraße des Dorfes auf den Kirchhof abbog und mit ausholenden Schritten durch das hochgewachsene Gras eilte. Er war ein kleiner, plumper Mann mittleren Alters, dessen spärliches Haar bereits ergraute, und bewegte sich auf steifen Knien. Als er aufblickte, sah er den Glockenturm der Dorfkirche als dunkle Silhouette vor dem weißen Abendhimmel und unterdrückte ein Stöhnen.

»Was habe ich getan? Was habe ich nur getan?«, murmelte er in einer Art Singsang vor sich hin. Er hätte sich nicht so lange bei der alten Misses Cummings aufhalten dürfen. Ja, die Frau lag im Sterben, aber er hatte getan, was er vermochte, um ihr das Ableben zu erleichtern, und man ließ den Bischof von London nicht warten – besonders nicht, wenn man als niedriger Diener der Kirche der bischöflichen Familie seinen Lebensunterhalt verdankte.

Atemlos und von der Eile erhitzt erreichte der Reverend den Kiespfad vor der Kirche. Die kleinen Steine knirschten unter seinen Ledersohlen, als er den Schritt verhielt. »Gütiger Himmel«, flüsterte er, und sein Kinn sackte beim Anblick der bischöflichen Kutsche herunter. Der Kutscher döste auf dem Kutschbock vor sich hin. »Er ist schon da.«

Earnshaw schluckte mühsam und ließ suchend die Blicke über den altertümlichen Kirchhof streifen. Trotz der länger werdenden Schatten waren die gezackten Steinhaufen und die alten Holzbalken gut zu erkennen, die nach der Zerstörung des Beinhauses noch übrig waren, welches einst an der Nordmauer des Chors gestanden hatte. Nur Bischof Prescott war nirgends zu sehen.

Der Reverend zögerte. In ihm kämpfte der Drang, voranzueilen, gegen den feigen Wunsch, in die Sakristei zu hasten, um eine Laterne zu holen. Er lief weiter, und das Herz schlug ihm schmerzhaft in der Brust, als er sich dem klaffenden Loch näherte. Die Arbeiter waren an diesem Nachmittag versehentlich durch die dünne Backsteinmauer gebrochen. Die Mauer hatte eine vergessene Treppe verborgen, deren abgetretene Steinstufen in eine alte Krypta hinabführten. Die war sogar noch weit älter als das ehrwürdige normannische Hauptschiff darüber.

In den zehn Jahren, seit er hier in St. Margaret's Priester war, hatte Malcolm Earnshaw vage Gerüchte über eine Krypta gehört, die Jahrzehnte zuvor aus Gründen der allgemeinen Gesundheit versiegelt worden war. Doch nichts, was dem Reverend zu Ohren gekommen war, hatte ihn auf die grauenhafte Entdeckung der Arbeiter vorbereitet.

Er zog sein Schnäuztuch aus der Tasche und presste sich das Leinen gegen Mund und Nase, als die faule Luft der Krypta ihm entgegenwaberte. Er war jetzt nahe genug heran, um auf den abgetretenen Stufen den Schein des Laternenlichts zu sehen, das von unten heraufschien. Der Bischof war tatsächlich bereits vor ihm hinuntergestiegen.

Earnshaw zögerte erneut, dieses Mal nicht aus Unschlüssigkeit, sondern aus Zurückhaltung ob des Schreckens, der ihn dort unten erwartete. Die Bibel lehrte, dass die Trompeten erschallen und die Toten unversehrt erweckt werden sollten. Und in Ezechiel stand geschrieben, dass Gott das Fleisch auf die Knochen der Toten legen und ihnen den Lebensodem einhauchen werde. Das wusste Earnshaw. Und doch stand er hier und zitterte bei der Unumgänglichkeit, sich wieder diesem Anblick zu stellen, der aus den schlimmsten Visionen von Dantes *Inferno* heraufbeschworen schien.

Er griff nach dem rostigen Geländer, das auf einer Seite der Treppe verlief, und stolperte die schattigen Stufen hinunter, dem flackernden Licht entgegen. »Ich muss Euch untertänigst um Verzeihung bitten, Bischof Prescott«, begann er, und seine Stimme hallte in dem düsteren Gewölbe wider. »Ich hoffe sehr, ich habe Euch nicht zu lange warten lassen?«

Die bedrückende Stille der Krypta schloss sich um ihn. Der Raum war aus grob gehauenen Steinen und Kalkmörtel erbaut worden. Die niedrige Gewölbedecke, die von angeschlagenen Säulen getragen wurde, erstreckte sich vor ihm gleich schattenhaften Phalangen des Todes über bogenförmige Seitenschiffe hinweg bis weit in die Tiefe. Unter fast jedem Bogen hatte man Särge in mehreren Stapeln zu je fünf oder sechs Stück in die Seitenschiffe gepresst. Das von Gewicht und Druck verzogene und gesplitterte Holz gab hier und da den Blick auf grabgeschwärzte Überreste zerfledderter Kleidung und den einen oder anderen unverkennbaren, bleichen Schimmer eines Schädels oder länglichen Knochens frei.

Doch diese sauberen Zeichen der Zeit waren die Ausnahme. Was den Reverend weit mehr entsetzte und ihn zwang, die Hand fester um das Treppengeländer zu schließen, war die Art und Weise, wie die trockene Luft in Verbindung mit der hohen Konzentration an Kalk die meisten Grabmale konserviert hatte. Allzu oft ragte aus diesen zusammengedrückten Grabstätten ein Arm oder ein Bein hervor, welche noch immer als menschlich zu erkennen waren. Oder er erblickte ein haariges, alptraumhaftes Antlitz, das mit seiner geschrumpften Haut und den Verfärbungen an eine Mumie aus Ägypten erinnerte.

»Bischof Prescott?«, rief Earnshaw erneut mit zitternder Stimme. Durch das Licht der Laterne irregeführt, hatte er sich offenbar darin getäuscht, sogleich hierher zu kommen. Der Bischof musste die Lampe schlicht in der Krypta stehengelassen haben und zurück in die Sakristei gegangen sein, um auf ihn zu warten.

Von seinem Irrtum entsetzt, wandte Earnshaw sich gerade wieder zur Treppe um, da fiel sein Blick auf das andere Ende der Krypta. Ein Mann lag mit dem Gesicht nach unten neben der letzten antiken, spiralförmig gewundenen Säule. Allerdings war dies keine alte, ausgetrocknete Leiche, die aus ihrem zerbrochenen Sarg gefallen war.

»*Bischof Prescott*«, keuchte Earnshaw, der nun die großgewachsene, magere Gestalt, den purpurroten Rock und das dünne, weiße, ungewöhnlich lange Haar wiedererkannte.

Der Reverend taumelte zu der Stelle, an der der Bischof lag, den Kopf leicht zur Seite gedreht. Seine blassgrauen, aufgerissenen Augen starrten blicklos ins Leere. Unter der verdeckten, zerschmetterten Seite seines Kopfes hervor rann langsam ein breiter werdendes, dunkles Rinnsal aus Blut über den antiken Steinboden.

Kapitel 2

Der Rundsaal in Carlton House war ein innenliegendes Privatgemach, das nur den intimsten Freunden Seiner Königlichen Hoheit, des Prinzregenten George, vorbehalten war. Hier versammelten sich bis spät in die Nacht die Privilegierten, denen Einlass gewährt war, und tranken inmitten des Glanzes der kristallenen Kronlüster und der blauen Seide, mit der, römischen Zelten nachempfunden, die Wände bespannt waren, ihren Wein, lauschten musikalischen Darbietungen und aalten sich in all den Vorzügen, die es mit sich brachte, in der königlichen Gunst zu stehen.

Heute Abend war der Prinz jedoch gereizter Stimmung, und seine volle, fast feminin anmutende Unterlippe schob sich trotzig vor. »Wie ich hörte, beabsichtigt der Bischof von London, am Donnerstag im House of Lords eine Rede gegen die Sklaverei zu halten«, sagte der Regent und verlangte mit einem Fingerschnippen nach einer weiteren Flasche.

Der Prinz war einst ein ansehnlicher Mann gewesen. Doch jetzt, in seinen Fünfzigern, hatte sein Leben der übermäßigen Hingabe an verschiedenste fleischliche Gelüste seine Spuren hinterlassen. Sein Gesicht war gerötet, die Züge verwaschen, und nicht einmal die Fähigkeiten der besten Schneider Londons – oder das Tragen festgeschnürter, starrer Korsetts – konnten seine Korpulenz überspielen.

Seine Korsettstangen knarrten gefährlich, als der Regent sich umdrehte, um seinem Vetter Charles Lord Jarvis einen finsteren Blick zuzuwerfen. Dieser agierte als allseits anerkannte Macht im Hintergrund des Prinzen und seiner zerbrechlichen Regentschaft. »Was sagt Ihr, Jarvis? Sicherlich gibt es eine Möglichkeit, ihn aufzuhalten?«

Sein Vetter Jarvis war ebenfalls ein großer, beleibter Mann, der im Stehen 183 Zentimeter maß. Allein seine Größe hätte bereits beeindruckend gewirkt. Doch es war die Mischung aus ehrfurchtgebietendem Intellekt, seiner außerordentlichen Skrupellosigkeit und einer wahren Hingabe an König und Vaterland, die ihn zum mächtigsten Mann der Monarchie hatten werden lassen. Er nahm sich Zeit für einen Schluck seines Weines, bevor er antwortete: »Ich sehe kaum eine andere Möglichkeit, als ihn zu töten.«

Ein nervöses Kichern lief durch die Reihe der Männer, die nahe genug standen, um seine Worte zu hören. Jeder wusste, dass Menschen, die Jarvis als seine Feinde betrachtete – oder einfach als unbequem – die hässliche Gewohnheit hatten, tot zu enden.

Die Schmollgrimasse Seiner Hoheit vertiefte sich noch. Einer seiner Vertrauten – ein schlanker Höfling mit dem Gesicht eines Habichts namens Lord Quillian – zog eine Braue hoch und sagte: »Der Mann ist verflucht noch mal auf einem Kreuzzug. Fühlt Ihr Euch davon nicht beunruhigt?«

Jarvis ließ mit seinem Finger nachlässig eine goldene Schnupftabakdose aufschnappen. »Sollte ich das Eurer Meinung nach?«

»Wenn man bedenkt, dass Prescott vor fünf Jahren maßgeblich für diesen *Slave Trade Act*, das Gesetz zur Abschaffung des Sklavenhandels, verantwortlich war, würde ich das allerdings sagen, ja. In diesem Land wachsen frömmlerische Bestrebungen heran, kombiniert mit einer gefühlsduseligen Empfindsamkeit, die mich besorgen.«

»Es ist einfach, die Abschaffung der Sklaverei in der Theorie zu unterstützen.« Jarvis hob eine Prise Tabak an seine Nase und schnupfte. »In der Praxis werden die Dinge jedoch erheblich komplizierter.«

Eine Bewegung an der Tür erregte Jarvis' Aufmerksamkeit. Ein großer, militärisch wirkender Mann in einem Reitmantel und Stulpstiefeln sprach leise mit den Lakaien, dann durchmaß er den Raum zu Lord Jarvis und flüsterte ihm ins Ohr.

»Entschuldigt mich, Eure Hoheit«, sagte der mächtige Vetter des Königs und verbeugte sich. »Ich werde in einem Augenblick zurück sein.«

Sie zogen sich in einen verborgenen Alkoven zurück, und Jarvis schnappte: »Was gibt es?«

Der große, militärisch aussehende Gentleman, ein ehemaliger Hauptmann des Neunten Regiments, lächelte. »Der Bischof von London ist tot.«

Im kühlen Licht des frühen Morgens ritten Vater und Sohn einmütig nebeneinander auf ihren im Schritt gehenden Pferden durch den Hyde Park. Hier und da hingen noch zarte Nebelschleier zwischen den Bäumen, doch die stärker werdende Sonne brannte den vom nahegelegenen Fluss aufsteigenden Nebel weg.

»Es ist jetzt zwei Monate her, dass Perceval erschossen wurde«, grummelte Alistair James St. Cyr, fünfter Earl of Hendon. Mit seiner Trommel von einem Bauch, seinem dichten weißen Haarschopf und den lebhaften, blauen Augen gab der Earl auf seinem grauen Wallach das Bild eines stattlichen Mannes von sechsundsechzig Jahren ab. »Zwei Monate!«, wiederholte er, als sein Sohn nichts dazu sagte. »Und Liverpool agiert noch immer wie ein inkompetenter Hinterbänkler und nicht wie ein Premierminister. So kann es nicht weitergehen. Wir liegen schon mit halb Europa im Krieg. Nicht mehr lange, und die verfluchten Amerikaner greifen Kanada an, du wirst sehen.«

Sebastian Viscount Devlin, der einzige noch lebende Sohn und damit Erbe des Earls, saß auf seiner hübschen schwarzen Araberstute, die er in seinen Jahren als Offizier der Army erworben hatte, und senkte den Kopf, um ein Lächeln zu verbergen. Der Viscount war sogar noch größer als sein Vater, dazu schlank, dunkelhaarig und mit ungewöhnlichen, gelb und katzenartig wirkenden Augen gesegnet. »Nun, *du* hast die Einladung des Regenten zur Regierungsbildung abgelehnt«, sagte er.

»Das will ich doch meinen«, sagte der Earl, der seit drei Jahren die Position des Schatzkanzlers bekleidete. »Warum sollte ich meine Tage damit zubringen, mit Jarvis um die Loyalität meines Kabinetts zu konkurrieren? Früher hätte man mich vielleicht dazu überreden können. Aber heutzutage nicht mehr.«

»Ich hätte angenommen, dass du diese Gelegenheit ergreifen würdest«, sagte Sebastian. »Und sei es nur, um Jarvis eins auszuwischen.« Der gefürchtete, fast unheimlich allmächtige Vetter des Königs schüchterte die meisten Männer ein, nicht jedoch Hendon. Die beiden lagen bereits miteinander im Streit, solange Sebastian sich zurück erinnern konnte. So mächtig Jarvis jedoch war, würde er doch niemals selbst eine Regierung bilden. Der große Mann zog es vor, seine Autorität diskret – und effektiver – aus den Schatten heraus auszuüben.

Hendon stieß kräftig den Atem aus. »Ich werde wohl alt. Ich habe Besseres mit meiner Zeit zu tun, finde ich.«

Sebastian zog eine Augenbraue hoch.

»Du hast mich richtig verstanden«, sagte Hendon. »Ich würde meine verbliebenen Jahre gern umgeben von einer Schar Enkel verleben. Unglücklicherweise hat sich mein einziger lebender Sohn noch nicht dazu bereit erklärt, mir welche zu schenken.«

»Du hast bereits einen Enkel. Und eine Enkelin.«

»Bayard?« Hendon tat die Kinder seiner einzigen legitimen Tochter, Amanda, mit einem Winken seiner Hand ab. »Bayard ist ein Wilcox und noch dazu fast so verrückt wie sein Vater, nebenbei bemerkt. Ich rede von Enkelsöhnen der St. Cyrs. Von denen, die nur du mir schenken kannst. Erben. Du bist jetzt fast dreißig Jahre alt, Sebastian. Es ist höchste Zeit, dass du dich niederlässt und eine Familie gründest.«

Sebastian blickte starr auf die Stelle zwischen den Ohren seines Pferdes und sagte nichts. Die Entfremdung, die sich im vergangenen Herbst zwischen Vater und Sohn gebildet hatte, war in den letzten paar

Wochen zwar geringer geworden, aber Hendon begab sich gerade auf gefährliches Terrain.

Für eine Weile herrschte angespanntes Schweigen, dann gab der Earl ein Schnauben von sich. Seine Augen verengten sich, als er durch den Park blickte. »Wie ich sehe, hältst du dir noch immer diesen impertinenten Taschendieb als Laufburschen.«

Sebastian folgte dem Blick seines Vaters und sah einen Jungen mit spitzem Gesicht, der in die Livree des Hauses Devlin gekleidet war und ungeschickt auf einem von Sebastians Kutschgäulen heranritt. Er reckte einen Ellbogen himmelwärts, um seine Mütze an Ort und Stelle zu halten. »Was zum Teufel?«

Tom, Sebastians junger Bursche, lenkte sein Pferd neben sie. Er war dreizehn Jahre alt, sah mit seinem Zahnlückengrinsen und der schmalen Gestalt aber jünger aus. Mit einem Kopfnicken in Hendons Richtung sagte er atemlos: »Ich bitt' um Entschuldigung, Eure Lordschaft.« Er wandte sich an Sebastian. »Meister, in der Brook Street is Besuch für Euch. Eure Tante, die Herzogin von Claiborne, und der Erzbischof von Canterbury!«

Devlin sagte: »Der Erzbischof von Canterbury?«

»Henrietta?«, sagte sein Vater, dessen Augen sich ungläubig weiteten. »Um diese Uhrzeit?« Die Herzogin von Claiborne war dafür bekannt, dass sie das Bett nie vor Mittag verließ. Hendon schnaufte. »Der Junge ist offensichtlich besoffen.«

»Ich hab nich getrunken«, sagte Tom und zügelte sein Pferd. »Es is ehrlich Ihre Ehren, sie sitzt mit dem Erzbischof selbst im Salon.«

Hendons misstrauisches Stirnrunzeln vertiefte sich noch. »Ich habe zuletzt gehört, dass Erzbischof Moore sozusagen auf der Schwelle zum Tod stünde. Nun, Jarvis zieht im Hintergrund schon die Strippen bezüglich seines Amtsnachfolgers.«

»Na, so richtig propper sieht er nich aus, das is mal klar«, stimmte Tom zu. »Aber ich schätz, das kann man erwarten, wenn man bedenkt, was ihm passiert is.«

»Was ist denn passiert?«, fragte Sebastian.

»Na, da is einer hin und hat den Bischof von London gekillt. Gestern Abend, in der Krypta von soner Kirche in der Nähe von Hounslow Heath.«

Kapitel 3

Neben einem bescheidenen Anwesen in Hampshire, das ihm eine unverheiratete Großtante vermacht hatte, besaß Sebastian ein elegantes kleines Stadthaus mit Erkerfront in der Brook Street. Sein immer etwas leidender Majordomus Morey empfing ihn mit einem tiefen Diener an der Tür. »Der Erzbischof von Canterbury und die Herzogin von Claiborne erwarten Euch im Salon, Mylord.«

»Großer Gott.« Sebastian übergab dem Majordomus seine Reitgerte, den Hut und die Handschuhe. »Dann stimmt es also.«

Morey verbeugte sich erneut. »Ja, Mylord. Ich habe mir die Freiheit erlaubt, Tee anzubieten, doch Ihre Ladyschaft lehnte ab.«

Sebastian stieg, zwei Stufen auf einmal nehmend, die Treppe zum ersten Stockwerk hinauf, wo er im Salon auf seine Tante Henrietta traf. Sie hatte sich auf einem der edlen Stühle neben dem Bogenfenster des Salons niedergelassen. Ihr gegenüber saß ein grauhaariger, klapperdürrer Geistlicher mit dem blassen Teint eines Mannes, der ein finales Stadium der Schwindsucht erreicht hatte. Seine Tante und der Erzbischof von Canterbury waren gute, alte Freunde. Sebastian wusste, dass das anhaltende Leiden des Erzbischofs, das ihn nun dem Tode entgegenführte, seiner Tante erheblichen Kummer bereitete.

»Ich bitte um Verzeihung, dass ich in dieser Aufmachung zu Euch komme«, sagte Sebastian. »Aber soweit ich es verstanden habe, ist der Grund Eures Besuchs dringlich.«

Erzbischof John Moore streckte seine dünne, von blauen Adern überzogene Hand aus. Sie zitterte sichtlich. »Und ich entschuldige mich dafür, dass wir Euch genötigt haben, Euren Morgenausritt abzubrechen. Verzeiht, wenn ich mich nicht erhebe.«

Sebastian verbeugte sich tief über die gebrechliche Hand des Erzbischofs, dann drehte er sich um und küsste die Wange seiner Tante. »Soll ich nach Tee klingeln?«

»Ich habe heute Morgen bereits ausreichend Tee gehabt«, sagte Tante Henrietta mit einem wenig damenhaften Schnauben. »Was ich jetzt brauche, ist ein Brandy.«

Die Dowager Duchess of Claiborne war fünf Jahre älter als ihr Bruder Hendon und galt als eine der großen alten Damen der feinen Gesellschaft. Ebenso robust gebaut wie ihr Bruder, besaß sie Hendons breites, fleischiges Gesicht und die leuchtend blauen Augen der St. Cyrs. An diesem Morgen wirkte sie ausgesprochen erschöpft, und Sebastian kam in den Sinn, dass sie so früh bereits ausgegangen war, weil sie es noch gar nicht in ihr Bett geschafft hatte.

»Du hast doch Brandy im Hause, oder nicht?«, sagte sie scharf, als er zögerte.

Sebastian warf Erzbischof Moore einen fragenden Blick zu.

»Brandy hört sich nach einer wunderbaren Idee an«, sagte der Erzbischof mit einem zittrigen Lächeln.

»Ich gehe davon aus, dass du bereits vom Tod des Bischofs von London gehört hast?«, sagte Henrietta.

»Just vor wenigen Augenblicken.«

Der Erzbischof räusperte sich. »Allem Anschein nach hat ihm heute Nacht jemand in der Krypta der St. Margaret's-Kirche in Tanfield Hill den Schädel eingeschlagen.«

Sebastian goss Brandy in drei Gläser und fragte sich insgeheim, was das mit ihm persönlich zu tun hatte.

»Die Krypta war über Jahrzehnte verschlossen«, sagte der Erzbischof, als Sebastian ihm ein Glas reichte. »Meines Wissens hatten die Gerüche dieser Räumlichkeiten Einfluss auf die Benutzung der Kirche und riefen die Sorge vor Krankheit hervor. Es wurde beschlossen, die Krypta zuzumauern.«

Sebastian hatte die Praxis, Särge in offenen Krypten übereinander zu stapeln, seinerseits immer bizarr, wenn nicht gar barbarisch empfunden. Diese Ansicht behielt er allerdings für sich. Er reichte seiner Tante ihren Brandy und sagte: »Wenn die Krypta verschlossen war, wieso war der Bischof dann dort unten?«

»Arbeiter sind gestern versehentlich durch den mit Backsteinen verschlossenen Eingang gebrochen und haben eine unangenehme Entdeckung gemacht«, sagte der Erzbischof. »Aufgrund der enormen Skandalträchtigkeit ihres Fundes hielt der Reverend es für das Beste, sogleich Bischof Prescott mit einzubeziehen.«

Sebastian ging zum Kamin und lehnte sich gegen die Umrandung. »Skandal? Wieso das?«

»Wegen des Leichnams.«

Sebastian hielt sein Glas auf halbem Weg zu seinem Mund in der Luft. »Leichnam?«

»Der Tote in der Krypta«, sagte seine Tante in einem Ton, als würde er sich bewusst begriffsstutzig gebärden.

Sebastian nahm einen Schluck Brandy und erschauerte. Er hatte einen ziemlichen Ruf, viel zu trinken und ein wildes Leben zu führen, aber halb acht Uhr morgens war selbst für ihn ein bisschen früh für den Genuss von Brandy. »Ich stelle mir vor, dass es in der Krypta von St. Margaret wohl eine beachtliche Zahl Toter geben muss. Sie stammt aus – welcher Zeit? Dem zwölften Jahrhundert?«

»Tatsächlich ist die Krypta sogar noch älter als die Kirche«, sagte der Erzbischof. »Sie stammt bereits aus der Zeit der Angelsachsen.«

»Also Hunderte von Toten«, sagte Sebastian, »wenn nicht sogar über tausend.«

Henrietta beugte sich vor, ihr Brandyglas vorsichtig mit der Hand balancierend. »Der Leichnam, den die Arbeiter fanden, war keiner der Bestatteten, Sebastian. Der Mann ist ganz offensichtlich dort unten ermordet worden.« Sie senkte die Stimme. »Bereits bevor die Krypta versiegelt wurde. Er wurde hinter einer der Säulen auf dem Boden ausgestreckt gefunden. *Mit einem Messer im Rücken.*«

Sebastian blickte von seiner Tante zum Erzbischof. »Entschuldigt, Eure Gnaden, aber ... Warum seid Ihr hergekommen, mir das zu berichten?«

»Du weißt doch sehr genau, weshalb wir hier sind, Sebastian«, schnappte seine Tante. »Wir sind hier, weil der Erzbischof wünscht, dass du die Mordfälle löst.«

»Warum?«

»Warum?«, echote sie indigniert. »Was meinst du mit der Frage? Natürlich, weil du so etwas gut kannst.«

Sebastian stand reglos da. Er hatte bereits befürchtet, dass dies käme. »Ich habe Verständnis dafür, wenn der örtliche Untersuchungsrichter durch diese Angelegenheit überfordert ist, aber ich sollte doch annehmen, dass die Bow Street-Behörde mehr als fähig ist, den Fall zu klären.«

Der Erzbischof räusperte sich erneut. »Ich habe die Angelegenheit bereits mit der Bow Street durchgesprochen. Sir Henry Lovejoy ist mit meiner Entscheidung, Euch in die Ermittlungen einzubinden, einverstanden. Die Bow Street leistet durchaus gute Arbeit, wenn es um die Aufklärung eines Mordes an einem Ladenbesitzer oder einem Kaufmann geht. Doch hat sie schlicht nicht die nötige Expertise, um mit einem Zwischenfall in diesen gesellschaftlichen Schichten zurechtzukommen. Und das weiß man in der Behörde.«

Sebastian löste sich von der Kaminumrandung und trat zu dem Fenster, das auf die Straße hinauswies. Es stimmte, dass er in den letzten anderthalb Jahren in mehrere Mordermittlungen hineingezogen worden war. Diese Mordfälle hatten ihn allerdings entweder auf die eine oder andere Weise persönlich betroffen, oder ihre Opfer hätten ansonsten niemals Gerechtigkeit gefunden. Und jeder dieser Fälle hatte eine weitere Schicht von seiner Seele abgetragen.

Er sagte: »Als ich das letzte Mal in Mordermittlungen einbezogen wurde, sind etwa ein Dutzend Menschen gestorben.«

»Ich habe Verständnis für Eure Zurückhaltung davor, in diesen Fall verwickelt zu werden«, sagte der Erzbischof in seiner begütigenden Beichtvater-Stimme.

Hatte er das wirklich?, fragte Sebastian sich. Hatte er die geringste Vorstellung, welche Art von Gefühlsaufruhr um einen Mord herumwirbelte? Die Geheimnisse und Lügen, der Zorn und die Verzweiflung?

Die wässrigen, grauen Augen des Erzbischofs zogen sich zusammen. Der Mann mochte alt und krank sein, doch niemand stieg zur Position des mächtigsten Klerikers in ganz England auf, wenn er nicht zugleich intelligent und außerordentlich gerissen war. »Doch frage ich mich, ob Ihr versteht, wie entscheidend es für das Wohlergehen der ganzen Nation ist, dass dieser Mordfall gelöst wird – und zwar rasch?«

Als Sebastian nicht antwortete, fuhr Moore fort: »Es ist kein Geheimnis, dass meine Tage gezählt sind. Man arbeitet bereits daran, meinen Nachfolger zu bestimmen, und das ist gut und richtig. In Zeiten wie diesen ist eine längere Amtsvakanz nach Möglichkeit zu vermeiden. Wie der Zufall es will, war Bischof Prescott ein starker Anwärter auf mein Amt. Tatsächlich war er sogar mein Favorit.«

Sebastian runzelte die Stirn. »Ihr meint, diese Tatsache könnte etwas mit seinem Tod zu tun haben?«

»Es wäre denkbar. Im Augenblick haben wir keine Möglichkeit, es genauer zu wissen.« Der Erzbischof stellte seinen Brandy beiseite, beugte sich vor und legte die Hände wie zum Gebet zusammen. »Doch berücksichtigt bitte, dass seit der Ermordung des Premierministers gerade einmal zwei Monate vergangen sind. Nun ist der Bischof von London getötet worden. Wenn ich morgen sterbe ...« Er brach ab und hob beide Hände hoch, als wolle er Sebastian dazu einladen, sich eine Nation auszumalen, die sowohl ihrer geistigen wie auch der politischen Führer beraubt wäre. »Dies ist eine gefährliche Zeit in der Geschichte unserer Nation«, fuhr er in feierlichem Tonfall fort. Seine Hände legten sich wieder aneinander, während Sebastian noch immer schwieg. »Bereits seit annähernd zwei Jahrzehnten sind wir ohne Unterbrechung im Krieg. Im Volk herrschen großes Leid und Unfrieden. Und nun drohen die Amerikaner uns auch noch anzugreifen.«

Sebastian stieß ein leises Lachen aus. »Ich verstehe. Es ist sowohl meine geistige als auch meine patriotische Pflicht, diesen Mord aufzuklären, nicht wahr?«

Seine Tante warf ihm einen missbilligenden Blick zu.

Sebastian ignorierte sie und sagte: »Die zweite Leiche – die mit dem Messer im Rücken. Um wen handelt es sich dabei?«

Die plötzliche, zielstrebige Frage schien den Erzbischof zu überraschen. »Das wissen wir nicht.«

»Aber Ihr sagtet, er ist vor Jahren getötet worden?«

»Allem Anschein nach, ja. Nach seiner Kleidung zu schließen, so wurde mir gesagt, ist er vermutlich irgendwann im letzten Jahrhundert gestorben.«

Dieses Puzzle war zweifellos faszinierend – zwei Mordopfer in einer Krypta, deren gewaltsamer Tod Jahrzehnte auseinander lag. Sebastian blickte zum Fenster hinaus und sah einen Bäckerjungen, der mit seinem Tablett vor der Brust, das durch ein Band um seinen Hals gehalten wurde, seine Runden machte. »Warme Brötchen«, rief er, »frische warme Brötchen!«

Tante Henrietta konnte nicht mehr länger stillsitzen. »Also?«, forderte sie eine Antwort. »Wirst du es tun?«

Sebastian wandte sich um und erwiderte den besorgten Blick seiner Tante. Wäre der Erzbischof allein mit der Bitte um Hilfe zu Sebastian gekommen, so hätte er diese ohne zu zögern zurückgewiesen. Übertriebene Appelle an seinen Patriotismus fielen bei Sebastian keineswegs auf fruchtbaren Boden. Noch dazu würde die wahre Natur von Sebastians Haltung zu Fragen des Glaubens dem alten Kirchenmann einen heftigen Schlag versetzen. Doch diese Tatsachen schien der gewitzte alte Erzbischof zumindest teilweise zu ahnen, weshalb er seine liebe, langjährige Freundin, die Herzogin von Claiborne, mit hergebracht hatte.

Sie mochte mürrisch und schonungslos unsentimental sein. Doch als Einzige aus Sebastians Familie hatte sie ihn niemals im Stich gelassen, und er hatte immer gewusst, dass ihre Liebe rein und bedingungslos war. Sebastian konnte sie nicht zurückweisen.

Er hob seinen Brandy an die Lippen und leerte sein Glas. »Ich werde es tun.«

Kapitel 4

Das Dorf Tanfield Hill lag einen knappen Kilometer südlich der wichtigsten Poststrecke zwischen London und dem West Country, gleich hinter dem berüchtigten, oft von Wegelagerern heimgesuchten Streifen offenen Landes, der als Hounslow Heath bekannt war. Ab hier wichen das Gestrüpp und der Stechginster der Heidelandschaft dem offenen, hügeligen Waldgebiet mit seinen Eichen und Silberbirken. Das Dorf selbst war eine pittoreske Ansammlung reetgedeckter Cottages und gekalkter Ladengeschäfte aus Stein, die sich entlang einer gepflasterten Hauptstraße und einiger von ihr abgehender Gassen zogen.

Sebastian ratterte gegen halb zehn Uhr am gleichen Morgen in seinem Zweispänner, den er selbst lenkte, über eine schmale Steinbrücke, die den Mühlbach überspannte und in das Dorf führte. Die Sonne stand inzwischen hoch und badete die alten Steingemäuer in einem warmen, idyllisch anmutenden Licht. Sie erfüllte die Luft mit dem süßen Duft von Rosen und Geißblatt, die über Gartenzäune wuchsen und hübsche Holzgitter umrankten. Von hier aus konnte er das niedrige, robuste Schiff und den einzelnen Turm der antiken normannischen Kirche St. Margaret's sehen, die auf einem sanften Hügel thronte. Im mit Gänseblümchen gesprenkelten Gras standen lose zerstreut alte, moosbewachsene Grabsteine.

Er lenkte seine Füchse den Hang hinauf, zum Kiespfad vor der Kirche. Dort stand bereits Sir Henry Lovejoy und sprach mit einem Arbeiter in grober Kluft. Sir Henry, ein kleiner Mann mittleren Alters mit kahlem Kopf und stets ernsthaftem Gebaren, war erst kürzlich zu einem der drei Richter auf Lebenszeit in der Bow Street ernannt worden. Als er Sebastian erblickte, entließ er den Arbeiter mit einem Nicken und ging über den Kies zum Zweispänner.

»Finde einen Platz, wo sie saufen und ruhen können«, sagte Sebastian zu seinem Burschen und übergab dem Jungen die Zügel. »Wir werden für eine Weile hier sein.«

»Ich pass gut auf sie auf, Meister«, sagte Tom und kletterte von seinem Bock auf der Rückseite der Kutsche herunter. »Keine Sorge.«

»Ach, und Tom – hör dich währenddessen mal ein bisschen um. Ich würde gerne wissen, was die Dorfbewohner zu dieser ganzen Sache sagen.«

»Aye, Meister.«

»Lord Devlin«, rief Sir Henry im Näherkommen. »Hat der Erzbischof es also doch geschafft, Euer Interesse an den Ermittlungen zu wecken? Ich befürchtete schon, es werde ihm nicht gelingen. Dies ist nicht ganz Euer übliches Mordschema.«

Sebastian sprang vom hohen Kutschsitz herunter. »Ich wusste nicht, dass ich ein übliches Mordschema habe.« Es gab eine Zeit, da hatte dieser ernste kleine Magistrat Sebastians Verhaftung angestrebt. Doch im Lauf der vergangenen anderthalb Jahre hatten der streng religiöse Untersuchungsrichter und der das städtische Leben liebende, wenig fromme Viscount eine eigenartige Freundschaft entwickelt, die auf gegenseitigem Respekt und einem starken, dauerhaften Vertrauen fußte. Sebastian sagte: »Hatte die Bow Street keine Einwände gegen den Vorschlag, mich einzubeziehen?«

In dem Zucken eines Mundwinkels des schmallippigen Magistrats war ein schwaches Lächeln zu erahnen. »Ich würde die Reaktion von Sir James nicht direkt als *erfreut* bezeichnen. Doch wenn der Erzbischof von Canterbury höchst selbst sein Interesse an einer Untersuchung bekundet, würde nicht einmal der leitende Untersuchungsrichter es wagen, sich zu beschweren.«

»Und Sie?«

»Ich?« Lovejoy wandte sich um und ging Sebastian voraus zur Nordseite der alten Pfarreikirche. Dort lagen verlassene Haufen Bauschutt in den stärker werdenden Sonnenstrahlen. »Wenn es um Mord in den oberen Schichten der feinen Gesellschaft und der Regierung kommt, kenne ich unsere Beschränkungen. Das ist eine delikate Angelegenheit. Und überaus verwirrend noch dazu.«

Sebastian legte den Kopf in den Nacken, und seine Augen verengten sich, als er die vom Alter gezeichneten und nachgedunkelten Steinmauern der Kirche betrachtete. Das Kirchenschiff von St. Margaret's hatte die schmalen, bogenförmigen Fenster und das dicke Mauerwerk, die für die frühnormannische Epoche typisch waren. Nur der Turm war deutlich leichter und zierlicher gebaut, die Spitze schien in der frühen Tudorzeit hinzugefügt.

Er richtete den Blick nach unten, auf den Schotter zu ihren Füßen. Durch die Überreste einer zerbrochenen

Mauer konnte er die oberen Stufen einer ausgetretenen Steintreppe sehen, die in einen schwarzen Schlund hinunter führte. »Wie lange ist es her, dass die Krypta zugemauert wurde?«, fragte er und blickte in die Dunkelheit. Seine Stimme wurde als Echo von unten zurückgeworfen.

»Soweit man sich erinnern kann, war es um die Zeit der amerikanischen Revolution.« Der Magistrat hatte eine unnatürlich hohe Stimme, die zu quietschen begann, wenn er aufgeregt oder nervös wurde. Jetzt gerade quietschte sie.

»Also vor dreißig oder vierzig Jahren.«

»So in etwa, ja.« Eine Laterne stand auf einem großen, flachen Stein in der Nähe der zerbrochenen Mauer. Lovejoy beugte sich nach unten, öffnete das Laternentürchen und begann, sich mit seiner Zunderbüchse zu schaffen zu machen. »Die Arbeiter sagten, hier stand ein altes Beinhaus. Sie waren gerade dabei, es abzureißen, da stolperten sie über den Eingang zur Krypta. Sie war so lange verschlossen, dass die Menschen die Existenz der Treppe an dieser Stelle vergessen hatten. Ich habe erfahren, dass es ein rechter Schock war, als die Männer durch die Mauer brachen. Und ein noch größerer Schock war es, als ein paar der Jungs beschlossen, auf Erkundung zu gehen, und auf die Leiche eines Mannes stießen, der die samtene und spitzenverzierte Kleidung des letzten Jahrhunderts trug, und aus dessen Rücken ein Messer ragte. Laut den Arbeitern warf der Reverend nur einen Blick auf die Leiche und brach fast sogleich nach London auf.«

Sebastian blickte den Hügel hinunter und sah den Mühlbach, der in einer gemächlichen Schleife um ein

Grüppchen Weiden herumfloss. »Diese Handlungsweise erscheint mir merkwürdig. Warum ging er zum Bischof und nicht zum örtlichen Untersuchungsrichter?«

Lovejoy runzelte die Stirn über seiner Aufgabe. »Soweit ich es verstanden habe, ist Hochwürden Earnshaw von eher, sagen wir mal, leicht erregbarem Wesen.«

Sebastian zog überrascht eine Braue hoch. »Sie haben noch nicht mit ihm gesprochen?«

Der Magistrat kämpfte noch immer mit seiner Zunderbox. »Unglücklicherweise noch nicht. Die Entdeckung der bischöflichen Leiche zu den anderen Schrecken der Krypta scheint für den Mann zu viel gewesen zu sein. Er schaffte es noch zum Gutshaus, um Douglas Pyle seine Geschichte zu erzählen. Er ist übrigens der hiesige Magistrat: ein typischer Gutsherr, weit mehr an Pferden und Jagdhunden interessiert als an der Aufklärung von Mordfällen. Wie auch immer, sobald der Reverend Sir Pyle mitgeteilt hatte, wo er die Leichen finden würde, ging er einfach nach Hause und verpasste sich eine Dosis Laudanum. Eine großzügige Dosis.« Die Flamme des Magistrat erlosch, und er musste es erneut versuchen. »Er ist immer noch ohne Bewusstsein.«

Sebastian widerstand dem Drang, Lovejoy die Zunderbox abzunehmen und das Feuer für ihn zu entzünden. Der Untersuchungsrichter war außergewöhnlich mitgenommen. »Sie sagten, Earnshaw fand den Bischof?«

»Das ist richtig.«

»Aber wenn der Reverend selbst nach London fuhr, um Prescott abzuholen, wieso war der Bischof dann allein in der Krypta?«

Lovejoy grunzte zufrieden, als der Docht der Lampe endlich brannte. »Soweit wir es ermitteln konnten, ist Reverend Earnshaw sogleich wieder in seinem eigenen Gig nach Tanfield Hill zurückgekehrt, während der Bischof ihm später in seiner Kutsche folgte.«

»Wo war denn dann der Kutscher des Bischofs, als diesem der Schädel eingeschlagen wurde?«

»Er war auf dem Kutschbock geblieben, wie vom Bischof angewiesen. Der Mann sagt, dass er nichts Ungewöhnliches gehört oder gesehen habe.« Lovejoy verstaute seine Zunderbox und schloss das kleine Türchen der Laterne. »Allerdings, wenn Ihr mich fragt, ist er wohl eingenickt und erst beim Schrei des Reverends wieder aufgewacht. Wie es scheint, hatte Hochwürden Earnshaw das Licht von der Lampe des Bischofs in der Krypta gesehen und wagte sich erneut hinunter. Dort fand er den Bischof, der fast auf dem Körper des früheren Opfers lag.«

»Auf dem *Körper*? Aber sicherlich ist doch vom Körper des anderen inzwischen nur noch das Skelett übrig, wenn er vor Jahrzehnten bereits zu Tode gekommen ist?«

Der Schatten eines Ekelgefühls huschte über die verkniffenen Züge des Untersuchungsrichters. »Unglücklicherweise nicht. Soweit ich es verstehe, hängt es mit der Zusammensetzung des Bodens und vielleicht auch mit dem Kalk im Mörtel zusammen. Wenn kein Wasser eindringt, können die Leichen in einer Krypta im Prinzip mumifiziert werden, anstatt zu verrotten.«

Sebastian wurde des fauligen Geruchs nach Tod gewahr, der von unten herauf wehte. »Ich erinnere mich, in Italien etwas Ähnliches gesehen zu haben. In Palermo.«

»Dann wisst Ihr, was Ihr zu erwarten habt«, sagte der Magistrat und wandte sich zum Eingang der Krypta. Er umfasste den Griff der Laterne fester, bückte sich unter den Überresten der Backsteinmauer hindurch und ging die Treppe hinunter. Nach kurzem Zögern folgte Sebastian ihm.

Die im Laufe der Zeit durchgetretenen und gesprungenen Stufen führten durch ein enges steinernes Treppengewölbe hinunter. Das Laternenlicht wanderte über eine gewölbte, mit Kalk verputzte Decke. Die klamme, kalte Luft schien die beiden mit ihrer fast fettigen Dichte zu umschlingen, als sie den Fuß der Treppe erreichten.

Sie befanden sich in einem uralten Mittelgang, dessen niedrige Gewölbedecke von dicken, spiralig gedrehten Säulen mit groben Pilzkapitellen getragen wurde. Die Krypta, die aus angelsächsischer Zeit stammte, war größer, als Sebastian erwartet hatte. Zu beiden Seiten öffneten sich bogenförmige Erker. Diese Seitenschiffe wirkten jedoch seltsam dunkel. Sobald Sebastians Augen sich an das Dämmerlicht gewöhnt hatten, erkannte er, dass der Grund dafür Särge waren, die man hineingestapelt hatte: Hunderte und Aberhunderte von Holzsärgen, manche schmucklos, manche bemalt. Die meisten von ihnen waren mit zerfallenden Wolltüchern oder zerfleddertem Samt ausgepolstert. Sie waren vom Boden bis zur Decke übereinandergestapelt, mit dichten Spinnweben behangen und füllten, so weit er sehen konnte, den gesamten Raum.

»Großer Gott«, flüsterte er.

»Der Bischof wurde am anderen Ende gefunden«, sagte Lovejoy, und seine Stimme bebte, als sie zwischen den Mauern von Särgen hindurchgingen. In den älteren Bereichen der Krypta hatten die unteren Särge sich verzogen und waren gesplittert. Ihr Inhalt quoll heraus, da das Gewicht der oberen Särge langsam das uralte Holz darunter zusammendrückte. Sebastian konnte einige kahle Knochen mit eigenartig braunen Flecken erkennen. Doch die meisten der sichtbaren Leichen waren auf schreckliche Weise intakt, ihre Haut zwar geschrumpft und farblos, aber immer noch vorhanden. Die Sargtücher und Leichenhemden leuchteten weiß in den düsteren Tiefen der Gewölbe.

»Hier«, sagte Lovejoy. Seine Hand zitterte, als er stehen blieb und die Laterne hochhielt. »Bischof Prescott wurde hier gefunden, genau neben dieser letzten Säule. Ich habe die Leichen bereits zur Autopsie abholen lassen, aber ansonsten ist alles noch, wie es war.«

Sebastian starrte auf den länglichen, rostroten Blutfleck, der in die unebenen Bodenplatten aus Kalkstein eingesickert war. »Wohin haben Sie sie bringen lassen?«

»Zu Gibson.«

Sebastian nickte zufrieden. Paul Gibson, ein ehemaliger Militärarzt, der den unteren Teil eines Beins durch eine französische Kanonenkugel eingebüßt hatte, unterhielt nun eine kleine chirurgische Praxis in der Nähe von Tower Hill. Niemand in ganz London wusste mehr über die Toten und den menschlichen Körper als Paul Gibson. »Ich werde ihn aufsuchen, sobald ich zurück in London bin.«

»Glücklicherweise hat der Dorfmagistrat genug Verstand besessen, nichts zu verändern«, sagte Lovejoy. »Ich schätze, er hat sich die Sache kurz angesehen, Wachen am Eingang zur Treppe aufgestellt und dann nach den Wachtmeistern der Bow Street geschickt.«

Sebastian ging in die Hocke, um die befleckten Steine in Augenschein zu nehmen. Es schien viel Blut geflossen zu sein. Aber das musste ja auch so sein, da der Bischof auf den Kopf getroffen worden war. Nach Sebastians Erfahrung bluteten Kopfwunden ungeheuerlich.

Sebastian sah auf und betrachtete die beschädigte Basis der nächsten Säule. »Besteht die Möglichkeit, dass er eventuell das Bewusstsein verloren hat und mit dem Schädel aufgeschlagen ist?«

Lovejoy schüttelte den Kopf. »Wir haben eine blutbefleckte Eisenstange gefunden, die neben dem Körper lag – vermutlich ein Werkzeug, das die Arbeiter zurückgelassen haben. Ich habe sie mit der Leiche zu Gibson schicken lassen, damit er Vergleiche anstellen kann. Aber ich zweifle nicht an seiner Bestätigung, dass es sich um die Mordwaffe handelt.«

Sebastians Blick wanderte zu den Steinfliesen in der Nähe, auf denen ein Bereich von der Größe eines Mannes braun verfärbt war. »Die andere Leiche lag dort?«

Lovejoy gab einen eigenartig erstickten Laut von sich. »Richtig. Er muss bereits hier in den Schatten gelegen haben, als die Krypta zugemauert wurde. Wahrscheinlich hat ihn niemand gesehen. Der einzige Grund, weshalb Earnshaw den Bischof überhaupt entdecken konnte, war, dass jener eine Laterne mit heruntergenommen hatte. Sie stand neben ihm auf dem Boden und brannte noch.«

Sebastian blickte zu den gestapelten und von Spinnennetzen überzogenen Särgen im nächstgelegenen Gewölbe. Das Holz des einen Sarges war geborsten und gab einen grausigen Blick auf seinen Inhalt frei: einen ausgetrockneten Körper mit zurückgeneigtem Kopf und wie zum tonlosen, ewigen Schrei aufgerissenem Mund. Doch das Gewicht der darüber gestapelten Särge hielt den Leichnam an Ort und Stelle fest. Sebastian hatte die Art und Weise bemerkt, wie die Särge sich verschoben hatten und geborsten waren, und deshalb zunächst angenommen, dass der in Samt gekleidete Leichnam einfach aus einem der Gewölbe herausgefallen und hierher gerollt sein könnte. Doch jetzt erkannte er, dass diese Wahrscheinlichkeit nicht sehr groß war. Davon abgesehen – wer würde ein Mordopfer mit dem Messer im Rücken bestatten?

Sebastian erhob sich wieder. »Gibt es eine Vermutung, wer der andere Mann gewesen sein könnte?«

»Nicht die geringste. Es würde mich wundern, wenn wir es je herausfinden.«

Sebastian betrachtete die anderen seitlichen Gewölbe mit ihrem Inhalt aus übereinander getürmten, verrottenden und splitternden Särgen sowie deren herausquellendem Inhalt. Inzwischen hatten seine Augen sich vollends an die Dunkelheit gewöhnt. Manchmal wünschte er, er wäre im Dunkeln so blind wie andere Menschen. »Könnte es noch einen anderen Eingang geben?«

Lovejoy nickte zum anderen Ende der Krypta. »Es existiert eine zweite Treppe, die einst zur Apsis hinaufführte und ursprünglich schlicht mit einem Eisengitter verschlossen war. Beide Eingänge sind zur selben Zeit zugemauert worden. Jahrzehntelang war kein Mensch mehr hier unten.« Der Magistrat erschauerte, und in stummer Übereinkunft wandten beide Männer sich der Treppe zu.

»Sir James vermutet, dass der Bischof einen Dieb überrascht haben muss«, sagte Lovejoy. »Jemanden, der davon gehört hatte, dass die Krypta offen ist und die Gelegenheit beim Schopfe packte, sich herunterzuschleichen, um nach Schmuck oder anderen Wertgegenständen zu suchen und sie von den Toten zu stehlen.«

»Ich schätze, das ist eine mögliche Erklärung.«

Etwas im Klang seiner Stimme ließ Lovejoy am Fuß der Treppe innehalten und sich zu ihm umdrehen. Er musterte ihn. »Sicherlich nehmt Ihr nicht an, dass es eine Verbindung zwischen den beiden Morden gibt? Wie könnte das sein, wo Jahrzehnte zwischen beiden Fällen liegen?«

Sebastian hatte natürlich keine Erklärung, fand es jedoch schwer, zu glauben, dass zwei Männer an fast exakt derselben Stelle getötet worden sein sollten, ohne dass es einen Zusammenhang gab – wenngleich die jeweiligen Taten mehrere Jahrzehnte auseinanderlagen. »Die Möglichkeit erscheint in der Tat sehr gering«, stimmte er zu.

Lovejoy stieg die Treppe hinauf. Mit dem rasch über die geweißten Steine des Treppengewölbes hinaufhuschenden Licht wurde die Krypta wieder in Dunkelheit getaucht. »Alternativ könnte auch jemand dem Bischof mit der Absicht, ihm etwas anzutun, gefolgt sein. Er ergriff die Gelegenheit, als der Bischof allein in die Krypta hinabstieg, um ihn zu töten.«

»Sie sind sich darüber im Klaren, dass Prescott ein ernstzunehmender Anwärter auf das Amt des Erzbischofs von Canterbury war?«, sagte Sebastian, der ihm hinauffolgte.

Als er oben angekommen war, kletterte der Magistrat durch die Lücke in der Mauer. »Der Erzbischof hat es erwähnt, ja. Obgleich ich den Eindruck gewann, dass er dazu neigte, Sir James' Annahme beizupflichten – dass der Bischof einem Gelegenheitsdieb zum Opfer fiel.«

Sebastian folgte ihm aus dem übelriechenden, kühlen Treppenhaus hinaus in die saubere, wohltuende Wärme des sonnigen Junitages. »Ich vermute, der Erzbischof war diplomatisch.«

Lovejoy pustete seine Laterne aus. »Warum sagt Ihr das?«

Sebastian blickte den Hügel hinunter in Richtung des weitläufigen, schiefergedeckten Pfarrhauses, wo eine Matrone mittleren Alters in einer gestärkten weißen Haube und einem schwarzen, hochgeschlossenen Bombasinkleid auf der hinteren Veranda stand und sie beobachtete. »Wenn der Erzbischof tatsächlich glaubt, dass der Bischof von London von einem einfachen Dieb ermordet wurde, warum ist er dann zu mir gekommen?«

Kapitel 5

Während Lovejoy sich anschickte, ein Grüppchen Wachtmeister zu instruieren, wie sie die Krypta einer gründlicheren Durchsuchung unterziehen sollten, schlenderte Sebastian den Hügel hinunter zum Pfarrhaus, um nach Reverend Malcolm Earnshaw zu fragen.

»Er ist noch im Bett«, sagte die Matrone im schwarzen Bombasin, die sich als die Pfarrersgattin herausstellte. Sie war eine Frau mit strengem Ausdruck. Ihre Gesichtszüge waren so unprätentiös wie ihr Kleid und ebenso geradlinig. »Er hat einen schrecklichen Schock erlitten. Einfach schrecklich. Ich habe Doktor Bliss gerufen, damit er nach ihm sieht, und er stimmt mir zu. Es ist am besten, den Reverend für eine Weile ruhigzustellen, damit der Vorfall ihn nicht um den Verstand bringt.«

Sie warf Sebastian einen finsteren, kompromisslosen Blick zu und weigerte sich, von ihrer Haltung abzurücken. Offensichtlich war Hochwürdens Gattin aus einem härteren Stoff als der Reverend selbst. Sebastian hatte keine andere Wahl, als die Waffen zu strecken und sich zurückzuziehen.

Sein nächster Besuch galt dem kleinen, aber hübschen Herrenhaus aus Backstein am Rand des Dorfs, in der Nähe des Mühlbachs. Er traf den örtlichen Magistrat, Douglas Pyle, hinter dem Haus an, in seinem Hundezwinger.

Er entsprach dem Typus des Gutsherrn aus Middlesex, gestiefelt und gespornt, mit breiter Brust und ebensolchen Schultern und dem rötlichen, wettergegerbten Gesicht und den schielenden grauen Augen eines Mannes, der seine Tage damit zubrachte, seine Herden zu hüten, die Felder abzuwandern und mit den Jagdhunden auszureiten. »Es stört Euch doch nicht, mit mir zu sprechen, während ich das Füttern der Hunde beaufsichtige?«, sagte der Esquire mit seiner tiefen und rauen Stimme. Sebastian schätzte ihn auf Anfang fünfzig. Sein braunes Haar war deutlich von Grau durchzogen.

»Nicht im Geringsten«, sagte Sebastian und bückte sich, um die Ohren einer rotbraunen Hündin zu kraulen, die herbeilief und an ihm schnupperte.

»Sie kann die Krypta an Euch riechen«, sagte der Esquire, der den Hund beobachtete. »Meine Frau behauptet steif und fest, dass sie den Gestank aus meiner Kleidung, die ich gestern Abend trug, nicht wieder herausbekommen wird.«

»Ein hübsches Rudel Hunde haben Sie da.«

»Sie stammen aus Irland«, sagte der Esquire und nickte dem Burschen des Zwingers zu. »Und alle sind ganz schöne Schlawiner. Sie bringen sogar eine Kuh zu Fall, wenn man ihnen nur den Rücken zudreht. Aber bei der Jagd sind sie unschlagbar.«

Die beiden Männer sahen dabei zu, wie der Bursche gekochtes Fleisch in den Futtertrog kippte und die Hunde sich um den besten Platz drängelten.

»Ich nehme an, Ihr seid hier, um über den Mord zu sprechen«, sagte der Esquire, ohne sich umzudrehen.

»Die Morde«, sagte Sebastian. »Schließlich gab es zwei Leichen.«

»Ach ja. Zwei.« Der Esquire schnaubte. »Das macht zwei mehr als ich jemals untersuchen musste. Glaubt mir, ich bin überaus froh, die ganze schmutzige Sache der Bow Street überlassen zu können. Was weiß ich schon von Mord?«

Sebastian betrachtete die Meute, die gierig am Trog fraß. Die Hunde waren kleiner als die meisten Foxhounds, aber stark gebaut, mit breiten Köpfen. »Ich habe gehört, Reverend Earnshaw kam nach der Entdeckung der Leiche des Bischofs zu Ihnen. Um wie viel Uhr war das?«

»Gegen acht, denke ich. Vielleicht halb neun. Zuerst dachte ich, der Mann wäre vollends durchgedreht, so wie er auf dem Weg von Krypten und toten Bischöfen und Unmengen Blut faselte. Es brauchte schon etwas Überzeugung, bis ich schließlich mit zur Kirche ging und nachsah. Aber ja, da war tatsächlich der Bischof. So tot wie man nur sein kann.«

»Die ältere Leiche haben Sie auch gesehen, oder?«

»Dieses Schauerbild in blauem Samt und Spitze?« Die runden Wangen des Esquires sackten herab, und er presste mit gespitzten Lippen den Atem aus. »Dieses Gesicht werde ich bis zu meinem Lebensende in meinen Träumen sehen. Besser gesagt, in meinen Alpträumen. Er sah aus wie ein Schwein, das man zu lange im Räucherhaus vergessen hat.«

»Sie haben ihn nicht wiedererkannt?«

Der Esquire lachte, dass sein Bauch auf und ab hüpfte. »Ich habe noch nie jemanden gekannt, der wie ein geräuchertes Schwein aussah. Ihr?«

Sebastian lächelte. »Ein Punkt für Sie. Wissen Sie von irgendjemandem aus dieser Gegend, der ungefähr zu der Zeit verschwunden ist, als die amerikanische Revolution stattgefunden hat?«

»Nicht auf Anhieb. Aber damals war ich selbst nicht viel hier.« In offenkundigem Stolz drückte er das Kreuz durch. »Sechzehntes leichte Dragoner. Kornett. Wir haben zwei Jahre in den Kolonien verbracht und gekämpft, um die Rebellion niederzuschlagen. Wir hätten es auch schaffen können, hätte die verdammte Regierung uns nur tun lassen, was nötig war. Jetzt schaut, wo wir stehen – schlagen uns mit einem Haufen neuer Länder herum, die sich selbst die Vereinigten Staaten von Amerika nennen und damit drohen, uns den Krieg zu erklären!«

»Sie waren also im sechzehnten Regiment?«, sagte Sebastian, um ihn zum Weiterreden zu ermutigen. »Wo haben Sie noch gedient?«

»Indien. Und Kapstadt. Wir waren auf dem Weg zu den Westindischen Inseln, als mein Vater mir schrieb, um mir mitzuteilen, dass mein Bruder Ted gestorben war, ich den Dienst quittieren und nach Hause kommen solle.« Der Futtertrog war nun fast leer. Sir Douglas beobachtete, wie die gierigeren Hunde den Platz wechselten, um noch die letzten Happen zu erwischen. »Was macht Euch so sicher, dass es überhaupt jemand aus dieser Gegend war?«, fragte er. »Schließlich sind wir nur einen einstündigen Ritt von London entfernt. Es könnte sogar jemand sein, der aus West Wycombe herübergekommen ist. Vor dreißig oder vierzig Jahren – das wäre die Zeit von Sir Francis Dashwood und seinem Hellfire Club. Ich erinnere mich: Als ich noch ein

Junge war, hat der Priester Dashwood selbst dabei erwischt, wie er in die Krypta eingebrochen ist, um Schädel und solche Dinge für seine gotteslästerlichen Orgien zu stehlen.«

»Und vergangene Nacht? Waren irgendwelche Fremden da?«

Der Esquire schüttelte den Kopf. »Ich habe danach gefragt, müsst Ihr wissen. Bevor der Magistrat von der Bow Street mit der Quietschestimme auftauchte und den Fall übernahm. Keiner hat irgendwas Ungewöhnliches gesehen. Der Reverend dachte zwar, er hätte auf dem Kirchhof den Schatten eines Mannes gesehen, als er aus der Krypta hinauslief. Aber die Wahrheit ist, dass Mister Earnshaw blind wie eine Fledermaus ist. Und der Kutscher des Bischofs saß doch die ganze Zeit da auf seinem Kutschbock, nur wenige Meter von der Kirche entfernt, und hat nichts gesehen.« Der Trog war jetzt leer, und die Hunde winselten, um aus dem eingezäunten Futterplatz herausgelassen zu werden. »Wenn er ein Mann von einem anderen Schlag wäre, hätte ich ja gesagt, Prescott fiel wahrscheinlich einfach in Ohnmacht und hat sich dabei den Kopf an der Ecke eines Sargs oder so etwas eingeschlagen. Die Pyles sind Gott sei Dank immer auf dem Friedhof beigesetzt worden, aber die Prescotts nicht. Es kann nicht gerade eine Freude sein, wenn man sieht, wie Kind und Kegel der eigenen Familie zu grinsenden Horrorgestalten schrumpfen.«

»Wollen Sie sagen, der Bischof war aus dieser Gegend?«

»Wusstet Ihr das nicht? Er ist auf Gut Prescott Grange aufgewachsen, zwischen Hounslow und hier. Die

Gebrüder Prescott spielten immer in der Krypta, als sie noch Buben waren. Alle fünf.«

»Fünf?«

»Aye, fünf. Gott gebe ihren Seelen die Ruhe. Ein Vetter oder anderer Verwandter hatte damals die Pfarrei, und sie stahlen immer die Torschlüssel von seinem Gürtel, wenn er in der Sakristei ein Nickerchen machte.« Pyle wandte sich dem Burschen zu und sagte: »Mach ihnen auf und gib ihnen ihren Auslauf.«

Der Bursche öffnete das Tor und rief: »Hier!«

Sebastian trat einen Schritt zurück, den Blick immer noch auf dem vollen, wettergegerbten Gesicht. »Sie sind mit ihnen dort hinuntergestiegen, nicht wahr?«

In einem selbstbewussten Grinsen kräuselten sich die fleischigen Schläfen neben den blassen Augen des Esquires. »Aber gewiss. Ich habe da unten auch Pirsch und Blindekuh mit ihnen gespielt.«

Sir Douglas beobachtete, wie die Hunde durch das offene Gatter stürmten, und sein Lächeln erlosch, während sie ausgelassen springend davonrannten. »Aber ich habe diese Spiele nie gemocht.« Er wiederholte es, als wäre ein Mal nicht genug. »Ich habe sie nie gemocht.«

»Etwas herausgefunden?«, fragte Sebastian Tom, als der Bursche den Zweispänner herbeibrachte.

»Keiner im ganzen Dorf hat letzte Nacht irgendwas gehört«, sagte Tom und kletterte auf seinen Sitz, bevor Sebastian den Pferden das Zeichen zum Laufen gab. »Jedenfalls nich, bevor der Reverend mit seinem Geschrei angefangen hat.«

Sebastian nickte. »Soweit ich es verstanden habe, war die Kombination aus einem ermordeten Bischof und Legionen alter, halbverrotteter Leichen zu viel für den armen Mann und seine Nerv... Was?«, unterbrach er sich, als Tom sich nach vorne beugte und hörbar schnupperte. »Was ist denn?«

Tom rümpfte die Nase. »Was ist das für'n Geruch?«

»Von der Krypta. Ich habe schon gehört, dass er ziemlich durchdringend ist.«

»Durch-was?«

»Durchdringend. Es stinkt und geht nicht mehr weg.«

»Darüber weiß ich nichts. Aber jedenfalls kann keiner sagen, dass es nich stinken tät.« Er warf einen verschmitzten Blick über die Schulter, als sie auf die Straße nach London einbogen. »Das hätt ich gern gesehen.«

»Hättest du das wirklich? Ehrlich gesagt ist es das beste Argument für eine Kremierung, das mir jemals untergekommen ist.«

»Kre-was?«

»Kremierung. Es ist eine Methode der Leichenbestattung, die von den Hindus in Indien praktiziert wird. Die Verstorbenen werden auf einen Scheiterhaufen gelegt und verbrannt.«

»*Verbrannt*? Aber das ist gruselig. Ähm, das ist ... unchristlich, jawohl.«

Sebastian lachte. »Wenn du das für gruselig hältst, müsstest du erst mal sehen, was dreißig bis vierzig Jahre in einer Krypta aus dir machen würden.« Als sie aus dem Dorf herausfuhren, ließ er die Hände fallen und die Füchse vorwärts springen. »Ich sage dir etwas: Wenn wir zu Paul Gibsons Praxis kommen, kannst du selbst einen Blick auf die mumifizierte Leiche werfen, die sie aus dieser Krypta geholt haben, und deine Meinung nochmal überdenken.«

Tom starrte ihn an. »Darf ich echt?«

»Darfst du.«

»Boah«, sagte Tom und erschauerte ein bisschen aus Vorfreude.

Doch als sie die engen, gewundenen Gassen und alten Steinläden von Tower Hill erreichten, stand die Sonne hoch am Himmel, und das Fell der Pferde glänzte dunkel von Schweiß.

»Wenn Ihr länger hierbleiben wollt, muss ich die Pferde zur Brook Street bringen, schätze ich«, sagte Tom, unfähig, die Enttäuschung in seiner Stimme zu überspielen.

Sebastian sprang hinunter auf den durchgetretenen Bürgersteig der Straße. »Ja, bring sie nach Hause. Sie sind gut gelaufen. Sorg dafür, dass sie versorgt werden, und dann bring den Zweispänner mit den beiden Grauen wieder her.«

Toms Gesicht hellte sich auf. »Und dann darf ich nach der Mumie gucken?«

»Und dann darfst du nach der Mumie gucken.«

»Danke, Mylord!«

Sebastian blieb einen Augenblick stehen und beobachtete, wie der ehemalige Gossenjunge mit bewundernswerter Kunstfertigkeit den Zweispänner durch den Verkehr auf der Straße navigierte. Dann wandte Sebastian sich um und schritt durch die mit Unrat bedeckte Gasse, die an einer Seite der Praxis vorbei zum Garten hinter dem Haus und dem niedrigen Steinbau führte, in dem Paul Gibson seine Autopsien durchführte. Hier erweiterte der Chirurg auch sein Verständnis des menschlichen Körpers, und zwar mit Hilfe von heimlichen Sektionen an Leichen dubioser Herkunft, die ihm von maskierten, gefährlichen Männern verkauft wurden. Diese Individuen taten in dunklen, mondlosen Nächten ihre beste Arbeit, denn sie gruben die Leichen auf den Kirchhöfen der Stadt aus.

Kapitel 6

Charles Lord Jarvis saß in der Bibliothek seines Hauses am Berkeley Square und ging den neuesten Bericht eines seiner Frankreichagenten durch, da erschien seine Tochter Hero auf der Türschwelle und sagte ohne Umschweife: »Hast du den Bischof von London ermordet?«

Er sah zu ihr auf. Seit dem Tod seines Sohnes David auf hoher See vor einigen Jahren war sie sein einziges lebendes Kind. In mancherlei Hinsicht war sie eine attraktive Frau mit ihrer Statur, die an die Göttin Juno erinnerte, und ihren ausgeprägten Gesichtszügen. Doch glich sie zu sehr Jarvis selbst und hatte eine viel zu eigenwillige Persönlichkeit, um jemals als *hübsch* zu gelten. Er sagte: »Ich will nicht leugnen, dass ich über Prescotts Tod erfreut bin. Aber es ist nicht mein Werk.«

Sie suchte seinen Blick und hielt ihn fest. »Würdest du mich anlügen?«

»Möglicherweise. Aber jetzt gerade nicht.«

Darauf lachte sie leise. »Ich muss sagen, dass ich froh bin, das zu hören.«

Jarvis lehnte sich auf seinem Stuhl zurück. »Der Bischof war einer deine Lieblinge, oder?«

»Wir waren befreundet, ja. Wir haben an mehreren Projekten zusammengearbeitet.«

»*Projekte.*« Jarvis zog ein Gesicht. »Du bist fünfundzwanzig Jahre alt, Hero. Ist es nicht an der Zeit, dass du diesen unnatürlichen Hang zu guten Taten aufgibst und dir einen Ehemann suchst?«

»Vielleicht könnte ich das.« Sie kam zu ihm und lehnte sich über seine Stuhllehne. »Wenn das englische Recht einem Mann nicht die Macht eines Despoten über seine Gattin verleihen würde.«

»Eines *Despoten*, Hero?«

»Eines Despoten.« Sie legte ihm liebevoll die Hand auf die Schulter. »Aber wenn es um gute Taten geht, sieh dir nur Mama an. Sie war in diesen Dingen immer viel besser als ich.«

Bei der Erwähnung seiner Gattin zog Jarvis in einer Grimasse die Mundwinkel herunter. Für Annabelle, eine dümmliche und halb-verrückte Einfaltspute, die nach Bedlam gehörte, hatte er längst keine Geduld mehr. »Frauen wie Annabelle teilen Suppe an die Armen aus und vergießen Tränen über die Misere eines Waisenkinds in den Straßen, weil das eine einfache Beruhigungspille für ihr Gewissen ist. Vielleicht enervierend, aber letzten Endes harmlos. Du jedoch – du verbringst deine Tage mit der Nase in Büchern, auf der Suche nach Thesen und mit Bewunderung für Entwürfe, die fast schon als radikal bezeichnet werden könnten.«

Heros feine graue Augen wurden klein in der Andeutung eines Lächelns. »Ach, glaube mir nur, manche meiner Entwürfe sind *außerordentlich* radikal.«

Jarvis erhob sich, wandte sich um und blickte ihr ins Antlitz. »Die mächtigsten Männer Londons zittern aus Angst, mich zu erzürnen. Doch meine eigene Tochter verhält sich auf eine Weise, von der sie genau weiß, dass sie mir missfällt. Warum ist das so?«

»Weil ich zu sehr wie du bin.«

Er schnaubte. Wäre sie ein Sohn, wäre er stolz auf ihren Intellekt und ihre Charakterstärke – wenn auch nicht auf ihre politischen Ansichten. Aber sie war kein Sohn; sie war eine Frau, und in letzter Zeit sah sie erschöpft aus. Er studierte ihr blasses, ungewöhnlich schmales Gesicht. »Seit einigen Wochen siehst du nicht sehr gut aus, Hero.«

»Lieber Papa.« Sie beugte sich vor und küsste seine Wange. Sie war groß genug, um sich dazu nicht auf die Zehenspitzen stellen zu müssen. »Du weißt es doch sicher besser, statt einer Frau zu sagen, dass sie schlechter aussieht als sonst?«

Er ließ sich ein Lächeln entlocken und drückte in einer seltenen Geste der Zuneigung ihre Schulter. Aber er sagte nur: »Ich habe deinen vorwitzigen Bischof nicht getötet.«

»Wer war es dann?«

»Das ist mir nicht bekannt. Und um ehrlich zu sein, ist es mir auch egal.«

Hero ließ ihren Vater in der Bibliothek zurück, eilte die Treppen hinauf zu ihrer Schlafkammer, riss den Nachttopf von der Kommode und übergab sich elendig.

Nach Heros bisheriger Erfahrung brach die Übelkeit normalerweise morgens gleich nach dem Aufwachen über sie herein, konnte aber auch jederzeit unerwartet zuschlagen. Sie war keine Frau, die an das Gefühl der Angst oder der Verletzlichkeit gewöhnt war. Doch als sie sich nun auf dem Boden wieder aufrichtete, die Augen fest zusammenpresste und die feuchte Stirn an die Tür der Kommode lehnte, da fühlte sie sich der Kapitulation vor beiden Gefühlen gefährlich nah.

Für eine junge britische Frau ihres Standes war es die ultimative und unverzeihliche Schande, ein uneheliches Kind zu tragen. Es spielte keine Rolle, wie mächtig oder wohlhabend ihre Familie war, oder wie bizarr die Umstände, die zu einem solchen Schicksal geführt hatten. Das einzig mögliche Ergebnis war soziale Ächtung, vollständig und für immer. Hero hatte sich selbst stets als Frau von unabhängigem Geist gesehen. Aber selbst sie konnte dieses Schicksal nicht mit Gleichmut betrachten.

Ihre Möglichkeiten waren niederdrückend und sehr begrenzt. Sie könnte eine schnelle, passende Ehe eingehen; sie könnte heimlich niederkommen und das Kind weggeben; oder sie könnte sich selbst in einem schicklichen Akt der Selbstvernichtung eliminieren. Da Hero für Suizide keinerlei Geduld aufbrachte und sich unter allen Umständen weigerte, sich der Macht eines Mannes auszuliefern, blieb ihr nur eine wahre Möglichkeit: die heimliche Geburt.

Die Früchte solcher Geburten wurden üblicherweise anonym in einer Pfarrei oder einer verzweifelten Bauernfamilie abgegeben. In beiden Fällen verließ man sich im Allgemeinen darauf, dass der ungewollte Säugling innerhalb eines Jahres dem Tode anheimgegeben würde. Hero hatte jedoch nicht die Absicht, das Kind, das in ihr heranwuchs, einem solch kurzen und brutalen Leben zu überlassen. Und so hatte sie ihren Freund, Bischof Prescott, um seine Hilfe gebeten, für das Kind eine gute und liebevolle Familie zu finden. Solche Arrangements waren gefährlich, da sie schwer geheim zu halten sein konnten. Doch in Prescott hatte sie sowohl

Unterstützung als auch eine gesegnete Vorurteilsfreiheit gefunden.

Nun war Prescott tot und all ihre Pläne durcheinandergeraten.

Bei diesem Gedanken befiel sie erneut Übelkeit, doch sie unterdrückte sie resolut. Sie erhob sich, richtete ihr Kleid, wusch sich das Gesicht und ging den Flur hinunter zu den Gemächern ihrer Mutter.

Sie traf Lady Jarvis in ihrem Ankleidezimmer auf dem Ruhebett liegend. Die Vorhänge waren zugezogen. Sie trug noch ihr schlichtes Morgenkleid, und die linke Seite ihres Gesichts hing schlaff herab wie immer, wenn sie extrem müde war.

»Hast du nicht gut geschlafen, Mama?«, fragte Hero und beugte sich hinunter, um die Wange ihrer Mutter zu küssen. Die Hand legte sie auf Lady Jarvis' Schulter, und sie fühlte sich so dünn und zerbrechlich an, dass Hero noch eine weitere Angst aufwallen spürte.

Immer schon kränklich, war Lady Jarvis in letzter Zeit besonders apathisch gewesen. Sie wurde bald fünfzig und war nur noch ein Schatten der schönen und temperamentvollen Frau von einst. Von einer endlosen Folge an Fehl- und Totgeburten zermürbt, hatte sie ihrem Lord zu guter Letzt nur einen kränklichen Jungen und eine gesunde Tochter geboren, bevor sie einen Schlaganfall erlitt, der ihren gebärfähigen Tagen ein Ende gesetzt und sie an Geist und Körper lädiert zurückgelassen hatte.

Nun griff sie nach der Hand ihrer Tochter und sagte: »Beunruhigende Träume. Es sind immer beunruhigende Träume.« Ihre sanften blauen Augen richteten sich konzentriert auf Heros Antlitz. »Du siehst selbst müde aus, Hero; stimmt etwas nicht? Bist du krank?«

Hero spürte einen unerwarteten Knoten im Hals. Sie zweifelte nicht an der Liebe und Hingabe ihrer Mutter. Aber Lady Jarvis hatte nicht die mentale oder emotionale Stärke, um mit ihren eigenen Schwierigkeiten zurechtzukommen, geschweige denn mit denen ihrer Tochter. Hero zwang sich zu einem Lächeln. »Du weißt, dass ich nie krank bin. Es ist so ein zauberhafter Tag; wollen wir im Hof etwas spazieren gehen?«

»Ich weiß nicht, ob ich das kann, Liebes.«

»Natürlich kannst du das. Lass mich nach deiner Zofe läuten, damit sie dir beim Ankleiden hilft.« Hero befreite ihre Hand aus dem Griff ihrer Mutter, öffnete die Vorhänge und zog fest am Glockenseil. »Es wird dir guttun. Ich muss noch rasch etwas erledigen, aber bis du so weit bist, sollte ich zurück sein.«

Lady Jarvis runzelte die Stirn und setzte sich mühselig auf. »Etwas erledigen? Was denn erledigen?«

»Ach, nichts von Bedeutung«, sagte Hero, die tatsächlich etwas sehr Wichtiges zu erledigen hatte, und zwar in den öffentlichen Empfangsräumen des verstorbenen Bischofs Francis Prescott am St. James's Square.

Kapitel 7

Bleich und nackt lag der Leichnam des Bischofs von London auf dem Untersuchungstisch in Paul Gibsons verstecktem Nebengebäude. Dank der dicken Steinmauern war die Atmosphäre in dem niedrigen, fensterlosen Raum kalt und dunkel, und es roch schwer nach Tod. Sebastian blieb in der offenen Tür stehen und nahm einen letzten, tiefen Atemzug draußen an der frischen Luft.

»Ach, da bist du ja«, sagte der Chirurg und legte ein blutiges Skalpell zur Seite. »Ich wusste, diesem könntest du nicht widerstehen.«

Paul Gibson, ein Ire von mittlerer Größe mit dem charakteristischen dunklen Haar und bereitwilligen Lächeln seiner Landsmänner, kannte Sebastian seit Jahren. Früher hatten sie die Farben des Königs getragen und gemeinsam gekämpft, und zwar in Italien, auf der spanischen Halbinsel bis hin zu den Westindischen Inseln. Mochten sie auch aus unterschiedlichen Welten kommen und das Englisch des Königs mit deutlich verschiedenen Akzenten sprechen, so war ihre Freundschaft doch in Blut und Mut und Angst geschmiedet worden.

»Wie schön, so vorhersagbar zu sein«, sagte Sebastian und blinzelte gegen die stinkende Luft des Raums an. Da der Tod des Bischofs erst vierzehn bis sechzehn Stunden zurücklag – und der größte Teil dieser

Stunden auf die Nacht fiel – war die Leiche noch relativ frisch. Die zugedeckte Gestalt, die am anderen Ende des Raums auf einer Liege lag, war hingegen alles andere als frisch.

Der Chirurg humpelte zu einem hölzernen Regal, das entlang der Rückwand des Raumes verlief, und auf dem eine angeschlagene Emailleschüssel und ein Krug stand. Er goss Wasser in die Schüssel und spülte sich die Hände ab. »Das ist unleugbar ein spannendes Puzzle. Zwei Männer, die im Abstand von Jahrzehnten am gleichen Ort ermordet wurden? So etwas bekommen wir nicht oft zu sehen.«

»Wenn man den Geruch bedenkt, würde ich sagen: ein Glück! Hast du schon irgendetwas gefunden, das die beiden miteinander in Verbindung bringt?«

»Noch nicht. Allerdings habe ich auch gerade erst mit dem Bischof begonnen. Er ist zweifellos an dem Schlag auf den Kopf gestorben ... nicht, dass das überraschend wäre, wenn man ihn genau ansieht.«

Sebastian studierte den Leichnam vor ihnen. Der Bischof von London war ein großer, dünner Mann mit langen, sehnigen Armen und Beinen gewesen. Ende fünfzig, Anfang sechzig, hatte er eine hohe Stirn und eine ausgeprägte Nase. Seine Wangenknochen zeichneten sich deutlich und messerscharf unter dem Fleisch seines Gesichts ab. Sein Haar war völlig weiß, er trug es streng und ungewöhnlich lang. Selbst im Tod haftete noch etwas Lehrerhaftes und Gütiges an seinen Zügen.

»Hast du ihn gekannt?«, fragte Gibson.

»Ich bin ihm ein- oder zweimal begegnet.« Sebastian untersuchte die klaffende Wunde, die die linke Seite des bischöflichen Kopfs verunstaltete. »Sir Henry sagte, neben der Leiche wurde eine Eisenstange gefunden. Glaubst du, das ist die Tatwaffe?«

Gibson nickte in Richtung einer massiven Eisenstange auf dem nächsten Arbeitstisch, deren eines Ende leicht gebogen und eingekerbt war. »Ich würde sagen, ja. Sie passt sehr genau zur Größe und Form der Wunde. Der Schlag hat seinen Schädel zertrümmert, das äußere Gewebe des Gehirns verletzt und es freigelegt. Wahrscheinlich ist er fast sofort gestorben, es besteht aber auch die Möglichkeit, dass er nach dem Schlag noch etwa eine halbe Stunde gelebt haben könnte. Ich bezweifle aber, dass er das Bewusstsein wiedererlangt hat.«

Sebastian sah überrascht auf. »Dann könnte er noch gelebt haben, als Reverend Earnshaw ihn gefunden hat?«

»Möglich. Nicht dass es eine Rolle spielte. Auch wenn der Reverend einen Arzt geholt hätte, anstatt zum Magistrat zu laufen, so hätte doch niemand mehr etwas für ihn tun können.«

Sebastian betrachtete die langen, sorgsam manikürten und unverletzten Finger des Bischofs. »Keine Anzeichen eines Kampfes?«

»Keine.« Gibson warf das raue Handtuch, das er noch immer hielt, zur Seite. »In den Zeitungen heißt es, der Bischof hätte einen Dieb überrascht, der die Öffnung der Krypta genutzt hätte, um die Gräber auszurauben.«

»Ich vermute, diese Geschichte ist beruhigender als die Alternative – dass jemand den Bischof von London vorsätzlich erschlagen hat.«

Gibson sah ihn an. »Hast du eine Vorstellung, wer?«

»Nicht die geringste. Nicht einmal einen Verdächtigen.« Sebastian beugte sich herunter, um den blutigen Kopf des Toten genau zu betrachten. »Was kannst du mir zu seinem Mörder sagen?«

»Nur sehr wenig, fürchte ich. Nach der Position der Wunde zu urteilen, würde ich sagen, der Bischof wurde von vorne erschlagen, und zwar von einem Rechtshänder. Der Angreifer war entweder außergewöhnlich groß, oder der Bischof befand sich unterhalb von ihm, zum Beispiel in sitzender oder gebückter Haltung.«

»Weshalb meinst du das?«

»Wenn man genau hinschaut, sieht man, dass die Wunde nicht ganz auf der Seite des Kopfs ist. Sie ist etwas höher, Richtung Mittelscheitel. Die einzige Möglichkeit, dass jemand in diesem Winkel schlagen kann, ist, dass er über dem Bischof gestanden hat, oder dass er deutlich größer war, was unwahrscheinlich ist, denn Bischof Prescott war selbst schon ein ungewöhnlich großer Mann.«

»Denkst du, der Bischof war vielleicht neben *ihm* hier in die Hocke gegangen?«, sagte Sebastian und nickte in Richtung der abgedeckten Gestalt auf der Liege hinter ihnen.

»Nach der Position, in der die beiden Männer gefunden wurden, würde ich sagen, das ist sehr wahrscheinlich. Der Bischof lag sozusagen auf dem früheren Opfer.«

Widerstrebend zog Sebastian die Decke von dem Leichnam aus dem achtzehnten Jahrhundert weg und stieß zischend die Luft aus. »Großer Gott.«

»Faszinierend, nicht wahr?«, sagte Gibson und humpelte neben Sebastian.

»Das ist *ein* Wort, um es zu bezeichnen.«

»Leider hatte ich noch nicht die Möglichkeit, ihn zu untersuchen, aber ich freue mich darauf.«

»Tatsächlich?« Sebastian studierte den eifrigen Ausdruck seines Freundes. »Dann würdest du die Krypta von St. Margaret's lieben.«

»In der Tat. Was für eine Gelegenheit!«

Sebastian senkte den Kopf, um sein Lächeln zu verbergen.

Unter den Spitzenrüschen, dem ursprünglich feinen blauen Samtjackett und der Satinweste war der Leichnam verschrumpelt und eingefallen. Trotzdem war noch gut zu erkennen, dass es der Körper eines einst ungewöhnlich großen Mannes war, der breit gebaut und beleibt gewesen war. Die Zeit und das Wirken der chemischen Substanzen in der Krypta hatten die Züge seines Gesichts ausgedörrt und verzogen und die Haut dunkel werden lassen, bis sie der eines alten Mauren aus den marokkanischen Bergen glich. Ohne die Kinnbinde, die normalerweise den Mund eines Toten geschlossen hielt, hatten seine Lippen sich zu einem stummen, lauten Aufschrei geöffnet, doch wo einst seine Augen gewesen waren, lagen jetzt seltsame, papierartige Büschel.

»Alte Puppen von Fliegen«, sagte Gibson, als Sebastian fragend aufsah.

Sebastian räusperte sich und kämpfte gegen den Drang, die Decke wieder über diese Schreckgestalt zu ziehen. »Habe ich es richtig verstanden, dass diesem Mann ein Dolch in den Rücken gestoßen wurde?«

»Richtig.« Gibson humpelte zum Tisch, griff nach einem Gegenstand und hielt ihn hoch. »Dieser.«

Die geschwärzte Klinge war lang und dünn, in einem Stück mit dem Griff gegossen und dann mit dem Hammer geschmiedet, um einen diamantförmigen Klingenquerschnitt ohne scharfe Kanten zu erhalten. Als Stichwaffe war sie nicht geformt worden, um zu schneiden, sondern um tief einzudringen.

»Eine exzellente Waffe«, sagte Sebastian und ließ den Daumen über die feinen Schnörkel in Form von Bärenklaublättern und Blumen gleiten, die den Griff verzierten. »Aus der Renaissance vielleicht?«

»Würde ich sagen, ja. Italienisch.«

Sebastian lenkte seinen Blick erneut auf den ausgedörrten Leichnam zu ihren Füßen. »Ich möchte gerne wissen, was zur Hölle unser Gentleman in Samt und Spitze überhaupt dort unten in der Krypta zu suchen hatte?«

»Das weiß ich nicht. Aber was es auch immer war – er war nicht allein.«

Kapitel 8

Nachdem Sebastian seinem beeindruckten Laufburschen genügend Zeit zugestanden hatte, die mumifizierte Leiche in Gibsons Autopsieraum anzugaffen, fuhr Sebastian zum St. James's Square, wo ein großes Herrenhaus, das als London House bekannt war, dem Bischof von London sowohl als Stadtwohnung wie auch für öffentliche Audienzen zur Verfügung stand. Eine dicke Schicht Stroh war bereits vor Hausnummer 32 auf der Straße ausgelegt worden, die Läden sämtlicher Fenster geschlossen und jede Öffnung mit einem schwarzen Vorhang verhangen worden. Als Sebastian die schwere Eisenglocke läutete, bat ein düster dreinblickender Diener ihn in einen verdunkelten Eingang.

Eine gedämpfte Stimme sagte in seinem Rücken: »Lord Devlin, richtig?«

Sebastian drehte sich um und sah einen schlanken Geistlichen mit flachsfarbenem Haar, der ihn von der Schwelle der kleinen Kapelle aus betrachtete, die gleich rechts neben dem Eingang lag. »Ja.«

Der Geistliche trat in einer Wolke aus Weihrauch einen Schritt vor. »Ich bin Dr. Simon Ashley, der Kaplan des Bischofs. Der Erzbischof hat mich gebeten, Euch jegliche Unterstützung zu bieten, die nötig ist, um Eure Bemühungen in der Aufklärung dieser schrecklichen Tragödie durchzuführen.«

»Danke sehr«, sagte Sebastian.

Der Kaplan verschränkte seine Finger und verbeugte sich. Ende dreißig oder Anfang vierzig, hatte er die feingezeichneten, aparten Züge und das blasse Antlitz eines Mannes, der sein Leben innerhalb von Räumen verbrachte. Für die Uneingeweihten mochte das Amt des Kaplans als ein niederes Amt gelten. Das war es mitnichten. Bischof Prescott hatte einst als Kaplan des Bischofs von Winchester Dienst getan, während der jetzige Erzbischof von Canterbury Kaplan des Bischofs von Durham gewesen war. Kaplan eines Bischofs zu sein war im Dienst der Kirche ein wichtiger Schritt auf der Leiter nach oben.

»Ich nehme an, Ihr beginnt gern bei …« Der Kaplan unterbrach sich, und seine dünne Nase zuckte.

»Das ist die Krypta«, sagte Sebastian und ließ den Blick über die Eingangshalle mit dem glänzenden Marmorfußboden, den Wandtafeln, den schweren, goldgerahmten Ölgemälden, die jetzt ebenfalls mit schwarzen Stoffen verhängt waren, schweifen. Meterweise schwarzer Kreppstoff. »Man sagte mir, dass der Geruch sehr hartnäckig ist.«

»Nun gut, ja …« Der Kaplan räusperte sich und deutete mit der Hand zur Treppe. »Die offiziellen Räume des Bischofs liegen dort. Wenn Ihr mit mir kommen wollt?«

Sebastian folgte dem Mann im schwarzen Rock durch das hohe Treppenhaus hinauf, wobei ihre Schritte in der Stille des großen Gebäudes widerhallten. »War der Bischof gestern zugegen?«

»Den größten Teil des Tages, ja«, sagte der Kaplan und blieb im ersten Stock stehen, um die Türen zu einer Flucht von Wohnungen auf der linken Seite der Treppe zu öffnen. »Er hatte einige Termine. Es stand für die nächsten beiden Wochen noch nicht auf dem Plan, nach Lambeth Palace zu ziehen, der Sommerresidenz des Bischofs.«

Auch diese Räume waren abgedunkelt, wie die unteren, die Läden fest geschlossen. Doch Sebastians Augen waren außergewöhnlich gut an die Dunkelheit angepasst. Unmittelbar hinter der Eingangstür blieb er stehen und ließ den Blick durch den mit Kork getäfelten Vorraum wandern. Er nahm die vergoldeten Bänke mit Samtpolstern und die nicht brennenden Kerzen in glänzenden Wandleuchtern aus Messing wahr. Hinter dem Vorraum lag ein zweites, kleineres Zimmer mit einem breiten Schreibtisch. Sebastian war bereits zwei Schritte darauf zu gegangen, als der Kaplan sich erneut räusperte.

»Ihr werdet gewiss verstehen, dass Angelegenheiten der Kirche oftmals von einer, sagen wir, delikaten Natur sind?«

Sebastian sah sich um. »Womit Ihr sagen wollt?«

»Womit ich sagen will, dass der Erzbischof mich mit der Aufgabe betraut hat, die bischöflichen Unterlagen durchzusehen. Ich versichere Euch, dass ich, sollte ich auf etwas stoßen, das für seinen Tod von Bedeutung zu sein scheint, es Euch selbstverständlich unverzüglich weiterleiten werde.«

»Mit anderen Worten, der Erzbischof wünscht, dass ich mich zurückhalte, die Schubladen des Bischofs zu durchwühlen? Wollt Ihr mir das damit sagen?«

Der Kaplan kicherte nervös, widersprach ihm aber nicht.

Sebastian schlenderte durch die Räumlichkeiten, die Hände im Rücken verschränkt. Der Kaplan folgte ihm im Abstand von etwa zwei Metern, verstohlen ein Taschentuch an seine Nase haltend. Aber für Sebastian gab es nicht viel zu sehen. Als Verwalter hatte Prescott offenbar eine Leidenschaft für Ordnung gehabt. Sein Schreibtisch war leer und sauber, jede Schublade sorgsam verschlossen. Sollte der Bischof in seinem Leben irgendwelche Leichen unter dem Bett gehabt haben, so hatte er sie allesamt gut versteckt.

»Und die privaten Gemächer des Bischofs?«, fragte Sebastian.

»Sie sind oben. Hier entlang.«

Die Privaträume des Bischofs im zweiten Stock wirkten gemütlicher und weniger förmlich, denn hier hatte Prescott seine freie Zeit verbracht. Eine Reitgerte und ein Paar Handschuhe lagen neben einer Schnupftabakdose auf der glänzenden Platte eines mit Intarsien verzierten, runden Tisches in der Mitte des Raums, als wäre ihr Besitzer gerade erst hinausgegangen und würde jeden Moment zurückkommen. Vor dem Kamin lag auf der Armlehne eines überfüllten Sessels ein Buch. Sebastian sah auf den Titel. *Die Choephoren* von Aischylos.

Langsam drehte er sich um die eigene Achse. Der größte Teil derjenigen Wände, in denen es keine Fenster gab, war von großen Bücherregalen verstellt, die vom Boden bis zur Decke reichten. Er ließ den Blick über die Titel wandern und war überrascht, Werke von Cicero, Aristoteles, Plato und Seneca zu sehen, die neben den vorhersehbareren Schriften des Thomas von Aquin und von Augustinus in den Regalen standen.

»Eine interessante Kollektion«, sagte Sebastian.

»Der Bischof begann seine Karriere als Dozent der Klassik am Christ's College in Cambridge.«

»Hatte er keine Familie?«

»Nur einen Neffen. Seine Gattin ist vor acht oder neun Jahren verstorben. Die Ehe blieb kinderlos.«

»Standen er und sein Neffe sich nahe?«

»Sehr. Sir Peter war ihm wie ein Sohn.«

Sebastian wandte sich um und sah den Kaplan an. »Sir Peter Prescott ist der Neffe des Bischofs?«

»Das ist richtig. Kennt Ihr ihn?«

»Wir waren zusammen in Eaton.« Sebastian erinnerte sich an Sir Peter als einen übersprudelnden, gutherzigen Jungen mit roten Wangen und einer Bereitschaft zum Lachen, mit der er seine leichte Neigung zum Starrsinn eines Maultieres überspielte. Laut sagte er: »Um welche Uhrzeit genau traf Reverend Earnshaw mit den Neuigkeiten über seine Entdeckung in der Krypta in London ein?«

»Reverend Earnshaw traf kurz nach fünf Uhr ein. Doch da er sich privat in den geschlossenen Räumen des Bischofs mit ihm traf, sind uns die Einzelheiten seiner Unterhaltung mit dem Bischof nicht bekannt.« Die schmale Nase des Kaplans zuckte indigniert bei dieser offensichtlich empfundenen Kränkung. »Selbst als der Bischof für später am Abend die Kutsche bereitmachen ließ, blieb er außergewöhnlich geheimnisvoll in Bezug auf die exakte Natur seiner Erledigung.«

Sebastian runzelte die Stirn. »Wann brach Earnshaw auf?«

»Etwa zwanzig Minuten nach seiner Ankunft.«

»Aber der Bischof machte sich erst später nach Tanfield Hill auf den Weg, um ... wieviel Uhr? Sieben?«

Tanfield Hill lag etwa eine Stunde westlich von London. »Warum die Verzögerung?«

Der Kaplan schniefte. »Der Bischof hat mich auch da nicht ins Vertrauen gezogen. Ich weiß jedoch, dass er um sechs Uhr noch einen wichtigen Termin hatte. Vermutlich wollte er ihn nicht absagen.«

Neben dem Kamin befand sich ein einfacher, türloser Durchgang mitten in der Wand. Sebastian näherte sich ihm und sah, dass er in eine kleine Schlafkammer führte, die unerwartet schlicht, ja beinahe spartanisch wirkte. Darin stand ein schmales Bett, das hart aussah. Er sagte: »Earnshaws Handlungsweise wirkt eigenartig: den Bischof von London höchstpersönlich in die Entdeckung eines Mordes einzubeziehen, der vor Jahrzehnten in einer Dorfkirche stattgefunden hat.«

Der Kaplan räusperte sich. »Unglücklicherweise hat uns der Bischof vor seiner Abfahrt nur wenige Informationen gegeben. Nur, dass es in Tanfield Hill einen Zwischenfall gegeben habe, der seine Aufmerksamkeit fordere, und dass er vielleicht nicht vor Mitternacht zurück sei.«

»Den Mord erwähnte er nicht?«

»Nein.«

Sebastian betrachtete ein letztes Mal die Räumlichkeiten, dann wandte er sich der Treppe zu, der Kaplan folgte ihm in beträchtlichem Abstand hinunter. Als sie den ersten Stock erreichten, sagte Sebastian: »Seit wann seid Ihr Prescott als Kaplan zu Diensten?«

»Seit nunmehr vier Jahren.«

»Also kanntet Ihr ihn gut.«

Der Kaplan deutete eine Verbeugung an. »Recht gut, ja.«

»Hatte er viele Feinde?«

Sebastian erwartete ein rasches, unwillkürliches Nein. Stattdessen sagte der Kaplan: »Der Bischof war nicht die Art Mann, die davor zurückschrak, eine unpopuläre Haltung einzunehmen. Unglücklicherweise machen solche Menschen sich Feinde. Viele Feinde.«

»Von welcher Art von unpopulärer Haltung reden wir?«

»Katholische Emanzipation. Die Notwendigkeit von Gesetzen zur Regulierung der Kinderarbeit. Sklaverei ...«

»Prescott war für die Abschaffung der Sklaverei?«

»Das war sogar sein vorderstes Anliegen. Das Wohlergehen in den Kolonien gehört zur Zuständigkeit des Bischofs von London, und Bischof Prescott nahm diesen Aspekt seiner Pflichten sehr ernst. Was ihn anging, war der *Slave Trade Act* zur Regulierung des Sklavenhandels, der vor einigen Jahren verabschiedet wurde, erst der Anfang. Er war fest entschlossen, ein Gesetz zur Abschaffung der Sklaverei ins Parlament einzubringen.«

»Das ist zweifelsohne ein guter Weg, sich Feinde zu machen«, sagte Sebastian. Mehrere der Mächtigen Englands hatten Vermögen in die Westindischen Inseln gesteckt. Der Verlust der Sklavenarbeit auf den Inseln wäre ihr Ruin. »Habt Ihr je gehört, dass jemand dem Bischof Schlimmes wünschte?«

»Ihr meint, dass ihn jemand bedrohte?« Der Kaplan blieb am Fuß der Treppe stehen und zog die Brauen zusammen, als müsse er nachdenken. Doch er schüttelte nur den Kopf und sagte: »Nein, ich glaube nicht.«

Sebastian studierte das schmale, scharf geschnittene Antlitz des Geistlichen. Der Mann war ein fürchterlich schlechter Lügner. »Ich würde gerne eine Liste mit den Terminen des Bischofs der letzten paar Wochen sehen.«

Der Kaplan schniefte. »Ich werde das mit dem Erzbischof abklären. Wenn er keine Einwände erhebt, werde ich den Sekretär anweisen, Euch eine Abschrift der bischöflichen Agenda zu erstellen.« Er wies einen vorbeieilenden Lakaien mit einem Kopfnicken an, die Tür zu öffnen. »Tatsächlich seid Ihr bereits die zweite Person, die heute nach dieser Information gefragt hat.«

»Ach? Wer war die erste?«, sagte Sebastian und blieb auf der obersten Stufe vor der Tür stehen, um zurückzublicken. »Einer der Untersuchungsrichter der Bow Street?«

»Nein. Miss Hero Jarvis.« Der Kaplan hob sein Schnäuztuch an die Nase. »Guten Tag, Mylord.« Er warf dem Lakaien einen beredten Blick zu, worauf dieser leise die Tür zwischen ihnen schloss.

Sebastian blieb einen Augenblick stehen, um über den weiten Platz hinwegzublicken, über das große Becken, dessen Wasser das Sonnenlicht reflektierte, und zur Statue von König Charles. Dann hob er den Ärmelaufschlag seines Mantels an die Nase und schnupperte daran.

Kapitel 9

Das Gesicht zu einer Grimasse des Missfallens verzogen, hob Sebastians Leibdiener den abgelegten Mantel aus feinster dunkler Merinowolle mit einem sorgsam gekrümmten Finger hoch und hielt ihn einen Arm weit von sich weg.

»Ich weiß«, sagte Sebastian, ohne von der schwierigen Aufgabe, ein frisches Halstuch zu binden, aufzublicken. »Tun Sie, was Sie können, um den Geruch herauszubekommen. Wenn es nicht gelingt, verbrennen Sie ihn.«

Jules Calhoun zuckte in gespielter Überraschung zurück. »Wie bitte? Ihr wollt sagen, Ihr findet die Vorstellung, durch London zu spazieren und dabei wie ein hundert Jahre alter Leichnam zu riechen, nicht reizvoll?«

»Hundert Jahre könnten noch erträglich sein. Die Zeit dazwischen riecht am stärksten.«

Der Leibdiener lachte leise. Calhoun, ein zierlicher, schlanker *Gentleman's Gentleman* um die dreißig, hatte sein Leben in einem der berüchtigtsten Freudenhäuser Londons begonnen – ein Lebensstart, der ihm eine unleugbare Ausstrahlung, aber auch eine ganze Anzahl nützlicher Verbindungen in die Unterwelt der Stadt verliehen hatte.

Er sammelte den Rest von Sebastians abgelegter Kleidung ein, fasste die anstößigen Kleidungsstücke zu einem Bündel zusammen und sagte: »Ist es wahrscheinlich, dass Ihr zu St. Margaret's zurückkehren werdet?«

»Möglich.«

»Dann rate ich dazu, diese Stücke aufzubewahren.«

Sebastian glättete die Falten seiner Krawatte. »Guter
Vorschlag.«

Der Leibdiener beobachtete Sebastian dabei, wie er einen schlanken Dolch in eine versteckte Scheide in seinem rechten Stiefelschaft gleiten ließ. »Erwartet Ihr
Schwierigkeiten?«

Sebastian richtete seine Manschetten. »Wenn ich mit
Angehörigen der Familie Jarvis zu tun habe? Immer.«

Die meisten Töchter der oberen Zehntausend verbrachten ihre Zeit damit, Einkäufe in der Bond Street
zu tätigen, an einer schwindelerregenden Folge von
Picknicken und Frühstücken nach venezianischem
Vorbild teilzunehmen und einander Morgenbesuche
abzustatten. Nicht so Miss Jarvis.

Als Sebastian sie endlich aufgespürt hatte, hielt sie
sich gerade im Royal Hospital in Chelsea auf. Der riesige rote Backsteinkomplex, den Sir Christopher Wren
entworfen hatte, war um mehrere weitläufige Höfe
herum errichtet worden. Charles II. hatte das Krankenhaus im siebzehnten Jahrhundert für die Versorgung
der Kriegsversehrten und alten Veteranen der Nation
errichten lassen. Doch nach jahrzehntelanger Kriegsführung litt die Einrichtung inzwischen unter einem
beträchtlichen finanziellen Mangel und war zudem
vollends überbelegt.

Er hatte bereits gehört, dass Miss Jarvis die Unterstützung des Krankenhauses zu einem ihrer Projekte

gemacht hatte. Als er den sonnenüberfluteten Haupt-
hof überquerte, sah er Miss Jarvis aus der Kapelle her-
auskommen. Sie war in Begleitung eines untersetzten
Herrn mit einem geschwungenen, kastanienbraunen
Schnauzbart und dem eifrigen Gebaren eines Arztes.
Sie trug ein smaragdgrünes Ausgehkleid mit Rüschen
am Saum, das am Ausschnitt und den Ärmeln dunkler
paspeliert war. Einen filigranen Sonnenschirm aus
Seide in einem passenden Grünton hielt sie im richtigen Winkel, um ihr Antlitz zu beschatten. Ein grauge-
kleidetes Dienstmädchen, das die Hände fest um die
Bänder seines Retiküls klammerte, folgte in angemes-
senem Abstand.

»Ach, da seid Ihr ja, Miss Jarvis«, sagte Sebastian und
näherte sich ihr. »Kann ich Euch einen Moment sprechen?«

Sie drehte den Kopf, um ihn anzusehen, und ihre Lippen öffneten sich in einem raschen Luftschnappen. Sie
war eine beeindruckende Frau mit der Hakennase ihres Vaters und dem intelligenten Ausdruck in ihren
grauen Augen. Mit fünfundzwanzig Jahren trug sie ihr
mittelbraunes Haar derzeit meist auf unvorteilhafte
Art zurückgesteckt – auf eine Weise, die eher zu einer
Gouvernante gepasst hätte. Kürzlich jedoch hatte sie
sich erst einige Strähnen kürzer schneiden lassen, sodass sie ihr kunstvoll in die Stirn fielen. Der Effekt war
ein irreführender Eindruck von unerwarteter Weich-
heit. Niemand wusste besser als Sebastian, dass nichts
an Hero Jarvis weich war.

Es mochte sie irritieren, ihn hier zu sehen, jedoch erholte sie sich sogleich. »Es tut mir leid, Mylord«, sagte
sie, »aber Dr. McCain hat mir überaus gütigerweise

angeboten, mich durch die Anstalten zu führen, und ich würde ihm ungern Unannehmlichkeiten ...«

»Ich bin überzeugt, der gute Doktor wird uns einen Augenblick entschuldigen«, sagte Sebastian und ließ in dem Lächeln, das er dem Arzt schenkte, seine Zähne blitzen.

»Aber gewiss«, sagte der Arzt und zog sich sogleich mit einem höflichen Diener zurück.

»Meine Bemühungen hier sind wichtig«, sagte sie mit leiser Stimme zu Sebastian, als sie sich umwandten, um gemeinsam über den gepflasterten Hof zu schlendern. »Es ist mehr als beschämend für ein Land unseres Wohlstandes und unserer Grandeur, Männern abzuverlangen, dass sie in einem Krieg Leib und Leben aufs Spiel setzen, und sie dann, wenn sie verletzt und als Invaliden nach Hause zurückkehren, der Armut und Vernachlässigung zu überlassen.«

»Glaubt mir, Miss Jarvis, ich hege nichts als Bewunderung für das, was Ihr zu erreichen versucht. Ich werde Euch nicht lange aufhalten.« Er musterte ihr klassisches Profil. Sie sah dünner und blasser aus, als er sie in Erinnerung hatte. Einst, nur zwei Monate zuvor, hatte Sebastian diese Frau in den Armen gehalten, das Salz ihrer Tränen geschmeckt, hatte gespürt, wie ihr unerwartet hingebungsvoller Körper erschauerte. Doch das war ein aus der Zeit gefallener Augenblick gewesen. In jener Stunde glaubten sie beide, dem sicheren Tod ins Auge zu sehen.

Stattdessen hatten sie überlebt. Diese geteilten Momente der Schwäche waren zu einer Quelle der Beschämung und des Bedauerns geworden, die auf sie beide tiefgreifende Auswirkungen haben konnte. Er wusste, dass sie aus größter Nähe einen Wegelagerer erschossen hatte, dass sie sich dem Tod mit einer geistesgegenwärtigen Stärke entgegengestellt hatte, die man nur selten fand. Doch für eine junge Frau von guter Abstammung war es etwas gänzlich anderes, sich der möglichen Schande und der Ächtung zu stellen, die die Geburt eines unehelichen Kindes mit sich bringen würde. Und er beabsichtigte keineswegs zuzulassen, dass sie allein unter dem leiden müsste, was sie beide gemeinsam getan hatten. Der Haken war, dass er nicht sicher war, ob sie es ihm erzählen würde, wenn jener schicksalhafte Nachmittag Folgen gehabt hatte.

»Geht es Euch gut?«, fragte er.

Sie wusste exakt, worauf er hinauswollte. »Mir geht es bestens, danke.« Sie blickte starr geradeaus und verhielt nicht eine Sekunde den Schritt. »Ihr habt keinen Anlass zur Sorge.«

Er wollte ihr glauben, konnte es jedoch nicht. Sie hatte ihm ihre ehrliche Meinung zur Ehe bereits mitgeteilt. Als er ihr nach ihrer Rettung an jenem Tag den Schutz seines Familiennamens angeboten hatte, war ihre Antwort ohne Zögern und unmissverständlich gekommen. Wenn er jetzt die selbstbeherrschten Züge der Frau neben sich betrachtete, fand er darin keine Spur mehr des verletzlichen Geschöpfs, das sich ihm in den kalten, dunklen Gewölben unter Somerset House hingegeben hatte. Und doch war es geschehen.

Er sagte: »Der Erzbischof von Canterbury hat mich gebeten, im Mord an Bischof Prescott zu ermitteln.«

Einen Augenblick verkrampfte sich die Hand, die den Sonnenschirm hielt, so sehr, dass Sebastian den feinen

Bambus knacken hörte. Doch die ruhige Selbstkontrolle in ihrer Stimme wankte nicht. »Bischof Prescott?«, wiederholte sie leichthin. »Und was, bitte schön, hat sein Tod mit mir zu tun?«

»Das weiß ich nicht. Deshalb hat es meine Neugier geweckt, als ich erfuhr, dass Ihr eine Abschrift der letzten Termine von Prescott erbeten habt.«

Sie blickte quer über den Hof zu einem ausgehungerten einbeinigen Mann, der an einer Krücke humpelte. »Ah«, sagte sie sanft. »Und jetzt wollt ihr wissen, weshalb, nicht wahr?«

»Ja.«

Sie blickte weiterhin auf den verwundeten Soldaten in seiner schmucken, altmodischen Uniform. »Um es unumwunden zu sagen: Ich glaube, der Bischof wurde erpresst.«

»*Erpresst?*« Welche Antwort er auch von ihr erwartet haben mochte – diese war es nicht.

»Ja.«

»Und was genau hat Euch zu diesem Schluss geführt, Miss Jarvis?«

»Als ich mich gestern Abend mit dem Bischof getroffen habe, erschien er mir sehr beunruhigt.«

»*Ihr* hattet einen Termin bei Prescott?«

Sie warf ihm einen Seitenblick zu. »Das hattet Ihr noch nicht herausgefunden?«

»Nein, hatte ich nicht. Um wie viel Uhr habt Ihr Euch mit ihm getroffen?«

»Sechs Uhr.«

»Dann wart Ihr die wichtige Verabredung, die der Bischof nicht absagen wollte. Macht es Euch etwas aus, wenn ich frage, warum Ihr Euch mit dem Bischof von London verabredet habt?«

Sie ließ ihren Sonnenschirm in heftigen Bewegungen vor und zurück zucken. »Ihr könnt fragen, wenn Ihr es wünscht, Mylord. Ich habe jedoch mitnichten die Absicht, Eure Frage zu beantworten. Glaubt mir, es ist von keinerlei Relevanz für Eure Ermittlungen.«

»Mag sein«, sagte er ruhig. »Aber das werde ich noch herausfinden, wie Ihr wisst.«

Sie drehte sich zu ihm um, ihre Augen blitzten kalt vor Missbilligung. »Nun gut, wenn Ihr darauf besteht: Der Bischof bat mich um Hilfe bei der Vorbereitung der Rede, die er am Donnerstag vor dem House of Lords halten sollte.«

Sebastian betrachtete die sanfte Wölbung ihrer Wange und die dunklen, geschwungenen Wimpern, die ihre Augen halb verbargen, als sie den Blick abwandte. Sie war eine sehr gute Lügnerin, doch nicht gut genug. Er sagte: »Die Rede zur Abschaffung der Sklaverei.«

»Richtig.«

Sebastian ließ den Blick zur Statue Georges des II. in der Mitte des Hofs wandern, die ihn im Staat eines römischen Kaisers darstellte. Wenn er den Ablauf der Ereignisse des gestrigen Abends richtig begriffen hatte, dann müsste Miss Jarvis kurz nach Reverend Malcolm Earnshaws Unterredung mit dem Bischof in London House eingetroffen sein. Doch es fiel Sebastian schwer, sich vorzustellen, was an der Entdeckung einer Jahrzehnte alten Leiche in einer kleinen Dorfkirche einen so mächtigen und weltgewandten Menschen wie den

Bischof von London aus dem Konzept hätte bringen können.

Er sagte: »Hat Prescott Euch erzählt, er wurde erpresst?«

»Nicht mit klaren Worten.«

»Was genau hat er denn gesagt, das Euch zu einem so unwahrscheinlichen Rückschluss geführt hat?«

»Es tut mir leid, aber das kann ich Euch nicht sagen.«

»Ihr ...« Er unterbrach sich, atmete tief ein und sagte ruhiger: »Miss Jarvis, muss ich Euch daran erinnern, dass ein Mann gestorben ist?«

Sie blieb regungslos. »Offensichtlich nicht, Mylord Devlin. Aber Francis Prescott war mein Freund. Er hat mir das, was er sagte, unter vier Augen anvertraut, und ich glaube nicht, dass der Tod eines Menschen seine Freunde von ihrer Verantwortung befreit, seinen Wunsch nach Diskretion zu respektieren.«

Er sah sie unverwandt an. »Ihr würdet das Vertrauen des Bischofs sogar respektieren, wenn das hieße, dass sein Mörder davonkommt?«

In einem raschen Atemzug weiteten sich ihre Nasenflügel. »Nein. Aber wenn ich das in mich gesetzte Vertrauen des Bischofs ehren kann, indem ich zunächst selbst ein paar Erkundigungen einziehe, würdet Ihr mir dann nicht zustimmen, dass es geradezu meine Pflicht ist, das zu tun? Sollte ich herausfinden, dass die Information, die ich habe, bei seinem Tod eine Rolle gespielt hat, dann werde ich sie Euch selbstverständlich enthüllen.«

»Deshalb habt ihr nach der Liste aller Termine des Bischofs gefragt?«

»Ja.«

Er sah, wie sie wieder den Blick abwandte. Sie mochte ihm die Wahrheit gesagt haben, doch hatte er den unschönen Eindruck, dass es nur die halbe Wahrheit war. Er sagte: »Erpresser vereinbaren nicht unbedingt Termine, wisst Ihr.«

Ihre Nüstern bebten. »Das ist mir auch in den Sinn gekommen.«

»Und habt Ihr auf dieser Liste nach einem bestimmten Namen gesucht?«

»Tatsächlich habe ich diese Liste noch gar nicht erhalten.«

»Und wenn Ihr die Liste dann bekommt, Miss Jarvis, wessen Name erwartet Ihr darauf zu finden?«

Er rechnete nicht damit, dass sie ihm darauf antworten würde. Zu seiner Überraschung kräuselten sich ihre Lippen jedoch in einem kleinen, freudlosen Lächeln, und sie sagte: »Lord Quillians Name.«

»*Quillian*? Sicherlich verdächtigt Ihr Quillian nicht des Mordes am Bischof?«

Sie zog eine Augenbraue zu einem Bogen hoch. »Findet Ihr das so unwahrscheinlich?«

»Der Mann ist doch ein Geck. Sein Hemdkragen ist so hoch und steif, dass er kaum den Kopf drehen kann, und seine Jacketts sind ihm derart eng auf den Leib geschneidert, dass die Nähte reißen würden, wenn er versuchte, jemanden zu erschlagen, das versichere ich Euch.«

»Das könnt Ihr ja glauben. Und doch hat er sich zwei Mal duell…«

»Das ist zwanzig Jahre her.«

»… und er ist ein bekennender Gegner der Abschaffung der Sklaverei.«

»Wie eine ganze Zahl anderer Männer in London.«

»Richtig. Doch wie viele dieser Männer sind so weit gegangen, den Bischof tatsächlich zu bedrohen?«

Sebastian runzelte die Stirn. »Quillian hat den Bischof bedroht? Hat Prescott Euch das gesagt?«

Sie schüttelte den Kopf. »Das musste er nicht. Ich promenierte am Samstag mit dem Bischof im Hyde Park, da ist Lord Quillian an ihn herangetreten.«

»Herangetreten?«

»Ja, herangetreten. Er warnte den Bischof eindringlich, er müsse seine Unterstützung für den *Slavery Abolition Act* aufgeben. Er sagte, Männer, die im Glashaus säßen, sollten nicht mit Steinen werfen.«

»Das muss nicht zwangsläufig eine Drohung gewesen sein.«

»Möglich. Bloß sagte er anschließend: ›Gebt acht, dass am Ende nicht Euer eigenes Haus zerbricht, Mylord Bischof.‹«

Sebastian blickte zu Tom, der in der Nähe zum überwucherten Eingangstor der alten Ranelagh Gardens die Grauen die Straße hinauf und hinab führte. »Ihr wisst natürlich, dass ich meinerseits nun an Lord Quillian herantreten werde.«

»Das hoffe ich aufrichtig. Warum sonst, meint Ihr, habe ich Euch dies erzählt?«

Er schnaubte. »Ihr glaubt nicht ernstlich, dass dieser alternde Filou etwas mit der Ermordung des Bischofs zu tun hat, nicht wahr?«

»Aber ganz im Gegenteil, das tue ich«, sagte sie, drehte sich um und schlug den Rückweg zur Kapelle ein.

Er schloss zu ihr auf. »Ihr sagt, der Bischof war Euer Freund?«

»Das war er.«

»Dann erzähl mir von ihm.«

Sie ging los, über den Hof zu dem untersetzten, schnauzbärtigen Arzt, der mit hinter dem Rücken verschränkten Händen geduldig wartete. Sebastian, der ihr Antlitz studierte, erkannte in ihren Zügen einen unmissverständlichen Anklang von Trauer. »Wie soll man einen so lebendigen, vielschichtigen Mann auf wenige Worte reduzieren? Er war … er war der leidenschaftlichste und mitfühlendste Mensch, den ich je kennengelernt habe.«

»Wie ich hörte, war er ein Fürsprecher der Reformen.«

Ein eigenartiges, trauriges Lächeln huschte über ihre Lippen. »Ich bin eine Fürsprecherin der Reformen. Francis Prescott war das auch, aber er war noch so viel mehr. Ich habe einmal gesehen, wie er einer frierenden Frau in den Straßen seinen eigenen Mantel gab, und wie er persönlich seine Kutsche anhalten ließ, um ein schmutziges, verhungerndes Kind in die Arme zu nehmen, das jemand am Straßenrand ausgesetzt hatte.«

»Das klingt nach einem echten Heiligen.«

»Ein Heiliger?« Sie dachte darüber nach. »Nein, kein Heiliger. Er war ein Mensch wie jeder andere.«

»Also hatte er Fehler.«

»Wir alle haben Fehler, Mylord Devlin.«

»Und was waren Bischof Prescotts Fehler?«

Sie blickte leicht besorgt. »Ich denke, man hätte ihm gelegentlich vorwerfen können, gegenüber Menschen französischer oder amerikanischer Abstammung nicht wohltätig gehandelt zu haben.«

Er sah sie überrascht an. »Wegen der Revolutionen in diesen beiden Ländern? Aber ... ich dachte, Prescott war ein Fürsprecher der Reformen?«

»Reformen, ja. Revolution, nein. Die Gewalttätigkeit in der französischen und der amerikanischen Revolution schreckte ihn ab. Wobei ich glaube, das war es nicht allein. Er verlor drei seiner Brüder in den Kriegen des vergangenen Jahrhunderts – einen im Kampf gegen die Franzosen in Kanada, einen im Kampf gegen die Franzosen in Indien und den dritten im Kampf gegen die amerikanischen Rebellen.«

»Eine sehr kriegerische Familie für einen Bischof.«

Sie blickte ihn an. »Das ist es doch, was jüngere Söhne tun, oder nicht? Entweder nehmen sie den Rock, oder sie kaufen ein Offizierspatent.«

Sebastian lächelte schief. Als jüngster von drei Söhnen des Earls of Hendon war ihm selbst eine militärische Laufbahn vorbestimmt gewesen, bevor der Tod seiner beiden Brüder ihn in die Position des Erben versetzt hatte. Sobald er Viscount Devlin, Titelerbe des Earls, geworden war, war keine Rede mehr von seiner militärischen Karriere gewesen. Hendon war ohnehin vor Wut – und Sorge – außer sich gewesen, als Sebastian weggegangen war, um annähernd sechs Jahre gegen die Franzosen zu kämpfen.

Er sagte: »Wusstet Ihr, dass Prescott gestern Abend vorhatte, nach Eurem Treffen nach Tanfield Hill zu fahren?«

Sie schüttelte den Kopf. »Das hat er nicht erwähnt.« Sie waren fast bei Doktor McCain und Heros Zofe angelangt, die geduldig neben dem Eingang zur Kapelle warteten. Sie verlangsamte und wandte sich ihm zu.

»Nun müsst Ihr mich wirklich entschuldigen, Mylord. Mehr kann ich Euch nicht sagen.«

»Könnt Ihr nicht oder wollt Ihr nicht?«

Sie zog in einer unangenehm an ihren Vater erinnernden Bewegung eine Augenbraue hoch. »Spielt es eine Rolle?«, sagte sie und eilte an ihm vorbei, den Sonnenschirm genau im richtigen Winkel haltend, das Kinn hocherhoben und den Rücken störrisch durchgestreckt.

Kapitel 10

Sebastian hegte keinen Zweifel daran, dass Miss Jarvis mehr als fähig war, den gutgekleideten Freund des Prinzregenten, Lord Quillian, den sprichwörtlichen Löwen zum Fraß vorzuwerfen, wenn es ihr half, die Aufmerksamkeit von dem abzulenken, was sie selbst zu verbergen suchte, was auch immer das sein mochte. Doch für den unwahrscheinlichen Fall, dass der Dandy mittleren Alters tatsächlich in das verfrühte Ableben des Bischofs von London verwickelt sein sollte, verbrachte Sebastian den größten Teil des Nachmittags damit, seine Spur durch die angesagten Einkaufsviertel in der Bond Street, der Jermyn Street und der Saville Row zu verfolgen, in denen Mode für den Gentleman feilgeboten wurde.

Letztendlich spürte er Quillian in den diskreten Räumlichkeiten von *Schweitzer and Davison* in der Cork Street auf. Der schlanke Mann mittlerer Größe mit eingefallenen Wangen, einer Hakennase und grünen Augen unter schweren Lidern gehörte derselben Generation an wie der Prinz. Als zweitgeborener Sohn hatte er mit Ende zwanzig sein Erbe angetreten, nachdem sein älterer Bruder verstorben war. Wie so viele Männer im Gefolge des Prinzen war der Baron süchtig nach Glücksspiel, nach verschwenderisch fließendem Wein und unkonventionellen Frauen. Seine beherrschende Leidenschaft jedoch war die Mode, und er verschwendete den größten Teil seiner Zeit – und seines beträchtlichen Vermögens – auf die Ausstaffierung seiner Person.

Als Sebastian ihn endlich antraf, war Quillian in hellbraune Hosen aus feinstem Rehleder und ein makellos geschneidertes Jackett mit Silberknöpfen gekleidet. Er hatte seinen Wanderstock aus Ebenholz mit dem silbernen Knauf unter den Arm geklemmt und führte mit seinem Schneider gerade eine angeregte Diskussion über die Vorzüge und Nachteile gekämmter Merinowolle gegenüber dem festen Bath-Stoff.

»Ich habe gehört, Beau schwöre auf den Bath-Stoff«, sagte Sebastian.

»Das ist richtig«, sagte Quillian. »Anderseits hat Brummell seine Karriere als Husar begonnen. Einmal Militär, immer Militär.« Der Baron blickte zur Seite und runzelte die Stirn, als er Sebastians eigene, gut geschneiderte, doch lässige Bekleidung sah. »Ich wage zu behaupten, dass Ihr Eure Oberbekleidung bei *Meyer's* in der Conduit Street ordert, und immer aus Bath-Stoff.«

»Oft, ja.«

»Nun denn; sehen Sie?« Er nickte dem Schneider zu. »Nehmen wir doch die Merinowolle, nicht wahr?«

Mister Schweitzer verbeugte sich unterwürfig und zog sich zurück.

»Geht ein Stück mit mir«, sagte Sebastian und fiel neben dem Dandy in die gleiche Gangart, als sie den Laden verlassen hatten.

Der alternde Lebemann schickte einen misstrauischen Blick zur Sonne, die hell vom wolkenlosen Himmel schien. »Nun, ich kann mit Euch bis zum Ende der

Straße gehen, denke ich. Aber ich fürchte, dann muss ich wirklich eine Kutsche rufen. Ich bin fürchterlich anfällig für die Sonne, müsst Ihr wissen. Wenn ich nicht achtgebe, werde ich rasch so braun wie ein Wilder.«

Sebastian musterte den cremeweißen Teint seines Gegenübers. »Recht so.« Er wartete, als der Dandy anhielt, um ein Tablett mit Knöpfen zu betrachten, das im Schaufenster eines Ladens in der Nähe ausgestellt war, dann fügte er hinzu: »Ich nehme an, Ihr habt vom Tod des Bischofs von London gehört?«

Den Baron überlief ein kurzer Schauder, dann ging er weiter. »Nun, wer hat das nicht, frage ich Euch? Die Beschreibung in der *Morning Post* hat beinahe nervöse Zuckungen bei mir ausgelöst – nicht, dass ich je etwas anderes als entschiedene Verachtung für diese Person übrig gehabt hätte, aber dennoch. Brutalität jedweder Art ist so ... barbarisch.«

»Und doch ist mir zu Ohren gekommen, dass Ihr selbst Euch in jüngeren Jahren zwei Mal duelliert habt.«

Quillian lächelte schmallippig; seine schläfrigen Augen wirkten mit einem Mal deutlich weniger müde. »Sicherlich wollt Ihr das, was Prescott widerfahren ist, nicht mit einem Duell zusammenwerfen, das nach dem Kodex eines Gentlemans verlaufen ist? Ich meine, sich den Schädel einschlagen zu lassen – das ist so ... *pöbelhaft*, meint Ihr nicht?«

»Ganz zu schweigen davon, dass es tödlich ist.«

»Das nehme ich an.« Quillian schniefte. »Wobei es Prescotts eigene Schuld ist, in der Tat. Er hätte vorher über die Konsequenzen nachdenken müssen.«

»Vorher ... wovor?«

»Na, bevor er damit angefangen hat, die Hälfte der Männer in London gegen sich aufzubringen, natürlich.«

»Mir ist zu Ohren gekommen, dass Ihr selbst in aller Öffentlichkeit mit dem Bischof gestritten habt. Letzten Samstag, nicht wahr? Im Hyde Park«, fügte Sebastian hinzu, als der Lebemann ihn fortgesetzt mit leerem Blick betrachtete.

»Ach, das.« Quillian tat den Zwischenfall mit einer Bewegung seiner schmalen Hand ab, die in schneeweißes Kitzleder gekleidet war.

»Ja, das. Über die Abschaffung der Sklaverei, nehme ich an?«

Quillian schniefte. »Der verfluchte, selbstgerechte Narr versuchte, einen *Slavery Abolition Act* durchs Parlament zu peitschen. Wenn Ihr mich fragt, ist es gleichbedeutend mit Hochverrat, zu Kriegszeiten einen solchen Gesetzesvorschlag einzubringen. Die finanziellen Auswirkungen einer solchen Narretei wären ruinös.«

»Für Euch.«

»Für *England*.«

»Ich nehme an, der Bischof handelte im guten Glauben, in den Diensten einer höheren Macht zu stehen.«

»Der Mann war ein Narr.«

Sebastian bemerkte, wie sich die Hand des Barons fester um den silbernen Griff seines Spazierstocks schloss. Er selbst besaß ein ähnliches Stück; der geschmückte Griff ließ sich herausdrehen. Er barg einen langen, schmalen Dolch.

Er sagte: »Ich hörte von Vermutungen, dass jemand versuchte, Prescott zu erpressen. Ihr wisst nicht zufällig etwas darüber, oder?«

»Erpressung? Ernsthaft?« Quillians Lippen verzogen sich zu einem schmalen Lächeln, doch sein Blick blieb hart. »Deutet Ihr an, dass es in der Vergangenheit seiner hochwürdigsten Selbstgerechtigkeit etwas gab, das ihn erpressbar gemacht haben könnte? Wie überaus … unterhaltsam. Hätte man dies doch eher gewusst, so hätte man Nutzen daraus ziehen können.«

Sebastian studierte das sorgfältig gepuderte Gesicht seines Gegenübers. »Ihr sagt, Ihr kennt nichts aus der Vergangenheit des Bischofs, das ihn erpressbar gemacht haben könnte?«

»Erpressung ist so … schäbig. Findet Ihr nicht auch?«

»Ganz so wie Mord«, sagte Sebastian.

»Präzise. Wenn Ihr meine Meinung wissen wollt – und wie ich es verstanden habe, wollt ihr das, denn Ihr habt mich offensichtlich verfolgt, um diese fürchterliche Angelegenheit mit mir zu besprechen – so könnten die Behörden Schlimmeres tun, als die Machenschaften dieses grässlichen Kerls aus den Kolonien unter die Lupe zu nehmen.«

»Kerl aus den Kolonien? Ihr meint einen Amerikaner?«

»Das ist richtig. Franklin ist sein Name, glaube ich. Soweit ich es verstanden habe, war er Gouverneur von New Jersey oder etwas ähnlichem, vor den jüngsten Unannehmlichkeiten.«

»Ihr meint *William* Franklin, Benjamin Franklins Sohn?«

»Ja, das ist er. Er verließ gerade die Räumlichkeiten des Bischofs, als ich am Montagnachmittag dort eintraf.«

»Ihr habt vergangenen Montag den Bischof getroffen?«

»Korrekt«, sagte der Dandy und ließ seinen Spazierstock am Griff schwingen. »Ich hatte gehofft, ich könne den Bischof mit meinem klugen Ratschlag davon überzeugen, intelligenterweise seine beabsichtigte leidenschaftliche Attacke gegen die Sklaverei vor dem House of Lords am kommenden Donnerstag aufzugeben.«

»Indem Ihr an seine bessere Natur appelliertet?«

»Wohl kaum. Indem ich ihm drohte, ihn aus seinen Klubs herauspressen zu lassen.« Quillian schniefte. »Ihr werdet mir zustimmen, dass es einen deutlichen Unterschied zwischen *Herauspressen* und *Erpressen* gibt, nicht wahr? Hmm?«

Tatsächlich kam es Sebastian durchaus wie eine *Form* der Erpressung vor, einem Mann mit Herauspressen zu drohen, aber er sagte lediglich: »Und Franklin?«

»Wie bereits gesagt, war der Mann gerade im Gehen begriffen, als ich kam. Ihr Wortwechsel war offenkundig hitziger Natur, denn als ich das Vorzimmer betrat, hörte ich den Bischof sagen, dass es eher einen dunklen Tag in der Hölle geben werde, bevor er mit dem Sohn eines Verräters verhandeln würde. Worauf Franklin antwortete ...« An dieser Stelle zögerte der Lebemann, als würden ihn bei der Erkenntnis, dass er einen Mann in einen Zusammenhang mit Mord brachte, urplötzlich Skrupel bestürmen.

Sebastian hakte gehorsam nach: »Ja?«

»Worauf Franklin antwortete: ›In die Hölle gehören Menschen wie Ihr selbst.‹« Quillian sah Sebastian erwartungsvoll an.

Sebastian sagte: »Ihr erwartet, dass ich das als eine Drohung von Franklins Seite betrachte?«

»Nun, so könnte man es durchaus auffassen, oder etwa nicht?«

»Vielleicht. Ihr habt nicht per Zufall eine Vorstellung davon, worüber sie gesprochen haben?«

»Ich fürchte, nein.« Quillian legte einen Handrücken an seine Stirn. »Gütiger Himmel. Ich glaube doch tatsächlich, ich laufe Gefahr, zu *transpirieren*. Das ist Eure Schuld, wisst Ihr das? Von mir zu erwarten, dass ich durch die Straße *gehe*, wie ein Milchmädchen beim Ausliefern.« Er hob die Stimme. »Kutsche! Kutsche, sage ich!«

Zwei Kutscher, die vor einem Wirtshaus in der Nähe ausharrten, fuhren auf und eilten herbei. »Carlton House«, sagte Quillian, der sich kurz darauf gegen die gepolsterte Rückenlehne des Sedans sinken ließ.

»Eine Sache noch«, sagte Sebastian, der die Hand auf dem Rand der Kutsche liegen ließ, um sie aufzuhalten. »Wo genau wart Ihr gestern Abend?«

Quillians Augen weiteten sich in betonter Indignation. »Nun, beim Prinzen.«

»Den ganzen Abend?«

»Gewiss«, schnappte er und bedeutete dem Kutscher mit einem Nicken, loszufahren.

Sebastian trat einen Schritt zurück und verengte die Augen gegen den Sonnenschein, als er zuschaute, wie die Kutschpferde lostrabten.

Kapitel 11

Das Querholz ihres Drachen fest in der Hand, lief die Kleine den grasbewachsenen Hügel am Rand des Green Park hinab. Ihre Knie stießen dabei gegen den Musselinstoff ihres schlichten Kleidchens. Sie war ein unauffälliges Kind, zwischen zwölf und vierzehn Jahre alt, mit dem unscheinbaren braunen Haar und den etwas plumpen Wangen ihres berühmten Vorfahren Benjamin Franklin. Während Sebastian sie beobachtete, fuhr der Wind in die roten Flügel ihres Drachen und blähte die Seide. Sie hielt ihn fest und rief dem kleinen, rundlichen Mann, der vor ihr herlief, fröhlich etwas zu.

William Franklin hielt einen dickeren Stock, um den die Drachenschnur gewickelt war, in der Hand. Mit der zweiten Hand wickelte er im Laufen das Seil ab. Er trug Gehrock und Kniehosen mit Schnallen, die aus einer älteren Zeit stammten, und seine bestrumpften Waden leuchteten bei den kurzen und schnellen Schritten auf, als er »Jetzt!« brüllte.

Das Mädchen sprang hoch und ließ den Drachen los. Der sackte zunächst einen Augenblick ab und drohte, auf die Erde zu krachen. Doch dann fuhr der Wind hinein, und er stieg weit hinauf, ein purpurner Fleck vor dem wolkenlosen, blauen Himmel.

»Nimm das Seil, rasch!«, rief William Franklin und hielt ihr den Stock hin. Sie griff ausgelassen lachend danach, und ihre Röcke flogen, als sie durch den Park lief und der Drache über ihr segelte.

Schweratmend beugte Franklin sich vor und stützte sich mit den Händen auf den Knien ab. Seine runden Wangen waren gerötet und feucht, doch seine kleinen Augen sprühten vor Freude, als sein Blick dem einfachen, braunhaarigen Mädchen mit dem Drachen folgte.

»Ihre Enkelin?«, fragte Sebastian und ging zu ihm. Der alte Mann richtete sich auf. »Ellen. Ich habe sie großgezogen, seit sie ein Wickelkind war.« Seine Augen verengten sich. »Ich kenne Euch, oder?«

»Ja, auch wenn es mich überrascht, dass Sie sich an mich erinnern. Mein Name ist Devlin«, sagte Sebastian und schüttelte dem älteren Mann die Hand. »Ich habe vor vielen Jahren einen Ihrer Vorträge über den Golfstrom gehört.«

William Franklin nickte in Richtung des Mädchens mit dem Drachen. »Ellens Vater, mein Sohn Temple, war es, der meinem Vater seinerzeit geholfen hat, den Strom zu kartieren, wisst Ihr. Auf einer Reise zwischen London und Amerika.«

»Das ist mir bekannt.«

»Interessiert Ihr Euch für Wasserströmungen?«

Sie wandten sich um und schlenderten gemeinsam über das Gras. »Ich glaube, dass ein Mann sich darum bemühen sollte, die wissenschaftlichen Fortschritte seiner Zeit immer zu verfolgen, ja.«

»Hm. Und doch habe ich irgendwie den Eindruck, dass Ihr mich nicht aufgesucht habt, um über Wassertemperaturen zu sprechen, Lord Devlin?«

Bei der Nennung seines Titels wandte Sebastian sich um und sah den kleinen Amerikaner an.

Franklin lächelte. »Vor vielen Jahren kannte ich Euren Vater – ich bezweifle allerdings, dass er Euch jemals von unserer Bekanntschaft erzählte.«

»Nein, das hat er nicht.«

Franklin drehte den Kopf, um dem Lauf seiner Enkelin durch den Park zu folgen. »Wir haben einst gemeinsam eine Schiffsreise gemacht. Lord Hendon reiste von einem Besuch der Kolonien zurück, während ich ... nun, mein Leben im Exil begann.«

Er schwieg einen Augenblick. Der Humor, der seine Züge kurz belebt hatte, wich einem düsteren und kummervollen Gesichtsausdruck. »Ich hatte gerade meine erste Frau verloren. Sie starb, während ich als Rebell im Gefängnis saß.« Er stieß einen tiefen Seufzer aus und schüttelte den Kopf. »Ihr müsst mir verzeihen, dass ich so larmoyant klinge. Je älter ich werde, umso schwerer lastet die Erinnerung an diese Tage auf meinem Herzen.«

Sie standen zusammen, die Köpfe zurückgelegt, und beobachteten, wie der Drache über ihnen im Wind sank und wieder aufstieg. Einen Augenblick später sagte Franklin: »Ihr seid wegen des Bischofs Prescott hier, nehme ich an?«

Sebastian blickte ihn an. »Woher wussten Sie das?«

Franklin tippte mit einem von Schnupftabak an einer Stelle verfärbten Finger an seine Wange. »Senil bin ich noch nicht. Ihr habt vielleicht ein gelegentliches Interesse an der Wissenschaft, aber Euer tieferes Interesse gilt dem Mord. Es ist nicht schwer zu kombinieren, dass jemand Euch erzählt hat, ich hätte mit dem Bischof von London kürzlich einen hitzigen Wortwechsel gehabt.«

»Dann ist es wahr?«

»Oh, ja. Dass ich nicht senil bin, ist nicht gleichbedeutend damit, dass ich nicht ein Narr sein kann.«

Sebastian schüttelte den Kopf. »Ich verstehe nicht.«

»Ich unterrichte einige Kinder der Gegend – nichts Großartiges, nur eine kleine Gruppe von Kindern, die des Abends für etwa eine Stunde in meinem Salon zusammenkommen, um die Grundlagen des Lesens, Schreibens und der Arithmetik zu lernen. Seit meine Mary verstorben ist, fällt es mir jedoch immer schwerer, diese Unterrichtsstunden weiterzuführen. Ich wusste, dass Prescott ein Fürsprecher der Bildung für arme Menschen war und hoffte, er könnte für einige der aufgeweckteren Jungen Plätze in den Armenschulen der Stadt finden.« Seine Lippen bildeten einen dünnen Strich. »Ich hätte es besser wissen müssen.«

»Er lehnte ab?«

»Er hörte mich nicht einmal zu Ende an. Er wurde sogar ausfallend, wie Ihr ohne Zweifel gehört haben müsst.«

Sie drehten sich um und gingen gemeinsam den Hügel hinunter. »Es liegt Ironie darin, nicht wahr?«, sagte Franklin. »Mein eigener Vater enteignete mich als Verräter, weil ich mich dazu entschied, dem König treu zu bleiben, zu dessen Untertan er mich doch selbst erzogen hatte. Aber Prescott? Was ihn betraf, so machte mich die Loyalität meines Vaters zum Land seiner Geburt zu einem Verräter.«

Sebastian schwieg und bemühte sich, zwei anscheinend widersprüchliche Porträts des Bischofs in

Einklang zu bringen: das des entschiedenen Philanthropen mit dem des engstirnigen, bigotten Frömmlers.

In den Augen des Amerikaners leuchtete erneut die Andeutung eines Lächelns auf. »Ich sehe Euch an, dass Ihr mir nicht glaubt. Ihr denkt: Wie könnte jemand, der für alle kämpfte – von den armen Sklaven der Westindischen Inseln bis hin zu den unterdrückten Katholiken in Irland – im Umgang mit einem alten Mann so unvernünftig sein?«

»Ich nehme an, wir haben alle unsere Vorurteile«, sagte Sebastian.

»Die haben wir tatsächlich. Prescott war vielleicht ein Reformer, aber kein Radikaler. Was ihn betraf, so waren Frankreich und Amerika gottlose Orte, durch die Revolution und eine gefährliche Philosophie geeint, die er als Bedrohung für die künftige Bevölkerung betrachtete.«

»Aber Ihre eigene Loyalität gegenüber England hat nie geschwankt.«

»Das spielte keine Rolle. Prescott sah mich an und sah meinen Vater. Für ihn war das genug.«

»Der Krieg mit Amerika endete vor fast dreißig Jahren.«

Franklin zuckte die Schultern. »Für manche hat Zeit keine große Bedeutung.« Er wandte sich erneut Sebastian zu, seine hellen, wässrigen Augen blinzelten im Sonnenlicht. »Wenn Ihr meinen Rat wollt, Mylord, werdet Ihr mehr als die letzten paar Tage betrachten, wenn Ihr herausfinden wollt, wer den Bischof von London getötet hat. Manche Menschen behalten ein Leben lang dieselben Freunde. Aber Francis Prescott behielt seine Feinde. Für immer.«

»Haben Sie eine Vorstellung davon, wer zu diesen Feinden gehören könnte?«

»Ich? Nein.«

Franklins Enkelin begann damit, die Schnur ihres Drachen, dessen purpurne Seide vor dem tiefblauen Himmel tanzte, wieder aufzuwickeln. Er beobachtete sie dabei, die Augen gegen das Licht zusammengekniffen, das Gesicht von besorgten Falten gefurcht. Einen Augenblick später sagte er: »Eine Sache an meinem Treffen mit dem Bischof war allerdings recht seltsam.«

»Ja?«

»Als ich in London House ankam, traf ich den Bischof auf dem Gehweg, wo er mit einem Händler zusammenstand und sprach. Mit einem Metzger. Prescott sagte, der Mann wäre nur wegen einer Rechnung dort gewesen, aber ...«

»Sie haben ihm nicht geglaubt?«

»Wann habt Ihr zum letzten Mal mit Eurem Metzger über eine Rechnung verhandelt?«

Sebastian lächelte. »Ich wage zu behaupten, dass ich den Mann nicht erkennen würde, wenn ich ihm auf der Straße begegnen würde.«

»Exakt.«

»Haben Sie den Mann vorher schon einmal gesehen?«

»Tatsächlich habe ich das. Und ich habe ihn wiedererkannt. Der Kerl heißt Slade. Jack Slade. Er hat einen Laden in der Nähe von Smithfield.«

»Smithfield?«

Franklin nickte. »In der Nähe der Kathedrale, wobei ich Euch leider nicht genau sagen kann, in welcher Richtung. Ich erinnere mich an den Zwischenfall, weil die Begegnung den Bischof augenscheinlich beunruhigte. Sehr sogar. Ich habe den Verdacht, dass damit auch erklärt werden kann, warum er auf meine eigene Anfrage so ärgerlich reagiert hat.«

Der Wind frischte auf, dann wurde es plötzlich windstill. Sebastian legte den Kopf zurück und beobachtete, wie der Drachen zusammenklappte, die roten Flügel hoben sich klar vor dem blauen Himmel ab. Ellen Franklin stieß einen Schrei aus, als die Seide wild flatterte und der Drachen abstürzte, um kopfüber in den Ästen einer Ulme zu landen – ein zerfetzter purpurfarbener Fleck vor einem Meer aus Grün.

***

»Ich möchte, dass du jemanden für mich findest«, sagte Sebastian zu seinem Laufburschen. »Einen Metzger namens Jack Slade in Smithfield.«

Toms Augen leuchteten auf. »Aye, Meister. Habt ihr ne Idee, in welchem Teil des Viertels?«

Sebastian nahm die Zügel der Grauen auf. »Nein.«

Tom lachte fröhlich und sprang von seinem Kutschbock auf der Rückseite des Zweispänners herunter. »Ich find den, Meister. Nur keine Bange!«

Kapitel 12

Hero verbrachte den restlichen Tag damit, durch das große Stadthaus der Familie Jarvis am Berkeley Square zu tigern. Sie wartete darauf, dass die Liste mit Bischof Prescotts Terminen aus London House endlich käme.

Die Entdeckung, dass der Erzbischof von Canterbury Viscount Devlin gebeten hatte, Prescotts Tod zu untersuchen, hatte ihr ein Gefühl enervierender Dringlichkeit vermittelt. Sie kannte Devlin, was bedeutete: Sie wusste, dass es nur eine Frage der Zeit wäre, bis er hinter die Gründe ihrer letzten Besuche beim Bischof käme. Und wenn er die Wahrheit erst einmal herausgefunden hätte – da hatte sie keinen Zweifel –, würde er in seiner Entschlossenheit, »ehrbar zu handeln« und sie zu heiraten, unnachgiebig sein. Mochte Devlin auch wild und unorthodox sein, so war er trotz allem immer noch ein Offizier und Gentleman. Und in Angelegenheiten von dieser Natur war der Ehrenkodex eines Gentlemans unabänderlich.

Natürlich könnte er sie nicht *zwingen*, ihn zu heiraten. Normalerweise hätte Hero bei der Vorstellung, sie könne ihm nicht widerstehen, laut gelacht. Doch sie fand soeben heraus, dass eine Schwangerschaft den beunruhigenden Nebeneffekt hatte, selbst die stärkste Frau schwach und gar – Gott stehe ihr bei – weinerlich zu machen. Es gab Zeiten, besonders in den dunklen und schlaflosen Stunden kurz vor Morgengrauen, da ertappte sie sich dabei, eine solche Lösung ernstlich in Betracht zu ziehen. Was die Notwendigkeit, den Mord am Bischof aufzuklären, noch dringlicher machte. Und zwar rasch. Bevor es zu spät wäre.

An diesem Abend, als die Unterlagen von London House noch immer nicht angekommen waren, schützte sie Kopfschmerzen vor (was nicht einmal gelogen war), um die Einladung zu einem Dinner in der österreichischen Botschaft abzusagen, und blieb zu Hause. Sie war überzeugt, dass der Terminplan des Kaplans des Bischofs jeden Augenblick kommen würde.

Das tat er jedoch nicht.

Sebastian kleidete sich für diesen Abend in ein weißes Seidengilet, einen schwarzen Frack und schwarze Kniehosen zu Seidenstrümpfen und steuerte seinen Zweispänner nach Covent Garden.

Er kam spät an – nachdem die tratschenden Mitglieder der feinen Gesellschaft, die einander immer auf den neuesten Stand brachten, bereits ihre Privatlogen im Theater aufgesucht hatten. Auch der Pulk der weniger mondänen Menschen, die einen Vorteil daraus zogen, dass das Theater nach dem zweiten Läuten alle verbliebenen freien Plätze auf der Empore zu einem günstigeren Preis verkaufte, hatten ihre Plätze eingenommen.

Beinahe ein ganzes Jahr lang hatte Sebastian das Theater gemieden. Als er nun durch die Gänge mit gedimmtem Licht und die von Kerzen beleuchteten Treppen hinaufging, atmete er den vertrauten Geruch nach Orangen ein und ließ für einen schmerzlichen Augenblick zu, dass er im Geiste das ferne Echo eines süßen

Frauenlachens hörte, wie ein Gespenst aus der Vergangenheit.

Es hatte eine Zeit gegeben, in der Kat Boleyn, die berühmteste Schauspielerin auf Londons Bühnen, Sebastians Geliebte und die Liebe seines Lebens gewesen war. Dann waren im vergangenen Herbst die zerstörerischen Enthüllungen gekommen, als Hendon eine zuvor unbekannte uneheliche Tochter anerkannte und Sebastian … Sebastian für immer diejenige Frau verlor, die er zu seiner Ehegattin zu machen gehofft hatte.

Er wusste, dass diese schmerzhafte Wahrheit seine Gefühle gegenüber Kat wandeln sollte, und in vielerlei Hinsicht war es auch so gekommen. Doch im Laufe der vergangenen paar Monate war er gezwungen gewesen, zu akzeptieren, dass ein Teil seines Herzens für immer ihr gehören würde, ganz gleich, wie verdammungswürdig ihn das in den Augen Gottes und der Menschen machen würde.

Die Logen waren, obgleich privat, ebenso hell erleuchtet wie die Bühne, denn man besuchte das Theater nicht nur, um die Darbietung auf den Brettern zu bewundern, sondern mindestens genauso sehr, um zu sehen und gesehen zu werden. Er war sich der Köpfe, die sich drehten und der geflüsterten Gespräche hinter dem Schutz der Fächer, als er allein seine Loge betrat, durchaus bewusst. Die vielen Monate, in denen er nicht ins Theater gegangen war, waren natürlich bemerkt worden und Thema vieler Spekulationen gewesen. Umso mehr, als seine Abstinenz vom Theater mit der Eheschließung seiner langjährigen Geliebten und eines Gentlemans zweifelhafter Reputation und fragwürdiger sexueller Vorlieben zusammengefallen war.

Sebastian blickte unverwandt auf die Bühne hinunter.

In den roten Samtgewändern der Portia im »Kaufmann von Venedig« war Kat genauso atemberaubend wie je. Auf ihren hohen Wangenknochen lag ein Schimmer, ihr dunkles Haar erhielt durch den Kerzenschein ein feuriges Funkeln, ihre blauen St.-Cyr-Augen leuchteten. Er sah mit vor Sehnsucht und Verlangen schmerzendem Herzen bis kurz vor Ende des letzten Aktes zu, dann verließ er leise seinen Platz und machte sich auf zu der privaten Garderobe, die er so gut kannte.

Er erwartete sie, als sie nach dem letzten Vorhang mit glänzenden Augen und vom Erfolg geröteten Wangen hereinrauschte. Dann sah sie ihn und erstarrte.

»Entschuldige, dass ich einfach hergekommen bin«, sagte er, mit der Schulter an die Wand auf der gegenüberliegenden Seite gelehnt und die Arme vor der Brust verschränkt. »Aber ich konnte mich nicht dazu überwinden, dich im Haus deines Ehemanns aufzusuchen, und ich muss mit dir sprechen.«

Sie hatte volle, sinnliche Lippen, eine Kindernase und schrägstehende Katzenaugen, die sie von der Frau geerbt hatte, die seinerzeit Hendons Herz gestohlen hatte. Diese Augen verbarg sie nun halb durch das Niederschlagen ihrer Wimpern, als sie leise die Tür hinter sich schloss. »Du bist hier jederzeit willkommen.«

Neun Monate zuvor war sie mit einem ehemaligen Freibeuter namens Russell Yates die Ehe eingegangen, dem hinreißenden Sohn eines Adligen mit langem, dunklem Haar, einem goldenen Piratenohrring und dem Charme, der ihn zum Liebling des *Ton*, der feinen

Gesellschaft, erhob. Doch es war eine reine Zweckehe, denn Kat hatte sich zu einer Feindin von Lord Jarvis gemacht, und Yates nannte den Beweis für ein schmutziges, kleines Detail aus der Vergangenheit des mächtigen Mannes sein eigen. Im Gegenzug für den Schutz, den er Kat vor Jarvis bot, erhielt Yates den Deckmantel, mit der schönsten, begehrenswertesten Frau der Londoner Theaterbühnen verheiratet zu sein. Und das war von großer Bedeutung, da Yates' sexuelles Interesse nicht den Frauen galt.

Als Sebastian nicht antwortete, setzte Kat sich an ihren Garderobentisch und begann damit, Nadeln aus ihrem Haar zu ziehen. »Es muss wichtig sein. Du hast mich in den letzten Monaten gemieden.«

»Du weißt, warum.«

»Ja. Ich weiß, warum.«

Er nahm einen tiefen Atemzug, fand dadurch jedoch keine Erleichterung des Schmerzes in seiner Brust. Er hätte nicht herkommen sollen. Er stieß sich von der Wand ab. »Vergangene Nacht hat jemand dem Bischof von London den Schädel eingeschlagen.«

Sie hielt die Hände einen Augenblick still. »Und man hat dich in die Mordermittlungen einbezogen?« Sebastians Mithilfe bei Mordermittlungen hatte Kat immer beunruhigt. Von allen Menschen in seinem Leben wusste sie am besten – sogar besser als Gibson –, was ihn diese Arbeit kostete. »Ach, Sebastian.«

Er zog gleichgültig die Schulter hoch. »Meine Tante hat mich darum gebeten.«

Ihre Blicke trafen sich im Spiegel, und sie legte den Kopf schief. »Du nimmst nicht ernstlich an, dass ich ausgerechnet mit dem guten Bischof bekannt war?«

»Nein. Aber es gab Hinweise darauf, dass er erpressbar sei. Ich dachte, du könntest wissen, weshalb.«

Früher hatte sie gearbeitet, um das Geburtsland ihrer Mutter, Irland, zu unterstützen, indem sie sensible Informationen an die Agenten der Feinde Englands – Frankreich – weiterleitete. Die Geheimnisse der Mächtigen und Einflussreichen herauszufinden war gängige Spionagepraxis. Das hieß, dass, wenn Bischof Prescott tatsächlich ein gefährliches Geheimnis wahrte, die Repräsentanten Napoleons in London es zu ihrer Aufgabe gemacht hätten, dieses aufzuspüren. Erpressung konnte eine mächtige Waffe sein.

Sie verstand auf Anhieb, was er mit seiner Frage implizierte. »Meine derartigen Verbindungen habe ich vor Monaten schon gekappt. Das weißt du doch, Sebastian.«

»Immer noch?«

Sie hielt seinem Blick im Spiegel stand. »Immer noch.«

»Aber du würdest wissen, wen man fragen kann.«

Sie zog die letzte Nadel aus ihrem Haar, wodurch es in Kaskaden auf ihre Schultern herabfiel. Er musste seine Hände zu Fäusten ballen, um sie daran zu hindern, dass sie sich danach ausstreckten und es berührten. Sie sagte: »Ich könnte es herausfinden, ja.«

Er wandte sich zur Tür. »Danke.«

Seine Hand lag bereits am Griff, als sie »Sebastian« sagte.

Er sah zu ihr zurück. Die Flammen der Kerzen auf beiden Seiten ihres Garderobentischs flackerten in einem Luftzug und ließen verführerische Schatten über die

Wölbungen in ihrem Gesicht tanzen. Sie sagte: »Sebastian, wie geht es dir? Ehrlich?«

Er musste schlucken, bevor er antworten konnte. »Es geht mir gut, danke der Nachfrage.«

Sie zog die Brauen zusammen. »Du siehst dünner aus … wilder.«

Er lachte auf. »Zumindest habe ich aufgehört, mich selbst zu Tode zu saufen.«

Sie schenkte ihm kein Lächeln zur Antwort. »Das ist ein Fortschritt.«

»Und du«, sagte er mit heiserer Stimme. »Wie ist das Eheleben?«

»Wie ich es mir wünschte«, sagte sie. Das konnte alles und nichts bedeuten.

Er schloss die Tür leise hinter sich. Für einen Augenblick stand er im engen Flur und atmete den schmerzlich vertrauten Duft nach Orangen, Theaterschminke und Staub ein.

Dann ging er davon, und seine Schritte hallten in der Stille wider.

Einige Stunden darauf kam er in der Brook Street an, wo Tom ihn in der Bibliothek bereits erwartete.

»Du hättest nicht für mich aufbleiben sollen«, sagte Sebastian und blieb unbeweglich stehen, was ihn geradezu schmerzte.

Toms Augen weiteten sich, und er erfasste die leicht unordentliche Krawatte und das gefährliche Blitzen, das von zu vielen, zu schnell gekippten Brandys zeugte. Doch sagte er lediglich: »Ich hab Euern Jack Slade gefunden. Hat nen Laden in der Monkwell Street, gleich beim Falcon Square in der Nähe von St. Paul's.«

Sebastian wandte sich zur Treppe. »Gut. Wir werden ihn gleich morgen früh aufsuchen. Am besten holst du dir etwas Schlaf.«

»Ich hab n bisschen in der Nachbarschaft rumgefragt. Wollte wissen, was das für'n Kerl is. Also, wie ich's kapiere, is der was man so'n *üblen Charakter* nennt. Der und sein Sohn, Obadiah, auch.«

Sebastian hielt inne, einen Fuß auf der untersten Stufe. »Er hat einen Sohn namens Obadiah Slade?«

»Richtig. Riesenkerl mit nem vierschrötigen Gesicht, gelben Haarn. Die trägt er so kurz, dass man ne hässliche Narbe sehen kann, die wo quer über die Seite von seinem Schädel verläuft.« Tom legte den Kopf zur Seite und musterte Sebastians Gesicht. »Warum? Kennt Ihr den?«

»Er war Korporal in meinem Regiment in Portugal. Wenn es nach mir gegangen wäre, hätte er gebaumelt. Tja, stattdessen hat er hundert Peitschenhiebe kassiert und wurde von der Army unehrenhaft entlassen.«

Toms Antlitz wurde plötzlich feierlich.

»Was?«, wollte Sebastian wissen.

»Es heißt, er is noch nich lange zurück in der Stadt. Aber der hält mächtig breit an seitdem. Über nen Offizier, den er in der Army gekannt hat, Sohn eines Lords. Sagt, wenn er den wiedersieht, is der 'n toter Mann.«

Kapitel 13

Donnerstag, 9. Juli 1812

Am nächsten Morgen kleidete sich Sebastian in aller Frühe in einen groben, braunen Kordmantel und speckige Hosen, die er in der Rosemary Lane aus zweiter Hand erworben hatte. Er band sich ein schlichtes, schwarzes Halstuch um, dann rieb er sich Asche ins ungekämmte Haar und auf seine unrasierten Wangen. Unter dem amüsierten Blick von Jules Calhoun setzte er sich einen altmodischen, runden Hut auf und zog ihn tief in die Stirn. Dann machte er sich auf den Weg, um Mister Jack Slade zu suchen.

Nordöstlich von St. Paul's Cathedral gelegen, erwies sich die Monkwell Street als eine schmale Gasse mit kleinen Läden. Sie wand sich hinauf zum heruntergekommenen Kirchhof von St. Giles Cripplegate und dem ausgedehnten Gräberfeld dahinter. »Da«, sagte Tom, als Sebastian den Zweispänner am Fuß des Hügels zum Stehen brachte. »Das ist der Laden von Jack Slade. Neben der Abdeckerei.«

»Wie passend.«

»Vielleicht. Wenn deine Kunden kein Problem damit ham, dran erinnert zu werden, wo ihr Essen herkommt.«

Sebastian blickte seinen jungen Laufburschen erstaunt an. »Es war mir gar nicht bewusst, dass du solche vornehmen Empfindlichkeiten pflegst.«

Tom schnaubte und nahm die Zügel.

Sebastian sprang hinunter und ging zu Fuß weiter die Gasse hinauf. Mit jedem Schritt sank er tiefer in die Rolle, die er zu spielen im Begriff war. Die Haltung des Reiters und des Schwertkämpfers verflüchtigte sich, und mit ihr das natürliche Selbstbewusstsein, das der Sohn eines Earls ohne nachzudenken sein Eigen nannte. Seine Bewegungen wurden plumper, seine Haltung kämpferischer und streitlustiger. Es war ein Schauspieltrick, den Kat Boleyn ihn vor Jahren gelehrt hatte, als sie jung und verliebt und glücklich waren – und sich der Tatsache, dass das gleiche Blut durch ihre Adern floss, gefährlich unbewusst.

Der Fußweg war hier schmal und von vielerlei Waren überladen, die aus den Läden quollen. In seiner Rolle als Wachtmeister Taylor schlug Sebastian Bögen um Stapel von Blechgeschirr und Gestelle, die mit Tabletts voller farbiger Bänder bestückt waren. Er umging eine Decke, auf der sich gesalzener Kabeljau häufte, dessen fischiger Geruch sich unangenehm mit dem Gestank frisch vergossenen Blutes und rohen Fleisches vermischte, der aus der Metzgerei und dem Abdeckerladen dahinter drang.

Eine Rinderhälfte, eine Leine mit Schafsköpfen und etwas, das nach einem halben Schwein aussah, hingen im vorderen Bereich des offenen Ladens. Sebastian duckte sich unter den Schafsköpfen hindurch und betrat einen mit Sägemehl ausgestreuten Raum. Hier summten Fliegen über Tabletts mit Würstchen, Innereien und Blutwurst, die auf einer langen geschrubbten Theke ausgelegt waren. Auf den glänzenden Keulen, die an in die Wand getriebenen Haken hingen, tummelten sich noch mehr Fliegen. Hinter dem Tresen hackte ein grauhaariger Mann in einer blutbefleckten Schürze auf einen halb zerlegten Tierkadaver ein, der auf einem dicken Block lag. Eine Rille, die umlaufend in den Block eingeschnitzt war, fing das Blut auf und leitete es in eine darunter stehende Blechschüssel. Als Sebastians Schatten auf den Arbeitsplatz fiel, blickte der Mann auf, grunzte und wandte sich wieder ab.

Er sah aus, als wäre er in den Fünfzigern, sein Gesicht war so faltig und dunkel, als hätte er viele Jahre unter starker Sonne verbracht. Ein Mehrtagesbart verdunkelte seine schmalen Wangen und die ausgeprägten Wangenknochen; seine kleinen und dunklen Augen unter buschigen Brauen wirkten misstrauisch. Im Grunde war er eine ältere und dunklere Ausgabe von Korporal Obadiah Slade, der einst ein zwölfjähriges portugiesisches Mädchen vergewaltigt hatte. Aus blanker Lust daran, das Kind beim Sterben zu beobachten, hatte er anschließend den Kopf des Mädchens zerschmettert.

»Sind Sie Jack Slade?«, fragte Sebastian, wobei er jeglichen Anklang des Aristokraten aus dem West End aus seiner Aussprache löschte.

»Aye.« Slade zog sein Hackmesser zwischen zwei Rippen heraus und ließ es erneut herabsausen. *Wump.* Kleine, blutige Spritzer verteilten sich auf der Wand. »Was geht's Sie an?«

»Man sagte mir, Sie haben am Montagnachmittag Bischof Prescott aufgesucht.«

Das Hackmesser schwebte einen verräterischen Moment in der Luft, dann fiel es schwer herunter. »Und wenn?«

»Können Sie verraten, warum?«

Der Schlachter hielt den Blick weiter auf seine Arbeit gesenkt, doch Sebastian sah, wie sich auf seiner fülligen Wange vor Wut ein Muskel abzeichnete. »Was meinen Sie mit ›warum‹?«

»Das ist keine allzu komplizierte Frage.«

»Ich bin ein einfacher Mann.« *Wump.* »Wennse wolln, dass ich Sie versteh, benutzense einfache Wörter.«

»Einfacher als ›warum‹?«

Jack Slade versenkte sein Hackmesser in der Seite des Rinds und ließ es stecken, es zitterte noch. Er richtete sich langsam zu voller Größe auf und gab den Blick auf seinen kräftigen, muskelbepackten Körper frei. »Der Bischof mag meine Lammkoteletts, wissense? Hab ihm ein paar vorbeigebracht. So einfach ist das.«

Es war die unglaubwürdigste Lüge, die Sebastian jemals gehört hatte. Er sagte: »Tun Sie das oft?«

»Gelegentlich. Is nix, was ich für jeden tun tät, verstehnse? Aber der Bischof war ein Spezialkunde.«

»Das muss er wohl gewesen sein.« Sebastian betrachtete die Schafsköpfe, die im Durchgang hingen. »Lammkoteletts sagten Sie?«

»Richtig.«

»Damit behaupten Sie – was? Dass der Bischof den Anblick Ihrer Lammkoteletts nicht so schätzte?«

»Was soll das heißen? Fragense irgendwen auf der Straße, das sagt jeder. Wenn du frisches Fleisch willst, geh zu Jack Slade.«

»Dann haben Sie ihm vielleicht Lammkoteletts gebracht, obwohl er eigentlich Schweinekoteletts wollte?«

Die Nasenflügel des Metzgers weiteten sich. »Sie wolln wohl lustig sein, oder was?«

»Ich will verstehen, warum der Besuch eines einfachen Metzgers jemanden wie den Bischof von London beunruhigen sollte.«

Slades Augen zogen sich zusammen. »Wer hat Ihnen denn gesagt, mein Besuch hätt den Bischof beunruhigt?«

»Spielt es eine Rolle?«

»Wohl nich.« Slade drehte sich um und zog sein Hackbeil aus dem halbzerlegten Tierleib. »Bloß, dass der, wo das gesagt hat, sich irrt.« Slade hielt den Blick auf das Fleisch vor sich fixiert; Sebastian starrte weiter das Beil an.

Er sagte: »Dann sagen Sie, der Bischof war nicht besorgt?«

»Nein, das sag ich gar nich. In echt war Prescott schon stinkwütend, als ich ihm begegnete. Ich sag nur, das hatte nix mit mir zu tun.« Er umgriff sein Beil fester, sein Kinn spannte sich angriffslustig an, und die nächsten Worte spuckte er aus: »Ihr Bullen lasst nen Mann einfach nich in Ruhe, was? Ich hab meine vierzehn Jahre in Botany Bay abgesessen. Hab meine arme Frau verlorn, als ich dort war, und dann ham se mir noch sieben Jahre aufgebrummt, für nen Schlamassel, in den ich in Sydney geraten bin. Hat mich noch drei Jahre mehr gekostet, das Geld für die Passage heimwärts zu verdienen. Aber ich bin jetzt ein freier Mann, klar? Und daran kann Ihresgleichen auch nix ändern. Also, warum verschwindense nich und quälen ne andere arme Sau?«

Damit hatte Sebastian den Grund für Slades sonnengegerbte Haut. Er fragte: »Weshalb wurden Sie deportiert?«

»Als ob Sie das nich wüssten.« Mit einer leichten Bewegung aus dem Handgelenk jagte der Metzger das Hackmesser in den hölzernen Tresen zwischen ihnen. Es schwankte kurz, dann blieb es stillstehen.

»Wegen Mordes, nicht?«

»Ich mach jetzt zu«, sagte Slade. Er zog die blutige Schürze aus und verschwand durch einen fadenscheinigen Vorhang, der einen Alkoven im hinteren Bereich verborgen hatte, und ließ Sebastian mit den Fliegen und in dem Geruch nach rohem Fleisch und Blut stehen.

Sebastian war auf dem Rückweg durch die Straße, als er Obadiah Slade sah.

Der Mann eilte den Hügel herauf, die schweren, geballten Fäuste an den Seiten, sein mächtiger Kiefer war verkrampft. Einen intensiven Augenblick lang sah er Sebastian geradewegs in die Augen. Doch die grobe Kleidung, das ergraute Haar und die unmilitärisch wirkende Haltung verwirrten ihn. Sebastian sah, wie der Mann die Stirn runzelte, als versuchte er, eine entgleitende Erinnerung einzufangen.

Sebastian eilte an ihm vorbei und ging weiter.

Obadiah Slade hatte den Zusammenhang noch nicht hergestellt zwischen diesem altmodisch gekleideten, etwas älteren Londoner und dem jungen Offizier, der einst auf der spanischen Halbinsel versucht hatte, ihn hängen zu lassen.

Doch dieser Zusammenhang würde ihm schließlich
noch aufgehen.

Kapitel 14

»Sag nicht, dass Obadiah Slade da hineinverwickelt ist!«, sagte Paul Gibson und sah von dem nackten, ausgeweideten Leichnam auf, der vor ihm auf der Steinplatte lag.

Sebastian war von der Monkwell Street hierher gefahren, zu Gibsons Praxis am Tower Hill. Nun warf er einen Blick auf das, was Gibson mit dem Leichnam aus dem achtzehnten Jahrhundert und dessen Innereien tat, und wandte den Blick wieder ab auf den ungepflegten Garten draußen. »Vielleicht. Vielleicht nicht. Aber sein Vater verbirgt unzweifelhaft etwas.«

»Ist der Vater so wie sein Sohn?«

»Ja.«

»Dann rate ich dir, auf der Hut zu sein, mein Freund.«

»Das ist meine Absicht.«

Mit einiger Anstrengung zwang Sebastian den Blick zurück auf die grinsende Schreckensgestalt auf der Bahre. »Was kannst du uns über ihn hier erzählen?«

»Nun ja ... aufgrund seiner Zähne und einiger anderer Details würde ich sagen, dein Freund hier war vielleicht vierzig, als ihm jemand diesen Dolch in den Rücken stieß. Er war ein ungewöhnlich großer Mann, deutlich über eins achtzig, und vermutlich über 150 Kilo schwer.«

»Ein sehr kräftig gebauter Mann.«

»Der Zustand seiner inneren Organe zeigt deutlich, dass er zu viel aß und trank.«

»Das ist noch nichts allzu Ungewöhnliches.«

»Leider nicht. Er hatte noch fast alle Zähne, aber irgendwann in seinem Leben muss er sich den linken Unterarm gebrochen haben. Die Wunde ist nicht gut verheilt. Siehst du?«

Sebastian betrachte den deutlich erkennbaren Knubbel am linken Arm des Mannes, knapp unterhalb des Ellbogens. »Gibt es etwas Besonderes an seiner Kleidung?«

»Nichts, das uns den Namen des Mannes verriete. Er hatte eine edle goldene Taschenuhr in seiner Weste, allerdings war sie leider nicht graviert. Der Uhrkettenanhänger zeigt die Form eines streunenden Löwen, kein Familienwappen. Und seine Geldbörse enthielt nur ein paar Banknoten aus den Jahren 1778 und 1781. Ich habe sie zur Bow Street bringen lassen.«

»Von 1781? Das engt das Todesdatum zumindest etwas ein.« Sebastian studierte das dunkle, ledrige Gesicht des Leichnams. »Hatte er im Rücken noch andere Wunden außer der vom Messer verursachten?«

»Sieh es dir selbst an.« Gibson hievte den Körper auf eine Seite und zeigte auf einen Schlitz unmittelbar unterhalb des linken Schulterblattes. »Hier habe ich den Dolch gefunden. Aber hier gibt es noch eine Stichwunde.« Er zeigte auf einen weiteren Riss weiter links. »Und hier.«

»Drei Mal. Immer in den Rücken.«

»Die ersten beiden Wunden waren nicht besonders tief.« Gibson ließ den geschrumpften Leichnam wieder auf den Rücken ab. »Vielleicht gibt es noch mehr, die ich nicht gefunden habe. Beim Zustand des Körpers ...«

»Irgendein Hinweis, wer ihn getötet haben könnte, oder warum?«

»Tut mir leid.«

Sebastian ließ rasch seinen Blick durch den kleinen, düsteren Raum wandern. »Wo ist der Bischof?«

»Er ist in London House aufgebahrt.«

»Ach so. Wann ist die Bestattung?«

»An einem Tag nächster Woche.«

»Nächste Woche?«

Gibson zuckte die Achseln. »Die Kirche muss allen genug Zeit geben, sich um die angemessene Trauerkleidung zu bemühen.«

»Zumindest werden die Leichenräuber bis dahin kein großes Interesse an ihm haben.«

Ein amüsierter Zug erschien auf der Wange des irischen Arztes. »Bei diesem Wetter nicht.«

Sebastian lenkte seine Aufmerksamkeit auf den mit der Zeit schwarz gewordenen Körper vor ihnen. »Irgendetwas, das einen Zusammenhang zwischen den beiden Morden zeigen könnte?«

»Ich fürchte, nein.« Gibson lehnte sich mit der Hüfte gegen die Platte und verschränkte die Arme vor der Brust. »Es könnte auch einfach ein Zufall sein, weißt du – dass die beiden Leichen an derselben Stelle gefunden wurden. Der Bischof eilt nach Tanfield Hill, um die Entdeckung des ursprünglichen Mordopfers zu untersuchen, und dabei überrascht er entweder jemanden, der gerade die Krypta ausrauben will, oder ein Feind folgt ihm und entscheidet sich, die Dunkelheit zu nutzen, und zieht unserem guten Bischof eins über den Schädel.«

Sebastian rieb sich mit einem angewinkelten Fingerknöchel über einen Nasenflügel. »Ich schätze keine Zufälle.«

»Und doch geschehen sie.«

»In der Tat.« Er ging in die Hocke und betrachtete das entstellte, eingesunkene Gesicht der Leiche mit dem aufgerissenen Mund, den verschrumpelten Nasenflügeln und den leeren Augenhöhlen. Nach einer Weile sagte er: »Denkst du, dass irgendjemand, der diesen Mann vor dreißig Jahren gekannt hat, ihn wiedererkennen würde, wenn er ihn jetzt sähe?«

»Mit einem Wort: Nein.«

»Das dachte ich mir.« Sebastian erhob sich auf die Füße. »Du sagst, du hast seine Kleidung zur Bow Street schicken lassen?«

»Ja. Warum?«

»Mir ist in den Sinn gekommen, dass, auch wenn niemand das Gesicht unseres Freundes wiedererkennen könnte, vielleicht jemand sich an seine Kleidung erinnern könnte. Oder zumindest die Uhr und den zugehörigen Anhänger.«

»Nach all dieser Zeit?«

»Wenn jemand, den du liebst, verschwände – meinst du nicht, dass du dich auch nach dreißig oder vierzig Jahren noch daran erinnern könntest, was er trug?«

Gibson dachte einen Augenblick nach. »Da könntest du recht haben.«

Sebastian ging um die Steinplatte herum und betrachtete den welken Leichnam von allen Seiten. Aber von keiner Ansicht aus ergab es einen Sinn.

Gibson sagte: »Mir scheint, dass es im Grunde zwei Möglichkeiten gibt, wenn man es genau betrachtet. Entweder wurde unser Gentleman aus dem achtzehnten Jahrhundert von jemandem getötet, der mit dem Tod des Bischofs nichts zu tun hatte, oder beide sind von demselben Mann ermordet worden.«

Sebastian sah auf. »Warum sollte ein Mörder dreißig Jahre oder noch länger warten, bevor er sein zweites Opfer erledigt?«

»Das weiß ich nicht. Du bist der Experte für Mord. Ich entschlüssele nur die Leichen ihrer Opfer.«

»Es gibt noch eine weitere Alternative«, sagte Sebastian langsam.

Gibson runzelte die Stirn. »Welche?«

»Dass der Bischof unseren Gentleman aus dem achtzehnten Jahrhundert getötet hat. Und dann hat jemand den Bischof getötet. Aus Rache.«

Als die erwartete Information aus London House an diesem Donnerstag auch bis ein Uhr nachmittags noch nicht eingetroffen war, machte sich Hero in ihrer Kutsche auf zum St. James's Square. Ihr stets leidendes Mädchen begleitete sie.

»Meine liebe Miss Jarvis«, rief der Kaplan des Bischofs aus und stellte nichts als diensteifriges Wohlwollen zur Schau, als er sie in seinen Räumen empfing. »Ich war gerade dabei, die Einzelheiten, um die Ihr gebeten habt, vorzubereiten und zum Berkeley Square senden zu lassen. Die Verzögerung tut mir ganz außerordentlich leid, aber der für die Terminplanung zuständige Sekretär ist just in diesem Augenblick erst mit den nötigen Abschriften fertig geworden.«

»Vielen Dank«, sagte sie und ließ das Päckchen, das er ihr übergab, in ihr Retikül gleiten.

»Ihr habt sicherlich Kenntnis davon erhalten, dass Erzbischof Moore die Hilfe des *Viscounts Devlin* angefordert hat, um den Tod des Bischofs zu untersuchen?« Er sprach den Namen des Viscounts mit einer Stimme aus, die Kirchenmänner üblicherweise für Wörter wie »Isebel«, »Heide« und »Satan« benutzten. Offenbar hatte Devlin sich beim Kaplan nicht gerade eingeschmeichelt. Oder vielleicht war schlicht ihm der Ruf seines Lebenswandels vorausgeeilt.

»Ich hatte davon gehört«, sagte sie unter Zurschaustellung großen Mitleids. »Wie besorgniserregend für Euch.«

Er schnalzte nachdenklich mit der Zunge. »In der Tat, in der Tat. Aber es ist der Wunsch des Erzbischofs, und so müssen wir natürlich alles tun, um das Arrangement zu unterstützen.«

»Ich nehme an, Devlin wollte alles über die Geschehnisse von Dienstagabend wissen.«

»Das wollte er tatsächlich. Ich habe ihm alles berichtet, von Hochwürden Earnshaws Eintreffen bis zur Abreise des Bischofs in seiner Kutsche.«

»Alles?«, sagte Miss Jarvis lächelnd.

Der Kaplan kaute nachdenklich auf der Innenseite seiner Wange, dann schien er zu einer Entscheidung zu kommen. »Gut«, sagte er, beugte sich vor und sprach flüsternd weiter: »Ich habe ein oder zwei Einzelheiten bezüglich des *Montags* ausgelassen.«

Hero lauschte äußerlich ruhig den Worten des Kaplans. Doch in ihrem Innern war sie alles andere als ruhig.

Als er endete, sagte sie: »Ich bin davon überzeugt, dass Ihr gut daran getan habt, diese, ähm, Einzelheiten für Euch zu behalten. Ich kann mir nicht denken, weshalb sie für Devlin von Interesse wären.«

Der Kaplan setzte sich zurück und stieß einen erleichterten Seufzer aus, obwohl er noch immer leicht beunruhigt wirkte. »Ich bin so glücklich, dass Ihr mir zustimmt.«

Sebastian nahm gerade ein leichtes Mahl in seinem kleinen Esszimmer ein, als er ein entferntes, schüchternes Pochen an der Haustür vernahm. Einen Augenblick darauf erschien sein sauertöpfisch dreinblickender Majordomus, räusperte sich und sagte: »Ein Gentleman möchte Euch sehen, Mylord. Ein Geistlicher in einem Gemütszustand erregter Nervosität. Er sagt, sein Name sei Earnshaw und er komme von St. Margaret's in Tanfield Hill.«

Sebastian schob seinen Stuhl zurück. »Führe ihn in den Salon. Ich werde in einem Augenblick bei ihm sein.«

Der Reverend von St. Margaret's ging vor dem leeren Kamin auf und ab, als er zu ihm kam. Dabei hielt der kleine, leicht untersetzte Mann mit etwas hervortretenden Augen und einem fliehenden Kinn seinen schwarzen Hut wie ein Schild fest mit beiden Händen vor sich.

»Mister Earnshaw. Welch unerwartetes Vergnügen. Darf ich Euch ein Glas Sherry anbieten? Oder bevorzugt Ihr Port?«

Ein gieriger Zug huschte über das Gesicht seines Gegenübers, doch er sagte steif: »Nichts davon, danke. Ich bin hergekommen, mich zu entschuldigen. Gestern war ich nicht außerstande, Euch zu empfangen.«

»Das ist verständlich«, sagte Sebastian und goss sich selbst ein Glas Port ein. »Seid Ihr sicher, dass Ihr nicht möchtet?«

Erneut schüttelte er in der raschen, ruckartigen Bewegung den Kopf. »Man sagte mir, der Erzbischof hat um Eure Unterstützung in dieser ... Unannehmlichkeit ... gebeten. Deshalb bin ich hier. Ich möchte Euch alle Fragen beantworten, die Ihr an mich haben könntet.«

Der Erzbischof hatte ganz offensichtlich seinem Missfallen Ausdruck verliehen, dass der Reverend wenig Weitsicht gezeigt hatte, als er sich in einen vierundzwanzigstündigen Drogenrausch versetzt hatte. Man verärgerte den Erzbischof von Canterbury nicht, mochte besagter Erzbischof auch alt und dem Tode nah sein.

»Ich glaube, ich konnte das meiste, was an jenem Abend geschehen ist, bereits zusammensetzen«, sagte Sebastian. »Habe ich es richtig verstanden, dass Ihr nach dem Leichenfund in der Krypta nach London gereist seid, um den Bischof über die Lage in Kenntnis zu setzen?«

»Das ist richtig. Unglücklicherweise hatte der Bischof an dem Abend um sechs Uhr noch einen wichtigen Termin. Anstatt mit mir zusammen nach St. Margaret's zurückzufahren, leitete er alles in die Wege, um anschließend nach Tanfield Hill zu fahren. Es war meine Absicht, ihn in der Kirche zu treffen, jedoch ...« Die Stimme des Reverends verklang.

»Jedoch?«, hakte Sebastian nach.

»Eines meiner Gemeindemitglieder. Mrs. Cummings. Es ging ihr schlecht. Als ich von ihr zurückkam, war der Bischof bereits angekommen. Und es war zu spät.«

Die kleinen, vorquellenden Augen blinzelten rasch mehrmals hintereinander. »Ich muss einfach immer daran denken, dass nichts davon geschehen wäre, wenn Bischof Prescott nur sogleich mit mir nach St. Margaret's hätte zurückfahren können!«

Sebastian nahm gemächlich einen Schluck Wein. »Erwähnte der Bischof zufällig die Art des Termins, den er an dem Abend noch hatte?«

»Nein. Nur, dass er ihn nicht absagen könne. Etwas über eine Person, mit der er befreundet war, und die seinen Rat benötigte.«

Sebastians Faust schloss sich fester um sein Glas. »Tatsächlich?« Was hatte Miss Jarvis gesagt? *Der Bischof bat mich um Hilfe bei der Vorbereitung der Rede, die er am Donnerstag vor dem House of Lords halten sollte.*

Der Reverend nickte erneut, wobei er den Kopf in einer Bewegung auf und ab hob, die Sebastian an eine Taube erinnerte, welche nach Samenkörnern pickte.

Sebastian nahm noch einen Schluck Wein. »Es erscheint mir eigenartig, so zu handeln – zum Bischof zu eilen, nur weil einige Arbeiter auf eine alte Krypta gestoßen sind. Ich meine, weshalb zum Bischof?«

»Wegen des Leichnams natürlich.«

»Was genau habt Ihr befürchtet? Einen Skandal? Wegen eines Mordes, der Jahrzehnte zurück liegt?«

Mister Earnshaws Augen traten alarmierend weit hervor. »Gütiger Himmel. Kann es sein, dass Ihr nichts davon wisst?«

»Wovon?«

»Von dem Ring.«

»Welchem Ring?«

»Sir Nigels Ring! Ich habe ihn wiedererkannt.«

Sebastian setzte sein Glas mit einem Klirren ab. »Ihr sagt, Ihr habt an der Leiche in der Krypta einen Ring wiedererkannt?«

»Ja, ja. Ein altes römisches Profil in schwarzem Onyx in einer Fassung aus ziseliertem Silber. Sir Nigel trug ihn immer an seinem rechten kleinen Finger.«

»Und wer ist Sir Nigel?«

Der Reverend starrte ihn an. »Na, Sir Nigel Prescott. Bischof Prescotts ältester Bruder!«

Kapitel 15

»Der Narr hat den Ring niemandem gegenüber erwähnt«, sagte Sir Henry Lovejoy.

Sie spazierten im Hyde Park am Ufer des Serpentine entlang. Der Magistrat hatte ein Stück trockenes Brot mitgebracht und zerbröselte es, um die Enten damit zu füttern. Sebastian sagte: »Aber von Sir Nigel haben Sie gehört?«

»Oh ja. Wir haben Wachtmeister ausgeschickt, die überall in der Gegend fragten, ob vor dreißig oder vierzig Jahren Männer verschwunden wären. Sogleich fiel sein Name.«

Sebastian beobachtete einen plumpen Erpel, dessen Federn im Sonnenlicht irisierend schimmerten, und der aus dem Schilf auf sie zu gewatschelt kam. »Sir Nigel war der älteste Bruder des Bischofs?«

Lovejoy nickte. »Ja, fast dreizehn Jahre älter. Er wurde ab Juli 1782 vermisst. Sein Pferd wurde führerlos in der Heidelandschaft von Hounslow Heath herumirrend gefunden, weshalb allgemein angenommen wurde, dass er Wegelagerern zum Opfer gefallen sein musste. Seine Leiche wurde jedoch nie gefunden.«

»Wie lange vor der Versiegelung der Krypta war das?«

»Unglücklicherweise gab es vor einigen Jahren einen Brand in der Sakristei, der viele der kirchlichen Aufzeichnungen zerstört hat. Wir versuchen immer noch, das genaue Datum der Schließung herauszufinden.«

Lovejoy warf ein Stückchen Brot zum Erpel, der es in der Luft auffing. »Sir Nigels Witwe, Lady Prescott, lebt noch auf Prescott Grange. Ein Sohn erbte das Anwesen.«

»Sir Peter Prescott«, sagte Sebastian.

Lovejoy hielt seinen Blick weiterhin auf die Fütterung der Enten. »Ihr kennt ihn?«

»Wir waren zusammen in Eaton.«

Der Untersuchungsrichter warf dem Erpel noch eine Handvoll Brotkrumen zu. »Soweit ich es verstanden habe, ist er ein posthum geborenes Kind und einige Monate nach dem Verschwinden seines Vaters zur Welt gekommen.«

Sebastian nickte. »Er hat in der Schule einiges einstecken müssen – Sie wissen ja, wie Jungen sein können. Aber er hat es immer gut weggesteckt.« Sebastian beobachtete, wie der Erpel davon watschelte. Seine Schwanzfedern glänzten in der Sonne. »Es hieß, ursprünglich habe es fünf Prescott-Brüder gegeben. Die mittleren drei wurden alle in den Kriegen des vergangenen Jahrhunderts getötet.«

»Gütiger Himmel. Das hatte ich noch nicht gehört. Was für eine unglückliche Familie, in der Tat.« Lovejoy ließ die Reste seines Brots auf das Gras fallen. »Wenn Bischof Prescott erfuhr, dass die Leiche seines Bruders gefunden wurde, dann wäre das sicherlich eine Erklärung dafür, warum alle, die ihn nach Earnshaws Besuch sahen, ihn als erregt bezeichnet haben.«

»Sehr richtig. Allerdings hat William Franklin den Bischof auch schon als besorgt beschrieben. Und er hat Prescott am Montag gesehen.«

»Ich habe die Absicht, die Kleidung, die Uhr und den zugehörigen Anhänger des Opfers heute Nachmittag zu Lady Prescott zu bringen. Hoffentlich wird sie ihren Mann anhand dieser Gegenstände identifizieren können, ohne die körperlichen Überreste ansehen zu müssen.«

»Ich würde gern wissen, was mit dem Ring geschehen ist.«

Lovejoy sah ihn an. »Trug die Leiche den Ring nicht?«

Sebastian schüttelte den Kopf. »Earnshaw sagte, er brachte den Ring nach London, um ihn dem Bischof zu zeigen.«

Lovejoy verzog missbilligend die Lippen zu einem Strich. »Das scheint ja makaber zu sein: einen Ring vom Finger einer Leiche zu ziehen.«

»Wenn man den Zustand der Leiche bedenkt, ist der Ring vermutlich ganz leicht abgeglitten.«

Lovejoy räusperte sich unbehaglich. »Nun, ja ...«

»Dem Reverend zufolge hat er den Ring Bischof Prescott übergeben. Aber ich habe das in London House überprüft, und in den Gemächern des Bischofs ist kein solcher Ring gefunden worden. Gibson sagte, er war weder in den Taschen des Bischofs noch in seiner Hand, als ihm die Leichen überstellt wurden.«

»Ich denke mir, dass der Bischof ihn vielleicht in der Krypta hat fallen lassen«, sagte Sir Henry und rieb sich die letzten Brotkrümel von den Händen. »Ich schicke einige Leute, den Ort nochmals zu untersuchen.«

»Es gibt noch eine andere Möglichkeit.«

Lovejoy zog fragend eine Braue hoch.

Sebastian sagte: »Der Mörder könnte ihn an sich genommen haben.«

Später am Nachmittag, nachdem Hero ihre Mutter zu einem Besuch bei einer ihrer ältesten Freundinnen überredet hatte, setze sie sich auf den Stuhl beim Fenster ihrer Schlafkammer und zog den Terminplan des Bischofs aus ihrem Retikül.

Sie überflog ihn rasch und war erleichtert, als sie außer den häufigen Treffen mit ihr selbst nichts im Kalender des Bischofs fand, das Devlin ihren Zustand offenbaren würde. Zufrieden mit dieser Erkenntnis las sie die Liste wieder von vorn.

Da stand tatsächlich der Besuch von Lord Quillian, wie sie es vermutet hatte, und zwar am Montagnachmittag vor dem Tod des Bischofs. »Ha. Seht Ihr?«, sagte sie laut, als wäre Devlin im selben Raum. Dann runzelte sie die Stirn, als sie mehrere andere auffällige Namen auf der Liste entdeckte.

Sie mochte zu neun Zehnteln von Quillians Schuld an der Ermordung des Bischofs überzeugt sein. Dennoch betrachtete Hero sich als eine Person mit einem offenen Geist, und das hieß, sie musste anderen Möglichkeiten gegenüber aufgeschlossen sein.

Sie erhob sich von ihrem Platz am Fenster und begab sich auf die Suche nach Papier und Stift. An die oberste Stelle ihrer Liste schrieb sie *Lord Quillian* und darunter *William Franklin*. Einen Moment zog sie es in Betracht, seinen Namen wieder durchzustreichen, da der Mann alt und gebrechlich war. Doch dann dachte sie sich, dass keine außergewöhnliche Kraft oder Beweglichkeit nötig war, jemandem mit einer Eisenstange auf den Kopf zu schlagen, und so ließ sie den Namen des Amerikaners stehen.

Sie sah den Terminplan des Bischofs ein weiteres Mal durch, stieß jedoch nur auf einen einzigen anderen interessanten Eintrag: Sir Peter Prescott. Wieso, fragte sie sich, musste Sir Peter einen Termin vereinbaren, um seinen eigenen Onkel zu sehen? Sie schrieb den Namen auf die Liste und zog frustriert einen Kreis darum.

Am ermüdendsten an ihrem Zustand als unverheiratete Frau war das Ausmaß, in dem dadurch ihr Bewegungsradius und ihr Handlungsspielraum beschränkt wurden. Da Sir Peter kürzlich einen schmerzlichen Verlust erlitten hatte, war es unwahrscheinlich, dass er irgendwelche sozialen Tätigkeiten ausführen oder daran teilnehmen würde. Und so sehr Hero es auch versuchte, gelang es ihr nicht, einen ausreichend plausiblen Grund für einen Besuch bei ihm zu finden.

Manchmal konnte der Anstand wirklich eine Last sein.

An diesem Abend besuchte Sebastian die Abendgesellschaft seiner Tante Henrietta – etwas, das er nur selten tat.

Die Duchess of Claiborne, eine der beliebtesten Gastgeberinnen Londons für gesellschaftliche Anlässe, versäumte es niemals, ihrem Neffen für ihre vielfältigen Veranstaltungen eine Einladung zu schicken. Sebastian, der die Aufforderungen als das enttarnte, was sie tatsächlich waren – schlecht verhüllte Versuche, ihn einer endlosen Reihe passender junger Debütantinnen vorzustellen -, sagte sie unermüdlich, aber freundlich ab.

Deshalb war der Anblick ihres verrufenen, doch äußerst begehrten Neffen, der an diesem Abend tatsächlich in ihren Räumlichkeiten erschien, für Henrietta ein solcher Schock, dass sie leicht wankte und sogleich mit einer Hand nach ihrem Augenglas griff, das an einem Band um ihren Hals hing. »Guter Gott«, sagte sie. »Du bist es tatsächlich, Devlin. Sag nicht, du hast dich endlich dazu entschlossen, die Erwartungen deines Elternhauses zu erfüllen und nach einer Gattin zu suchen?«

»Nein«, sagte er unumwunden und griff nach ihrem Ellbogen, um sie zu einem kleinen Raum für Rückzüge zu ziehen. »Ich möchte hören, was du mir über die Prescotts erzählen kannst.«

»Pssst«, flüsterte sie und zog krachend die Tür hinter ihnen zu. »Ich will nicht, dass Lady Christine uns hören kann.«

»Wer?«

»Die Tochter des Earls of Lumley. Sie ist wirklich bezaubernd, Sebastian. Aber da ich dir versichern kann, dass sie eine deine Bewunderinnen ist, könnte es besser sein, sie hört nicht, dass du dich wieder in Mordgeschichten hast verwickeln lassen ...«

»Ich habe mich nicht verwickeln lassen, sondern du hast mich verwickelt.«

»Nichtsdestotrotz, ich fürchte, sie ist eine so sensible Person, dass ...«

»Tante«, sagte er streng. »Ich bin nicht hier, um mich von deinem neuesten Lämmchen bezaubern zu lassen, wie liebenswert es auch sein mag. Ich bin hier, um zu hören, was du mir zu Sir Nigel Prescott sagen kannst.«

»Sir Nigel Prescott? Weshalb, um Himmels willen, solltest du wissen wollen ...« Sie unterbrach sich, ihre

Augen weiteten sich. »Gütiger Himmel. Ist er der jahrzehntealte Leichnam in der Krypta?«

»Aller Wahrscheinlichkeit nach, ja.«

Mit einem uneleganten Plumps setzte sie sich auf ein schwanenförmiges Kanapee aus rosafarbener Seide, das ihr am nächsten stand. »Gütiger Himmel«, sagte sie erneut.

»Du kanntest ihn, nehme ich an?«

»Selbstverständlich kannte ich ihn.« Die Herzogin von Claiborne kannte nicht nur jedermann – sie kannte auch all ihre kleinen, schmutzigen Geheimnisse. Und sie behielt sie für immer im Gedächtnis. »Ein ausgesprochen unangenehmer Mensch«, sagte sie mit einem Zungenschnalzen. »Von sehr schlechtem Verhalten. Völlig anders als sein Bruder.«

»War Sir Nigel der Älteste?«

Sie nickte. »Ja, der Älteste von fünf Brüdern. Er erbte den Adelstitel bereits, als er noch in Oxford war. Er war immer ein stattlicher Mann – so groß wie der Bischof, aber deutlich kräftiger gebaut, außerdem beleibt. Er heiratete eine liebenswerte Frau namens Mary Mayfield und machte das arme Ding unglücklich. Sie war noch nicht einmal ein Jahr an der Schwindsucht verstorben, da heiratete er bereits erneut, und zwar Lady Rosamond, die zweite Tochter der Marquess of Ripon.«

»Wann war das?«, fragte Sebastian.

Sie runzelte die Stirn. »Sechsundsiebzig? Siebenundsiebzig? So ungefähr.«

»Sir Peter war sein einziger Sohn?«

Sie nickte. »Aus der ersten Ehe gab es keine Kinder. Mit Lady Rosamond war er bereits seit fünf oder sechs

Jahren verheiratet, als Sir Peter geboren wurde – posthum, nachdem sein Vater verschollen war.«

Sebastian zog einen Sessel mit vergoldeten Krokodilfüßen vor und setzte sich ihr gegenüber. »Du sagtest, Sir Nigel war ein unangenehmer Zeitgenosse. In welcher Hinsicht?«

»Er hatte ein schlimmes Gemüt. Und einen üblen Ruf.« Sie senkte die Stimme, obwohl sie allein waren und niemand sie hören konnte. »*Hellfire Club*, du weißt schon.«

Interessant, dachte Sebastian. Esquire Pyle hatte den *Hellfire Club* auch erwähnt. Diese Vereinigung war im letzten Jahrhundert ein berüchtigter Privatklub gewesen, der sich schwarzer Magie, Orgien und politischen Verschwörungen verschrieben hatte. Die »Mönche« trafen sich damals in den Ruinen einer ehemaligen Abtei und praktizierten die Schändung von Jungfrauen, Exhibitionismus, Voyeurismus und Inzest. Es gab eine Zeit, da zählten zu seinen mächtigen Mitgliedern der Premierminister, der Lord Mayor von London, der Prince of Wales ... und ein gewisser einfach gestrickter Amerikaner namens Benjamin Franklin.

Die Herzogin sprach immer noch leise. »Als er damals einfach so verschwand, nahm man allgemein an, dass der Klub irgendetwas damit zu tun hatte – ein gottloses Ritual, das missglückt war, vielleicht. Oder die Familie eines armen, jungen Mädchens auf der Suche nach Rache. Es gab noch mehr mysteriöse Todesfälle oder Vermisste, die dieser Horde zugeschrieben wurden – allerdings hauptsächlich junge Mädchen aus den Dörfern der Umgebung.« Sie hielt inne und warf ihm einen bedeutsamen Blick zu. »Und einige Buben.«

»Was dachtest du damals, dass ihm zugestoßen sei?«

»Ich?« Henrietta setzte sich zurück und zog ihre grimmigen, St.-Cyr-blauen Augen zusammen. Sie war eine aufgeweckte Frau, die den schönen Schein und die Schmeicheleien durchschaute, die in der feinen Gesellschaft üblich waren. »Ich für meinen Teil hielt es für mehr als wahrscheinlich, dass ihm jemand heimlich die Kehle aufgeschlitzt und seine Leiche in einen Brunnen oder so etwas geworfen hatte. Ich sagte dir ja: Er war ein unangenehmer Mensch. Ich glaube nicht, dass irgendjemand es bedauerte, als er verschwunden war – am wenigsten seine Frau.«

»Erzähl mir von ihr.«

»Lady Prescott? Da gibt es tatsächlich nicht viel zu erzählen. Sie heiratete Prescott am Ende ihrer ersten Londoner Saison. Es gab Gerede von einem weiteren Verehrer, doch es hieß, er war ein Zweitgeborener ohne Aussicht auf Vermögen. Ihr Vater, Ripon, war damals tief gesunken. Glücksspiel, du weißt schon. Die meisten Mitglieder des *Hellfire Clubs* sind ziemlich tief in den Abgrund gerutscht.«

»Ripon und Prescott waren beide im *Hellfire Club*?«

»Soweit ich gehört habe. Ich weiß nur, dass Ripon Prescotts Bitte um die Hand von Rosamond annahm.«

»Sie wurde an den höchsten Bieter verscheuert, oder?«

»Im Wesentlichen ja. Ripon hatte ein halbes Dutzend Söhne, für deren Karrieren er sorgen musste. Er konnte es sich nicht leisten, dass Lady Rosamond wählerisch war. Zumal es Gerüchte gab, Ripon hätte sie an der Grenze abgefangen, als sie und ihr unpassender Freier auf dem Weg nach Gretna Green waren, um sich dort formlos trauen zu lassen.«

»Tatsächlich? Wer war dieser unpassende Freier?«

»Da bin ich mir nicht ganz sicher. Es wurde alles unter einem Deckmäntelchen gehalten.«

»Das muss es wohl, wenn du nichts davon gehört hast«, sagte Sebastian lächelnd. »Was kannst du mir zur Hochzeit von Lady Rosamond und Sir Nigel sagen?«

»Ich glaube nicht, dass sie sehr glücklich war, das arme Ding. Sie verwandelte sich von einer sehr lebhaften, sorglosen jungen Frau in etwas ... *Gebrochenes*. Das ist das einzige Wort, das mir einfällt, es zu umschreiben. Nach Sir Nigels Verschwinden zog sie sich im Grunde aus der Gesellschaft zurück. Nach der üblichen Anzahl von Jahren wurde er schließlich für tot erklärt, sodass sein Sohn den Titel und die Liegenschaften erben konnte, doch sie hat nie wieder geheiratet. Sollte seither irgendein Skandal geschehen sein, in den ihr Name verwickelt war, so habe ich nichts davon gehört.«

Sebastian nickte. Wenn die Herzogin von Claiborne von keinem Skandal gehört hatte, dann hatte es keinen gegeben. Er sagte: »Und der Bischof? Wie gut kanntest du ihn?«

Henrietta ließ in einem langen, unbehaglichen Seufzer die Luft ausströmen. »Er war ein großer Favorit des Erzbischofs.«

»Aber nicht *dein* Favorit?«

Sie verzog das Gesicht. »Du kennst mich. Ich habe nur wenig Geduld mit ernsthaften Klerikern.«

Sebastian lächelte. »Worunter der Erzbischof von Canterbury die rühmliche Ausnahme bildet.«

Ungewohnte Röte glitt über die Wangen seiner Tante. »John ist anders«, sagte sie und wandte den Blick ab.

Sebastian studierte das plumpe, sorgfältig geschminkte und gepuderte Gesicht seiner Tante. Sie war im Alter von achtzehn Jahren mit dem Erben des Duke of Claiborne verheiratet worden, der nicht lange nach der Hochzeit den Titel seines Vaters erbte. Fünfzig Jahre lang hatte sie nun als eine der anerkannten Königinnen der feinen Gesellschaft regiert – gebieterisch, selbstbewusst und scheinbar mehr als zufrieden mit dem Lauf ihres Lebens. Wie eigenartig, dass es Sebastian nie in den Sinn gekommen war – bis jetzt –, dass die einstige Lady Henrietta St. Cyr all die Jahre eine zärtliche Zuneigung zu dem armen, aber ehrgeizigen Geistlichen empfunden haben könnte, der zu guter Letzt der mächtigste Kirchenmann von ganz England geworden war.

Sie sagte: »Ich weiß, dass der Erzbischof darauf hoffte, Prescott würde zu seinem Nachfolger ernannt. Aber das wäre niemals geschehen.«

»Warum?«

»In der Theorie ist es Aufgabe des Prinzregenten, den Nachfolger des Erzbischofs von Canterbury zu bestimmen. Aber du weißt so gut wie ich, dass Prinny, wenn es um Staatsangelegenheiten geht, sich nicht einmal die Nase schnäuzt, ohne zuvor Jarvis zu konsultieren. Und Prescott hat sich viel zu sehr für Reformen interessiert, um jemals Jarvis' Gunst zu finden. Merk dir meine Worte: Wenn es soweit ist, wird Charles Manners-Sutton zum Erzbischof ernannt werden. Merk dir meine Worte.«

»War Jarvis' Missbilligung gegenüber Prescott allgemein bekannt?«

»Jedem, der eingehender darüber nachdachte, ja. Die beiden Männer stritten sich um alles, angefangen bei der Sklaverei auf den Westindischen Inseln bis hin zu Kinderarbeit hier in England.«

Interessant, dachte Sebastian, dass Miss Hero Jarvis sich nicht die Mühe gemacht hatte, das zu erwähnen.

»Nicht dass ich andeuten möchte«, fuhr die Herzogin fort, »dass Jarvis irgendetwas mit dem Tod des Bischofs zu tun haben könnte – wie gelegen ihm dieser Tod auch gekommen sein mag.«

»›Wird niemand mich von diesem aufrührerischen Priester befreien?‹«, zitierte Sebastian leise Henry II.

Die Herzogin wuchtete sich mit einem leisen Grunzen auf die Beine. »Ich nehme an, deine Verwicklung in diese Angelegenheit ist der Grund dafür, dass du gestern Nachmittag gesehen wurdest, wie du mit Miss Jarvis auf dem Gelände des Chelsea Royal Hospital spazieren gegangen bist?«

»Großer Gott«, sagte Sebastian. »Hast du deine Spione überall?«

»Keine Spione. Nur Verbindungen mit Beobachtungsgabe. Und auch wenn ich dich in letzter Zeit drängte, dich der Suche einer Ehefrau zu widmen, würde ich doch nicht wollen, dass du mein Drängen in irgendeiner Weise so verstehst, als wollte ich, dass du ...«

Sebastian stieß ein scharfes Lachen aus. »Nur keine Angst, Tante. Ich weiß aus berufenem Munde, dass Miss Jarvis die Eheschließung im Rahmen von Englands derzeit gültigen Gesetzen als eine barbarische Institution betrachtet, die den Ehemännern die gleichen

Rechte über ihre Frauen gibt, die ein amerikanischer Master über seinen Sklaven ausüben darf.«

»Gütiger Himmel; hat sie das gesagt?«

»Ja.«

»Nun.« Die besorgt gerunzelte Stirn ihrer Tante glättete sich wieder. »Da du schon mal hier bist, warum nimmst du dir nicht einen Augenblick Zeit, um Lady Christine kennenzulernen? Sie ...«

»Nein, Tante.«

»Aber sie ist ...«

»Nein.« Sebastian öffnete die Tür für sie, dann hielt er sie auf und sagte: »Weißt du von irgendeiner Beziehung zwischen Jarvis und Sir Nigel Prescott?«

Sie zögerte und zog nachdenklich die Brauen zusammen. »Ich meine, es gab da etwas ...« Sie stieß den Atem in einem lauten Seufzer aus und schüttelte den Kopf. »Ich werde wohl alt. Aber keine Sorge; es wird mir wieder einfallen. Zu guter Letzt.«

Kapitel 16

Als Sebastian an diesem Abend nach Hause kam, erwartete ihn sein Majordomus bereits.

»In Eurer Abwesenheit ist eine Sendung angekommen. Von London House.«

»Danke sehr«, sagte Sebastian.

Er trug einen Kerzenleuchter in die Bibliothek, schlitzte das Siegel an dem Papierbündel auf und breitete die Blätter auf seinem Schreibtisch aus. Das oberste Blatt erwies sich als eine kurze Nachricht von Simon Ashley, dem hochmütigen Kaplan des Bischofs. Sebastian konnte sich vorstellen, wie er beim Schreiben missbilligend die Nase gerümpft hatte.

Mylord Devlin,
Den Anweisungen des Erzbischofs Folge leistend, findet Ihr anbei eine Liste der letzten Termine des Bischofs. Auf Anregung Seiner Gnaden habe ich die Liste zu Eurer Erbauung mit Anmerkungen versehen.

Er hatte mit einer einzigen Initiale unterzeichnet: »A.«

Die nächsten beiden Seiten waren offensichtlich von jemandem mit gestochen sauberer Handschrift – wohl dem Sekretär für Terminvereinbarungen – aus der Agenda des Bischofs abgeschrieben worden. Die Anmerkungen des Kaplans bestanden hingegen aus schnell gekritzelten, aber treffenden Kommentaren.

Sebastian lehnte sich im Stuhl zurück und ging die Liste von Namen, Daten und Uhrzeiten durch. Die meisten bischöflichen Verabredungen der letzten Woche schienen Routinetreffen mit Kirchenfunktionären oder Gemeindemitgliedern gewesen zu sein. Sebastian sah den Termin mit William Franklin von Montag. Obwohl das Treffen für den späten Nachmittag festgesetzt war, schien es der erste Termin des Tages zu sein, und unmittelbar darauf folgte das Treffen mit Lord Quillian. Interessanterweise hatte sich der Bischof am Dienstagnachmittag um vier Uhr auch mit seinem Neffen, Sir Peter Prescott, getroffen. Das war der Tag seines Todes. Der Grund für das Treffen war nicht festgehalten.

Sebastian erhob sich nachdenklich und sah den Terminplan der letzten Woche nochmals durch, aber nur ein Name erweckte seine Aufmerksamkeit: Miss Hero Jarvis.

Zusätzlich zu ihrem sechs-Uhr-Termin am Dienstag hatte sie den Bischof von London in der vorherigen Woche nicht weniger als drei Mal aufgesucht.

Sebastians Träume führten ihn zu vielen Orten. Manchmal träumte er von Kanonenkugeln, die durch die Luft surrten, um in blutigen Geysiren aus Matsch, Pferdefleisch und zerfetzten Männerkörpern zu explodieren. Manchmal träumte er vom beißenden Geruch brennenden Gebälks und den blassen Wangen und braunen, blicklos geöffneten Augen eines Kindes. Und dann gab es die gefürchteten Nächte, in denen er von einer Frau mit den blauen Augen der St. Cyrs träumte, die ihre Fingerkuppen an seine legte und dann hinwegglitt, für ihn auf ewig verloren.

Auch diese Nacht kam sie wieder zu ihm, während ein Sturm von der Nordsee über das Land fegte und einen bissigen, für die Jahreszeit ungewöhnlich kalten Wind mit sich brachte. Er spürte, wie ihre weichen Lippen an seinen zitterten. Er fühlte ihre tränennasse Wange warm und feucht an seinem Hals. Unter seiner Berührung erzitterte ihr Körper ...

Und mit einem Schrecken erwachte er schlagartig mit pochendem Herzen aus dem Schlaf.

Er blieb einen Augenblick still liegen, sein Atem ging schnell und stoßweise. Dann schwang er die Beine auf der einen Seite des Bettes hinaus, stand auf und füllte sich ein Glas mit Brandy.

Er kippte es herunter und schüttelte sich. Dann stellte er das Glas zur Seite, zog die Vorhänge auf und öffnete das Fenster. Der anschwellende Wind trieb schwere Wolken über den dunklen Himmel und badete Sebastians heiße Haut in der kalten Nachtluft. In der Straße unten flackerte das Öllicht an der Ecke auf und ging aus.

Sebastian verfügte jedoch über das scharfe Sehen eines nachtaktiven Tieres. Die Hände auf der Fensterbank abgestützt, beugte er sich vor. Seine Aufmerksamkeit galt der Gestalt eines Mannes, der sich in die Schatten der Eingangstreppen des Hauses auf der anderen Straßenseite kauerte.

Während Sebastian ihn beobachtete, hob der Mann einen Stumpen an die Lippen und nahm einen tiefen Zug. Das Aufglühen der Tabakblätter beleuchtete sein knochiges Gesicht mit den engstehenden Augen.

»Zur Hölle«, fluchte Sebastian. Er wich vom Fenster zurück, schnappte sich seine Hosen und die kleine, doppelläufige Pistole mit dem Elfenbeingriff, die immer geladen bereitlag, und wandte sich zur Tür.

Obadiah Slade hatte den Stumpen gerade halb zum Mund geführt, als Sebastian die Mündung seiner Steinschlosspistole gegen die breite Schläfe des Mannes drückte und beide Hähne spannte.

»Tu der Welt einen Gefallen«, sagte Sebastian, »und liefere mir eine Entschuldigung dafür, dir das Hirn wegzublasen.«

Sein Gegenüber erstarrte nur den kürzesten Augenblick. Dann hielt er sich den Stumpen an die Unterlippe und inhalierte tief. »Was? Ein feiner, moralischer Gentleman wie Ihr soll in den Straßen Londons einen Mord begehen?« Der ehemalige Korporal blies eine blaue Rauchschwade aus und verzog frech die Lippen. »Das glaube ich kaum.«

Sebastian hielt seinen Arm ausgestreckt. Die Mündung grub sich in das Fleisch von Slades Schläfe. »Warum beschattest du mein Haus?«

»Gibt kein Gesetz, wo einem Engländer verbietet, in der Straße zu stehn und nen Stumpen zu rauchen, oder?«

»Das kommt auf den Engländer an. Und auf die Straße.«

Obadiah nahm einen weiteren Zug an seinem Stumpen. »Hab 'n bisschen gebraucht, nachdem ich Euch heut in Aldersgate gesehen hab. Hab's dann aber rausbekommen. Mein Dad sagte mir, Ihr wärt wegen dem Bischof hinter ihm her. Er dachte, Ihr wärt'n

Wachtmeister. Der weiß nich, was Ihr in der Army gemacht habt. Dass Ihr Euch als alles Mögliche ausgeben könnt, von nem spanischen Bauern bis zum französischen General.«

»Bist du deshalb hier? Wegen Jack Slade?«

»Nee.« Obadiah zog ein letztes Mal an seinem Stumpen, dann ließ er ihn auf den Gehweg fallen. »Ihr wisst genau, warum ich hier bin.«

Sebastian trat zurück, die Pistole immer noch entsichert. »Komm wieder her, und ich hetze dir den Wachmann auf den Hals.«

In einer gemächlichen Bewegung stellte Obadiah den Absatz seines mächtigen Stiefels auf die glimmende Spitze des Stumpens. »Wisst Ihr, was hundert Peitschenhiebe auf dem Rücken eines Mannes anrichten?«

»Wenn es nach mir gegangen wäre, wärst du gehängt worden.«

Obadiahs Zähne leuchteten hell in der Dunkelheit. »Es dauert lang, einem Mann hundert Peitschenhiebe überzuziehen. Wisst Ihr, wie ich's überlebt hab?«

Als Sebastian schwieg, schob Slade seinen Fuß vor und zurück und zermahlte den Stumpen mit dem Absatz. »Gibt haufenweise Methoden, einen Mann zu killen. Die, wo ich für dich ausgesucht hab ... Du wirst dir wünschen, du hättest abgedrückt.«

Sebastian spürte, wie sich sein Finger gegen das kalte Metall in seiner Hand presste, doch er zwang sich, locker zu lassen. »Du bist es nicht wert.«

Obadiah lächelte und drehte sich um, in einer trägen, Verachtung ausdrückenden Bewegung. »Das sagste jetzt.«

Kapitel 17

Freitag, 10. Juli 1812

Hero Jarvis stand am nächsten Morgen früh auf und warf einen Blick auf die Platten mit Ei und Würstchen, Tomaten und Zwiebeln, die im Speisezimmer auf dem Buffet standen, drehte sich um und wies an, dass man ihr ihr Pferd für einen Ausritt bringe.

Der Wind der letzten Nacht hatte schwere, bedrohliche Wolken gebracht, die tief über der Stadt hingen. Als sie mit ihrem großen Braunen die Row in Hyde Park auf und ab trabte, ihr Stallbursche in respektvollem Abstand immer hinter ihr her, begannen die ersten Regentropfen zu fallen. Sie kümmerte sich nicht darum.

Mitten in einer langen, schlaflosen Nacht war ihr aufgegangen, dass sie in ihrer Konzentration und der Verwendung all ihrer Energien auf den Mord an Bischof Prescott ganz vermieden hatte, sich mit den katastrophalen Folgen seines Todes auf ihre persönliche Zukunft auseinanderzusetzen. Jedes Mal, wenn sie versuchte, darüber nachzudenken, schrak sie innerlich jedoch davor zurück.

Das Donnern sich nähernden Hufgetrappels lenkte ihre Aufmerksamkeit zum Eingang. Als sie aufblickte, erkannte sie die schlanke Gestalt von Viscount Devlin, der sich ihr in leichtem Galopp näherte. Sie beachtete ihn nur einen winzigen Augenblick, bevor sie weiter trabte.

»Es regnet«, sagte er, als er mit seiner Araberstute zu ihrem Braunen aufschloss. »Oder habt Ihr das nicht bemerkt?«

»Wenn man in England nicht bei Regen ausreitet, reitet man selten.«

Seine Augen verengten sich amüsiert. »Richtig.«

»Ich nehme an, Ihr habt mich aus einem bestimmten Grund gesucht?«, sagte sie schroff, darauf bedacht, ihn wieder loszuwerden. »Welcher ist es?«

»Mehrere. Zunächst einmal frage ich mich, warum Ihr es in unserem gestrigen Gespräch versäumtet, mir von den Einwänden Eures Vaters gegen Prescotts mögliche Nachfolge auf das Amt von Canterbury zu berichten.«

Sie stieß einen Atemzug aus, der irgendwo zwischen einem Auflachen und einem spöttischen Schnauben lag. »Was genau malt Ihr Euch da aus? Dass mein Vater die Rolle von Henry II. gegenüber Bischof Prescott in der Rolle von Thomas Becket spielte?«

»Dieser Gedanke ist mir tatsächlich gekommen.«

»Seid doch kein Esel.«

Er brach kurz in Lachen aus. Stille entstand, die vom Knarren des Sattelleders und dem dumpfen Donner ihrer Pferdehufe erfüllt war. Erneut war sie diejenige, die das Schweigen brach.

»Ihr sagtet ›mehrere‹. Was noch?«

Er blickte unverwandt auf die Baumkronen in der Ferne. »Miss Jarvis, ich fürchte, dass Ihr weniger als aufrichtig zu mir wart, was Euren letzten Besuch bei Bischof Prescott betraf. Oder sollte ich eher *Eure Besuche* sagen?«

Sie hielt ihre Hände ruhig und wahrte ihre ent-
spannte Haltung. Doch ein innerer Aufruhr musste
sich auf ihren Braunen übertragen haben, denn er begann, nervös seitwärts zu tänzeln. Sie korrigierte sofort
die Richtung.

Nach einer Weile sagte er: »Kein Kommentar?«

Sie drehte den Kopf und betrachtete sein feingezeichnetes, attraktives Gesicht, konnte jedoch keinen Hinweis darauf erkennen, dass er ihr Geheimnis entdeckt
hätte. »Der Bischof ist tot. Woher glaubt Ihr bitte annehmen zu können, worum es zwischen ihm und mir
ging?«

Der Regen setzte heftiger ein, klatschte auf das Laub
der Kastanien entlang der Row und trommelte auf den
Torfboden. Der Viscount richtete seinen Hut. »Eine Bemerkung, die der Bischof über eine alte Bekanntschaft
machte, die seinen Rat suchte.«

Ihr Magen muckte unangenehm auf. Aber mittler-
weile hatte sie sich gut im Griff. »Offenbar liegt da wohl
eine Verwechslung vor«, sagte sie leichthin.

»Vielleicht. Jedoch kann ich mich nur wundern: drei
Treffen? Wegen einer einzigen Rede?«

Der Regen fiel nun in Strömen. Wasser lief die Wangen des Viscounts hinab, Wasser drang in Heros Kragen ein. Sie sagte: »Vielleicht sollten wir diese Unterhaltung irgendwann in der Zukunft fortsetzen, in einer
trockeneren Umgebung.« Sie gab ihrem Stallburschen
ein Zeichen und zog den Kopf ihres Braunen in die
Richtung nach Hause. »Guten Tag, Mylord.«

Sie war sich seines Blickes bewusst, der ihr folgte, als
sie den Park verließ.

Sie sah nicht zurück.

Als Hero wieder zu Hause war, entließ sie ihre Zofe, riss sich die Reitkleidung vom Leib und stellte sich in ihrem Ankleideraum vor den Spiegel.

Sie betrachtete nüchtern ihr Spiegelbild, die Hände auf den Unterbauch gelegt. Ihr Körper war noch immer schlank und ihr Bauch flach. Doch wie lange noch? Einen Monat? Zwei? Wie lange würde sie sich noch in den Kreisen des *Haut Ton* in London bewegen können? Die Kleider mit hochangesetzter Taille, die derzeit modern waren, würden die Veränderungen ihrer Gestalt noch eine Weile verbergen, doch die Zeit würde kommen, da sie weggehen müsste.

Sie hatte vorgehabt, den kommenden Herbst und Winter im Heim einer lieben Cousine in den Walisischen Bergen zu verbringen. Hero kannte den Namen des Ehepaares, das ihr Kind bekommen sollte, während diese beiden Menschen sorgsam im Unklaren über ihre eigene Identität gehalten worden waren. Und ohne Prescott waren ihre Möglichkeiten, das Kind seinen Adoptiveltern zuzuführen, ohne ihre eigene Identität preiszugeben, ernstlich beschränkt.

Sie dachte darüber nach, das Paar selbst zu kontaktieren, doch dann verwarf sie diesen Gedanken. Wenn sie das täte, würde es bedeuten, dass sie ein Leben lang über ihre Schulter blicken würde und sich immer vor Enthüllung und Erpressung fürchten müsste. Sie musste eine andere Alternative finden. Und zwar hurtig.

Ihr lief die Zeit davon.

Kapitel 18

Als Sebastian zurück in der Brook Street war, waren seine Reitjacke und die Hosen durchnässt.

»Mordermittlungen können ganz offenbar Auswirkungen auf die Garderobe eines Gentlemans haben«, sagte Jules Calhoun, der die abgelegten Kleidungsstücke einsammelte.

Sebastian lockerte die Falten seines frischen Halstuchs. »Sind Sie versucht, zu gehen, Jules?« Bevor Sebastian den unerschütterlichen Calhoun gefunden hatte, hatte er von seinen Leibdienern, die nicht daran gewöhnt waren, einem Gentleman zu dienen, der regelmäßig in das schmutzige Geschäft der Mordermittlungen verwickelt war, schon alles ertragen müssen – von Unwohlsein bis hin zu Wutanfällen.

Calhoun blickte ihn empört an. »Wer, ich? Gewiss nicht, Mylord!«

Nachdem er trockene Kleidung angelegt hatte, orderte Sebastian an, dass man seinen Zweispänner vorfuhr, und machte sich auf den Weg, den Neffen des Bischofs von London zu finden, Sir Peter Prescott.

Er traf den Baronet in einer als *Jerusalem Gate* bekannten Taverne in der Nähe von Hans Place an, wo er auf der Ecke einer hochlehnigen, altmodischen Bank lümmelte. Es war kurz nach zehn Uhr vormittags, und Prescott wirkte, als habe er den Weg in sein Bett noch nicht gefunden. Eine halbgeleerte Brandyflasche stand auf dem kleinen, achteckigen Tisch vor ihm; seine Krawatte war in Unordnung und schweißbefleckt. Blonde Bartstoppeln des vergangenen Tages beschatteten seine Wangen, und sein gutgeschnittenes, braunolivfarbenes Jackett war an den Ärmelaufschlägen fettig und schmutzig. Als Sebastian sich einen Stuhl heranzog, sah Sir Peter zu ihm auf, ohne seine Position zu verändern, und sagte unnötigerweise: »Ich bin blau.«

»Mein Beileid zum Tod deines Onkels, des Bischofs«, sagte Sebastian und bestellte zwei Krüge Ale.

Sir Peter ließ den Kopf gegen die hohen Holzlättchen der Bank fallen. Er war ein zierlicher Mann mittlerer Größe, sein feines Haar lockte sich über der Stirn. Im Zusammenspiel mit seinen sanften, blauen Augen hatte ihm dieser Glorienschein goldener Locken als kleiner Junge das Aussehen eines Engels verliehen. Nun jedoch klebten die schweißnassen Locken an seiner Stirn, und seine Augen waren blutunterlaufen. »Der liebe Onkel Francis«, sagte er. »Sich als Bischof in einer Kirche ermorden zu lassen!«

Sebastian betrachtete die geröteten, erschöpften Züge des Baronets. Die beiden Männer kannten sich bereits seit gut zwanzig Jahren, zunächst als Schuljungen, dann als junge Männer im urbanen London. Danach hatte das Leben sie jedoch auseinander geführt. Während Sir Peter sich niedergelassen hatte, um seinem von Geburt an ererbten Anwesen vorzustehen, waren Sebastians Tage geprägt vom Soldatenleben der Rotröcke und dem Lärm der Artilleriegeschosse, die er manchmal auch jetzt noch in seinen Träumen explodieren hörte.

Sebastian nahm einen Schluck Bier, den Blick unverwandt auf das vertraute Gesicht seines alten Freundes geheftet. »Ich hatte immer den Eindruck, dass du und dein Onkel euch nahestandet.«

»*Nahe.*« Sir Peter zog komisch die Schultern hoch. »Wohl schon. Ich meine, es hat sich gut gefügt, nicht wahr? Er hatte keinen Sohn, ich keinen Vater. Ein im Himmel getroffenes Bündnis. Oder in der Hölle.«

»Soweit ich es verstanden habe, habt ihr euch in letzter Zeit gestritten?«

»Ich wusste nicht, dass er bald sterben würde«, sagte Sir Peter und rieb sich mit der zitternden Hand durch das Gesicht. »Versuch mal, den verfluchten Bischof von London zum verfluchten Onkel zu haben. Hätte ich Ambitionen zum Heiligen, wäre ich ein verfluchter Priester geworden, wie er.«

»Nein, ich habe nie geglaubt, dass du Ambitionen zum Heiligen hättest.«

Sebastians Gegenüber zog kurz die Mundwinkel zum Grinsen eines Schuljungen hoch. »Ich? Ich habe die alte Geiß vielleicht im Schlafzimmer des Rektors losgelassen, aber du warst derjenige, der sich den Streich überhaupt erst ausgedacht hat.«

Sebastian lachte leise. In Wahrheit sollte Bischof Prescott an seinem Neffen nicht viel auszusetzen gefunden haben. Der lebhafte Schuljunge hatte sich zu einem gutgelaunten, aber verantwortungsbewussten Gutsherrn entwickelt, der sich viel mehr für seine Herden und die Haferernte interessierte als für Suff und Würfelspiele. Sebastian konnte sich nur eine Sache vorstellen, in der der Baronet vom Pfad der Tugend abschweifen könnte: Wie Sebastian hatte auch Sir Peter sich nie eine Frau genommen. Stattdessen hatte er es vorgezogen, dass seine Mutter weiterhin als Kastellanin dem alten, weitläufigen Haus seines Anwesens vorstand, weil er selbst seine Zeit zwischen dem Gut und einer gewissen dunkelhaarigen, dunkeläugigen Varieté-Tänzerin aufteilte, die er in der Stadt aushielt.

Sebastian lehnte sich auf seinem Stuhl zurück, streckte die Stiefel von sich und schlug die Füße übereinander. »Er hat von deiner Varieté-Tänzerin gehört, richtig?«

Sir Peter beugte sich vor, nahm den Krug in seine Faust und schniefte. »Wenn du ihm zuhörtest, war ich ein verfluchter türkischer Pascha mit einem Harem. Sah für den Neffen des verdammten Bischofs von London wohl nicht gut aus, nehme ich an, mit einer *niederen Frau* Umgang zu pflegen. Erst recht, wenn der Bischof von London in Aussicht hatte, den Erzbischof von Canterbury zu beerben.«

»Wollte er am Dienstag darüber mit dir sprechen?«

Sir Peter blickte überrascht auf. »Woher weißt du davon?«

»Vom Sekretär des Bischofs, der die Termine verwaltete.«

Sir Peter nahm einen tiefen Schluck Ale. »Das ist doch bezeichnend, oder? Wenn ein Mann sich einen Termin nehmen muss, um seinen verfluchten Onkel zu sehen?«

»Wie war er bei eurer Begegnung?«

Sir Peters Augen zogen sich zusammen. »Was meinst du damit?«

»Wirkte er ... außergewöhnlich verstört?«

»Nein. Weshalb sollte er?«

Sebastian hob seinen Krug und nahm langsam einen Schluck. Sowohl Miss Jarvis, die den Bischof um sechs Uhr am selben Abend getroffen hatte, als auch William Franklin, der Prescott am vorherigen Nachmittag gesehen hatte, hatten den Bischof von London als ungewöhnlich aufgebracht beschrieben. Entweder war Sir Peter ein außergewöhnlich unsensibler Neffe oder er war weniger als aufrichtig. »Sag mir«, fragte Sebastian, »wer, denkst du, hat ihn ermordet?«

»Ich? Woher soll ich das wissen?«

»Du musst gewisse Vorstellungen haben, wer dafür verantwortlich sein könnte.«

Sir Peter warf einen raschen Blick zur Seite, dann beugte er sich vor und stützte sich mit einem Unterarm auf dem Tisch ab, während er die Stimme senkte. »Mir scheint, dass die Behörden sich mal fragen sollten: Wer hat den größten Nutzen vom Tod des Bischofs von London?«

»Gute Frage«, sagte Sebastian. »Was würdest du darauf antworten?«

Sir Peter ließ sich zurückfallen. »Da wird es kompliziert. Onkel Francis schreckte nicht davor zurück, sich die Art Mann zum Feind zu machen, die ihm gefährlich werden konnte.«

»Hat er jemals jemand Bestimmten erwähnt?«

Sir Peter stieß ein scharfes Lachen aus. »Was? Meinst du jetzt, abgesehen von Jarvis und Quillian, Liverpool und Canning?«

»Hört sich nach einem streitsüchtigen Menschen an.«

»Ja.« Sir Peter sog tief den Atem ein. Plötzlich sah er nicht mehr so betrunken aus. »Ja, das war er.«

Sebastian sah sich im Schankraum um, dann blieb sein Blick an den alten Bleiglasfenstern hängen, auf deren Außenseite sich die herablaufenden Regentropfen jagten. »Wo warst du am Dienstagabend?«

Sir Peters Blick verfinsterte sich. »In Camden Place. Warum?«

»Camden Place?«

»Ich habe dort eine Wohnung.«

»Ach so.« Sebastian betrachtete die zitternde Hand seines ehemaligen Schulfreundes, den Bartwuchs, der seine normalerweise geröteten Wangen beschattete. So wie er aussah, trank Prescott bereits, seit er die Nachricht vom Tod seines Onkels erhalten hatte. Sebastian sagte: »Wann hast du Lady Prescott zum letzten Mal gesehen?«

»Meine Mutter?« Sir Peter runzelte die Stirn. »Gestern. Warum fragst du?«

Inzwischen musste Sir Henry Lovejoy den unangenehmen Gang nach Prescott Grange auf sich genommen haben, im Gepäck ein zerschlissenes Jackett aus blauem Samt, eine fleckige Satinweste und eine alte goldene Taschenuhr mit dem zugehörigen Anhänger. Wenn ihre Vermutungen richtig waren und der jahrzehntealte Leichnam in blauem Samt wirklich Sir Nigel war, dann hatte Lady Prescott soeben erfahren, dass sie Witwe war.

Sebastian sagte: »Du weißt, dass in der Krypta bei deinem Onkel noch eine weitere Leiche gefunden wurde? Die Leiche eines Mannes, der anscheinend vor mehr als dreißig Jahren dort getötet wurde?«

Der Baronet wurde plötzlich sehr still. »Du sagtest, vor *dreißig* Jahren?«

»Richtig.«

Sir Peters Gesicht verlor jegliche noch verbliebene Farbe. »Was sagst du da?«

Sebastian erhob sich und legte seinem Freund eine Hand auf die Schulter. »Ich sage, dass du vielleicht besser nach Prescott Grange zurückkehrst. Ich vermute, dass Lady Prescott jetzt deine Unterstützung braucht.«

Kapitel 19

Sebastian fuhr auf dem Weg zur Bow Street gerade Whitehall hinauf, als er Charles Lord Jarvis entdeckte, der soeben das Foreign Office verließ. Der Regen - im Augenblick zur Ruhe gekommen – hatte kleine Bäche in den Straßenrinnen und nass glänzendes Pflaster unter schwerem, grauem Himmel zurückgelassen.

Sebastian hielt dicht am Bordstein an. »Ob ich wohl auf ein Wort mit Euch reden kann, Mylord?«

»Nur, wenn Ihr bereit seid, ein Stück mit mir zu gehen«, sagte Jarvis, ohne seinen Schritt zu verzögern.

»Bleib hinter uns«, sagte Sebastian zu seinem Burschen und sprang vom hohen Sitz der Kutsche hinab.

Jarvis setzte seinen Weg fort, Sebastian fiel in seinen Schritt ein. Die beiden Männer teilten eine Geschichte gegenseitiger Abneigung, die annähernd zwei Jahre in die Vergangenheit zurück reichte. Sebastian beging nie den Fehler, den Intellekt und die Macht noch die Bösartigkeit von Lord Jarvis zu unterschätzen.

»Wie ich hörte, untersucht Ihr den Tod von Bischof Prescott«, sagte der große Mann. »Das ist recht würdelos, findet Ihr nicht? Der Sohn eines Peers Seiner Majestät, der sich immer wieder mit Mordermittlungen befasst, wie ein gewöhnlicher Bow Street Runner?«

»Solange ich nichts wirklich Schäbiges tue, wie etwa Geld für meine Tätigkeiten anzunehmen, sollte der gute Ruf des Hauses St. Cyr gewahrt bleiben.«

Jarvis grunzte und ging weiter.

Sebastian sagte: »Mir kam zu Ohren, Ihr hattet Differenzen mit dem Bischof von London.«

»Differenzen?« Jarvis warf ihm einen Seitenblick zu. »Das sollte ich doch meinen. Es dürfte Euch schwerfallen, im House of Lords auch nur ein Mitglied zu finden, das keine ›Differenzen‹ mit dem Bischof von London hatte – und damit schließe ich seine Mitgeistlichen auf den Bänken der *Lords Spiritual* ausdrücklich mit ein. Der Mann war ein verfluchter Radikaler.«

»Ihr meint, wegen seines Standpunktes zur Sklaverei?«

»Ich meine, wegen seines Standpunktes zu allem. Er hat sogar ein Gedicht über den *Frieden* geschrieben.« Jarvis blieb am Bordstein stehen, um einen zweirädrigen Karren passieren zu lassen, der hoch mit Fässern beladen war und von einem grauen Maultier gezogen wurde. »Wenn auch nicht nach Prescotts Ansicht, natürlich. ›Herrscher haben das Privileg zu töten, und die schiere Zahl heiligt das Verbrechen‹«, zitierte er spöttisch.

»Prescott war dafür, mit den Franzosen Frieden zu schließen?«

»Mit den Franzosen *und* mit den verdammten Amerikanern.«

»Obwohl er beide Nationen außerordentlich verachtete?«

Jarvis gab einen abfälligen Laut von sich. »Fragt mich nicht nach einer Interpretation der verworrenen Gedankengänge dieses Mannes.«

Sebastian studierte Jarvis' arrogantes Profil mit der Hakennase. »Ich habe gehört, Ihr wart gegen die

Nachfolge Prescotts auf das Amt des Erzbischofs von Canterbury.«

»Das sollte ich doch annehmen.«

»Wegen seiner Ablehnung des Kriegs oder wegen seiner Einstellung zur Abschaffung der Sklaverei?«

»Was denkt Ihr?«

»Ich denke, der Bischof von London hat sich eine beachtliche Anzahl Feinde geschaffen.«

Der große Mann schlug den Fußpfad zu Carlton House ein. »Das verrät uns einiges über einen Mann, meint Ihr nicht auch?«

Seine Worte riefen ein Echo an etwas wach, das Jarvis' Tochter gesagt hatte. »Ich vermute es«, sagte Sebastian. »Vieles hängt davon ab, von welchem Schlag die Feinde dieses Mannes sind.«

In den strengen, grauen Augen seines Gegenübers zeichnete sich ein Anflug von Amüsiertheit ab. »Das tut es. Guten Tag, Mylord.«

Sebastian wartete, bis Jarvis durch das Tor im Zaun trat, der die Mall vom Hof des Palastes trennte, erst dann hob er die Stimme und sagte: »Und der Bruder des Bischofs? Von welchem Schlag war er?«

Jarvis wandte sich langsam um und sah ihn an. »Francis Prescott hatte vier Brüder. Auf welchen bezieht Ihr Euch?«

»Auf den ältesten.«

»Sir Nigel?« Ein angeekeltes Schaudern lief über die aristokratischen Züge des Barons. »Bischof Prescott war ein langweiliger, nervtötender Narr. Aber Sir Nigel war etwas viel Schlimmeres. Er war schlicht und einfach verdorben. Ich war nicht im Geringsten überrascht, als ihn schließlich jemand tötete.«

Sebastian zwinkerte. Er selbst hatte gute Gründe, zu glauben, dass Sir Nigel die letzten dreißig Jahre mit einem Dolch im Rücken in der Krypta von St. Margaret's gelegen hatte, das Gesicht im Dreck. Diese Tatsache war allerdings bisher noch nicht öffentlich bekannt. Er sagte: »*Wurde* Sir Nigel denn ermordet? Ich hatte den Eindruck, dass der Mann einfach ... verschwunden ist?«

»Natürlich wurde er ermordet. Glaubt Ihr, dass Männer von seinem Schlag einfach so verschwinden?«

»Wer, glaubt Ihr, hat ihn ermordet?«

»Ich weiß es ehrlich nicht. Wüsste ich es, würde ich dem Mann sofort einen Drink spendieren.« Jarvis hielt inne, als die Glocken im Turm über der Stadt die Stunde zu läuten begannen, ein harmonisches Zusammenspiel heller und dunkler Klänge, die über die Dächer hinweg schallten. »Und nun einen guten Tag, Mylord.«

Sebastian beobachtete, wie der Baron den Hof in Richtung der Palasttreppe überquerte.

»Meister?«, sagte Tom, der neben ihm die Füchse zügelte.

Sebastian blieb einen Augenblick ruhig stehen und blickte dem mächtigen Vetter des Königs finster nach. Dann sprang er in den Zweispänner und lenkte seine Pferde Richtung Bow Street.

»Ich glaube, es besteht kein großer Zweifel«, sagte Sir Henry Lovejoy mit ernsthafter Miene. »Unsere mysteriöse Leiche aus dem achtzehnten Jahrhundert ist aller Wahrscheinlichkeit nach der lang vermisste Bruder des Bischofs, Sir Nigel. Lady Prescott hat das blaue Samtjackett und die Satinweste klar als die Kleidung wiedererkannt, die ihr Gatte am Tag seines Verschwindens trug. Die Uhr und der Anhänger gehörten ihm ebenfalls.«

Die beiden Männer hatten die Bow Street-Behörde verlassen und drängten sich durch die Menschenmenge, die sich unter den nahegelegenen Arkaden vor Covent Garden Square tummelte. Inzwischen war das Gewimmel, das für den Markt am frühen Morgen typisch war, zurückgegangen. Die schweren Wagen der Kaufleute und Händler waren den Handkarren der Straßenhändler und den Hausierern gewichen, die Brötchen und Austern, Messer und Notizbücher verkauften.

»Und der gebrochene linke Arm?«

»Sie sagt, er hätte ihn sich als Junge gebrochen. In Eaton«, fügte der Magistrat hinzu und beobachtete eine untersetzte, stiernackige Frau mit einem Korb, den sie auf dem Kopf balancierte, die an ihnen vorbei wankte. In der Luft hingen schwer die Gerüche nach Kaffee, frischen Blumen und trocknendem Pferdedung.

»Wie hat Lady Prescott die Nachricht aufgenommen, dass seine Leiche gefunden wurde?«

»Sie weinte.«

»Was hat sie Ihnen über die Umstände erzählt, unter denen Sir Nigel verschwunden ist?«

»Soweit ich es verstanden habe, wurde der Baronet zum letzten Mal am fünfundzwanzigsten Juli gesehen. Er verließ das Anwesen kurz nach einem zeitigen Abendessen, um den Abend in einem seiner Klubs zu verbringen. Nur dass er dort nie angekommen ist.«

»Wurde sein Pferd in derselben Nacht in Hounslow Heath gefunden?«

»Am nächsten Tag.«

»War Blut am Sattel oder am Pferd?«

»Nicht dass sich jemand erinnert.«

Sie blieben neben einem Stand mit Medizinalien stehen, an dem alles von Blutegeln über getrocknete Kräuter bis hin zu Schnecken zum Bereiten eines Heiltranks verkauft wurde. »Und trotzdem schrieb man sein Verschwinden Wegelagerern zu?«, sagte Sebastian. »Das erscheint etwas weit hergeholt, oder? Wann haben Sie zuletzt von Dieben gehört, die ein Rassepferd mitsamt dem Sattel zurückließen, um stattdessen die Leiche ihres Opfers zu stehlen?«

»Die Behörden nahmen an, das Pferd ging durch, als Sir Nigel überfallen wurde. Hounslow Heath war in jener Zeit wirklich berüchtigt.«

»Gab es damals nicht den Verdacht, der Baronet könnte einem Verbrechen von der Hand eines Feindes zum Opfer gefallen sein?«

»Oh, doch, es gab zahlreiche Spekulationen. Soweit ich es begriffen habe, hatte Sir Nigel einen sehr unanständigen Ruf.«

»Ich hörte, er war Mitglied des Hellfire Clubs.«

»Auch das.« Der Untersuchungsrichter betrachtete nachdenklich ein Häufchen getrockneter Minze auf dem Tisch vor ihnen. »Er scheint eine Begabung dafür gehabt zu haben, seine Feinde in inneren Aufruhr zu versetzen.«

»Ein bisschen wie sein Bruder«, bemerkte Sebastian. »Wenn auch nicht aus den gleichen Gründen. Offensichtlich.«

»Wie wahr.« Lovejoy zahlte für etwas Minze und ließ das Tütchen in seine Tasche gleiten. »Ich hörte, dass sich der Verdacht zunächst auf den Sohn eines ehemaligen Pächters konzentrierte, der einen heftigen Groll gegen den Baronet pflegte. Aber der Bursche hatte für den fraglichen Abend ein belastbares Alibi.«

»Welche Art von Alibi?«

Sie wandten sich wieder in Richtung Bow Street. »Er saß in einem Roundhouse hier in London ein.«

Sebastian dachte an den Dolch aus der Renaissance, der in Sir Nigels Leichnam gefunden worden war. Er konnte sich einen aufgebrachten Bauern vorstellen, der dem Baronet eine Sichel in den Rücken rammte. Aber einen antiken italienischen Dolch? Laut sagte er: »Welche Ursache hatte der Groll des Kerls?«

»Anscheinend hatte Sir Nigel mit seinem Vater über irgendeine Bagatelle gestritten. Sir Nigel rächte sich, indem er die Familie aus ihrem Cottage vertreiben ließ. Es war inmitten eines schrecklichen Schneesturms, und die ganze Familie ist in dem Versuch, es über das Heideland nach London zu schaffen, erfroren. Mutter, Vater, zwei kleine Mädchen. Der einzige Grund, weshalb der Junge überlebte, war, dass ein Onkel ihn als Lehrling bei einem Metzger in London untergebracht hatte, weshalb er nicht bei ihnen war.«

Sebastian blieb abrupt stehen, der Tumult des belebten Platzes umschwirrte ihn. »Sie sagen, er war Lehrling bei einem *Metzger*?«

Lovejouy warf ihm einen überraschten Blick zu. »Richtig. Warum?«

»Kennen Sie seinen Namen?«

»Slade. Jack Slade.«

Etwas von Sebastians Reaktion musste sich wohl in seinem Antlitz abgezeichnet haben, denn Lovejoy sagte: »Ihr kennt ihn?«

»Ich kenne ihn«, sagte Sebastian.

Kapitel 20

Da Sebastian bei der Metzgerei in der Monkwell Street vor verschlossener Tür stand, folgte er Jack Slades Spur zum nahegelegenen, riesengroßen Viehmarkt in Smithfield.

In früheren Zeiten hatten auf diesen todbringenden Feldern das Knistern brennender Fackeln, das Johlen wütenden Mobs und das Schreien sterbender Märtyrer widergehallt – in jenen Zeiten, als protestantische Monarchen Papisten verbrannten und als katholische Herrscher Ketzer dem Feuer überantworteten. Jetzt war das offene Gelände übersät mit Ställen voller blökender Schafe. In den Gassen zwischen ihnen standen lange Reihen von Kühen, die mit den Köpfen an den Gitterstäben festgebunden waren.

Sebastian bahnte sich seinen Weg über einen engen Pfad und traf schließlich auf Jack Slade, den Fuß auf einen niedrigen Eisenholm gestellt, den Burschen eines Viehtreibers neben sich. Die beiden inspizierten ein spanisches Langhornrind, das in der Nähe des weitläufigen Gebäudekomplexes des St. Bartholomew's Hospitals angebunden war. In der Luft hing der Geruch nach Viehdung, nassem Fell und ungewaschenen Männern.

Auf ein Nicken von Sebastian zog sich der Viehjunge mit offenstehendem Mund zurück. Dieses Mal hatte Sebastian sich keine Mühe gegeben, zu verbergen wer oder was er war.

»Sie haben mir nicht erzählt, dass Sie auf Prescott Grange aufgewachsen sind«, sagte Sebastian.

Slades Fuß glitt vom Holm herunter. Er richtete sich langsam auf. Seine Augen zogen sich zusammen, als er Sebastians blauen Kammgarnmantel, die hervorragend geschneiderten Rehlederhosen und die glänzenden Hessischen Stiefel erfasste. Er sagte jedoch lediglich: »Habt Ihr mich nich gefragt.«

Sebastian legte einen Ellbogen auf dem obersten Holm des Gitterzauns neben sich ab und ließ den Blick über die Schafe in der Einzäunung wandern. »Bleiben Sie dabei, dass Sie am Montagnachmittag Bischof Prescott aufsuchten, um ihm ein paar Koteletts vorbeizubringen?«

Slade saugte an dem Tabakspriem, der seine Unterlippe vorwölbte. »Warum sollte ich sonst zu ihm gehen?«

»Ich habe gehört, dass Sie vor dreißig Jahren gedroht haben, seinen Bruder zu töten.«

Slade schürzte die Lippen und spuckte einen dicken Schwall Tabaksaft aus, der als gelbbrauner Fleck auf den Pflastersteinen landete. »Das war keine Drohung, sondern ein Versprechen. Und ich hätt's auch getan, wär mir nich jemand zuvorgekommen.«

Die Rinder neben ihnen bewegten sich nervös hin und her, Dampf stieg von ihrem Fell auf. Ein Stimmenwirrwarr aus einem Gasthaus in der Nähe mischte sich unter das Hundegebell, die Pfiffe der Viehhirten und den Chor aus ängstlichen Schreien und Blöken der verurteilten Tiere.

Slade spuckte erneut aus. »Was denkt Ihr? Dass ich Sir Nigel vor dreißig Jahren um die Ecke brachte und dann am Dienstagabend den Bischof hab hopsgehen lassen? Ich hatte mit dem Bischof kein Streit. Der war ein guter, gottesfürchtiger Mann. Nich wie sein von der Hölle ausgespuckter Bruder.«

»Wo waren Sie am Dienstagabend?«

»Mit meinen Kumpels in der Kneipe. Warum?«

»Um wie viel Uhr sind Sie dorthin gegangen?«

Slade entblößte in einem Lächeln zwei Reihen schadhafter, tabakfleckiger Zähne. »Wann ist der gute Bischof denn gekillt worden? Weil nämlich, egal wann das war, ich hab'n Dutzend Kumpels, die schwören werden, dass ich die ganze Nacht im Gasthaus war.«

Sebastian beobachtete einen Straßenhändler, der sich einen Weg durch die Menge bahnte. Sein Tablett war vollbeladen mit Würstchen. »Ich habe gehört, dass Sie in der Nacht, in der Sir Nigel verschwand, in einer Wache eingesperrt waren.«

»Jau. An der *Strand*. Und weiter?«

»Wie passend.«

»War doch gerecht, oder?«

Sebastian betrachtete das zerknitterte, sonnengegerbte Gesicht des Metzgers. »Wer, denken Sie, hat ihn ermordet?«

»Sir Nigel meint Ihr?« Slade schniefte. »Weiß ich nich. Aber wenn ich's wüsste, würde ich dem Kerl einen ausgeben, verdammt.«

»Dieser Wunsch scheint weit verbreitet zu sein.«

»Ach ja? Tja, das is verräterisch, oder nich?«

»Ich nehme an, Sie haben inzwischen schon davon gehört, dass Sir Nigels Leiche gefunden wurde?«

Ein Muskel zeichnete sich auf der Wange des Metzgers ab. »Nein. Wo?«

»In der Krypta von St. Margaret's. Wie es aussieht, wurde er darin ermordet, kurz bevor die Krypta versiegelt wurde.«

Zu Sebastians Überraschung warf Jack Slade den Kopf zurück und lachte.

Sebastian sagte: »Ist das lustig?«

»Aber klar is das ›lustig‹.« Er blickte Sebastian von der Seite an. »Findet Ihr's nich lustig?«

»Anscheinend entgeht mir da ein bestimmtes Detail.«

Slade legte einen Zeigefinger neben seine Nase und zwinkerte. »Scheint, als hätte unser guter Bischof mehr zu verbergen gehabt, oder?«

»Ist das so?«

»Wundert einen doch schon irgendwie, dass er diese Krypta vor all den Jahren hat zumauern lassen, oder etwa nich?«

»Der Bischof?« Sebastian runzelte die Stirn. »Was hatte denn der Bischof von London mit der Entscheidung zu tun, die Krypta von St. Margaret's zu versiegeln?«

In den kleinen, dunklen Augen seines Gegenübers tanzte die Belustigung. »Ihr wisst's nich, oder?«

»Offensichtlich nicht«, sagte Sebastian trocken.

Slade schob mit der Zunge den Priem in seine Wange. »Was meint Ihr denn, wer vor dreißig Jahren in St. Margaret's Pfaffe war?«

Sebastian sagte: »Der Bischof hat seine kirchliche Karriere als Doktor der Klassik in Oxford begonnen.«

»Kann sein.« Slade beugte sich näher zu ihm. Sein Atem roch unangenehm nach faulenden Zähnen und halbgekautem Tabak. »Aber ich weiß, was ich weiß. Schaut genau, und Ihr werdet es sehen.« Er unterbrach sich. Seine kleinen Augen verschwanden fast ganz in den Falten seines fleischigen Gesichts, als er lächelte. »*Captain* Lord Devlin.«

»Sie haben mit Ihrem Sohn gesprochen«, sagte Sebastian und ließ den Blick über die muhenden Kühe und die Einzäunungen mit den umherlaufenden, vor Angst blökenden Schafen wandern. »Ich sehe ihn heute gar nicht.«

»Ne. Das heißt aber nich, dass er nich da is und Euch im Auge hat.« Slade befühlte mit der Hand die Flanke des Spanischen Rinds. Das Tier schreckte muhend zurück, seine Hufe zermahlten den Dreck und Dung auf dem Weg. »Denkt drüber nach«, sagte er und ging davon, in die laute, hin und herwogende Menge aus Mensch und Tier.

Zunächst schien es Sebastian unwahrscheinlich, dass der ominöse Reverend, der einst die Krypta von St. Margaret's hatte versiegeln lassen, der Bischof von London sein sollte. Je länger er jedoch darüber nachsann, desto unsicherer wurde er. Das genaue Jahr der Verschließung der Krypta war vergessen, und niemand hatte es für nötig befunden, zu tief in der Vergangenheit des Bischofs zu stochern.

Sebastian verließ den Markt in Smithfield und lenkte seine Pferde zum West End, zum London House am St. James's Square.

Er traf den Kaplan in den offiziellen Räumlichkeiten des Bischofs an, wo er inmitten von Papierstapeln auf dem Boden saß und gequält dreinblickte. »Ich bitte um Entschuldigung, Mylord«, sagte er und setzte einen großen Stapel Aktenmappen um, »aber dies ist kein günstiger Zeitpunkt.«

»Eine Frage nur«, sagte Sebastian und blieb auf der Türschwelle des überfüllten Zimmers stehen. »War Bischof Prescott jemals als Priester in St. Margaret's in Tanfield Hill eingesetzt?«

Tiefe Falten erschienen auf der Stirn des Kaplans. »Nun, gewiss doch. Damals, in den Jahren ...« Er unterbrach sich abrupt, und seine Augen weiteten sich, als ihm die Erkenntnis dämmerte. »Gütiger Himmel.«

»Exakt.«

Sie machten einen Spaziergang auf dem Platz und umwanderten den achteckigen Eisenzaun, der den enormen, runden Brunnen im Zentrum umgab.

»Ich hatte den Eindruck«, sagte Sebastian, »dass der Bischof seine Karriere in Oxford begann.«

»Das hat er auch.« Der Kaplan verschränkte die Hände im Rücken. Die schwarzen Röcke seines Gewands schwangen im Gehen um seine Fesseln. »Anfänglich dachte er noch, seine Berufung liege in der Lehre. Doch dann entdeckte er, dass ihm das geistliche Amt am Herzen lag. Als die Pfründe in Tanfield Hill vakant wurde, übergab man sie ihm.«

»St. Margaret's gehört zu den Besitztümern der Familie Prescott?« Mehr als die Hälfte allen Eigentums in England lag in der Kontrolle privater Besitzer, die sie entweder an einen jüngeren Sohn oder Vetter weiterreichten, oder die sie als Vermögensanlage verkauften.

»Ja. Bevor Francis Prescott es übernahm, war es, glaube ich, im Besitz eines entfernten Cousins.«

»Wann genau war das?«

»Dass Dr. Prescott in St. Margaret's Priester war?« Der Kaplan dachte eine Weile nach. »Von den späten 1770ern bis Ende 1782, glaube ich.«

»Demnach wäre es Prescotts Entscheidung gewesen, die Krypta in St. Margaret's zu versiegeln?«

Der Kaplan stieß in einem langen Seufzen die Luft aus. »Ich nehme an, so muss es gewesen sein, kann es allerdings nicht mit Sicherheit behaupten, ohne zuvor einen Blick in die Bücher geworfen zu haben.« Er sah zu Sebastian herüber. »Ich weiß, was Ihr denkt, aber Ihr irrt euch. Der Bischof war ein Mann Gottes. Eine gute, sanftmütige Seele, vor Gewalt schrak er zurück. Er hätte niemals seinen eigenen Bruder ermordet und dann die Krypta zumauern lassen, um die Tat zu verschleiern.«

Sebastian musterte die blassen, besorgten Züge des Kaplans. Nach seiner eigenen Erfahrung waren die meisten Menschen des Mordes fähig, wenn man sie nur genug unter Druck setzte. Und Sir Nigel klang gewiss nach der Sorte Mann, der viele seiner Mitmenschen genug unter Druck gesetzt hatte, um einen von ihnen sogar bis zum Mord zu treiben.

»Ich kannte ihn, wisst Ihr«, sagte der Kaplan.

Sebastian sah ihn überrascht an. »Ihr meint Sir Nigel?«

Der Kaplan nickte. »Ich war noch ein Kind, als er verschwand. Er war überaus ... einprägsam. Ein riesiger Mann, laut und tatsächlich ziemlich furchteinflößend.«

»Wie sind die beiden Brüder miteinander zurechtgekommen?«

»Sir Nigel war ...« Der Kaplan zögerte, er suchte nach den richtigen Worten. Schließlich fuhr er fort: »... ein schwieriger Mensch.«

»In welcher Hinsicht?«

Der Mund des Kaplans verzog sich zu einem dünnen Strich. »Ich sehe keinen Sinn darin, schlecht über die Toten zu sprechen.«

»Selbst, wenn es um Mord geht?«

Sie gingen eine Weile schweigend, die Züge des Kaplans waren sorgenvoll gefurcht. Nach einigen Augenblicken sagte er: »Sir Nigel konnte charmant und sogar gütig sein. Aber er konnte auch aufbrausend, gemein und nachtragend sein. Er war zu allen grausam, von seiner Frau über seine Dienerschaft bis hin zu den Hunden. Als Kind habe ich früh gelernt, ihm aus dem Weg zu gehen, wann immer ich konnte.«

»Wie hat er sich mit seinem Bruder Francis verstanden?«, fragte Sebastian erneut.

»Bischof Prescott war der jüngste von fünf Brüdern und zwei Schwestern, Sir Nigel war der älteste. Wenn man den großen Altersunterschied zwischen beiden bedenkt, glaube ich kaum, dass sie viel miteinander zu tun hatten.«

»Aber das dürfte sich gewiss geändert haben, als Francis Prescott das Priesteramt in St. Margaret's übernahm und dort lebte?«

»Ich nehme es an.« Sie hatten den Rundgang um den Brunnen beendet. Der Kaplan blickte die noch immer mit schwarzen Tüchern behängte Fassade von London House hinauf. »Ich wünschte, ich könnte Euch mehr Hilfe bieten. Aber das alles ist so lange her.«

Sebastian nickte. »Danke. Ihr wart mir eine enorme Hilfe.« Er wandte sich in die Richtung, in der Tom mit den Pferden auf ihn wartete, dann hielt er inne, sah zurück und sagte: »Hat der Bischof je viel über seine Zeit in St. Margaret's gesprochen?«

»Nein. Um ehrlich zu sein, kann ich mich an kein einziges Mal erinnern, dass er es überhaupt erwähnt hätte. Ich vermute, das ist auch der Grund, weshalb ich nicht schon früher einen Zusammenhang gesehen habe.«

»Findet Ihr das nicht ungewöhnlich?«

Der Kaplan runzelte die Stirn. »Dass er nicht darüber redete, meint Ihr? Bisher nicht. Aber jetzt, da ich darüber nachdenke?« Er gab einen langen Seufzer von sich, der ihn plötzlich älter wirken ließ – und viel liebenswerter. »Es ist beunruhigend, ja. Sehr beunruhigend.«

Kapitel 21

»In meinen Ohren hört sich das ganz einfach an«, sagte Gibson, den Kopf gebeugt, weil er gerade dabei war, ein Stück Fleisch von den Schweinerippchen abzuschneiden, die vor ihm auf dem Tisch lagen. »Der Bischof hat offenbar seinen Bruder getötet und dann die Krypta zumauern lassen, um die Leiche verschwinden zu lassen.«

»Das halte ich für möglich«, stimmte Sebastian zu und lehnte sich auf seinem Stuhl zurück. Sie waren in dieses alte Inn in der Nähe der Praxis des Iren am Tower Hill gekommen, damit Gibson rasch etwas essen konnte. Sebastian war nicht hungrig. »Sir Nigel war auf jeden Fall ein derart unangenehmer Zeitgenosse, um selbst einen Heiligen zum Mord zu reizen. Und auch, wenn der Bischof ein viel angenehmeres Individuum gewesen sein mag als sein Bruder, so klingt er dennoch nicht danach, als wäre er die Gelassenheit in Person gewesen.«

Gibson sah auf. »Trotzdem bist du nicht überzeugt. Warum?«

»Es gibt noch weitere Möglichkeiten.«

»Wie zum Beispiel?«

»Dass Sir Nigel letztendlich in Hounslow Heath ermordet wurde und der Mörder den Leichnam in die Krypta verfrachtete, um ihn dort zu verstecken, *weil er wusste*, dass die Krypta versiegelt werden würde.«

Gibsons Brauen zogen sich nachdenklich zusammen. »Das hört sich aber nach einem riskanten Unterfangen an, wenn du mich fragst. Es gibt saftige Strafen dafür, im Dunkeln Leichen über Kirchhöfe zu zerren. Wenn man dabei erwischt wird.«

»Richtig. Aber diese Leute *stehlen* für gewöhnlich die Leichen, sie bringen sie nicht hin.«

Der Chirurg lachte leise. »Dennoch. Was, wenn die Arbeiter sich entschlossen hätten, noch einen letzten Blick in die Krypta zu werfen, bevor sie sie zumauerten? Dann wäre die Leiche schon vor dreißig Jahren gefunden worden.«

»In welchem Fall der Verdacht auf den damaligen Priester gefallen wäre – nämlich Sir Nigels Bruder. Tatsächlich wäre es ein geschickter Schachzug, wenn man genau darüber nachdenkt: Jemand, der einen Groll gegen die Prescotts hegte, hätte sich an *beiden* Brüdern rächen können, indem er Sir Nigel tötete und Francis Prescott die Schuld in die Schuhe schöbe.«

»Nur dass die Leiche nicht gefunden *wurde.*«

»Nein. Das wurde sie nicht.«

»Die Schwachstelle an diesem Entwurf«, sagte Gibson, der mit der Sorgfalt eines Chirurgen sein Schweinefleisch bearbeitete, »ist, dass Sir Nigel ein massiger Mann war – keine leichte Last, wenn man mit einem toten Körper hantieren muss. Wenn du mich fragst, wurde er in der Krypta umgebracht.«

Sebastian beobachtete beinahe bewundernd, wie sein Freund die Schweinerippchen nahezu makellos sezierte. »Zwei Männer hätten die Leiche tragen können. Zwei starke Männer.«

»Das hätten sie«, gab Gibson zu.

»Die Schwachstelle daran, dass Sir Nigel in der Krypta getötet worden sein könnte, ist: Was zur Hölle hatte ein vierzigjähriger Baronet mitten in der Nacht in der Krypta der Dorfkirche zu schaffen?«

Gibson trank einen Schluck Ale. »Was, wenn jemand, den er liebte, kurz zuvor gestorben war? Jemand, der in der Krypta bestattet war? Er hätte immerhin so sehr in Trauer sein können, dass er in der Nähe des Toten sein wollte.«

»Nach allem, was ich über Sir Nigels Charakter gehört habe, scheint das höchst unwahrscheinlich. Auch wenn die Möglichkeit immerhin bestehen mag.« Sebastian dachte an die Stapel vor sich hin modernder Särge, die Knochen mit den dunklen Flecken und die grinsenden Schädel. »Makaber, aber möglich.«

»Du sagtest doch, er war Mitglied im *Hellfire Club*, nicht? Schwarzmagische Rituale und all das.«

»Ja. Nur ...«

»Was nur?«

»Mir kam der Gedanke, dass die Eingangstür oben an der Treppe mit einem Vorhängeschloss versperrt gewesen sein muss. Hätte er das Schloss erbrochen, wäre es bemerkt worden. Er musste also einen Schlüssel haben.«

»Die Liegenschaft gehörte zu seinem Verantwortungsbereich, oder nicht?«, sagte Gibson. »Er kann sehr wohl einen Schüssel gehabt haben. Wenn er die Eingangstür zur Krypta hinter sich hätte offenstehen lassen, hätte ihm sein Mörder hinunter folgen und ihn umbringen können. Danach hätte er den Schlüssel von der Leiche nehmen und das Schloss wieder verschließen können, als er ging. Niemand hätte etwas bemerkt.«

Sebastian saß einen Augenblick still da und trank in nachdenklichem Schweigen sein Ale. »Es gibt in alledem noch einen weiteren Gesichtspunkt, den wir berücksichtigen sollten.«

Gibson sah fragend auf.

»Ursprünglich gab es fünf Brüder der Familie Prescott, wovon Sir Nigel der älteste und Bischof Prescott der jüngste war. Die drei mittleren Brüder entschlossen sich allesamt zu einer Karriere beim Militär. 1782 waren sie alle drei bereits tot, und Francis Prescott war als einziger mutmaßlicher Erbe seines Bruders noch am Leben.«

»Was deutest du da an? Dass der Bischof seinen älteren Bruder wegen der *Erbschaft* ermordet hat?«

»So etwas kommt vor. Auch wenn ich zugeben muss, dass es in diesem Fall entschieden nicht nach seinem Charakter klingt.«

Gibson beendete seine Sezierarbeit an den Rippchen und schob den Teller von sich. »Wenn das wahr ist, muss es ein ziemlicher Schock für den Bischof gewesen sein, als Lady Prescott einige Monate später einen Erben des Verstorbenen zur Welt brachte.«

Sebastian leerte seinen Krug. »Und nichts davon erklärt, wer den Bischof getötet hat, oder warum.«

»Es könnte der Sohn gewesen sein, Sir Peter. Er fand heraus, dass sein Onkel seinen Vater wegen der Erbschaft tötete, und tötete im Gegenzug seinen Onkel.«

»Das glaube ich nicht. Ich *kenne* Sir Peter.«

»Du kanntest ihn als Buben. Menschen ändern sich.« Gibson beobachtete Sebastian, der sich erhob. »Was hast du als Nächstes vor?«

»Morgen Vormittag zu Prescott Grange zu fahren und mit der Lady zu sprechen.«

»Was meinst du, dass sie dir erzählen kann?«

»Ich bin mir nicht sicher. Es wäre ein schöner Anfang, wenn sie mir sagen könnte, was ihr Ehemann in der Krypta tat.«

An diesem Abend suchte Sebastian sich eine Ausgabe der *Choephoren* von Aischylos aus seinem Regal und machte es sich mit einem Kerzenständer und einem Glas Portwein in Reichweite zum Lesen gemütlich.

Die *Choephoren*, das zweite Stück in der berühmten blutstrotzenden Trilogie ›Die Orestie‹ über den Fluch der Atriden des athenischen Dramatikers, erzählte die qualvolle Geschichte von Tod, Rache und Zügen des Wahnsinns. Jedoch konnte Sebastian in dem antiken griechischen Mythos nichts finden, das für den Tod des Bischofs von London von irgendeiner Relevanz gewesen wäre. Er war in der Hälfte des dritten Aktes, als Kat zu ihm kam.

Von Morey in den Salon geführt, brachte sie den Duft nach Bienenwachs und Orangen sowie die kühle Nachtluft mit herein. Unmittelbar hinter der Tür blieb sie stehen, schob mit einer Hand die Kapuze ihres kirschroten Samtmantels zurück, während sie darauf wartete, dass der Majordomus sich diskret mit einer Verbeugung empfahl. Das Kerzenlicht schimmerte auf ihren blassen Wangen und dem glänzend schwarzen, herunterfallenden Haar. Sie war so schön, dass es ihm den Atem raubte.

»Ich habe eine Antwort auf deine Frage«, sagte sie.

Das Buch glitt zu Boden, und er erhob sich. Er machte keinen Schritt auf sie zu. »Und die wäre?«

»Es gab lange Zeit das Gerücht, der Bischof von London hätte ein bestimmtes Geheimnis aus seiner Vergangenheit zu verbergen. Gleichwohl war kein einziger der vielen Versuche von Agenten, hinter die Natur dieses Geheimnisses zu kommen, von Erfolg gekrönt.«

Sebastian hielt ihrem intensiven Blick aus den leuchtend blauen Augen stand. »Bist du sicher?«

»Ja.« Sie wandte sich zum Gehen um.

Er hielt sie auf. »Kann ich dir etwas anbieten? Eine Tasse Tee? Ein Glas Wein?« Was er tatsächlich sagte, war: *Bleib.*

Sie zögerte, ein trauriges Lächeln umspielte ihre Lippen. »Nein, danke.« *Du weißt, das wäre nicht klug.*

Er blickte sie quer durch den Raum an. *Ja, du hast recht.* Dennoch konnte er sich nicht davor zurückhalten, zu sagen: »Wie geht es dir, Kat? Ehrlich. Behandelt Yates dich gut?«

Sie deutete ein Schulterzucken an. »Er ist jederzeit ein Gentleman. Wir gehen beide unserer Wege.«

So schwer es Sebastian fiel, sie sich mit einem anderen Mann vorzustellen – sich vorzustellen, sie sei in einer lieblosen Ehe gefangen, war noch ungleich viel schwerer. Er sagte: »Das hört sich nicht sehr nach einer Ehe an.«

»Es ist die Art von Ehe, die ich mir wünsche. Wir sind Freunde.«

»Ich sähe dich so gerne glücklich und in einem Leben der Liebe.«

Sie lächelte traurig. »Und du, Sebastian? Hendon sehnt sich verzweifelt nach einem Erben.«

»Ich werde keine Frau zu meinem Weib nehmen, wenn ich ihr nicht mein ganzes Herz schenken kann.« *Oder wenn ich es nicht muss*, dachte er, *um ihre Ehre zu retten.*

Sie nickte und zog sich die Kapuze wieder über das Haar.

»Danke«, sagte sie in schmerzlich formellem Ton, der ihn fast genauso verletzte wie alles andere.

»Ich habe mit Gibson gesprochen«, sagte sie mit der Hand an der Tür, als wüsste sie, dass sie gehen solle, könne sich aber nicht dazu durchringen. Durch all die Geschehnisse der letzten zehn Monate hindurch waren sie und der irische Chirurg Freunde geblieben. »Er hat mir von Obadiah Slade erzählt.« Sie zögerte. »Bitte, gib auf dich acht, Sebastian.«

Irgendwie gelang es ihm, ihr ein unbeschwertes Lächeln zu schenken. »Ich gebe immer acht.«

»Nein, das tust du nicht. Du gibst nie auf dich acht. Das macht mir ja gerade Sorgen.«

Nachdem sie gegangen war, hob er sein Buch vom Boden auf. Doch die Worte verschwammen vor seinen Augen, und er stellte sich vor, dass ihr Duft noch immer im Zimmer hing, wie eine süße Erinnerung, die knapp außerhalb seiner Reichweite lag.

Reverend Malcolm Earnshaw ging vor dem Hochaltar von St. Margaret's in die Knie, die Hände flehentlich vor sich verschränkt, und stieß ein tiefes Stöhnen aus.

Unter seinen schmerzenden Knien fühlte sich der Steinfußboden des Seitenschiffs kalt und grausam hart an, doch er begrüßte den Schmerz als eine Art der Buße. Die in den Wänden der Apsis aufstrebenden juwelenfarbigen Bleiglasfenster wirkten jetzt nur schwarz in schwarz, während die weiteren Ausläufer der Kirche sich in der Dunkelheit der Nacht verloren. Er ließ den Kopf zurückfallen und schluckte mühsam, während er zu den aufwändig geschnitzten Streben des antiken Kreuzgewölbes hinaufblickte, über die jetzt eigenartige, geisterhafte Schatten, hervorgerufen durch die flackernden Flammen der schweren Kerzen zu beiden Seiten des Altars, hinweghuschten.

Er presste die Augen zu und bewegte in lautlosem Gebet die Lippen. *Herr, du erforschest mich und kennest mich. Ich sitze oder stehe auf, so weißt du es; du verstehst meine Gedanken von ferne. ...*

Es war so schwierig, zu wissen, wie man in dieser Lage handeln sollte. Man schrak davor zurück, unwillentlich Unschuldige zu belasten, aber ... Was, wenn die Unschuldigen nicht wirklich unschuldig waren? Wie sollte man es wissen? Niemals hatte Earnshaw mehr Führung und Weisheit benötigt.

»Ich gehe oder liege, so bist du um mich und siehst alle meine Wege««, flüsterte er und fand Trost darin, die Worte laut auszusprechen. »Wohin soll ich gehen vor deinem Geist, und wohin soll ich fliehen vor deinem Angesicht?««

Irgendwann setzte der Regen wieder ein. Er hörte ihn auf das Schieferdach trommeln und erbebte in der klammen Kälte und dem plötzlichen Aufwallen einer unerklärlichen Angst.

»Ach Gott, wolltest du doch den Frevler töten««, sagte er, und seine Stimme wurde laut und schrill. »»Dass doch die Blutgierigen von mir wichen.««

Erschreckend nah erklang ein leises Poltern.

Der Reverend drückte sich mit knackenden Knien hoch, der Atem floss heiß durch seine Kehle, als er herumwirbelte, um hilflos in die Finsternis zu blicken. »Wer ist da?«

Nur seine Stimme hallte zu ihm zurück. Er schluckte mühsam und verspürte eine fremde Mischung aus Irrsinn und Schrecken. »Ist da jemand?«

Der Drang, zum Westportal zu eilen, war groß. Doch die dicken Bienenwachskerzen zu beiden Seiten des Altars waren ungeheuer wertvoll; er hätte sie gar nicht erst entzünden sollen. Es war eine närrische Extravaganz, das zu tun, ganz gleich, wie sehr er sich gruselte.

In dem Wunsch, die Flammen rasch auszulöschen, stieg er die Stufe zum Altar hinauf und stolperte in seiner Hast. Dann warf er einen weiteren angstvollen Blick durch das Kirchenschiff und flüsterte: »*Großer Gott!*«

Kapitel 22

Samstag, 11. Juli 1812

Am nächsten Morgen machte Sebastian sich auf den Weg nach Prescott Grange, um mit der Witwe von Sir Nigel Prescott zu sprechen. Doch als er durch Tanfield Hill kam, fand er den Dorfanger voller Männer, die unter der Führung des Esquire Douglas Pyle ausschwärmten.

»Was ist denn hier los?«, fragte Sebastian, als er den Zweisitzer neben ihn lenkte.

»Dieser verrückte Priester«, sagte der Esquire. »Er ist verschwunden. Laut Misses Earnshaw ist er gestern Abend ausgegangen mit den Worten, er könne sich nicht erinnern, ob er die Tür der Sakristei verschlossen hätte. Seither hat ihn niemand mehr zu Gesicht bekommen.«

Sebastian blickte zur antiken Kirche hinüber, deren dicke Sandsteinmauern unter dem bewölkten Himmel dunkel und trutzig aussahen. »Haben Sie in der Krypta nachgesehen?«

Der Esquire nahm einen tiefen Atemzug, der seine breite Brust hob, und ließ ihn langsam wieder ausströmen. »Aye, haben wir. Dort ist er nicht, Gott sei's gedankt. Allerdings haben wir *das* hier gefunden.« Er zog etwas aus seinem Bolero und hielt es ihm hin.

Sebastian starrte auf ein geschnitztes, schwarzes, klassisches Profil das von einer schweren silbernen Einfassung gerahmt war. »Sir Nigels Ring?«

Der Esquire nickte. »Einer der Männer hat es im Geröll neben einem der eingestürzten Särge gefunden. Er muss irgendwie dorthin geschleudert worden sein. Deshalb haben wir ihn zuvor nicht gesehen.«

Sebastian gab den Ring zurück. »Macht Earnshaw das oft? Nachts in die Kirche gehen, meine ich?«

»Seine Frau sagt, manchmal. Wenn er beunruhigt ist.«

»War er beunruhigt?«

»Sie sagte, er habe so gewirkt.«

»Weiß sie, weswegen?«

Der Esquire schüttelte den Kopf. »Er benimmt sich eigenartig, seit er die Leichen in der Krypta gefunden hat. Aber andererseits – wer würde das nicht?«

»Richtig«, sagte Sebastian. Er musterte das freundliche, füllige Gesicht des Esquires. »Wie gut kannten Sie Sir Nigel Prescott?«

»Sir Nigel? Nicht allzu gut. Er war ein gutes Stück älter als ich.« Der Esquire rieb sich mit einer Hand den Nacken. »Ich habe schon gehört, dass die Schreckensgestalt in blauem Samt er gewesen sein soll.«

»So scheint es.«

Der Esquire schüttelte den Kopf. »Es ist verstörend, sich das vorzustellen, wie er da jeden Sonntag gleich unter unseren Füßen lag, ein Messer im Rücken. Und das fast dreißig Jahre lang. Und keiner wusste davon.«

Sebastian beobachtete die Männer, die in alle Richtungen auseinander gingen. »Soweit ich es verstanden habe, war er ein unfreundlicher Mensch.«

»Unfreundlich?« Der Esquire schnaubte. »Es dürfte ganz schön schwierig sein, hier auch nur einen zu finden, der etwas Gutes über ihn zu sagen hätte.«

»Es ist oft so, dass Brüder so ungleich sind.«

Der Esquire rieb sich mit der Hand über den Kiefer und sah weg, so als würde er seine Worte sorgsam wählen. »Ich habe Geschichten über die alte Lady Prescott gehört – Sir Nigels Mutter – wenn Ihr wisst, was ich meine? Francis Prescott sah seinen anderen Brüdern und Schwestern kaum ähnlich.«

»Trotzdem wäre Prescott Grange an den Bischof gefallen, wenn Sir Peter nicht geboren worden wäre, richtig?«

»Aye, wäre es«, sagte der Esquire kopfschüttelnd. »Wer hätte das gedacht, mit fünf Söhnen?« Er schüttelte erneut den Kopf, wie um seinen Gedanken zu unterstreichen. »Fünf Söhne. Und ohne den kleinen, posthum geborenen Säugling hätte der Jüngste alles geerbt.«

Das Anwesen, das Sir Peter Prescott bei seiner Geburt von seinem verstorbenen Vater geerbt hatte, lag gleich nördlich des Dorfs, in Hounslow Heath. Sebastian fuhr durch gepflegte Felder mit heranreifender Gerste, Weizen und Hafer, deren Halme sich sanft in der Juli-Brise wiegten. Dicke braune Kühe grasten auf Weiden, die von groben Steinmauern und dichten Hecken eingefasst waren. Kinder spielten vor den reetgedeckten Cottages, und Hunde liefen bellend seinem Zweispänner hinterher, als er den Weg zu dem alten Herrenhaus entlangfuhr.

Das Gut selbst war ein pittoreskes, weitläufiges Anwesen. Manche der Gebäude waren aus Fachwerk, manche aus dem roten Backstein der Tudors, wieder andere auf mittelalterliche Weise aus Stein erbaut. Sie waren um einen weitläufigen, gepflasterten, viereckigen Platz angeordnet, auf dem eine große Halle stand. Sie war von einem Tonnendach überwölbt, das bis ins dreizehnte oder vierzehnte Jahrhundert zurückdatieren musste.

Lady Prescott, die Mutter des derzeitigen Baronets und Witwe von Sir Nigel, hielt sich im Garten auf, der sich von Osten bis zur antiken Halle erstreckte. An ihrem Arm hing ein Korb, und in der Hand hielt sie eine Gartenschere, mit der sie Pfingstrosen und Rosen von den ausgedehnten, üppigen Büschen schnitt. Außerdem wählte sie Blüten aus den Stockrosen und Lavendelbüschen aus, die entlang einer grasbewachsenen Böschung wuchsen, wo einst ein Graben gewesen sein musste. Sie war eine kleine, dünne Frau, ihr metallisch goldenes Haar ergraute bereits, und ihre sanften, blauen Augen blickten traurig unter der breiten Hutkrempe hervor, als sie sich bei Sebastians Ankunft umdrehte. Sie musste in den Fünfzigern sein und trug ein hochgeschlossenes, schlichtes, schwarzes Kleid, wie es sich für eine Frau in tiefster Trauer geziemte, die sowohl ihren Ehemann als auch den Bruder ihres Ehemanns betrauerte.

»Es tut mir leid, dass mein Sohn nicht zugegen ist, um Euch zu empfangen«, sagte sie, als sie Sebastian die Hand entgegenstreckte. »Aber er sollte jeden Augenblick zurückkommen. Ich glaube, er spricht mit Arbeitern, die an einigen der Cottages die Dächer ausbessern.« Sie übergab den Blumenkorb und die Heckenschere dem Kammerdiener, der Sebastian hergeführt hatte, und sagte mit einem Lächeln zu ihm: »Bitten Sie Misses Norwood, sie ins Wasser zu stellen, wären Sie so gut, Frederick?«

»Tatsächlich habe ich Sir Peter gestern bereits getroffen«, sagte Sebastian, als der Kammerdiener sich mit einer Verbeugung zurückzog. »Ich hoffte, Euch sprechen zu können.«

Sie nickte. »Sir Henry sagte mir, dass der Erzbischof Euch in dieser grässlichen Sache um Eure Unterstützung bat. Ich helfe gerne auf jede mir mögliche Weise.«

Sie drehten sich um und gingen nebeneinander auf dem Gelände spazieren. Trotz der Wolken war es ein warmer Tag, und das Rosa und Scharlachrot der üppigen Rosen leuchtete im milden Licht. Sie sagte: »Man könnte denken, dass ich den Fund von Sir Nigels Leichnam nach dreißig Jahren nicht als einen solchen Schock empfinden würde. Aber in gewisser Weise sind es zwei völlig verschiedene Dinge, zu denken, dass jemand tot ist, und es zu wissen.«

Sebastian betrachtete ihr feingezeichnetes Gesicht und den sachten Strahlenkranz auf der Haut neben ihren Augenwinkeln. Sie war noch immer eine auffallend attraktive Frau. In ihrer Jugend musste sie betörend gewesen sein. Er sagte: »Was dachtet Ihr, was Sir Nigel zugestoßen wäre, als er verschwand?«

»Anfangs? Als sein Pferd führerlos in der Heidelandschaft gefunden wurde, dachte ich, dass er einen Unfall erlitten hätte. Dass man ihn verletzt unter irgendeinem Busch finden würde.«

»Und als man ihn nicht fand?«

»In aller Offenheit? Ich nahm an, dass ihn jemand getötet hätte.«

»Hattet Ihr einen Verdacht, wer das getan haben könnte?«

Sie sah zu ihm auf, und nur die schwache Andeutung eines Lächelns war in ihren Mundwinkeln zu erahnen. »Sagt mir eine Sache, Lord Devlin: Ihr habt offenkundig mit Menschen gesprochen, die meinen Ehemann kannten. Habt Ihr auch nur einen gefunden, der ihn näher kannte und dennoch etwas Gutes über ihn zu sagen hatte?«

Sebastian erwiderte ihr Lächeln. »Ich meine, jemand hätte gesagt, dass er auch charmant sein konnte.«

»Oh ja, er konnte tatsächlich charmant sein. Wenn er es wollte.« Sie streckte die Hand aus und pflückte eine rosafarbene Stockrose aus den üppigen Blumenbüschen in der Rabatte neben ihnen. »Habe ich Euch schockiert?«

»Ich bewundere Eure Aufrichtigkeit.«

Sie rollte die Stockrose zwischen ihren behandschuhten Fingern. »Vor dreißig Jahren wäre ich nicht so ehrlich gewesen. Aber dreißig Jahre, in denen ich weder eine Ehefrau noch eine Witwe war, haben ihre Auswirkungen gehabt.«

Sie blickte zur Terrasse zurück, wo ein Gärtner in Arbeitskluft Dünger auf einem leeren Blumenbeet verteilte. Einen Augenblick darauf sagte sie: »Ich will sogar noch offener mit Euch reden, Lord Devlin. Es war mir gleich, was ihm widerfahren war, solange er nur tatsächlich tot war und ich ihn nie wiedersehen musste.« Sie hob das Kinn, ihr Kiefer spannte sich an. »So, nun habe ich es gesagt. Denkt von mir, was Ihr wollt.«

Er studierte ihr blasses, angespanntes Antlitz. Was für eine Art Mann, fragte er sich, hatte in dieser wohlerzogenen jungen Frau so leidenschaftliche, anhaltende Abwehr auslösen können? Und dennoch ...

Und dennoch hatte sie laut Lovejoy geweint, als man ihr den Beweis lieferte, dass Sir Nigel wirklich und wahrhaftig tot war.

Laut sagte Sebastian: »Man hat mir gesagt, Francis Prescott, der Bruder von Sir Nigel, war zu der Zeit, als Euer Ehemann verschwand, Priester in St. Margaret's.«

»Ja. Er war mir seinerzeit ein enormer Trost.« Sie wandten sich von dem ehemaligen Graben ab und folgten einem Pfad, der zu einer entfernten Ansammlung von Ulmen und Kastanien führte. »Warum fragt Ihr?«

»Erinnert Ihr Euch noch an die Umstände, derentwegen er entschied, die Krypta der Kirche zumauern zu lassen?«

»Sehr genau sogar. Francis hatte sie schon eine ganze Weile versiegeln lassen wollen. Der Geruch war wirklich entsetzlich, besonders in der Hitze des Sommers. Außerdem bestand die Sorge, dass sich durch die Luft, die von den verwesenden Leichen heraufwehte, Krankheiten in der Pfarrgemeinde ausbreiten könnten. Unglücklicherweise war die verwitwete Lady Prescott – meine verstorbene Schwiegermutter – entschieden gegen diese Idee. Sie war festentschlossen, in der Krypta beigesetzt zu werden, neben zwei Töchtern, die im Kindesalter gestorben waren. Sie bat ihn, bis nach ihrem Tode zu warten, was er auch tat.«

»Wann starb sie?«

»In jenem Juni, kurz bevor Sir Nigel verschwand. Nach ihrer Bestattung leitete Francis rasch alles in die Wege, um die Krypta schließen zu lassen.«

»Und Ihr habt die Versiegelung der Krypta nie mit dem Verschwinden Eures Ehemannes in Zusammenhang gebracht?«

Sie wandte sich ihm zu und sah ihn an, die sanften blauen Augen groß in ihrem blassen Antlitz. »Nein. Warum hätte ich das tun sollen?«

Ja, warum?, dachte Sebastian. Laut sagte er: »Wie ich hörte, hatte Sir Nigel die Absicht, in der Nacht seines Verschwindens seine Klubs zu besuchen?«

»Ja.«

»Habt Ihr irgendeine Vorstellung, weshalb er seine Meinung änderte und stattdessen St. Margaret's aufsuchte?«

Sie sah ihn offen an. »Nein.«

»Ihr könnt Euch keinen Grund denken, aus dem er die Krypta aufgesucht haben könnte?«

Sie schüttelte den Kopf. »Nein, ich kann es mir nicht vorstellen. Es war solch ein schrecklicher Ort.«

»Was könnt Ihr mir über seine Tätigkeiten in den Tagen unmittelbar vor seinem Verschwinden erzählen?«

»Seine Tätigkeiten?« Sie machte eine vage Bewegung mit der behandschuhten Hand. »An wie viel von einem bestimmten Tag vor dreißig Jahren erinnert Ihr Euch?«

»Vor dreißig Jahren war ich noch nicht geboren.«

Sie lachte leise. »Nein, das wart Ihr wohl nicht. Noch war mein Sohn bereits geboren.« Sie ging ein Stück weiter, in ihren Erinnerungen an die Vergangenheit verloren. Dann sagte sie: »Soweit ich mich erinnere, war er in den letzten Wochen damals sehr beschäftigt und ritt fast täglich nach London zu Versammlungen im Palast und in Whitehall. Er war eine Art Führer im House of Commons, wisst Ihr – als Verbündeter von Pitt. Wäre er nicht gestorben, hätte man ihn bei der Neubildung der Regierung vermutlich zum Außenminister ernannt. Ich weiß, dass er den Posten wollte. Es ist einer der Gründe, weshalb er auf eine Mission in die Kolonien ging.«

Sebastian blieb stehen. »Sir Nigel war in Amerika?«

»Nun, ja. Wusstet Ihr das nicht? Er war gerade erst zurückgekehrt.«

Sebastian beobachtete, wie der Gärtner sein Werkzeug in die nun leere Schubkarre legte und sie zurück zu den Ställen fuhr. Das Klappern seiner Harke und der Schaufel beim Überrollen des steinigen Bodens klang laut durch die Luft. Es war wohl zu vermuten gewesen, dass Sir Nigel gerade erst aus den Kolonien zurückgekehrt war. Irgendwie schien alles zu den amerikanischen Ländern zurückzuführen.

Sebastian sagte: »1782 lagen wir immer noch mit den Rebellen im Krieg.«

»Ja, aber im Parlament wuchs die Opposition gegenüber der Entschlossenheit des Königs, die Kriegsanstrengungen fortzusetzen. Am Ende einigten sich Lord North und der König darauf, eine Mission zu entsenden, um den tatsächlichen Status Quo in den Kolonien festzustellen.«

»Wer hat noch an der Mission teilgenommen?«, fragte Sebastian, wenngleich er in gewisser Weise die Antwort bereits kannte.

Sie legte den Kopf zur Seite und zögerte, als fragte sie sich, wie er das aufnehmen würde, was sie zu sagen im

Begriff stand. »Sie waren zu dritt: Sir Nigel, Charles Lord Jarvis und Euer Vater, der Earl of Hendon.«

Kapitel 23

Sebastian fand seinen Vater bei den Horse Guards.

»Geh ein Stück mit mir«, sagte Sebastian, als er in der kleinen runden Empfangshalle, die über Whitehall hinwegblickte, zum Earl trat.

Hendon warf einen Blick auf die Standuhr, die auf der Umrandung des kalten Kamins im Vestibül stand. »Ich habe einen Termin mit Channing, um ...«

»Es wird nicht lang dauern.«

Hendon zog die Brauen hoch, und sein Kiefer mahlte auf die für ihn typische Art und Weise, als er schweigend das Antlitz seines Sohns studierte. »Nun gut«, sagte er und wandte sich zur Tür.

Sebastian wartete, bis sie den Kieselsteinweg erreicht hatten, der im St. James' Park den Kanal entlang führte, bevor er etwas sagte. »Vor dreißig Jahren warst du einer von drei Gesandten des Königs, die den Status Quo in den Kolonien einschätzen sollten.«

Hendons Stirn legte sich in Falten. »Das ist richtig. Warum fragst du?«

»Die anderen beiden Männer waren Charles Lord Jarvis und Sir Nigel Prescott?«

»Ach. Verstehe. Ja, Sir Nigel war auch dabei. Ich hörte, seine Leiche ist endlich gefunden worden. Wer hätte das gedacht, nach so vielen Jahren?«

»Wie lang nach eurer Rückkehr aus Amerika ist Sir Nigel verschwunden?«

Hendons Lippen schürzten sich, als er sich darum mühte, die Erinnerung zu fassen. »Eine Woche. Vielleicht weniger.«

Sebastian runzelte die Stirn. Lady Prescott hatte von mehreren Wochen gesprochen. Allerdings konnte man erwarten, dass die Erinnerungen nach dreißig Jahren verschwammen. »Dachtest du damals, sein Verschwinden könnte etwas mit eurer kürzlichen Rückkehr aus Amerika zu tun haben?«

Hendon sah ihn scharf an. »Nein. Warum hätte ich das denken sollen?«

Sebastian betrachtete das unerwartet verschlossene, ärgerliche Gesicht seines Vaters. »Ich weiß es nicht. Ich bin nicht einmal ganz sicher, ob ich verstehe, weshalb ihr in die Kolonien entsandt wurdet.«

Hendon schwieg eine Weile, die Finger seiner rechten Hand fuhren abwesend seine Uhrkette auf und ab. Er sagte: »Der König nahm die Rebellion Amerikas gegen seine Autorität persönlich. Sehr persönlich sogar. Er war entschlossen, sie dafür bestrafen zu lassen. Die Schwierigkeit jedoch war, dass unsere Fähigkeit, die Kolonien zu unterwerfen, beträchtlich verringert wurde, sobald die Franzosen und Spanier in den Krieg gegen uns eintraten. Wir hatten einfach nicht genügend Truppen, um die Franzosen und die Spanier in jeder Ecke der Erde zu bekämpfen und zugleich auch noch die aufrührerischen Kolonien zu besetzen. Wir sandten das Militär zur Besatzung in eine bestimmte Region, doch sobald die Soldaten wieder abzogen, übernahmen die Rebellen das Ruder erneut.«

»Gab es im Parlament Widerstand gegen die Fortführung des Krieges?«

»Das ist richtig. Der König beharrte jedoch auf seiner Einschätzung, dass er noch zu gewinnen wäre. Er hatte den Plan entwickelt, sich auf den Kampf gegen die Franzosen in Indien und den Westindischen Inseln zu konzentrieren, und zugleich die Amerikaner finanziell zugrunde zu richten. Sein Grundplan war, ihren Seehandel zu zerstören, die Küstenstädte niederzubrennen und die Eingeborenen an den Grenzen zu unterstützen, bis die Rebellen mit der Bitte ankämen, wieder unter die Protektion des Königs aufgenommen zu werden.«

»Auch nach Yorktown noch?«

Hendon seufzte. »Yorktown war unleugbar ein Wendepunkt. Der König blieb resolut, aber die Kapitulation von Cornwallis ermutigte die Friedensbefürworter im Parlament, sich gegen den Premiermister Seiner Majestät, Lord North, aufzulehnen. Schließlich war es North selbst, der den König davon überzeugte, eine Delegation nach Amerika zu entsenden, die den Status Quo einschätzen sollte – und die, wenn möglich, Zugang zu den Mitgliedern des Konföderiertenkongresses finden sollte. Sie sollten darauf hinarbeiten, einen Status als Dominion zu akzeptieren, mit einem eigenen Parlament, das einem gemeinsamen König gegenüber loyal sein würde.«

»Warum ausgerechnet ihr drei – du, Sir Nigel und Jarvis?«

Hendon zuckte die Schultern. »Wir waren jung, willens und dazu in der Lage, auf eine Reise zu gehen, die potenziell gefährlich werden konnte. Ich gehörte dem House of Lords an, Prescott war eine machtvolle

Stimme im House of Commons, und Jarvis ... Jarvis war immer ein Mann Seiner Majestät.«

»Wie lange wart ihr dort?«

»Nicht lange. Zuletzt wurde unsere Mission von Geschehnissen hier in London überholt. Kurz nach unserer Abreise stimmte das House of Commons dagegen, den Krieg weiterhin zu finanzieren, die North-Regierung stürzte und das Parlament bevollmächtigte den König zu Friedensverhandlungen.«

»Was habt ihr dann getan?«

»Als wir die Nachricht im Mai in den Kolonien erhielten, regelten wir unsere Angelegenheiten und segelten im Monat darauf heimwärts. Soweit ich mich erinnere, war Sir Nigel über die Abstimmung im House of Commons besonders außer sich. Er war davon überzeugt, dass die Rebellion immer noch niedergeschlagen werden konnte, wenn der König nur beim Parlament durchsetzen könnte, die nötigen Geldmittel für die Sache aufzubringen.«

»Und du?«

Hendon seufzte. »Du kennst meine Meinung über die Prinzipien der Republik und radikale Philosophien. Bevor wir nach Amerika aufbrachen, hätte ich allzeit gesagt, dass die Rebellion um jeden Preis niedergeschlagen werden müsste, ja sogar, dass die Zukunft der Zivilisation davon abhinge. Jedoch ...« Seine Stimme verklang.

»Jedoch?«, hakte Sebastian nach.

Hendons Kiefer mahlte hin und her. »Ich war nicht einmal vierzehn Tage in den Kolonien, da kam ich bereits zu dem Schluss, dass jeglicher fortdauernde

Versuch, die Amerikaner durch das Militär zu unterwerfen, sinnlos wäre. Meiner Meinung nach hätten wir noch hundert Jahre länger Truppen in Amerika stationieren können, und wir hätten den Aufstand trotzdem nicht niedergeschlagen.«

Die Sonne war herausgekommen und warf Kleckse aus Licht und Schatten über den Weg und die umliegenden Wiesen, als die beiden Männer sich umwandten und ihren Gang unter einer Reihe Ulmen fortsetzten. Sebastian musterte das gealterte, besorgte Antlitz seines Vaters. »Und Jarvis? Wie war seine Meinung in dieser Angelegenheit?«

Hendon zuckte mit den Achseln. »Was auch immer seine Schlüsse waren, er behielt sie für sich.«

Sie gingen schweigend weiter, jeder in den eigenen Gedanken gefangen. Dann sagte Sebastian: »Ihr drei seid im Juni in England angekommen?«

»Im Juli. Wir legten Anfang Juni von New York ab. Die Passage dauerte sechs Wochen.«

»Bist du sicher, dass es im Juli war?«

Hendon schniefte. »Das ist eine Reise, die ich wohl kaum vergessen würde. Das Schiff war schrecklich voll. Dutzende Loyalisten flohen vor der Verfolgung durch ihre Landsmänner, arme Teufel. Es war eine Frau an Bord, die miterlebt hatte, wie man vor ihren Augen ihren Mann und den fünfzehnjährigen Sohn ausgezogen, geteert und gefedert und schließlich skalpiert hatte. Was die Rebellen dieser Frau selbst antaten … Nun, sagen wir, es war genug, um die Weisheit und Richtigkeit nochmals zu überdenken, die darin liegen sollte, so viele der treuen Untertanen des Königs der brutalen Herrschaft des Mobs zu überlassen.«

»Kamen die Loyalisten, die an Bord waren, aus New York?«

»Einige. Andere kamen aus Massachusetts und Vermont. Sogar der ehemalige königliche Gouverneur von New Jersey war an Bord. An ihn kann ich mich besonders gut erinnern, weil er sich so heftig mit Sir Nigel stritt.«

Wir haben einst gemeinsam eine Schiffsreise gemacht, hatte William Franklin gesagt. Sebastians Schritt stockte. »Sagst du gerade, dass William Franklin mit dir und Sir Nigel auf dem Schiff war?«

»Richtig. Benjamin Franklins Sohn.«

Kapitel 24

Hero Jarvis erfuhr von der Identifizierung der mumifizierten Überreste Sir Nigel Prescotts auf die gleiche Weise wie der Rest Londons: Sie las in der *Morning Post* darüber. Als sie und ihre Mutter nach einem Mittagsimbiss zu einer Runde Morgenvisiten aufbrachen (bei den Mitgliedern der höheren gesellschaftlichen Klasse wurden Morgenvisiten wie Frühstücke am Nachmittag abgehalten), stellten sie fest, dass sich die Gespräche in den Salons von Mayfair um wenig anderes drehten.

»Sir Nigel?«, sagte Lady Jarvis zu ihrer Gastgeberin. »Na sowas. Ich erinnere mich noch daran, wie er seinerzeit verschwand.«

Hero sah ihre Mutter überrascht an. »Tatsächlich?«

»Oh ja«, sagte Lady Jarvis, als ihre Freundin sich abwandte, um einen Neuankömmling zu begrüßen. »Das war unmittelbar, nachdem er von dieser grässlichen Mission in die Kolonien mit deinem Vater und Lord Hendon zurückgekehrt ist.«

Hero setzte ihre Teetasse so heftig ab, dass sie gefährlich klirrte. »*Wie bitte?*«

»Hm, ja.« Lady Jarvis senkte die Stimme. »In Regierungskreisen herrschte damals ein schöner Wirrwarr. Anscheinend hatte Sir Nigel Beweise für Hochverrat gefunden, und zwar in Form von Briefen, die jemand unter dem Decknamen ›Alkibiades‹ schrieb. Mit dem

Verschwinden von Sir Nigel verschwanden auch die Briefe. Alles äußerst mysteriös. Nicht dass dein Vater mir etwas darüber erzählt hätte, versteht sich. Aber ich hörte, wie er mit Lord North darüber sprach.«

Nachdem Hero sich ungeduldig durch die restlichen Pflichtbesuche gequält hatte, eilte sie nach Hause, wo sie ihren Vater beim Fertigmachen für seine Runde durch die Klubs vorfand. »Deine Mission mit Sir Nigel in den amerikanischen Kolonien«, sagte sie, als sie zu ihm in die Bibliothek trat. »Erzähl mir davon.«

Jarvis sah von den Papieren auf, die er gerade ordnete. »Wo hast du denn *davon* gehört?«

»Ganz London spricht vom Fund der Leiche von Sir Nigel«, sagte sie vage.

Jarvis sperrte seine Unterlagen in einer Schreibtischschublade ein und streckte den Rücken durch. »Da gibt es tatsächlich nicht viel zu erzählen«, sagte er und gab ihr eine knappe Zusammenfassung.

Während sie ihm lauschte, fragte sie sich unwillkürlich, was er ihr in seinem Bericht unterschlug. »Und du hast die Identität dieses ›Alkibiades‹ nie herausgefunden?«

»Nein.« Er schenkte Brandy in ein Glas. »Was denkst du? Dass Sir Nigel von dem Verräter getötet wurde?«

»Es besteht immerhin die Möglichkeit, oder nicht?«

»Ich schätze, es ist mehr als möglich.« Er stellte die Kristallkaraffe mit dem Brandy zur Seite.

»Oder du hast ihn umgebracht.«

»Wirklich, Hero, ich bin nicht für jede Leiche verantwortlich, die in London auftaucht.«

Sie schnaubte undamenhaft.

Ihr Vater sagte: »Warum interessierst du dich überhaupt für Sir Nigels Tod?«

»Vielleicht habe ich eine Schwäche für Puzzles.«

Gemächlich nahm er einen Zug seines Brandys, den Blick fest auf ihr Antlitz gerichtet. »Nein. Das ist es nicht.« Als sie schwieg, sagte er: »Hast du die Absicht, eine Gewohnheit daraus zu machen?«

Sie drehte sich zur Tür. »Eine Gewohnheit woraus?«

»Dich in Mordgeschichten verwickeln zu lassen.«

Sie erwiderte seinen Blick. »Hättest du dagegen eher mehr oder weniger Einwände als gegen meine radikaleren Projekte?«

Er zog ein Gesicht. »Da bin ich mir wirklich nicht sicher.«

Auf dem großen Kirchhof von St. Pancras ruhte sich der in die Jahre gekommene Amerikaner auf einer verwitterten Bank aus, in einem Streifen Sonnenlicht, der durch die alten Eiben und Ulmen schien.

Er saß vornübergebeugt, beide Hände am Griff seines Gehstocks, den er senkrecht zwischen den Knien hielt. Seine Augen waren geschlossen, als schlafe er.

Sebastian war ihm hierher, zum ausgedehnten Friedhof am Rand der Stadt gefolgt, nachdem er mit der Enkelin des alten Mannes gesprochen hatte. Als Sebastian sich auf der anderen Hälfte der Bank niederließ, schnaubte Mister William Franklin und sagte, scheinbar ohne die Augen zu öffnen: »Ich dachte mir schon, dass Ihr wiederkommt.«

Sebastian ließ den Blick über die Ansammlung moosbedeckter antiker Grabsteine und eingesunkener Felder wandern. Der Friedhof lag tatsächlich auf der

Kreuzung der Kirchhöfe von St. Giles und St. Pancras, die hier ineinander übergingen. St. Pancras galt bei Altertumsforschern als eine der ältesten Kirchen Englands.

»Sie haben mir erzählt, dass Sie mit meinem Vater von Amerika aus gesegelt sind«, sagte Sebastian. »Allerdings erwähnten Sie nicht, dass der Bruder des Bischofs von London auch an Bord des Schiffes war.«

Franklin öffnete die Augen. »Das erschien mir nicht wichtig. Woher hätte ich wissen sollen, dass neben der Leiche des Bischofs von London auch die von Sir Nigel in dieser Krypta gefunden wurde?«

»Ihr hättet nicht zufällig eine Vorstellung davon, was Sir Nigel in der Krypta zu schaffen hatte?«

»Ich? Nein. Wieso sollte ich?«

Sebastian betrachtete das gerötete, schlaffe Gesicht des alten Mannes, das von Linien eines über achtzigjährigen Lebens voller Lachen und Kummer gezeichnet war. »Ich glaube, Sie wissen viel mehr als Sie zu erkennen geben.«

Franklin lachte glucksend in sich hinein, dass sein vorstehender Bauch in der tabaksfleckigen, altmodischen Weste auf und ab hüpfte. Er fummelte in seiner Tasche herum und zog eine verbeulte Schnupftabakdose hervor, die er mit der manierierten Fingerfertigkeit eines Modenarren aufschnappen ließ.

Sebastian sagte: »Wie ich hörte, haben Sie und Sir Nigel sich während der Überfahrt gestritten.«

»Natürlich haben wir gestritten. Sir Nigel war ein ruppiger und arroganter Mensch. Er stritt sich mit jedem – einschließlich Eurem Vater.«

»Worüber?«

»Hauptsächlich über den Krieg. Sir Nigel beharrte auf seiner Ansicht, dass der König nur aus einem Grund die Rebellion nicht hatte niederschlagen können: wegen fehlender Entschlusskraft vonseiten des Parlaments. Er war davon überzeugt, dass eine weitere Aufstockung der Truppenanzahl im Land ausgereicht hätte, die Rebellen ein für alle Mal zu unterwerfen.«

»Sie waren anderer Auffassung?«

Franklin hob eine Prise Tabak an die Nase. Seine alten, zittrigen Hände stäubten das feine Pulver über seine Knie, als er sich vorbeugte. »Als Strafe für meine Entscheidung, meinem König gegenüber loyal zu bleiben, zog die revolutionäre Regierung alles ein, was ich besaß. Mein Haus, meine Liegenschaften, sogar zwei Jahre meiner Freiheit. Denkt Ihr, ich wollte nicht sehen, wie der König siegreich die Kontrolle über die Kolonien zurückgewänne? Doch was ein Mann sich wünscht und was er als realistisch machbar erkennt, ist nicht zwangsläufig das Gleiche.«

Ein Schwarm Tauben, deren Flügel sich klatschend im Wind bewegten, als sie neben den Kirchenmauern aufflogen, lenkten Sebastians Blick auf den massiven, alten Westturm von St. Pancras mit den zerbröckelnden Bögen aus dem dreizehnten Jahrhundert und der zerbrochenen Wetterfahne. Er sagte: »Lord Jarvis segelte ebenfalls mit Ihnen?«

»Ja. Warum?«

»Hat er sich je mit Sir Nigel gestritten?«

»Jarvis? Nicht in meinem Beisein, nein.«

Sebastian musste sich permanent daran erinnern, dass Lord Jarvis vor dreißig Jahren ein junger Mann in den Zwanzigern, Hendon wiederum nicht viel älter als

Sebastian selbst gewesen war. Ob sie damals anders waren?, fragte er sich. Irgendwie bezweifelte er es.

Er sagte: »Ihr Schiff legte wo an ... in Portsmouth?«

»In London. Diesen Monat vor dreißig Jahren.« Franklin ließ die Tabakdose zurück in die Tasche seines rüschenbesetzten Jacketts gleiten. Er schwieg einen Augenblick und kaute nachdenklich auf der Innenseite seiner Wange. Schließlich blickte er Sebastian an und sagte: »Ihr wisst von den Papieren, die Sir Nigel mit nach Hause brachte?«

Sebastian schüttelte den Kopf. »Über welche Art von Papieren reden wir hier?«

»Eigentlich über Briefe. Briefe aus London, die an ein Mitglied des Konföderiertenkongresses adressiert waren. Sie wurden Sir Nigel von einem loyalen Anhänger der Krone übergeben. Von einer Frau, genauer gesagt.«

»Von was für einer Frau?«

»Ihr Name spielt keine Rolle. Sie ist schon lange tot. Soweit ich es verstand, hatte sie die Briefe von ihrem ursprünglichen Adressaten gestohlen.«

»Wer hat die Briefe geschrieben?«

»Das habe ich nie herausgefunden. Sie waren einfach mit ›Alkibiades‹ unterzeichnet. Aber von ihrem Inhalt her zu schließen, konnten sie ganz offensichtlich nur von einem Mitglied des Außenministeriums oder von einem engen Vertrauten des Königs geschrieben worden sein.«

»Jemand hat vertrauliche Informationen an die Rebellen übermittelt?«

»Ja.«

Die Tauben auf dem verfallenen Kirchendach begannen zu gurren. Sebastian blinzelte zu ihnen hoch. Er kniff die Augen gegen die Sonne des späten Nachmittags zusammen. »Warum hat Sir Nigel Ihnen von den Briefen erzählt?«

Franklin lächelte schief. »Meines Wissens hat er es niemandem erzählt. Ich wusste nur von der Existenz dieser Briefe, weil ich die Frau kannte, die sie ihm gegeben hatte.«

»Aber es hätte noch jemand davon wissen können?«

»Ich nehme es an. Sir Nigel und ich waren nicht gerade Freunde, nicht wahr?«

Sebastian musterte die gealterte, papierdünne Haut des alten Mannes und die wässrigen, fast wimpernlosen Augen. »Als Sir Nigel verschwand – kam Ihnen da nicht in den Sinn, dass es etwas mit den Briefen zu tun haben könnte, die er aus Amerika mitgebracht hatte?«

»Gewiss kam es mir in den Sinn. Deshalb erzähle ich Euch ja jetzt davon. Habe ich es damals irgendjemandem gegenüber erwähnt? Nein. Sir Nigel bezeichnete mich als die Brut eines Verräters und spuckte mir ins Gesicht. Was mich betrifft, hat derjenige, der ihn getötet hat, der Welt einen Gefallen getan.«

»Darüber scheint allgemeiner Konsens zu bestehen.«

Franklin schnaubte. »Also, weshalb vergeudet Ihr einen wundervollen Julitag damit, auf einem Friedhof zu sitzen und mit einem alten Mann über längst vergangene Ereignisse zu sprechen, die am besten vergessen bleiben?«

»Weil vor vier Tagen jemand den Bischof von London an exakt derselben Stelle getötet hat, an der sein Bruder vor dreißig Jahren den Tod fand. Im Gegensatz zu seinem Bruder war der Bischof ein Mensch, der viel Gutes in seinem Leben tat und zweifellos noch mehr bewirkt hätte, wenn er noch lebte. Ich glaube nicht, dass derjenige, der *ihn* ermordet hat, der Welt einen Gefallen tat.«

Franklin verstärkte seinen Griff am Knopf des Gehstocks und wuchtete sich auf die Füße. »Nun denn ... Ihr kennt meine Meinung über den guten Bischof.«

»Wir haben alle unsere Fehler.«

Die alten, wässrigen Augen blinzelten. »In der Tat. Vielleicht werdet Ihr wissen, wer den guten Bischof getötet hat, wenn Ihr all seine Fehler kennt.«

Sebastian beobachtete, wie der Amerikaner zwischen den grauen, verfallenden Grabsteinen davon ging, sein Rücken immer noch überraschend aufrecht, sein Gang fest und gleichmäßig, trotz seines Alters. Dann fiel Sebastians Blick auf den Grabstein vor der Bank. Er war noch neuer als alle anderen, und die Inschrift war noch frisch und gut zu entziffern:

Hier ruhet
Mary Franklin
Geliebtes Weib von William
Aus dem diesseitigen Leben geschieden
Im September 1811

Sebastian sah auf. Doch der alte Mann war verschwunden.

Hendon hatte das Kinn auf eine Faust gestützt, und während er das Schachbrett vor sich betrachtete, wurde sein Blick immer finsterer.

»Es gibt noch einen Zug«, sagte Sebastian.

Hendon richtete den Blick aus seinen leuchtend blauen Augen auf das Antlitz seines Sohnes. »Sag das nicht zu mir.«

Sebastian setzte sich in seinem Sessel zurück, streckte die Beine von sich und überkreuzte die Füße. »Das hast du immer zu mir gesagt.«

Sie saßen in der Bibliothek des großen Stadthauses der St. Cyrs am Grosvenor Square. Es war ihnen neuerdings zur Gewohnheit geworden, sich am Nachmittag, wenn beide Zeit für ein Schachspiel hatten, zu treffen, so wie sie es oft getan hatten, als Sebastian noch ein Junge gewesen war. Eine warme Brise bauschte den Vorhang am offenen Fenster und trug ihnen Hufgeklapper und das Lachen spielender Kinder vom Platz herauf.

»Ich sagte das zu dir, als du vier Jahre alt warst. Als du fünf warst, hast du das Schachbrett zusammen mit dem letzten Rest meines Stolzes leergefegt.«

Sebastian lächelte, sagte jedoch nichts.

Hendon beugte sich vor, um mit der Königin zu ziehen. »Nimm dies.«

»Es gab noch einen Zug«, sagte Sebastian und verschob bedacht seinen König. »Aber das war er nicht. Schachmatt.«

»Teufel und Hölle nochmal«, sagte Hendon, jedoch im sanften Tonfall eines Mannes, der das Unvermeidliche anerkannte.

Von der Haustür erklang ein Pochen. Einen Augenblick darauf erschien ein Kammerdiener mit einer Nachricht auf einem Tablett.

»Ein Billett für Viscount Devlin, Mylord. Von der Bow Street-Behörde.«

Hendon ließ einen ärgerlichen Laut hören. Wie Kat missbilligte er die Verwicklung seines Sohnes in Mordermittlungen, allerdings aus einem anderen Grund. Er betrachtete diese Tätigkeit schlicht als niedrig und unwürdig. Da Sebastians Einbindung in diesen speziellen Fall jedoch auf die Intervention seiner eigenen Schwester zurückging, konnte er nicht ernstlich etwas dagegen vorbringen.

»Guter Gott«, sagte Hendon und beobachtete Sebastian dabei, wie er das Siegel erbrach und die eilig geschriebenen Worte des Magistrats überflog. »Nicht noch ein Mord?«

Sebastian erhob sich. »Ich fürchte doch.«

Kapitel 25

»Der Esquire selbst hat die Leiche gefunden«, sagte Lovejoy, als sie in Sebastians Zweispänner zum Dorf fuhren, Tom hinten auf seinem Dienstbotensitz. »Wie es scheint, hat jemand die Überreste des Reverends in einen Schrank in der Sakristei gestopft. Man kann sich nur fragen, wieso die Suchenden ihn nicht früher entdeckt haben.«

»Es ist wohl nicht der wahrscheinliche Platz, um nach einem vermissten Priester zu suchen«, stellte Sebastian fest.

»Das ist das eine.«

Die untergehende Sonne hatte die Temperaturen fallen lassen, weshalb Lovejoy sich für die Fahrt in einen Herrenmantel gehüllt hatte. Als sie einen Kamm erreichten, ließ ein starker Wind die Kutsche hin und her schwanken, und der Untersuchungsrichter mummelte sich noch tiefer in seinen Mantel. »Man fragt sich, ob unsere Ermittlungen zum Tod des Bischofs vielleicht in die falsche Richtung laufen. Womöglich hat die Ermordung von Bischof Prescott weniger mit den Geschehnissen im Leben des Bischofs zu tun als mit den kirchlichen Angelegenheiten von St. Margaret's.«

»Vielleicht«, sagte Sebastian, der für die Kurve vor ihnen die Zügel etwas anzog.

Lovejoy sah zu ihm herüber. »Welche andere Erklärung gibt es?«

Nachdem sie die Kurve umrundet hatten, ließ Sebastian die Hände fallen und die Zügel locker, sodass die Füchse durch die Heidelandschaft rannten. Dicke Wolkenbänder verdunkelten den Mond und tauchten die Straße in tiefe Schatten. Aber Sebastian hatte die Sehkraft einer Katze oder eines Wolfes; auch ohne das Mondlicht vermochte er meilenweit scharf zu sehen.

Er sagte: »Vielleicht wusste Hochwürden Earnshaw etwas, das er uns vorenthalten hat. Etwas, das uns zu Prescotts Mörder hätte führen können.«

Lovejoy runzelte die Stirn. »Aber aus welchem Grund sollte der Mann solcherlei Informationen zurückhalten?«

»Vielleicht hat er die Bedeutung dessen, was er wusste, nicht erkannt. Jedenfalls nicht, bevor es zu spät war.«

Sebastian stand mit vor der Brust verschränkten Armen unmittelbar hinter der Tür, die in die Sakristei führte, und beobachtete, wie Sir Henry in die Dunkelheit blickte, die Augen zu Schlitzen verengt und eine Kerze in die Höhe haltend.

Das Licht flackerte über ein aufgedunsenes, bleiches Gesicht und weitgeöffnete, blicklose Augen. »*Guter Gott*«, rief der Magistrat aus und schreckte so heftig zurück, dass heißes Kerzenwachs auf seine Hand spritzte.

»Ein makabrer Anblick, zweifellos«, stimmte Esquire Pyle zu und hob seine eigene Hornlampe in die Höhe, um die Szene vor ihnen besser zu beleuchten.

Die Luft in der Sakristei war kühl und schwer, der abgestandene Duft alten Weihrauchs überlagerte die durchdringenden Gerüche von getrocknetem Blut und

Tod. Die kleine Kammer war auf der Seite des Hauptaltars von St. Margaret's erbaut worden. An den Wänden standen Schränke mit Türen und Kommoden mit breiten, tiefen Schubladen, in denen die Messgewänder aufbewahrt wurden. Auf der schmalen Seite des Raums war ein großer Garderobenschrank geöffnet worden und enthüllte seinen grausigen Inhalt.

Etwa einen Meter siebzig hoch und einen Meter zwanzig breit, enthielt der Schrank an der Decke eine Reihe Haken. Einer dieser Haken war in den Kragen des Reverends getrieben worden. Seine Leiche hing mit zur Seite gedrücktem Kopf da. Sebastian fühlte sich auf unangenehme Weise an eine Rinderhälfte erinnert, die in einer Metzgerei für die Kundschaft sichtbar aufgehängt wurde.

»Ich hielt es für das Beste, ihn so zu lassen, bis Ihr hierherkommt«, sagte der Esquire und rieb sich mit der Hand über die untere Gesichtshälfte. »Damit Ihr es selbst sehen könnt.«

»Nun ... ja ... wir haben es gesehen.« Lovejoy trat noch einen Schritt zurück und hielt die Kerze vorsichtiger. »Bitte, nehmen Sie ihn jetzt herunter.«

Pyle nickte seinem Wachtmeister zu, einem großen, bulligen Mann in einer Lederweste, der den Reverend von dem Haken herunterhob. Er stieß mit dem in Todesstarre befindlichen Körper ungeschickt gegen eine nahebei stehende Bank, worauf der Leichnam zu Boden fiel.

»Entschuldigung«, murmelte der Wachtmeister.

Lovejoy tupfte sich mit einem gefalteten Taschentuch gegen die Lippen und schluckte.

Sebastian sagte: »Gibt es Hinweise auf die Tötungsart?«

Pyle deutete mit dem Kinn auf die blutbefleckte Weste des Reverends. »In seinem Gilet und dem Hemd ist ein kleiner Schnitt, genau oberhalb des Herzens. Ich würde sagen, er wurde erstochen. Aber ich bin kein Arzt.«

Lovejoy steckte sein Schnäuztuch weg. »Wir lassen die Leiche für eine vollständige Obduktion zu Paul Gibson nach Tower Hill überführen.«

Pyle nickte seinem Wachtmeister zu. »Aye. Ich gebe den Männern sogleich die Anweisungen.«

Sebastian blickte sich in der Sakristei um. »Eine solche Wunde muss stark geblutet haben. Gibt es sonst noch irgendwo in der Kirche Blutspuren?«

»Die Putzfrau hat etwas Blut in der Nähe des Altars gefunden. Es sieht so aus, als hätte sich jemand die Mühe gemacht, alles zu säubern, weshalb wir es auch nicht früher bemerkt haben. Man sieht noch eine Art Schleifspur von dort bis zur Sakristei, aber auch sie wurde ziemlich gründlich weggewischt.«

»Zeigen Sie sie uns«, sagte Lovejoy.

Lovejoy betrachtete die verschmierten Flecken neben dem Altar, und mit gebeugtem Kopf und hinter dem Rücken verschränkten Händen folgte er den Spuren zurück zur Sakristei. Dann ging er hinaus und blieb unter dem alten Vordach stehen, um die kühle Nachtluft tief in seine Lungen zu ziehen.

»Warum hat der Mörder die Leiche des Reverends im Schrank seiner eigenen Sakristei aufgehängt?«, fragte er, als Sebastian hinter ihm ins Freie trat.

Sebastian starrte über den schattigen Friedhof mit seinen bleichen, umgestürzten Grabsteinen hinweg, die schwach unter dem dunklen, im aufkommenden Wind raschelnden Blätterdach der Eichen glänzten. »Um die Entdeckung zu verzögern, nehme ich an.«

»Ja, vermutlich.« Lovejoy schwieg einen Augenblick, tief in seinen Mantel gemummelt und in Gedanken versunken. Der Wind frischte noch mehr auf und ließ irgendwo einen Laden klappern. Er schauderte und wandte sich in die Richtung, in der Tom die Füchse auf und ab führte. »Und da sagen die Leute immer, London wäre ein gefährlicher Ort.«

Als sie den Untersuchungsrichter an seinem Haus am Russel Square absetzten, war der Wind zunehmend stärker geworden, hatte die schweren Wolken über ihnen zusammengeballt und den Geruch bevorstehenden Regens herangetragen.

»Heraus damit«, sagte Sebastian zu seinem Laufburschen, als die müden Füchse den Weg zur Brook Street einschlugen.

Tom sah ihn aus runden, unschuldigen Augen an. »Meister?«

»Seit wir von Tanfield Hill weggefahren sind, siehst du so selbstzufrieden aus. Was hast du entdeckt?«

Tom grinste. »Während Ihr mit Sir Henry in der Kirche wart, hab ich mit einem der Stallknechte vom *Dog'n'Duck* gesprochen.«

»Vom was?«

»Vom *Dog'n'Duck*. Dem Inn beim Mühlbach.«

»Ach so. Sprich weiter.«

»Der Stallknecht – sein Name is übrigens Jeb: Jeb Cooper. Egal, wie's scheint, war der vor dreißig Jahren in Prescott Grange Stallknecht.«

Sebastian lenkte die Kutsche in die Bond Street. Die Gehwege und das Pflaster waren beklemmend dunkel und leergefegt, da der unangenehme Wind die meisten Bewohner der Stadt in die Häuser getrieben hatte. »Du meinst, als Sir Nigel noch lebte?«

»Aye.« Eine Bö riss an Toms Mütze, und mit seiner freien Hand drückte er sie auf seinen Kopf. »Er kann sich an die Nacht, wo der Paps von Sir Peter verschwand, noch sehr gut erinnern. Wirklich sehr gut. Sagt, in der Nacht wären eigenartige Dinge in Prescott Grange vor sich gegangen. Seehr eigenartige.«

»Inwiefern?«

»Der sagt, Sir Nigel wär in der Nacht nich einfach in die Stadt geritten. Sagt, der wär mit ner Stinkwut losgeritten. Deshalb hat sich auch keiner groß gewundert, wie er nich zurückgekommen is. Erst am nächsten Tag, als sie sein Pferd in der Heide rumlaufend gefunden ham.«

Sebastian stieß einen langen Atemzug aus. »Warum nur«, sagte er und zog vor dem Haus in der Brook Street die Zügel an, »merke ich bei diesem Mordfall jedes Mal, wenn ich glaube, endlich etwas in der Hand zu haben, plötzlich, dass ich im Grunde gar nicht weiß, was da vor sich geht?«

Die Straße war unnatürlich dunkel, da der Wind gut die Hälfte der hohen Öllampen, die das Viertel beleuchteten, ausgeblasen hatte. Doch dank Moreys Wachsamkeit brannten die Lampen zu beiden Seiten von

Sebastians Haustür hell und warfen ihren Lichtschein auf die kurze Eingangstreppe und das Pflaster davor.

»Reib sie gründlich ab«, sagte Sebastian und übergab dem Burschen die Zügel. »Morgen werde ich die Grauen nehmen.«

Tom krabbelte auf den Bock. »Fahrt Ihr morgen wieder nach Tanfield Hill?«

»Klingt, als sollte ich mit diesem Stallburschen mal ein Wort red...« Sebastian unterbrach sich und wirbelte mit dem Kopf herum, als er den lauten Knall eines sich entladenden Langgewehrs hörte.

Kapitel 26

Mit einem angsterfüllten Schrei fuhr Tom auf und wirbelte dabei halb auf seinem Sitz herum.

»Zur Hölle nochmal!« Sebastian schnappte den Jungen, zog ihn von dem exponierten, hohen Bock herunter und in den unzureichenden Schatten, den die zierliche Kutsche warf.

Das Gewehr knallte erneut. Die Pferde warfen die Köpfe herum und wieherten vor Angst, ihre Hufe klapperten auf dem Kopfsteinpflaster, als sie nervös zur Seite tänzelten. Sebastian bemerkte beunruhigend deutlich, wie der Kopf des Jungen gegen seine Schulter kippte, und spürte die klebrige Nässe von Blut an seinen Händen. »Tom«, wisperte er. »*Tom*.«

Der Junge stöhnte leise, da knallte das Gewehr ein weiteres Mal. Sebastian hielt den Atem an. Ein *dritter* Schuss?

Er suchte mit den Blicken die dunkle, leere Straße vor ihnen ab. Seine Augen verengten sich, als er einen Mann entdeckte, der sich etwa drei Häuser weiter in den Schutz der Stufen zum Dienstboteneingang duckte.

»Morey!«, brüllte Sebastian.

Die Haustür schlug krachend auf, und eine Flut goldenen Lichts ergoss sich über die Stufen. Der Majordomus trat heraus, ein Schießeisen im Anschlag. »Wo sind sie?«, wollte der ehemalige Waffensergeant wissen. »Ich krieg sie, Captain.«

Sebastian zerrte den Majordomus in die Schatten herunter und griff sich das Gewehr. »Hier. Kümmern Sie sich um den Jungen.«

Sebastian hörte schon das Geräusch sich schnell entfernender Schritte eines rennenden Mannes. »Zur Hölle.«

Er richtete sich auf und rannte die verdunkelte Straße entlang, die Waffe in der Hand. Mehrere Häuser vor ihm

hastete eine Gestalt in Mantel und tiefgezogenem Hut auf die nächste Ecke zu.

»*Halt*«, brüllte Sebastian. »Halt, rufe ich!« Als die Gestalt die Ecke erreichte, blieb Sebastian stehen, hob Moreys Gewehr und feuerte.

Doch der kurzläufige, gedrungene Vorderlader war dazu konstruiert, auf kürzeste Distanz größten Schaden anzurichten. Der heftige Schuss schlug einen Brocken aus den Ecksteinen des letzten Hauses. Die rennende Gestalt verschwand aus dem Sichtfeld.

»Zur Hölle nochmal«, fluchte Sebastian und rannte weiter.

Er hörte Sattelleder knarren, dann Hufgetrappel auf dem Pflaster. Als er um die Ecke in die Davies Street stürzte, sah er nur noch einen wehenden Pferdeschweif in die Nacht verschwinden.

Er stieß einen langen, frustrierten Atemzug aus. »Hurensohn.«

Er umgriff die leere Feuerwaffe mit der Faust und wandte sich zur Brook Street um. Etwa auf halber Strecke sah er das metallische Schimmern eines

Gewehrlaufs neben einer Tür an den Stufen des Dienstboteneingangs zum Haus. Er lief leichtfüßig die Stufen zu dem im Dunkeln liegenden Dienstboteneingang hinunter und hob das lange, elegante Gewehr auf, das sein Beinahe-Mörder dort hatte liegen lassen.

Sebastian stand in der Tür zu seinem besten Gästezimmer, den Blick auf den kleinen, dunkelhaarigen Jungen gerichtet, der unter den Decken schlief. »Wie schlimm ist es?«

Paul Gibson legte seine Instrumente in die Tasche und richtete sich auf. »Wenn er sich nicht irgendeine schlimme Infektion einfängt, müsste es ihm bald wieder gut gehen. Ich konnte die Kugel aus der Schulter entfernen, ohne größeren Schaden am Knochen oder den Sehnen anzurichten. Ich vermute, er ist vor allem durch den Schock ohnmächtig geworden. Er hat jedenfalls heftig gebrüllt, während ich versuchte, ihn zuzunähen. Ich habe die Wunde mit etwas Basilikumpulver verbunden und ihm ein paar Tropfen Laudanum gegeben, damit er schlafen kann.«

Sebastian sah weiterhin das blasse Antlitz des Jungen an. »Diese Kugel war für mich bestimmt.«

Gibson klopfte Sebastian auf die Schulter. »Komm. Ich könnte einen Drink brauchen, und du auch. Dem Jungen geht es bald wieder gut.«

»Wer denkst du also, war es?«, sagte Gibson und machte es sich in einem der Ledersessel in Sebastians Bibliothek gemütlich. »Obadiah?«

»Vielleicht.« Sebastian goss großzügig Brandy in zwei Gläser und überreichte eines seinem Freund.

»Vielleicht nicht. Ich muss die ganze Zeit an Reverend Earnshaw denken, wie eine Rinderhälfte in seinem eigenen Garderobenschrank aufgehängt.«

»Warum sollte das nicht auch Obadiahs Werk gewesen sein?«

»Sicherlich ist das möglich.« Sebastian griff nach dem Gewehr und hielt es hoch. »Hast du jemals einen Metzger gesehen, der so eine Waffe trug?«

»Was zum Teufel ist das?«, fragte Gibson und betrachtete den ungewöhnlichen Mechanismus des Gewehrs.

»Das ist ein Ferguson Hinterlader.«

»Ein *Hinterlader*?«

Sebastian nickte. »Die Schwierigkeit an Gewehren war immer schon, dass es so verdammt lang dauert, sie zu laden. Zum einen das, und dann noch die Tatsache, dass man sie nicht mit einem Bajonett ausstatten kann.« Er drehte am Schraubschloss, um den Verschluss zu öffnen. »Die Mechanik dieser Waffe umgeht diese beiden Probleme. Ich hörte, dass ein Mann, der weiß, was er tut, mit dieser Waffe in einer Minute sechs Schüsse abgeben und ein Ziel in fast zweihundert Metern Entfernung treffen kann.«

»Sechs Schüsse pro Minute? Du hast Glück, dass du noch lebst.«

Sebastian deutete auf den blockierten Drehmechanismus. »Das Problem ist, dass Hinterlader die unschöne Neigung haben, um den dritten Schuss herum zu blockieren. Das ist einer der Gründe, weshalb die Armee das Ferguson-Gewehr nie übernommen hat. Sie sind recht selten.«

Gibson fuhr mit der Hand den gut geölten Lauf des Gewehrs entlang. »Ich nehme an, Obadiah hat es vielleicht auf der spanischen Halbinsel auf dem Schlachtfeld von einem toten Soldaten an sich genommen und mit nach Hause gebracht.«

»Das könnte sein«, sagte Sebastian und trat neben das Fenster, das auf die dunkle Straße hinauswies.

Gibson räusperte sich. »Hältst du es für klug, dich auf diese Weise am Fenster zu zeigen?«

Sebastian drehte sich zu ihm um und blickte ihn an. »Was soll ich deiner Meinung nach tun? Mich im Haus verstecken?«

»Nein. Aber ... zieh einfach die Vorhänge vor, sei so gut.«

Sebastian leerte sein Glas mit einem Lachen und trat von dem Fenster weg. »Hattest du Gelegenheit, Earnshaws Leiche in Augenschein zu nehmen?«

Gibson schüttelte den Kopf. »Der Wachtmeister von Tanfield Hill trank noch einen Krug Ale in meiner Küche, als dein Kammerdiener mit der Nachricht kam, dass auf Tom geschossen worden war. Ich werde morgen gleich als Erstes mit deinem Reverend anfangen.«

Sebastian goss sich einen weiteren Drink ein. »Es würde mich wundern, wenn seine Leiche uns viel verraten würde.«

»Der Konstabler sagte etwas von einer Stichwunde?«

»So hat es jedenfalls ausgesehen.«

Gibson trank seinen eigenen Brandy in einem langen Zug aus. »Genau wie bei Sir Nigel Prescott.«

»Ja. Nur dass dieser nicht in den Rücken gestochen wurde.« Sebastian hob fragend die Brandykaraffe.

»Für mich keinen mehr, danke«, sagte der Chirurg und erhob sich. »Wirst du morgen Vormittag wieder nach Tanfield Hill fahren?«

»Ja.«

Gibson nickte. Er drehte sich zur Tür, dann blieb er stehen und sagte: »Sei bitte vorsichtig, Devlin.«

Kapitel 27

Sonntag, 12. Juli 1812

Der nächste Morgen dämmerte wolkenverhangen und stürmisch herauf, mit einem für die Jahreszeit ungewöhnlich kalten Nordwind, der in den Kaminen pfiff und den Dreck vor sich her durch die Straßen der Stadt jagte.

Bevor Sebastian das Haus verließ, sah er nach Tom und fand den Jungen im Bett sitzend vor, mit knallroten Wangen und übel gelaunt.

»Is doch nur'n Kratzer«, sagte er. »Wenn Morey mir nur meine Hosen erlauben tät ...«

Sebastian fühlte nach der Stirn des Jungen. Sie war heiß. »Du gehst nirgendwohin. Das ist ein Befehl.«

»Aber die Grauen können Giles nicht *leiden* ...«

»Ich fahre nicht im Zweispänner. Ich reite auf Leila nach Tanfield Hill. Allein.« Sebastian hatte nicht die Absicht, einen weiteren Stallburschen Gewehrschüssen auszusetzen. »Und du bleibst so lange im Bett, bis Gibson etwas anderes sagt.«

»Aber ...«

»Kein Aber.« Er sagte es im Ton des Offiziers, mit dem er einst das rebellische Murren eines kampferprobten Regiments in den Griff bekommen hatte.

Tom lief rot an und ließ den Kopf hängen. »Aye, Mylord.«

Unter dem trüben, winddurchtosten Himmel lag das Dorf Tanfield Hill unnatürlich ruhig und düster da. Als Sebastian auf seiner Araberstute die Straße hinauf trottete, warf ihm eine Frau, die ihr dunkles Schultertuch über den Kopf gezogen hatte, einen raschen, ängstlichen Seitenblick zu und schloss ihre Hand fester um die des Kindes neben ihr. Sebastian vermutete, dass es die Menschen durchaus nervös machen konnte, wenn innerhalb weniger Tage zwei Geistliche in der Dorfkirche ermordet wurden.

Er fand das *Dog and Duck*, das gleich hinter dem Kirchhof wie in die Kurve des Mühlbaches geschmiegt dalag. Das zweistöckige Backsteingebäude mit einer schlichten, geraden Fassade aus dem frühen achtzehnten Jahrhundert verfügte über einen kopfsteingepflasterten Hinterhof, der auf der einen Seite von den Stallungen, auf der anderen vom Unterstand für die Kutschen begrenzt wurde.

»Aye«, sagte Jeb Cooper, froh darüber, dass er gleich beim Abreiben des Arabers in den breiten Türen der Stallungen sprechen konnte. »Damals war ich Stallbursche von Sir Nigel Prescott selbst.« Der schlanke, drahtige Mann Ende vierzig, Anfang fünfzig, war knapp mittelgroß und hatte einen Kopf voller dicker, kurzer, grauer Locken. Sein knochiges Gesicht beschattete ein Bart von mehreren Tagen.

»Überrascht mich nich, dass er all die Jahre tot irgendwo gelegen hat«, sagte der Stallbursche. »Dachte mir schon, dass ihm was Schlimmes passiert sein musste, als sie Lady Jane fanden.«

Sebastian runzelte verständnislos die Stirn. »Lady Jane?«

»Sir Nigels Stute. Ein Apfelschimmel mit vier weißen Socken. Hatte den weichsten Gang, den wo Ihr je erlebt habt. Er hat sie selbst trainiert.«

Sebastian lehnte sich mit den Schultern gegen die gekalkte Wand und verschränkte die Arme vor der Brust. »Die Stute wurde am nächsten Tag führerlos in der Heide gefunden?«

»Richtig. Am nächsten Morgen.«

»Dachten Sie damals, Wegelagerer könnten Sir Nigel aufgelauert haben?«

Der Stallbursche sah Sebastian über den Rücken der Stute hinweg an. »Ich? Nö. Das hab ich nich mal ne Minute geglaubt.«

»Warum nicht?«

»Konnte mir nie und nimmer vorstellen, Lady Jane wär ihm durchgegangen und hätt ihn zurückgelassen. Das Pferd war Sir Nigels Liebling, wie ein Kind. Wenn er verletzt worden wär, wär sie nie von ihm weggelaufen.«

Sebastian betrachtete die groben Züge und grauen Haare und fragte sich, ob der Bursche eine Woche zuvor das Gleiche gesagt hätte, bevor die mumifizierte Leiche des Baronets in der Krypta von St. Margarets gefunden worden war. Er sagte: »Wie lange waren Sie in Prescott Grange?«

»Fast zehn Jahre.«

»Warum sind Sie gegangen?«

Jeb rieb mit dem Finger an einer Seite seiner Nase entlang und zwinkerte. »Ich bekam Ärger mit einem der Hausmädchen, wenn Ihr wisst, was ich meine? Lady Prescott selbst hat mich gebeten, zu gehen. Aber andererseits hatte sie das eh mit mir vor, seit jener Nacht schon.«

Sebastian zog verständnislos die Brauen zusammen. »Sie meinen die Nacht, in der Sir Nigel verschwand?«

»Richtig.« Der Stallbursche schniefte. »Gab nen Riesenkrach oben im Haus. Kurz vorm Abendessen.«

»Streit? Zwischen wem?«

»Na, Sir Nigel und Lady Prescott natürlich.«

»Haben sie sich oft gestritten?«

Jeb hielt inne, um nachzudenken. »Na ja, Sir Nigel hatte ein übles Temperament. Der hat immer irgendwen angebrüllt. Aber Ihre Ladyschaft hat sich nich oft gegen ihn zur Wehr gesetzt.«

»An dem Abend aber schon?«

»Aye. Ich hörte, wie sie ihn anflehte, als er aus dem Haus stürmte und nach seinem Pferd verlangte.« Jeb hob die Stimme zu einem Falsett und riss die Augen übertrieben weit auf. »›Bitte, tu das nicht!‹«

Sebastian runzelte die Stirn. »Tu was nicht?«

Die Stimme des Stallburschen klang wieder normal. »Weggehen, denke ich.«

»Aber Sir Nigel ging dennoch weg? Trotz der Bitte Ihrer Ladyschaft?«

»Aye. Ich hab Lady Jane für ihn gesattelt, und er ist ab nach London.«

Sebastian sah zur offenen Stalltür hinaus, wo der Mühlbach gemächlich vorbeifloss. Das Dorf Tanfield Hill lag an dem Weg zwischen Prescott Grange und der Hauptstraße nach London. Er sagte: »Hat Sir Nigel Ihnen wörtlich gesagt, dass er nach London wollte?«

Jeb Cooper verzog angestrengt nachdenkend den Mund. »Kann ich jetze nich mehr so genau sagen, nach so vielen Jahren.«

»Sie haben nicht zufällig eine Vorstellung davon, worüber Sir Nigel und Ihre Ladyschaft stritten?«

Jeb schüttelte den Kopf. »Kann ich nich sagen. Aber Bessie könnte es Euch vielleicht verraten.«

»Bessie?«

»Bessie Dunlop. Die alte Kinderfrau von Ihrer Ladyschaft – und auch von Sir Peter, wenn er mal herkommt. Die meisten würden ja sagen, sie is ne Hexe.« Er unterbrach sich, und ein eigenartig abwesender Blick trat in seine Augen. »Ich sag jetze nich, dass sie keine Hexe is, wohlgemerkt. Ich sag nur, gibt nich viele wie Bessie. Aber natürlich, ob sie Euch alles sagen wird, was sie weiß, steht auf nem andern Blatt.«

»Wo finde ich diese Bessie Dunlop?«

»Wohnt den Mühlbach rauf. Vielleicht ne halbe Meile. Briar Cottage heißt der Ort.«

Sebastian streckte das Kreuz durch. »Danke«, sagte er und drückte dem Stallburschen eine Guinee in die Hand. »Sie haben mir sehr geholfen.«

Er war im Hof und zog den Sattelgurt seiner Araberstute nach, als Jeb Cooper neben ihn trat.

»Da war noch was Komisches an der Nacht damals. Dachte, Ihr wollt es vielleicht noch wissen.«

Sebastian ließ den Bügel herunter und drehte sich zu dem Mann um. »Ja?«

»Nich mal fünf Minuten, nachdem Sir Nigel weggeritten war, verlangte Lady Prescott nach ihrem Pferd. Ritt davon. Nich mal en Stallbursche hat sie begleitet.«

»Lady Prescott? Sagen Sie, sie ist hinter Sir Nigel her-
geritten?«

»Das weiß ich nich. Aber sie ritt auch Richtung London. Das weiß ich.«

»Wann ist sie zurückgekommen?«

Jeb Cooper presste die Lippen zusammen und schüttelte den Kopf. »Das kann ich nich sagen. Als ich am
nächsten Morgen aufwachte, war die Stute Ihrer
Ladyschaft wieder im Stall, noch gesattelt und alles.«

»Sah es so aus, als wäre sie scharf geritten worden?«

»Na ja, sie sah nich so aus, als wär sie ins Schwitzen
geraten, das is mal sicher. Also, ich würd sagen, nö, das
Pferd war nich weit gelaufen.«

Die Hexenhäuschen in Sebastians Kindheit waren
düstere, verfallende Hütten gewesen, mit vor sich hin
modernden Wänden, rußgeschwärzten Fenstern und
kaputten Läden, die unheimlich im Wind quietschten.
Die Hexen selbst waren natürlich angsteinflößende
Kreaturen gewesen – bucklige, knochendürre Gestal-
ten mit wirrem Haar, Hakennase und zahnlosem, gei-
ferndem Grinsen.

Als er hingegen dem dunklen, überwucherten Pfad
unter Weiden und Eichen folgte, die entlang den Ufern
des Mühlbachs wuchsen, erreichte er zu guter Letzt ein
sauberes, erst kürzlich frisch verputztes Cottage, mit
erneuertem Reetdach und üppigen Rosenbüschen in allen Farbabstufungen von Rosa bis Scharlachrot. Hühner scharrten auf dem gut gekehrten Hof. Ein schnee-
weißer Ganter putzte sich im Ried neben dem Bach,
und Finken sangen fröhlich in den Zweigen einer
Weide in der Nähe. Auf einem niedrigen Schemel

neben der offenstehenden Tür des Cottages saß eine weißhaarige Frau mit einem Butterfass zwischen den Knien. Als Sebastian auf den Hof ritt, stellte sie das Fass zur Seite und erhob sich mit anmutigen Bewegungen.

»Ich fragte mich schon, wann ihr hier sein würdet«, sagte sie und fügte lächelnd »Mylord« hinzu.

Kapitel 28

Sebastian schwang sich aus dem Sattel und entdeckte die Rehe, die sorglos in der Ecke der Lichtung grasten, und den Hasen, der im Unterholz nach Futter suchte. »Ihr wusstet also, dass ich komme?«

Bessie Dunlop gluckste leise. »Sie sagten Euch, ich bin eine Hexe, nicht?«

Das Haar der Frau mochte weiß sein, doch ihr Antlitz war überraschend faltenlos. Wenn sie als Kinderfrau für Sir Peter und vor ihm Lady Prescott gearbeitet hatte, dann, das wusste Sebastian, musste sie in den Siebzigern sein. Und doch blühten ihre Wangen immer noch vor Gesundheit und Kraft. Klein und füllig, mit einem Strahlenkranz aus Lachfältchen, die von ihren lustigen schwarzen Augen ausgingen, sah sie viel eher nach einer leutseligen Bäckersfrau aus als nach einer Hexe.

Sie nickte einem kleinen Mädchen zu, dessen Kopf sich aus dem Cottage gestreckt hatte. »Missy, führ die Stute Seiner Lordschaft unter das Vordach, damit sie aus dem Wind herauskommt.«

Sebastian gab dem Kind die Zügel in die Hand. »Danke sehr.«

»Meine Enkelin«, sagte Bessie Dunlop und studierte Sebastian aus ihren plötzlich zusammengekniffenen Augen. Und ihm dämmerte, dass sie wie eine Bäckersfrau aussehen mochte, der Schein aber trügen konnte.

»Wissen Sie, wer ich bin?«, fragte er.

Sie gackerte; es klang nicht fröhlich. »Oh, ich weiß, wer Ihr seid, Lord Devlin.« Sie senkte die Stimme und beugte sich vor, um zu flüstern: »Die Frage lautet: Wisst Ihr es? Und, was noch wichtiger ist, *wollt* Ihr es überhaupt wissen?«

»Was soll das denn heißen?«

Sie richtete sich wieder auf. »Wenn Ihr dazu bereit seid, dann versteht Ihr es.«

Er suchte die Lichtung mit den Blicken ab. »Ich vermute, Jeb Cooper sagte Ihnen, dass ich komme?« Ihm dämmerte, dass ein Kind wie Missy, wenn es einen direkteren Weg lief, klar vor einem Reiter, der dem gewundenen Mühlbach folgte, ankommen konnte.

»Auf gewisse Weise.« Sie drehte sich um und griff nach einem vollen Futtersack, der auf einem an die Hauswand gebauten Regal ruhte.

»Er sagte, Sie waren vor dreißig Jahren auf Prescott Grange, in der Nacht, in der Sir Nigel verschwunden ist.«

»Das stimmt.« Sie öffnete den Futtersack, schob ihre Hand hinein und förderte eine Handvoll Körner heraus, die sie für die Hühner auf den Hof streute. Der Wind erfasste die Körner und verteilte sie unerwartet weit.

Gackernd und um den besten Platz streitend machte sich ein Dutzend Hühner darüber her, deren Federn sich im steifen Wind aufstellten. Sebastian spürte, wie seine anfängliche Gutmütigkeit gegenüber dieser irritierend dauerlächelnden Frau sich langsam auflöste.

»Er sagte, Sir Nigel und Lady Prescott hätten sich an

dem Abend gestritten, und dass Sie den Grund für ihren Streit kennen würden.«

Sie zog unter ihrem Tuch die eine Schulter hoch. »Ich weiß, was ich gehört habe. Es ist nichts anderes, als was die anderen im Haus hörten.«

Sebastian wartete geduldig. Kurz darauf fuhr sie fort: »Danach gab es natürlich alle Sorten von Geschwätz. Weil Sir Nigel einfach so verschwunden ist. Erst recht, als bekannt wurde, dass Ihre Ladyschaft ein Kind trug.«

Sebastian betrachtete das halb abgewandte Profil der Frau. »Wann wurde Sir Peter geboren?«

»Ende Februar. Er kam zu früh. Er wurde erst im April erwartet.«

Ende Februar wäre sieben Monate nach Sir Nigels Verschwinden, überlegte Sebastian. Und nur etwas mehr als sieben Monate nach der Rückkehr des Baronets aus Amerika. Kein Wunder, dass Lady Prescott in ihren Angaben zur Rückkehr ihres Gatten ungenau gewesen war.

Ein kratzendes Geräusch zog Sebastians Aufmerksamkeit auf eine rattenbraune Henne, die an der glänzenden Oberfläche eines seiner Hessischen Stiefel pickte und kratzte. Er hob den Fuß hoch, doch die Henne machte weiter. *Gib acht*, dachte er, *sonst landest du in einem Kochtopf, meine gefiederte Freundin.*

»Ich halte die Hühner wegen der Eier«, sagte sie, als hätte er den Gedanken laut ausgesprochen. »Nicht für den Kochtopf.«

Sie lachte, als er sie erschrocken ansah. »Ich esse kein Fleisch meiner Mitlebewesen. Deshalb wissen die Waldtiere, dass sie keine Angst davor haben müssen, sich mir zu nähern.«

Sebastian blickte zu der Stelle, an der er die Ricke gesehen hatte, doch das Damwild war weg. Er sagte: »Sie haben mir noch nicht den Grund für den Streit zwischen Lady Prescott und Sir Nigel an jenem Abend verraten.«

»Werd ich auch nicht.« Sie ließ die restlichen Körner fallen und wandte sich dem Cottage zu. Das loyale Familienfaktotum. Loyal bis zum Schluss.

Sebastian folgte ihr. »Die drei Männer sind tot.«

»Und Ihr denkt, sie wären es wegen dieses Streits?«

»Ich weiß es nicht.«

Zum ersten Mal sah sie leicht verunsichert aus. Sie setzte sich wieder auf den Schemel und griff nach dem Butterfass. »Ich habe Lady Rosamond seit Langem nicht gesehen«, sagte sie scheinbar zusammenhanglos. »Dieses Cottage habe ich von Sir Peter erhalten.«

»Lady Rosamond ist Lady Prescott?«

Die alte Kinderfrau bearbeitete ihr Butterfass. »Sie wird für mich immer Lady Rosamond bleiben, wie sie es als kleines Mädchen war.« Sie hielt inne. »Na, Sir Peter besucht mich regelmäßig. Ja, er war erst letzte Woche hier.«

Sebastian beobachtete, wie sie ihre Butter bereitete. Er sagte: »Sie haben mir im Grunde nichts gesagt. Das wissen Sie, nicht wahr?«

Sie hielt im Butterschlagen lange genug inne, um zu ihm aufzublicken. »Oh, doch, das habe ich.« Sie hob den Kopf und rief nach ihrer Enkelin. »Missy, bring das Pferd Seiner Lordschaft her. Er wird es nach Prescott Grange schaffen wollen, bevor der Regen einsetzt.«

Die ersten Regentropfen fielen just, als Sebastian auf den jahrhundertealten Hof ritt. Er hatte gar nicht vorgehabt, Prescott Grange erneut einen Besuch abzustatten, doch zu viele Fragen zu Sir Nigels todbringender letzter Nacht waren unbeantwortet geblieben.

Er fand Lady Prescott noch blasser und matter, als er sie in Erinnerung hatte, und ihre sanften, blauen Augen waren riesig, als wären sie aus Angst geweitet. Sie empfing ihn in der antiken Halle des Anwesens, einem wundervollen, mittelalterlichen Saal aus mit Wandteppichen behangenen Steinwänden mit einem großen Kamin und einer verzierten Holzdecke, die durch kunstvoll geformte Steinbalken gestützt wurde.

»Wir haben die schreckliche Nachricht über Reverend Earnshaw gehört«, sagte sie und drückte einen Augenblick lang fest seine Hand, bevor sie sich abwandte, um Tee zu ordern. »Ich hoffe sehr, Ihr seid hier, um uns zu berichten, dass es Fortschritte bei der Suche nach dem Mörder gibt?«

»Ich fürchte nein.« Sebastian richtete die Schöße seines Reitjacketts und setzte sich auf ein hartes Kanapee mit einer unbequemen Rückenlehne, dessen Polster mit dem abgewetzten Stoff im Stil des vergangenen Jahrhunderts bezogen war. »Aber heute Morgen hatte ich eine interessante Begegnung mit Eurer ehemaligen Kinderfrau.«

Die Witwe sank auf einen niedrigen Stuhl neben einem Handarbeitskorb und einem Ständer, der einen Stickrahmen hielt. »Bessie Dunlop?«, fragte sie und zog den Rahmen zu sich.

»Wie ich höre, hat sie einen gewissen Ruf als Hexe.«

Lady Prescott nahm ihre Nadel zur Hand. »Alte Frauen, die allein im Wald leben, lösen oftmals solcherlei Gerüchte aus.«

»Sie scheint allerdings außergewöhnlich hellsichtig zu sein.«

Lady Prescott senkte den Kopf, um sich auf ihre Stickerei zu konzentrieren. »Bessie hat eine außerordentliche Beobachtungsgabe und weiß sehr viel über die menschliche Natur. Das reicht schon, um sie in den Augen der Dorfbewohner zu einer Hexe zu machen.«

»Sie hat Glück, dass sie nicht in einem weniger aufgeklärten Jahrhundert lebt.«

»Wie wir alle.«

Sebastian betrachtete die eingefallenen Wangen und niedergeschlagenen Wimpern der Witwe. »Sie ist Euch treu ergeben.«

Lady Prescott sah auf, und ihre Augen strahlten in unerwarteter Belustigung. »Mit anderen Worten: Sie wollte Euch nicht verraten, was Ihr wissen wolltet.«

Sebastian lachte leise. »Nein, das wollte sie nicht.«

Die Witwe legte den Kopf schief. »Und was genau wolltet Ihr von ihr wissen?«

Sebastian blickte sie geradeheraus an. »Wie ich hörte, haben Sie sich mit Sir Nigel in der Nacht seines Verschwindens gestritten.«

»Das würde mich nicht wundern.« Sie beugte sich wieder über ihre Stickarbeit, ihre Gelassenheit wankte nicht. »Mein Ehemann hatte ein aufbrausendes Gemüt. Er stritt mit jedem über alles und jedes. Es wäre ungewöhnlich gewesen, wenn wir ausgerechnet an dem Abend nicht gestritten hätten.«

Sebastian musterte das halb abgewandte, leicht errötete Antlitz der Frau. Er konnte schlecht zu ihr sagen: *Ist Euer Mann aus Amerika zurückgekehrt und hat Euch mit dem Kind eines anderen Mannes im Leib angetroffen? War das das Thema des Streits in der tödlichen Nacht?* Selbst wenn es die Wahrheit war, würde sie es niemals eingestehen.

Er sagte: »Ich hörte, Ihr seid ihm in jener Nacht hinterher geritten?«

Ihre Augen wurden schmal. »Jeb Cooper hat Euch das erzählt, nicht?«

»Ist es wahr?«

»Ich ließ Jeb meine Stute satteln, ja. Nigel war ...«, sie hielt inne, als müsse sie ihre Worte sorgsam wählen, »... ein sehr schwieriger Mann. Ich gewöhnte mir an, einen Ausritt zu machen, wenn ich ... aufgebracht war.«

»Sogar nachts?«

Sie berührte ihr linkes Augenlid mit den Fingerspitzen. Dann, als falle ihr gerade auf, was sie da tat, formte sie eine Faust aus ihrer Hand und legte sie in den Schoß. »In solchen Zeiten gibt man nicht viel auf die eigene Sicherheit.«

Diese Äußerung verriet Sebastian viel über ihre Ehe. Er sagte: »Also seid Ihr Sir Nigel nicht nach London gefolgt?«

»Das Letzte, was ich in dem Moment wollte, war, ihn wiederzusehen.«

»Erinnert Ihr Euch noch an die Natur Eurer Meinungsverschiedenheit?«

Sie schüttelte den Kopf. »Sir Nigel hatte ein wüstes Temperament. Er konnte aus geringstem Anlass zornig werden, von einem schlecht gekehrten Kamin bis zu einem Essen mit Fisch oder Kalb, wenn er Lamm erwartet hatte. Man wusste nie, was ihn aus der Haut fahren lassen würde.«

Sebastian sagte: »Man sagte mir, Sir Nigel sei mit gewissen Unterlagen aus Amerika zurückgekehrt. Briefe, die an den Konföderiertenkongress adressiert waren, und die jemand geschrieben hatte, der entweder zu Whitehall gehörte oder aus dem Umkreis des Königs stammte. Wisst Ihr etwas davon?«

Sie stieß die Nadel so heftig in ihre Stickarbeit, dass sie sich in den Finger stach. »Wollt Ihr damit sagen, dass er Beweise für einen Hochverrat hatte?«

»Es scheint so, ja.«

Sie hob den blutenden Finger an ihre Lippen, um daran zu saugen. Es war die Geste eines Kindes und ließ sie zugleich jünger und verletzlicher aussehen. Sie sagte: »Ich weiß, dass Sir Nigel besorgt und verdrießlich aus Amerika zurückgekehrt war – außerordentlich sogar, selbst für seine Verhältnisse. Aber wenn er Beweise für einen Hochverrat an der Regierung hatte, so höre ich jetzt zum ersten Mal davon. Ich fürchte, er hat solcherlei Dinge nie mit mir besprochen. Er hat mir nicht einmal den genauen Zweck seiner Mission in Amerika erklärt.«

»Wann sind sie nach Amerika aufgebrochen? Ende Januar, Anfang Februar?«

Ihre Stirn kräuselte sich, als sie nachdachte. »Ach nein, das war irgendwann im Dezember. Ich erinnere mich nicht an das genaue Datum, aber ich weiß noch, dass es vor Weihnachten war.«

Sebastian starrte sie an. Er verspürte ein Kribbeln, so als wäre jeder einzelne Nerv in seinem Körper plötzlich schmerzhaft gespannt. Er hörte das Lachen eines Hausmädchens in einem fernen Raum und konnte den bitteren Gestank erkalteter Asche im Kamin riechen. Er fühlte, wie seine Lungen sich mit Luft füllten, und musste sich zum Ausatmen zwingen.

Ihm war bewusst, dass sie ihn eigenartig ansah. Es fiel ihm schwer zu sprechen, die Stimme unter Kontrolle zu halten, so als hinge nicht jede Facette seines Lebens von ihrer Antwort ab.

Er sagte: »Seid Ihr sicher?«

»Nun, ja. Ich fürchte, an das genaue Datum kann ich mich nicht erinnern, aber ich weiß, dass es vor Weihnachten war. Hier in Prescott Grange feiern wir noch nach alter Tradition den St. Thomas's Day, an dem es Frauen in Not erlaubt ist, von Tür zu Tür zu gehen und um weihnachtliche Gaben zu bitten. Ich erinnere mich so genau, weil es das erste Jahr war, in dem ich selbst den Frauen unsere Spenden übergab.«

»Sind alle Teilnehmer der Mission gemeinsam losgesegelt?«

Die Frage schien sie zu verwirren. »Gewiss. Warum sollten sie nicht?«

Er erhob sich. »Ihr müsst mich entschuldigen.«

Sie beendete ihre Stickarbeit und stand ebenfalls auf. »Aber Ihr bleibt doch sicherlich für den Tee?«

»Bitte? Oh. Nein, vielen Dank.«

Es gelang ihm irgendwie, die gebotenen Höflichkeitsfloskeln zu murmeln, seinen Hut und die Reitgerte an sich zu nehmen, und um sein Pferd zu bitten.

Er konnte sich nur dunkel erinnern, wie er von dem alten, abgenutzten Felsblock in einer Ecke des Hofs auf seine Stute gestiegen war und sie zurück auf den langen Weg nach London gelenkt hatte. Der Wind wehte in schnellen, scharfen Böen, die den Regen wie Nadelstiche in seine Wangen beißen ließen. Er blinzelte, wischte sich das Wasser aus den Augen und ritt weiter.

In drei Monaten, am neunzehnten Oktober, würde Sebastian seinen dreißigsten Geburtstag feiern. Doch wenn das, was Lady Prescott ihm erzählt hatte, stimmte ... Wenn der Earl of Hendon tatsächlich im Dezember 1781 von England nach Amerika aufgebrochen war, dann konnte Hendon nicht Sebastians Vater sein.

Und dann sollte sein eigener Name nicht Sebastian St. Cyr lauten.

Kapitel 29

Tausend Streiflichter ritten mit Sebastian durch den heulenden Wind und peitschenden Regen. Grobe Erinnerungen an einen missbilligenden Vater, dessen harscheste Worte immer seinem jüngsten Kind galten, dem Sohn, der den anderen so wenig ähnelte. Dem Sohn, der zu einem großen und schlanken Burschen heranwuchs, während seine Brüder robust und grobschlächtig gebaut waren, und dessen Augen einen fremdartigen Bernsteinton anstelle des leuchtenden St.-Cyr-Blaus zeigten. Dem Sohn mit dem übernatürlich ausgeprägten Hör- und Geruchssinn, den schnellen Reflexen und der unheimlichen Fähigkeit, auch im Dunkeln zu sehen. Dem Sohn, der durch grausame Wendungen des Schicksals Hendons Erbe wurde, nachdem seine beiden Brüder gestorben waren.

Er erinnerte sich an Bruchstücke geflüsterter Unterhaltungen, die er als Kind mit angehört hatte, obwohl sie nicht für seine Ohren bestimmt gewesen waren. Stimmen, die sich vor Wut oder in flehenden Bitten hoben. Worte, die – bis jetzt – keinen Sinn ergeben hatten.

Im Nebel leuchtete weiß der Schlagbaum einer Zollstelle auf. Sebastian zog fest die Zügel an, die Fäuste ungeduldig geballt. Die Hufe des Pferds wühlten im Matsch, während er darauf wartete, dass der murrende Wärter aus seinem Cottage kam, den Kopf wegen des strömenden Regens zwischen die Schultern gezogen.

Als Sebastian die Hand nach unten streckte, um den Zoll zu entrichten, bemerkte er, dass er zitterte. Vor Schmerz und vor Ungläubigkeit.

Und doch, als die Schranke aufschwang und er seinem Araber die Sporen gab, verspürte Sebastian einen Funken Hoffnung, der von einer brennenden Wut genährt wurde. Denn wenn Alistair St. Cyr in Wahrheit nicht sein Vater war, dann war der Horror des Inzests, der ihn von Kat Boleyn weggetrieben hatte, ein einziger großer Irrtum. Nein, kein Irrtum, sondern eine Lüge.

Eine weitere Lüge in einer langen Reihe von Täuschungen, die sich fast dreißig Jahre zurück in die Vergangenheit erstreckte.

Vom seinem Heimritt in die Stadt noch gestiefelt und gespornt begab sich Sebastian stracks zum großen St.-Cyr-Anwesen am Grosvenor Square. Doch Hendon war ausgegangen, und der überkorrekte Butler war nicht in der Lage, zu sagen, wohin der Earl gegangen war oder wann er zurück sein würde. Nachdem er in Hendons Klubs ebenso wenig erfolgreich gewesen war, befand sich Sebastian in der Cockspur Street auf dem Weg nach Whitehall, als er einen Mann seinen Namen rufen hörte.

»Lord Devlin.«

Sebastian eilte weiter.

»Ich sagte, Lord Devlin!«

Als Sebastian sich umdrehte, sah er überrascht den Kaplan von Bischof Prescott, der sich seinen Weg durch den Verkehr bahnte. Den Saum seines Rocks hielt er hoch, um ihn vor den Hinterlassenschaften eines vorbeiziehenden Mauleselgespanns zu schützen, die auf dem nassen Straßenpflaster verteilt waren.

»Ich hatte die Absicht, Euch heute Nachmittag aufzusuchen«, sagte der Kaplan und machte einen flinken Satz auf den Gehweg. »Also ist es ein glücklicher Zufall, dass ich Euch hier treffe.«

»Sie wollten mich sehen?«, sagte Sebastian und blieb unwillig stehen.

Der Kaplan hatte soeben noch leicht gelächelt. Doch was immer er auch in Sebastians Gesicht erkennen mochte, als er sich ihm näherte, ließ sein Lächeln verschwinden und seine Stirn sich in Falten legen. »Geht es Euch gut, Mylord?«

Sebastian bemerkte, dass er Luft holen musste, und das gleich zwei Mal, bevor er etwas sagen konnte. »Gewiss. Haben Sie etwas für mich?«

Der Kaplan hielt ihm ein gefaltetes Stück Papier hin. »Vielleicht habt Ihr bemerkt, dass es im Terminplan des Bischofs am Montagnachmittag eine Lücke gab.«

»Ja. Ich nahm an, dass er zu der Zeit offiziellen Verpflichtungen nachging.«

Der Kaplan schüttelte den Kopf. »Tatsächlich besuchte der Bischof eine Familie in Chelsea. Ursprünglich habe ich gezögert, Euch diese Information zukommen zu lassen, doch inzwischen habe ich die Lage mit dem Erzbischof durchgesprochen, der mir versicherte, dass wir uns auf Eure Diskretion verlassen können. Vielleicht ist die Sache natürlich nicht von Bedeutung, aber ich habe die Informationen für Euch aufgeschrieben.«

»Danke sehr«, sagte Sebastian, ohne genauer auf den notierten Namen und die Adresse zu schauen, bevor er das Papier in seine Westentasche steckte.

Der Kaplan räusperte sich. »Vergangene Nacht haben wir in London House von Reverend Earnshaw erfahren. Eine besorgniserregende Entwicklung. Äußerst besorgniserregend.«

Sebastian studierte das blasse, spitze Gesicht des Geistlichen und erkannte darin zum ersten Mal die Angst, die die Augen seines Gegenübers weitete und seine Lippen schmal werden ließ. Also war es die Angst, die diesen sonst so pedantischen und missbilligenden Menschen dazu gebracht hatte, plötzlich kooperativer zu werden.

Ein neuer Gedanke kam Sebastian. Er sagte: »Wie eng war der Kontakt zwischen Bischof Prescott und Malcolm Earnshaw? Vor Dienstagabend, meine ich.«

Der Kaplan blickte zurück. »Ich wüsste nicht, dass es welchen gab.«

»Aber die Pfarrei gehört zu Prescotts Liegenschaften, richtig?«

»Zu denen von Sir Peter, ja.«

»War Earnshaw irgendwie mit dem Bischof verwandt?«

»Ich glaube, er war ein Cousin entfernten Grades. Warum fragt Ihr?«

»Er hat Sir Nigels Ring wiedererkannt, was bedeutet, dass er mit ihm vertraut gewesen sein muss.«

»Wenn Ihr es wünscht, kann ich den genauen Grad der Verwandtschaft herausfinden.«

»Das wäre hilfreich«, sagte Sebastian, der sich bereits wieder abwandte. »Danke sehr.«

Als er unverrichteter Dinge von der Admiralität wegging, dehnte Sebastian seine Suche nach Hendon auf die Horse Guards aus, und dann auf Downing Street, doch auch dies ohne Erfolg.

Er verließ die Räumlichkeiten des Schatzkanzlers und blieb einen Augenblick vor Number Ten stehen, den Blick auf die grauen Wolken gerichtet, die sich über ihm zusammenballten, ohne sie wahrzunehmen.

Dann drehte er sich um und eilte zur Mall und Carlton House.

Charles Lord Jarvis war gerade dabei, am Schreibtisch in seinen Räumen in Carlton House mehrere Berichte zu lesen, als Viscount Devlin Jarvis' indignierten, stotternden Sekretär zur Seite schob und in den Raum trat.

»*Mylord*«, protestierte der Sekretär. »Ihr dürft nicht hinein gehen!«

Der Viscount blieb unmittelbar hinter der Eingangstür zu den Räumen stehen. Er brachte den Geruch nach frischer Landluft und warmem Pferd mit herein. Er war in einen Reitmantel aus feinster, blauer Merinowolle gekleidet, darunter trug er gelbbraune, hirschlederne Kniehosen und hohe, schlammbespritzte Reitstiefel. Seine unheimlichen Bernsteinaugen funkelten gefährlich.

Jarvis' Sekretär verlagerte das Gewicht ungeschickt von einem Fuß auf den anderen und rang verzweifelt die Hände. »Ich bitte untertänigst um Eure Verzeihung, Mylord Jarvis. Ich habe wirklich versucht ...«

»Lassen Sie uns allein«, schnappte Jarvis.

»Jawohl, Mylord.« Der Sekretär dienerte und zog sich zurück.

»Ich gehe davon aus, Ihr habt einen guten Grund für Euer Eindringen?«, sagte Jarvis und lehnte sich auf seinem Stuhl zurück.

Devlin durchmaß den Raum, die Sporen an seinen Stiefeln klirrten. »Vor dreißig Jahren wart Ihr Teil einer Mission, die vom König in die amerikanischen Kolonien entsandt wurde. Die anderen beiden Mitglieder dieser Mission waren mein Vater und Sir Nigel Prescott.«

Jarvis legte seine Berichte beiseite und lächelte. Das versprach, eine interessante Unterhaltung zu werden. In der Tat, höchst interessant. »Das ist richtig.«

»Während die Mission in Amerika war, lieferte eine Frau Sir Nigel Beweise für Verrat in den höchsten Rängen der Regierung – Beweise in Form von Briefen, die von einer Person, die sich als ›Alkibiades‹ bezeichnete, an ein Mitglied des Konföderiertenkongresses geschrieben worden waren. Diese Person gehörte offensichtlich entweder dem Außenministerium oder dem engsten Kreis des Königs an, wenn man die sensiblen Informationen betrachtet, die die Briefe enthielten.«

Jarvis suchte in seiner Tasche nach der goldenen Schnupftabakdose.

Der Viscount betrachtete ihn mit angespanntem Kiefer. Als Jarvis weiterhin schwieg, sagte Devlin: »Ihr wisst das alles, schätze ich?«

»Gewiss.«

»Hat Sir Nigel es Euch erzählt?«

Jarvis öffnete den Deckel seiner Tabakdose geschickt mit einem Finger. »Ich habe meine eigenen Informationsquellen.«

»Und war Euch die Identität des Verräters ebenfalls bekannt?«

Jarvis hob mit dem Daumennagel eine Prise an seine Nase und schnupfte. »Leider nicht.«

Der Viscount trat zum Tisch, stützte beide Hände darauf ab und beugte sich vor. »Ihr habt nie herausgefunden, wer dieser ›Alkibiades‹ war?«

»Nein.«

Devlin drückte sich angeekelt von dem Tisch ab. »Erwartet Ihr ernstlich, dass ich das glaube?«

Jarvis zog eine Braue hoch. »Ob Ihr das glaubt oder nicht, ist für mich von keinerlei Relevanz.«

»Was ist mit den Briefen geschehen?«

»Sie sind verschwunden. Mit Sir Nigel.«

»Und das habt Ihr nicht als Grund zur Beunruhigung empfunden?«

Jarvis ließ seine Schnupftabakdose zuschnappen. »Aber gewiss gab das Grund zur Beunruhigung. Lord Grantham – der Außenminister – und ich ersonnen mehrere geschickte Listen, um das fragliche Individuum dazu zu bringen, sich zu enttarnen. Leider funktionierte keine davon. Ein vorläufiges Friedensabkommen mit Amerika wurde später in jenem Jahr verhandelt und unterzeichnet. Alkibiades wurde nie enttarnt.«

»Als Sir Nigel so kurz nach Eurer Heimkehr aus Amerika verschwand, hattet Ihr da nicht den Verdacht, dass sein Tod irgendwie in Verbindung zu diesen Briefen stehen konnte?«

»Offensichtlich«, sagte Lord Jarvis trocken. »Allerdings sahen wir keinen Grund, diese Tatsache an die große Glocke zu hängen.«

»Wie viele Menschen wussten von Eurer Mission in Amerika?«

»Tatsächlich wurde diese Information weitgehend unter Verschluss gehalten.«

»Aber sicherlich wurde Eure Abwesenheit von London doch bemerkt?«

Jarvis legte die Fingerspitzen aneinander und fragte sich, wie viel der Viscount wirklich wusste, und wie viel er nur vermutete. »Eigentlich nicht. Es geht rasch, das Wohin und Woher seiner Bekannten aus den Augen zu verlieren, nicht wahr? Denkt nur an Privatveranstaltungen, ganze Wochen der Klausur in Jagdhütten und die Notwendigkeit, auf seinem Anwesen nach dem Rechten zu sehen.«

Auf der Wange des Viscounts zeichnete sich ein Muskel ab, doch er sagte nichts.

»Im Falle von Sir Nigel lagen die Dinge natürlich etwas komplizierter«, fuhr Jarvis fort. »Da sein Anwesen so dicht bei London lag. Ich glaube, er ließ verbreiten, dass er in Irland auf Reisen sei.«

Eine spannungsgeladene Pause entstand. Jarvis wartete auf die unumgängliche Frage. Aber entweder kannte Devlin die Wahrheit bereits, oder er konnte sich nicht dazu überwinden, Jarvis eine solche Frage zu stellen, denn alles, was er sagte, war: »In Anbetracht Eurer Einwände gegen die Nachfolge von Francis Prescott ins Amt des Erzbischofs von Canterbury erscheint mir Eure frühere Verbindung zu seinem Bruder ...« Devlin zögerte, als suchte er nach dem richtigen Wort. »Nun, sagen wir, interpretationswürdig?«

Jarvis erhob sich. »An Eurer Stelle würde ich mich nicht allzu sehr auf diesen Punkt konzentrieren. Ich sehe kaum, inwieweit das, was Sir Nigel vor dreißig Jahren widerfahren ist, irgendeine Auswirkung auf das kürzliche Ableben des Bischofs haben sollte – auch wenn das Schicksal beider Männer sich am selben, etwas bizarren Ort erfüllt hat.«

Der Viscount lächelte sardonisch. »Männer, die Ihr ablehnt, haben die unglückliche Tendenz, den Tod zu finden.«

»Richtig. Aber ich hatte keinen Streit mit Sir Nigel.«

»Ihr habt ihn aber als Gesocks betrachtet.«

»Glaubt mir, wenn ich Männer nur deshalb aus dem Weg räumen ließe, weil sie zufällig zum Gesocks gehören, wäre London bald recht leer.«

»Und trotzdem habt Ihr Euch gegen die Folge von Francis Prescott ins Amt von Canterbury gestellt.«

»Abermals richtig. Dennoch erforderte die Lage keine drastischen Maßnahmen. Glaubt Ihr ernstlich, der Prinz würde eine solch wichtige Ernennung durchführen, ohne mich zuvor anzuhören?«

»Es liegt ein Unterschied in Anhören und Aufgeben.«

»Ihr unterschätzt meine Überzeugungskraft.«

Devlin trat zum Fenster, das zur Mall hinauswies. Seine Augen verengten sich, als er den Verkehr auf der Straße beobachtete.

Jarvis studierte das angespannte Profil des Jüngeren. »Wie ich hörte, ist der Priester in St. Margaret's ebenfalls umgebracht worden«, sagte Jarvis. »Ich nehme an, Euch ist nicht in den Sinn gekommen, dass Ihr Eurer Neigung zum Drama erlaubt, in diese Geschichte zu viel hineinzuinterpretieren? Dass vielleicht schlicht jemand in der Gegend von Tanfield Hill keine Priester mag?«

Devlin blickte zu ihm herüber, ein Anflug von Belustigung zeigte sich auf seinen Lippen. »Und Sir Nigels Leiche, die in dreißig Jahren in der Krypta der Kirche zur Schreckensgestalt mumifiziert wurde?«

»Könnte für die neueren Morde völlig irrelevant sein. Kurios, aber irrelevant.«

»Das könnte sein«, stimmte Devlin zu und drückte sich vom Fenster ab.

»Aber Ihr glaubt es nicht?«

»Nein«, sagte Devlin und wandte sich der Tür zu. »Nein, ich glaube es nicht.«

Kapitel 30

Sebastian saß allein in einem Ledersessel neben dem leeren Kamin in der Bibliothek des St.-Cyr-Stadthauses am Grosvenor Square. Die langen Abendschatten füllten längst den Raum. Doch als einer von Hendons Kammerdienern kam, um die Kerzen in den Wandhaltern anzuzünden, winkte Sebastian ihn weg.

Draußen hatte es wieder zu regnen begonnen. Sebastian hörte das Regenprasseln in den Lindenbäumen auf dem Platz, er hörte das Platschen der Kutschräder, als Mitglieder des *Haut Ton* ihre eleganten Stadthäuser verließen, um ihre abendlichen Runden zu Dinner- und Kartenspielveranstaltungen, zu Treffen und Bällen anzutreten. Sebastian hob sein Brandyglas und nahm einen tiefen Zug, der bis in seinen Magen hinunter brannte.

Er war bereits bei seinem dritten Glas, da vernahm er den vertrauten Schritt, der die Richtung änderte und sich die Haustreppe herauf bewegte. Er hörte leises Stimmengemurmel in der Halle. Dann erschien Hendon in der offenen Tür, eine Kerze in der Hand.

»Man sagte mir, dass du nach mir gesucht hast«, sagte der Earl.

»Ja.«

Das goldene Kerzenlicht warf seinen Schein über das breite, geliebte Antlitz des Earls. Er blieb einen Augenblick stehen und bewegte seinen Kiefer nachdenklich hin und her, dann schickte er sich an, die Kerze auf dem nächsten Wandhalter mit seiner Flamme entzünden. »Es stört dich doch nicht, wenn ich die Kerzen anmache? Wir haben nicht alle die Nachtsicht einer Katze.«

Sebastian rutschte tiefer in den Sessel, die ausgestreckten Beine an den Knöcheln übereinandergelegt. »Ein Zug, den ich vielleicht von meinem echten Vater geerbt habe? Weißt du überhaupt, wer er war, das frage ich mich? Oder hat meine Mutter dieses kleine Geheimnis mit sich genommen, als sie in dem Sommer, in dem ich elf war, davon segelte?«

Hendon erstarrte, die Hand zur nächsten Halterung ausgestreckt. Heißes Wachs tropfte herunter und zerspritzte auf der polierten Oberfläche des darunter stehenden Tisches. Ruhig nahm er seine Aufgabe wieder auf, wobei Sebastian bemerkte, dass seine Hand zitterte. »Ich bin mir nicht sicher, ob ich verstehe, was du mit dieser Aussage andeuten möchtest.«

»Tatsächlich nicht?« Sebastian erhob sich vom Sessel. »Heute Morgen hatte ich ein interessantes Gespräch mit Lady Prescott. Der Witwe von Sir Nigel Prescott. Sie sagte mir, dass ihr drei – du, ihr Ehemann und Lord Jarvis – im Dezember 1781 zu den Kolonien aufgebrochen seid.«

Hendon hatte damit aufgehört, die Wandleuchter anzuzünden, und stand einfach am anderen Ende des Raums, die Kerze in der Hand. »Sie irrt sich.«

»*Tu das nicht.*« Sebastian sog so tief die Luft ein, dass sein Brustkorb erbebte. »Lüg mich nicht mehr an.«

»Das ist keine Lüge. Wir legten Anfang Februar ab. Am fünften.«

»Von wo?«

»Portsmouth.«

»Name des Schiffes?«

»Albatros«, sagte der Earl ohne Zögern.

Sebastian spürte innerlich ein Aufglimmen von Freude, das jedoch mit einem verzweifelten Wispern im Streit lag. Seine Stimme klang heiser und gebrochen, als er sprach. »Warum sollte ich dir glauben?«

»Was behauptest du denn da? Dass ich freiwillig einen Sohn großgezogen hätte, von dem ich wusste, dass er nicht meiner war?« Hendon fuhr mit dem Arm durch die Luft, als wolle er eine unerwünschte Präsenz zur Seite schieben. »Mach dich nicht lächerlich.«

»Du wärest kaum der erste Peer, der so handelt. Wirf doch nur einen Blick in die Sammlung im *Harleian Miscellany*.«

»Niemand hat je die Elternschaft von Harleys Erben in Frage gestellt«, sagte Hendon.

»Richtig. Dennoch hattest du keine Ahnung, was dich erwartete, als du mich als deinen dritten Sohn anerkanntest.«

Lastendes Schweigen breitete sich aus, als die Blicke beider Männer sich quer durch den Raum trafen. Hendon wandte sich ab.

»Du bist mir nie sehr ähnlich gewesen«, sagte er grummelnd. »Weder im Temperament noch in deinen Interessen. Das machte die Beziehung zwischen uns manchmal schwer. Das will ich nicht leugnen. Aber ich habe nie auch nur einen Augenblick bezweifelt, dass du mein Sohn bist.«

Der Druck auf Sebastians Brust war plötzlich so groß, dass er es unmöglich fand, zu sprechen.

Hendon sagte: »Wir legten Anfang Februar ab und kehrten Mitte Juli wieder zurück. Wenn du weißt, wann Lady Prescotts Sohn geboren wurde, verstehst du auch, dass sie ihre eigenen Gründe hat, die exakten Daten der Abreise und Heimkehr ihres verstorbenen Gatten zu verschleiern.«

Als Sebastian weiter schwieg, machte der Earl eine weitere ausholende, ärgerliche Bewegung und trat einen Schritt vor. »Um Himmels willen, Sebastian, *denk nach!* Jarvis war auf dieser Mission. Glaubst du ernstlich, er hätte, wenn er Beweise hätte, dass mein Sohn und Erbe nicht die Frucht meiner Lenden wäre, diese Informationen nicht schon vor Jahren gegen mich verwandt?«

Sebastians Griff um seinen Brandy wurde fester, wodurch er sich wieder an dessen Existenz erinnerte. Er hob das Glas an die Lippen und leerte den Inhalt in einem Zug. »Vielleicht hat er seine eigenen Gründe, einen Mantel über diese Mission zu decken.«

»Wie zum Beispiel?«

Sebastian schüttelte den Kopf. »Ich weiß es nicht.«

Hendons Kiefer verhärtete sich. »Wir sind Anfang Februar losgesegelt.«

Sebastian stellte sein leeres Glas mit einem Klirren zur Seite. »Wenn du nicht mein Vater bist, ist Kat nicht meine Schwester.«

Etwas in den Tiefen der leuchtend blauen Augen des Earls veränderte sich. »Ach, darum geht es wohl? Mein Gott. Liebst du sie so sehr, dass du dir wünschst, nicht mein Sohn zu sein? *Nur, um sie haben zu können?*«

»Ja.«

Erneutes Schweigen breitete sich zwischen ihnen aus. Als Hendon wieder sprach, war seine Stimme dieses Mal leise, fast sanft. »Es tut mir leid, Sebastian. Aber du bist mein Kind. Genau wie Kat.«

»Du hast mich auch früher schon angelogen. Warum sollte ich dir dieses Mal glauben?« Sebastian drehte sich zur Tür um.

»In dieser Sache lüge ich nicht.«

Sebastian ging weiter.

»Hörst du mich, Sebastian?«, rief Hendon ihm hinterher. »In dieser Sache lüge ich nicht.«

Als Sebastian nach Hause in die Brook Street kam, erwartete ihn eine Nachricht von Paul Gibson.

Ich bin mit deinem Reverend fertig, schrieb der Chirurg. *Ich bin heute Nachmittag im St. Bartholomew's Krankenhaus, aber nach vier Uhr müsste ich wieder in der Praxis sein.*

Irgendwie war in all den Enthüllungen des Tages die von Gibson geplante Obduktion des Reverends von St. Margaret's in Vergessenheit geraten. Sebastian blickte zur Uhr. Es war fast acht Uhr abends.

Als er in Gibsons altem Haus in der Nähe des Towers ankam, traf er den Iren beim einsamen Abendessen am Esstisch seines Speisezimmers an, wo er Schinken und gekochten Kohl verspeiste. Ein Messingkerzenständer, der voller Wachsspritzer war, stand neben ihm. Das andere Ende des Tisches war überfüllt mit Buchstapeln und gruselig aussehenden Krügen mit Proben.

»Ich wusste nicht, dass du so spät zu essen pflegst, ganz nach der Mode«, sagte Sebastian und zog einen der leeren Stühle neben seinem Freund unter dem Tisch hervor.

»In einer der Brauereien in der Nähe des Krankenhauses gab es einen Unfall«, sagte Gibson und löste mit seiner Gabel ein großes Stück Schinken ab. Weder der Tod noch seine Überbleibsel schienen den Appetit des Chirurgen je zu beeinträchtigen. Er nickte in Richtung der halb gegessenen Haxe auf einer Platte. »Möchtest du einen Teller?«

Sebastian unterdrückte ein Schaudern. »Nein, danke. Du sagtest, du bist mit Earnshaw fertig?«

»Heute Morgen.« Gibson nahm sich einen letzten Happen des Schinkens und stand vom Tisch auf. »Komm. Ich zeige dir alles.«

Der Wundarzt zündete in der Küche eine Hornlampe an und führte Sebastian durch den überwucherten, regennassen Garten, an dessen Ende er die Tür zu seinem kleinen gemauerten Nebengebäude öffnete. Der Reverend lag auf dem Steinblock in der Mitte, sein Fleisch war blass, die Leiche säuberlich ausgeweidet. Die kleine Stichwunde in seiner Brust stach wie eine zusammengezogene lilafarbene Träne von der totenweißen Haut ab.

»Was für ein Messer?«, fragte Sebastian, der die Wunde betrachtete.

»Ein Dolch. Etwa fünfundzwanzig Zentimeter lang, würde ich sagen. Gut geführt von jemandem, der entweder genau wusste, was er tat, oder der sehr viel Glück hatte.« Gibson humpelte herüber und hob eine von Earnshaws dicken, weißen Händen an. Inzwischen hatte sich die Totenstarre weitgehend wieder zurückgebildet und die Körperteile des Reverends erschlaffen lassen. »Du wirst bemerken, dass es keinerlei Anzeichen für Abwehrverletzungen gibt.«

»Also könnte er seinen Angreifer gekannt haben.«

»Entweder das oder er wurde überrascht und ist einfach zu sehr erschrocken, um zu reagieren.«

Sebastian nahm einen tiefen Atemzug, der seine Lungen mit dem Gestank nach feuchtem Stein, Verfall und Tod füllte. »Sonst noch etwas?«

»Ich fürchte, nein.«

Er trat zur Tür und blickte über den dunklen, regennassen Garten hinweg. Der Wind hatte wieder aufgefrischt, schüttelte die halbtoten Bäume und verwirbelte die schweren Wolken über ihnen. Er versuchte, seine Gedanken zurück zu dem Mord an dem Mann zu lenken, der auf der Bahre hinter ihm lag, aber alles, woran er denken konnte, war der Stolz, den er in Hendons Blick hatte aufleuchten sehen, als ein achtjähriger Sebastian zum ersten Mal mit seinem Jagdpferd erfolgreich über einen der schlimmsten Gräben in Cornwall setzte oder ...

Oder das liebevolle Aufleuchten in Kats Blick, wenn Sebastian ihre Wangen mit seinen Lippen streifte.

Gibson trat neben ihn. »Du siehst aus wie die Hölle«, sagte er mit Blick auf Sebastians Antlitz.

Sebastian stieß ein hartes, freudloses Lachen aus und trat in den Wind hinaus.

Gibson sicherte die Tür an dem Gebäude hinter ihnen. »Dann komm. Ich gebe dir einen aus.«

***

Der Wind peitschte den Regen gegen die Bleiglasfenster des alten Tudor-Inns am Fuß des Tower Hills, als die beiden Freunde sich in eine dunkle Nische in der Ecke setzten. Mit Ale gestärkt berichtete Sebastian von den Gesprächen, die er an diesem Morgen mit dem Stallknecht Jeb Cooper und der ehemaligen Kinderfrau Bessie Dunlop geführt hatte. Er erzählte Gibson von dem Streit, der zwischen Sir Nigel und Lady Prescott am Abend von Sir Nigels Verschwinden stattgefunden haben sollte, und von dem Kind, das kaum sieben Monate nach der Rückkehr seines Vaters aus den Kolonien geboren worden war.

Er erzählte Gibson nichts von den Unklarheiten, die sich um das Abreisedatum der Mission zu den Kolonien rankte, noch was das Ablegen des Schiffs im Dezember in Bezug auf Sebastians eigene Abstammung bedeuten würde.

»Nur sehr wenige Siebenmonatskinder überleben«, sagte Gibson.

»Aber möglich ist es?«

»Ja, möglich ist es. Aber ich würde sagen, es ist viel wahrscheinlicher, dass Sir Nigels Dame untreu war.«

Sebastian erinnerte sich an das, was seine Tante Henrietta ihm über Lady Rosamonds unpassenden Verehrer und ihre verzweifelte Flucht nach Gretna Green erzählt hatte, die ihr wütender Vater unterbunden hatte.

Gibson beugte sich vor. »Das ergibt Sinn, nicht wahr? Sir Nigel kehrt aus Amerika zurück und findet seine Frau schwanger von einem anderen Mann vor. Ehemann und Frau streiten. Sir Nigel stürmt aus dem Haus und verlangt nach seinem Pferd. Er reitet in die Nacht davon, entschlossen, den Mann, der ihm Hörner aufgesetzt hat, zu konfrontieren, und ...«

»Und endet tot in der Krypta der örtlichen Kirche«, schloss Sebastian ironisch.

Gibson lehnte sich zurück. »Ach. Den Teil hatte ich vergessen. Du hast keinen Hinweis auf die Identität dieses Verehrers?«

»Nein. Außerdem müssen diese Alkibiades-Briefe berücksichtigt werden. Sir Nigel mag in jener Nacht erzürnt über die Untreue seiner Gattin von zu Hause weggeritten sein, aber ich glaube, diese Briefe sind der Schlüssel zu seinem Tod.«

Sebastian bemerkte, dass er die junge Kellnerin anstarrte, die mit dem Wirt scherzte, als sie eine Handvoll Krüge anhob. Sie sah nicht älter als sechzehn Jahre aus, mit dichtem kastanienfarbenen Haar und einem ansteckenden, offenen Lächeln, und sie erinnerte ihn so sehr an Kat in dem Alter, dass seine Brust vor Sehnsucht nach allem, was er verloren hatte und allem, das hätte sein können, schmerzte.

»Was ist los, Sebastian?«, fragte Gibson sanft. »Du erzählst mir nicht alles.«

»Was?« Sebastian richtete den Blick wieder auf das Antlitz seines Freundes und schüttelte den Kopf. Anstatt auf die Frage des Chirurgen zu antworten, sagte er: »Dir ist natürlich auch klar, dass nichts von alledem eine Antwort auf die Frage liefert, mit der wir angefangen haben?«

»Welche Frage?«

»Wer den verfluchten Bischof ermordet hat.«

»Und Hochwürden Malcolm Earnshaw«, erinnerte Gibson ihn.

»Und Hochwürden Earnshaw«, sagte Sebastian.

Als die beiden die Taverne wieder verließen, griff Sebastian in seine Tasche und zog ein zu einem kleinen Rechteck gefaltetes Papier heraus.

Dr. and Mrs. Daniel McCain, Cheyne Walk Nummer 11, Chelsea.

»Was ist das?«, sagte Gibson, der ihn beobachtete.

Sebastian blickte mit gerunzelter Stirn auf die hingekritzelte Adresse und erinnerte sich nur mit Mühe daran, wie der Kaplan des Bischofs diesen Nachmittag in Whitehall zu ihm gekommen war und etwas über eine Lücke in den Terminen des Bischofs geschwatzt hatte.

»Es ist eine Adresse«, sagte Sebastian. »Der Name und die Adresse einer Familie in Chelsea, die der Bischof am Montag vor seinem Tod aufgesucht hat.« Er mochte sich täuschen, aber er hatte den beunruhigenden Verdacht, dass McCain der Name des Arztes gewesen war, den er im Royal Hospital an der Seite von Miss Jarvis gesehen hatte.

»Chelsea?«, sagte Gibson. »Was zum Teufel hat Prescott in Chelsea zu schaffen gehabt?«

»Ich weiß es nicht. Aber ich beabsichtige, es morgen in aller Frühe herauszufinden.«

Kapitel 31

Montag, 13. Juli 1812

Der nächste Morgen dämmerte kalt und grau herauf, ein schwerer Nebel lag über der nassen Stadt und hing in schmutzigen Fähnchen an den Kaminen. Sir Henry Lovejoy war in seinen Räumen der Bow Street-Behörde, einen Schal um den Hals geschlungen, und der *Hue and Cry* lag aufgeklappt vor ihm auf dem Schreibtisch, als Sebastian in sein Büro eintrat.

»Mylord«, sagte der kleine Magistrat und sprang auf. »Bitte, setzt Euch.«

»Nein, danke«, sagte Sebastian kopfschüttelnd. »Ich brauche nur einen Augenblick.« Er zog ein zusammengelegtes Blatt Papier aus seiner Tasche und legte es auf die offenen Seiten der wöchentlich erscheinenden Polizei-Gazette. »Ich habe hier den Namen und das Reisedatum eines Schiffs, das angeblich im Februar 1782 von Portsmouth abgelegt hat. Aber es kann auch sein, dass das Schiff Mitte Dezember 1781 von London ablegte, mit dem Ziel Amerikanische Kolonien. Ich möchte, dass Sie überprüfen, wann und wo es in See gestochen ist.«

»Die ›Albatros‹«, las Lovejoy und fingerte an dem Papier herum. »Der Board of Trade sollte die gewünschte Information haben. Ich kann heute Nachmittag hingehen.« Er sah auf. »Ich vermute, es gibt einen

Zusammenhang mit dem Tod von Bischof Francis Prescott, Hochwürden Earnshaw und Sir Nigel?«

Sebastian spürte eine ungewohnte Hitze auf den Wangen. »Ja. Aber ich würde es sehr begrüßen, wenn Sie jegliche Information, die Sie herausfinden, vertraulich behandeln könnten.«

Sir Henry machte einen seiner unbeholfenen kleinen Diener. »Ihr könnt Euch selbstredend auf meine absolute Diskretion verlassen.«

»Das weiß ich«, sagte Sebastian und wandte sich der Tür zu. »Vielen Dank.«

»Ich bin nicht ganz sicher, ob ich Eure fortgesetzte Faszination von Amerika verstehe.« Mit diesen Worten hielt Sir Henry ihn auf.

Sebastian drehte sich um. »Weckt es nicht Ihre Neugier, auf welche Weise die Geschehnisse um die beiden Prescott-Brüder mit den Kolonien zusammenhängen?«

Der Untersuchungsrichter zuckte die Achseln. »Die meisten Geschäftsleute Londons haben Beziehungen zu Amerika. Ich würde doch annehmen, dass Euer eigener Vater Geschäfte mit den Kolonien machte.«

Sebastian blinzelte, schwieg jedoch.

»Ich persönlich«, fuhr Lovejoy fort, »finde das kürzliche Treffen des Bischofs mit Jack Slade viel bedeutungsvoller.«

»Jack Slade saß in der Nacht von Sir Nigels Verschwinden hier in London in einem Gefängnis.«

»Richtig. Er hätte leicht einen Komplizen haben können, der den eigentlichen Mord für ihn beging.«

Sebastian schüttelte den Kopf. »Wenn ich den Mann töten wollte, den ich für schuldig am Tod meiner gesamten Familie hielte, würde ich mit eigenen Augen sehen wollen, wie er stirbt. Und ich würde sicherstellen wollen, dass er ganz genau wüsste, *warum* er stirbt.«

Der Magistrat wirkte plötzlich eigenartig abgehärmt, so als hätten die Züge in seinem Gesicht sich plötzlich gestrafft. Er räusperte sich und blickte weg. »Ja ... nun ... vielleicht. Aber Ihr müsst zugeben, dass es schon eigenartig ist, dass Slade gerade zu so einer Zeit wieder im Leben des Bischofs auftaucht.«

»Das will ich nicht leugnen«, sagte Sebastian.

Eine halbe Stunde später rieb sich Sebastian in seinem Ankleideraum in der Brook Street gerade graue Asche ins Haar, als Tom in der Tür erschien.

»Ich hörte, Euer Lordschaft fährt heut Moin nach Chelsea«, sagte der Bursche. Sein Arm hing in einer schnittigen Schlinge, und seine Stimme klang vom Versuch, gleichgültig zu wirken, angespannt. »Wollt Ihr, dass ich den Zweispänner vorfahre?«

Sebastian sah zu ihm hinüber und runzelte die Stirn. »Wieso bist du schon auf den Beinen?«

»Doktor Gibson hat's mir erlaubt.«

»Aus dem Bett aufzustehen und wieder zu arbeiten sind zwei verschiedene Dinge.«

»Aber ich bin reif für Bedlam, wenn ich hier rum hocken muss und nix zu tun hab! *Bitte*, Meister!«

Sebastian band sich die billige, schwarze Krawatte um den Hals. »Ich fürchte, deine geistige Gesundheit muss einer höheren Sache geopfert werden – in diesem Fall deiner körperlichen Gesundheit.«

Toms Blick verfinsterte sich noch mehr. »Sagt mir nich, Ihr nehmt *Giles*?« Tom pflegte eine alte Rivalität mit Sebastians mittelaltem Kammerdiener.

»Nein, ich nehme nicht Giles. Ich habe nicht die Absicht, in einer Herrenkutsche in Chelsea vorzufahren. Ich nehme eine Droschke.«

»Eine Droschke? Meister, nein!«

»Eine Droschke«, wiederholte Sebastian und band sich den falschen Bauch um die Mitte. »Ich bezweifle nicht, dass der berühmte Mister Brummell ganz deiner ablehnenden Meinung wäre. Andererseits würde Beau auch beim Anblick dieses Halstuchs und der Weste in Ohnmacht fallen, also gibt es keine Hoffnung für dich, nicht? Wenn ich von irgendjemandem meiner Bekannten wiedererkannt werde, ist mein Ruf ruiniert.«

Anstatt zu lächeln, blickte der Junge nur sorgenvoll drein. »Es is halt, wisst Ihr, da is dieser Kerl, der ums Haus schleicht, als würd er nach Euch suchen. Ich hab ihn letzte Nacht gesehn, und heut Moin wieder. Früh.«

Sebastian ging quer durch den Raum zum Fenster und zog sorgsam die Vorhänge auseinander. »Wo?«

»Jetze isser nich da.« Tom grub eine Schuhspitze in den Teppich. »Auch wenn Ihr ne Droschke nehmt, könnt ich mit Euch kommen.«

»Nein.»

»Ihr braucht jemanden, der Euch den Rücken deckt.« Sebastian lachte scharf auf. »In Chelsea?«

»Man weiß nie ...«

Sebastian ließ den Dolch in den verborgenen Schaft im Stiefel gleiten. »Ich komme zurecht.«

Sehr zum Missfallen ihres Vaters verbrachte Hero Jarvis einen großen Teil des Morgens in London House mit der Untersuchung der Kirchenbücher. Was sie herausfand, war eigenartig. Sehr eigenartig.

Sie opferte mehrere Stunden am Nachmittag dem Begleiten ihrer Mutter auf einer Tour durch Bekleidungsläden und zu Korsettmachern. Lady Jarvis kehrte müde, aber glücklich über all ihre Hutschachteln und Stapel in braunes Papier geschlagener Päckchen nach Berkeley Square zurück. Zunächst protestierte sie – sie hätte keinen Hunger, aber es gelang Hero, sie zu einer Tasse Tee und etwas Kuchen zu überreden. Dann, als ihre Mutter sich ein wenig zur Ruhe legte, orderte Hero ihre Kutsche und machte sich mit ihrem Mädchen auf den Weg nach Tanfield Hill.

Kapitel 32

Als Sebastian seine Droschke vor dem *Old Bun House* am Ende der Jew's Row in Chelsea zahlte, hatte der Regen bereits wieder eingesetzt, ein leichter, gleichmäßiger Landregen, der von den Dächern heruntertropfte und in den Rinnstein lief. Sebastian eilte geduckt unter die Kolonnade, die sich über den Gehweg erstreckte, und blieb einen Augenblick stehen, um mit dem Blick die leere, nasse Straße zu erfassen, bevor er das wohlduftende Innere von *Old Bun House* betrat.

Das Mädchen hinter der Theke war jung und hübsch mit seinem honigfarbenen Haar und den Grübchen in den Wangen. Sebastian kaufte ein paar Schnecken und blieb noch, um mit ihr über den endlosen Regen und den Matsch und den hohen Getreidepreis zu sprechen. Er sprach ihr Komplimente für die feinen Teilchen aus, die zurecht im großstädtischen London berühmt waren. Dann sagte er wie nebenbei: »Ich bin nach Chelsea gekommen, um einen Dr. McCain zu besuchen. Dr. Daniel McCain, wohnhaft im Cheyne Walk. Kennen Sie ihn?«

»Ach ja«, sagte das Mädchen und stellte das Tablett mit den Teilchen zurück in die Auslage. »Er und seine bessere Hälfte kommen regelmäßig her, immer abends.

Sie kaufen eine Tüte Buns und gehen dann am Fluss lang spazieren.«

»Ist er schon lange in Chelsea?«

»So lang ich mich zurückerinnern kann«, sagte sie, was nicht sehr aussagekräftig war, denn sie sah nicht viel älter als vierzehn oder fünfzehn aus. »Er is nett«, fuhr sie freimütig fort. »Seine Lady auch. Sie kaufen immer n paar Teilchen extra, um sie den Dorfkindern zu geben, unten am Wasserwerk.« Seit fast hundert Jahren versorgten die Chelsea Water Works Westminster und den größten Teil von West End mit Wasser. Heutzutage erledigten zwei gewaltige Dampfmaschinen die Arbeit der alten Wasserräder und pumpten das Wasser aus mehreren vom Fluss gespeisten Staubecken in die Rohre.

»Die McCains haben auch Kinder, oder?«, fragte Sebastian und knabberte an einer der Schnecken.

Das Lächeln des Mädchens strahlte weniger. »Oh, sie haben vier oder fünf Säuglinge gehabt, mindestens. Aber die armen, winzigen Dinger scheinen immer nur einen oder zwei Tage zu überleben.«

Sebastian sah durch das Glasfenster, wie der Regen vom Rand des Dachs über den Kolonnaden tropfte und sah auf die matschbeschmutzten Fesseln eines Pferdegespanns, das einen vollbeladenen Wagen Richtung Fluss zog. Eine schreckliche Möglichkeit hatte sich in seinem Geist zu formen begonnen, ein Zusammentreffen von Geschehnissen, Interessen und Umständen, die er zutiefst und persönlich beunruhigend empfand. Er sagte: »Haben Sie jemals den Bischof von London hier gesehen?«

Das Mädchen ließ bei dem abrupten Themenwechsel den Mund offenstehen. »Meinen Sie den, wo am Dienstag umgebracht wurde?« Sie warf einen raschen Blick nach links und nach rechts, als müsse sie sich vergewissern, dass niemand lauschen konnte. Sie waren allein in dem Laden, aber trotzdem lehnte sie sich über die Theke nach vorn und senkte vertraulich die Stimme. »Er war am Montag hier, wissen Sie.«

»Der Bischof von London?«

»Genau. Am Tag, bevor er umgebracht wurde.«

»War er vorher schon einmal hier?«

Ihre Augen weiteten sich plötzlich. »Deshalb sind Sie hier, was? Und fragen mich diese Fragen. Sind Sie ...« Sie warf einen weiteren verschwörerischen Blick um sich und erschauerte leicht vor Aufregung. »Sind Sie ein Bow Street Runner?«

»Pst«, machte Sebastian und legte den Finger an die Lippen. »Sagen Sie es nicht weiter.«

Cheyne Walk entpuppte sich als eine Gasse mit Kopfsteinpflaster, an der eine einzelne Reihe roter Backsteinhäuser mit Blick zum Fluss standen. Mit weißen Läden, Türen und Gebälk und in ihrer Größe von bescheidenen Verhältnissen bis hin zu Wohlstand kündend, schienen die meisten von ihnen in den Zeiten von Queen Anne erbaut worden zu sein. Nur ein niedriger gemauerter Uferdamm, der von einer Reihe tropfender Linden- und Kastanienbäume beschattet wurde, trennte die Häuserreihe und die schmale Straße vom Wasser.

Sebastian betätigte den Türklopfer am Haus mit der Nummer elf und erwartete, um diese Uhrzeit nur

Misses McCain anzutreffen. Als er sich dem jungen Hausmädchen jedoch als Mister Simon Taylor vorstellte, wurde er rasch in den Salon vorgelassen, in dem sowohl Misses McCain als auch ihr untersetzter, schnauzbärtiger Ehemann, der Arzt, ihn erwarteten – derselbe untersetzte, schnauzbärtige Arzt, den Sebastian vor nicht einmal einer Woche in Begleitung von Miss Jarvis im Royal Hospital gesehen hatte.

Sebastian hatte schon vor langer Zeit festgestellt, dass er gar nicht explizit zu sagen brauchte, er komme von der Bow Street; er brauchte lediglich entsprechend auszusehen und zu sagen, dass er in einem Mord ermittelte, und schon zogen die meisten Menschen die entsprechenden Schlüsse. »Mister Taylor«, sagte die Arztgattin mit einem zittrigen Lächeln auf den Lippen, als sie ihm ihre kleine, weiße Hand entgegenstreckte. »Wie können wir Ihnen behilflich sein?«

Sie war eine kleine Frau, deutlich unter einem Meter fünfzig, und sehr zierlich gebaut, mit weichem, braunem Haar und großen, grauen Augen, die von dichten, dunklen Wimpern umkränzt waren. Sie schien etwa dreißig Jahre alt zu sein und strahlte eine stille Trauer aus, die von ihrem grauen und hochgeschlossenen Kleid für Trauerzwecke noch unterstrichen wurde.

»Vielen Dank, dass Sie mich empfangen«, sagte Sebastian und richtete die bescheidenen Schöße seines Jacketts, als er sich auf dem von seiner Gastgeberin angebotenen Platz niederließ. »Ich bitte um Entschuldigung für die Störung, aber es sollte nicht lange dauern.«

»Sie untersuchen den Tod von Bischof Prescott?«, sagte McCain und setzte sich ihm gegenüber.

»Ja. Ich hörte, der Bischof hat Sie und Misses McCain letzten Montag aufgesucht?«

»Am Nachmittag«, sagte McCain.

»Darf ich fragen, weshalb?«

Ein Augenblick der unangenehmen Stille folgte, in der Gatte und Gattin Blicke wechselten. Schließlich antwortete Misses McCain, indem sie ruhig zu ihrem Mann sagte: »Es stört mich nicht, Daniel.« Zu Sebastian sagte sie: »In den letzten acht Jahren haben wir sieben neugeborene Kinder zu Grabe getragen. Keines von ihnen lebte länger als einen Monat.«

»Das tut mir leid«, sagte Sebastian. »Bitte glauben Sie mir, wenn ich Ihnen versichere, dass alles, was Sie mir ab jetzt noch zu sagen haben, streng vertraulich behandelt wird.«

Sie nickte, und ihr schlanker Hals bewegte sich, als sie schluckte. »Vielen Dank. Sehen Sie, ich wollte immer ...« Sie sah ihren Mann an und korrigierte sich: »Doktor McCain und ich wollten immer so sehr eine Familie, Kinder. Doch Gott hat es in seiner unendlichen Weisheit nicht passend gefunden, unsere eigenen Kinder leben zu lassen. Deshalb dachten wir ... Es schien vielleicht, dass Er uns damit sagen wollte, wir sollten ...« Ihre Stimme verklang.

Sebastian sagte: »Verstehe ich es richtig, dass Bischof Prescott Ihnen vorschlug, ein Kind zu adoptieren?«

»Das ist richtig«, sagte McCain. »Das übliche Szenario. Eine junge Edelfrau, die ihr eigenes Kind nicht behalten kann ...« Er räusperte sich, offenbar verlegen, ein solch delikates Thema zu besprechen. »Sie wissen, wie diese Dinge laufen.«

Eine Windbö peitschte den Regen gegen die Fensterscheiben, und in der Ferne grollte Donner. Irgendwie schaffte es Sebastian, seine Stimme beiläufig, uninteressiert klingen zu lassen. »Und ist das Kind bereits geboren?«

»Oh, nein«, sagte Misses McCain. »Das Kind wird erst im späten Winter erwartet. Aber die Mutter ist besonders darauf bedacht, die notwendigen Arrangements frühzeitig zu treffen. Wie wir auch.«

Sebastian brauchte nicht still die Monate abzuzählen, um zu wissen, dass wenn er und Miss Jarvis in jenen verzweifelten Momenten in den unterirdischen Gewölben von Somerset House tatsächlich ein Kind gezeugt hatten, dieses Kind im späten Winter geboren würde.

Wie aus weiter Ferne hörte er McCain sich räuspern. »Der Plan lautete, dass Misses McCain für mehrere Monate nach Bath zu ihrer Schwester reisen würde, wenn die passende Zeit käme, um dann mit dem Kind zurückzukehren.«

Sebastian erhob sich und streckte die Hand nach seinem Hut und den Handschuhen aus. »Ich verstehe. Bitte nehmen Sie meine Entschuldigung an, dass ich in Ihre Privatangelegenheiten eingedrungen bin.«

Misses McCain stand rasch neben ihm auf. »Wollen Sie denn nicht zum Tee bleiben, Mister Taylor?«

»Bitte? Oh nein, danke.« Sebastians Finger schlossen sich fester um die Hutkrempe. Weil er wusste, dass die Situation es erforderte, fügte er dann steif hinzu: »Meine Glückwünsche zur bevorstehenden Adoption.«

»Aber das ist es ja«, sagte Misses McCain und wirkte erschüttert. »Wir kennen die betreffende Dame nicht genau. Wir sollten sie nie treffen. Bischof Prescott war

das einzige Bindeglied zwischen uns. Jetzt, da er tot ist
...« Sie hob eine Hand, nur um sie hilflos an ihrer Seite
wieder sinken zu lassen.

»Das ist ein Unglück«, sagte Sebastian. Wobei er in
Wahrheit den Gedanken, dass sein leibliches Kind von
diesem beleibten und klebrigen Arzt großgezogen werden sollte, widerlich fand. Er verspürte den überwälti-
genden Drang, nach London zurückzustürmen, Miss
Jarvis zu suchen und die Wahrheit aus ihr herauszu-
schütteln. »Ich bezweifle nicht, dass sich in Zukunft
eine weitere solche Gelegenheit ergeben wird. Vielen
Dank für Ihre Hilfe.«

»Ich wollte gerade zum Krankenhaus zurück«, sagte
Doktor McCain, der Sebastian in die Halle folgte. »Gehen Sie ein Stück mit mir, Mister Taylor?«

»Gewiss«, sagte Sebastian, verärgert über den Aufent-
halt, als er wartete, bis der Arzt sich mit Herrenmantel,
Hut, Handschuhen und Schirm ausgestattet hatte.
»Bitte nehmen Sie meine Entschuldigung an für jede
Unannehmlichkeit, die ich Misses McCain verursacht
habe.«

»Es war eine herbe Enttäuschung für sie. Das kann ich
nicht leugnen.«

»Ich würde annehmen, dass Sie als Arzt mit vielen solcher Fälle in Kontakt kommen?«

McCain seufzte. »Zweifellos gilt das für die meisten
Ärzte. Unglücklicherweise arbeite ich mit alten Männern.« Das Hausmädchen öffnete die Tür in den strömenden Regen, und McCain blieb stehen, um seinen
Schirm aufzuspannen. »Charlotte – Mrs. McCain –
wünscht sich so verzweifelt ein Kind, dass sie

überglücklich wäre, ein Findelkind von der Straße aufzulesen, aber ...«

»Aber?«, hakte Sebastian nach, als sie von der schmalen Veranda in den Regenguss hinaustraten.

McCain richtete seine Schritte zum Krankenhaus. »Nun, sagen wir es so: Ich habe genug Pferde und Hunde gezüchtet, um zu wissen, dass Charakteristika wie Temperament und Intelligenz vermutlich genauso von Vater und Mutter weitervererbt werden wie blaue Augen und braunes Haar. Wenn ich ein Kind adoptieren soll, möchte ich wissen, aus welchem Stall es kommt. Der Bischof konnte für den Charakter von Mutter und Vater dieses Kindes bürgen. Er versicherte mir, dass beide jung und gesund wären, und außerdem von guter Moral. In jeder Hinsicht hervorragend.«

Sebastian starrte durch den Regen und beobachtete einen Schipper in Ölzeug und Schlapphut, der am Fuße einiger Stufen, die zum windgepeitschten Fluss hinunterführten, seine Fracht entlud. »Prescott hat nichts gesagt, womit er Ihnen einen Hinweis auf die Identität der Mutter des Kindes gab – oder des Vaters?«

McCain sah ihn überrascht an. »Sicherlich meinen Sie nicht, das ungeborene Kind könnte etwas mit dem Tod des Bischofs zu tun haben?«

»Ich wüsste nicht, inwiefern. Aber ich weiß es ehrlich nicht.«

Der Arzt schüttelte den Kopf. »Es tut mir leid, aber er war sehr darauf bedacht, uns keine Einzelheiten zu nennen.«

»Ich verstehe.« Sie hatten den Rand des Krankenhausgeländes erreicht. Die roten Backsteinmauern und die weißen Säulen an der Fassade wurden durch den

Regen halb verwischt. Sebastian drehte sich um. »Danke nochmals für Ihre Hilfe.«

Der Arzt blieb stirnrunzelnd neben ihm stehen. »Wissen Sie, ich würde schwören, Sie schon einmal gesehen zu haben. Es ist etwas in Ihren Augen ...«

Sebastian wischte sich mit dem Unterarm seines groben Mantels über das nasse Gesicht. »Ich muss zugeben, dass Sie vermutlich nicht viele Männer mit gelben Augen treffen.«

»Sehr wahr«, sagte McCain. »Allerdings habe ich mal einen Wegelagerer mit gelben Augen gesehen. Er zwang mich vor nicht einmal drei Jahren in Hounslow Heath zum Anhalten und raubte mich aus.«

»Ich gehe davon aus, dass Sie nicht andeuten wollen, ich wäre ein Wegelagerer?«

Der Arzt lachte. »Wohl kaum. Der Mann, der mich ausraubte, war jünger als Sie. Dunkelhaarig und schlank.«

»Ich war früher auch dunkelhaarig und jung. Und schlank.«

McCain lachte erneut. »Waren wir das nicht alle? Es ist trotzdem komisch, denn gerade neulich erst musste ich an diesen Wegelagerer denken. Jemand anderes muss mich kürzlich an ihn erinnert haben ...« Seine Stimme verklang, und er zuckte die Schultern. »Es wird mir wieder einfallen.«

»Vielleicht.« Sebastian trat einen Schritt zurück, wobei seine Stiefel in eine Pfütze platschten. »Danke nochmals für Ihre Zeit.«

»Ich wünschte, ich hätte Ihnen eine größere Hilfe sein können. Er war ein guter Mann, Bischof Prescott.«

»Ja, das war er.«

Den Kopf gegen den fallenden Regen gesenkt, wandte Sebastian sich um, um schnell zur Straße zu gehen. Aber als er den Gehweg erreichte und zurück schaute, sah er McCain immer noch unter dem Portikus der östlichen Krankenhausabteilung stehen, den Schirm hochhaltend und nachdenklich in den Regen starrend.

Eine Droschke erschien aus dem Nebel. Das Pferdegeschirr klirrte und der grobgebaute Braune schnaubte zwischen seinen Stangen, als der Kutscher als Reaktion auf Sebastians erhobene Hand die Zügel anzog.

»Wohin, Meister?«, rief der Kutscher, ein großer und breitschultriger Cockney-Londoner mit einem Schlapphut, den er tief in sein Gesicht mit grauen Bartstoppeln gezogen hatte.

»London. Brook Street.«

»Aye, Meister.« Die Droschke rollte vorwärts, nachdem Sebastian aufgesprungen war und die Tür hinter sich zugeschlagen hatte.

Das Innere der Kutsche war feucht, das Stroh auf dem Boden alt und faulig, die alten Ledersitze eingerissen. Sebastian setzte sich vorsichtig in eine Ecke und verschränkte die Arme. Er ließ das Kinn auf die Brust sinken und lauschte nach dem Regen, der auf das Dach der alten Kutsche trommelte, und auf das Platschen der Pferdehufe, als die Droschke vom Bordstein wegfuhr.

Er verlor sich in einem Wirbel beunruhigter Gedanken und war sich nur am Rande der die ausgefahrene Straße entlangholpernden Droschke und der vom Gestank brennender Kohle schwerer werdenden Luft bewusst. Er hörte das Zischen von Dampf, das Brummen von Motoren, und plötzlich sah er auf.

Zwei große, dünne Türme schälten sich aus dem Regen, vielleicht vier, fünf Stockwerke hoch und durch ein schweres hölzernes Gerüst miteinander verbunden. Die Werkstätten, die aus Backstein gebaut waren, lagen auf einer kleinen Anhöhe. Er erkannte das schwache Glitzern mehrerer Weiher und einen Kanal, in den der Regen klatschte, und der sich bis zum Fluss hinunter zog. Und plötzlich wusste er, wo er war: am Wasserwerk von Chelsea.

Er hob die Hand, um dem Kutscher ein Zeichen zu geben, als die Droschke auch schon schwankend zum Stehen kam und eine schwere Hand die Tür aufriss.

»Willkommen, *Captain* Viscount«, sagte Obadiah Slade. In der Faust hielt er einen dicken Knüppel.

Kapitel 33

Sebastian hechtete nach vorn, umfasste den schäbigen Holzrahmen der alten Kutschtür und schwang vom zerbröselnden Sitz aus beide Füße voraus durch die offene Tür.

Die Wucht der Bewegung und sein gesamtes Körpergewicht ausnutzend, trat Sebastian Obadiah mit beiden Stiefeln gegen die Brust. Dieser taumelte grunzend zurück, sein rasierter, narbenüberzogener Kopf ruckte nach hinten, und seine starken Arme ruderten, als er versuchte, im Matsch das Gleichgewicht zu halten.

Der Regen trommelte auf das alte Holzdach der Mietdroschke und platschte auf die dunkle, schmierige Oberfläche der im Nebel verstreuten Stauweiher. Sebastian zog das Messer aus seinem Stiefel und sprang von der Kutsche ab.

Er landete im nassen, grasbewachsenen Seitenstreifen und hielt das Messer tief, vornübergebeugt wie ein Straßenkämpfer dastehend. Er hörte den Lärm der Maschinen des Wasserwerks in der Nähe, das Zischen des Dampfs und das Platschen eines Paars grober Stiefel, die auf der matschigen Straße landeten, als der Droschkenkutscher hinter ihm von seinem Bock sprang.

Sebastian griff sein Messer fester und atmete schnell und stoßweise. Er hatte jetzt einen Mann vor sich und einen im Rücken. Er hörte das Sirren einer durch die Luft schneidenden Peitsche und warf sich zur Seite. Die

Peitschenspitze des Kutschers schnitt ihm über die Wange.

»Verdammter Bastard«, fluchte Sebastian und wischte mit dem Ärmel seines groben Mantels über die warme Flüssigkeit, die ihm in die Augen rann.

Der Kutscher holte erneut mit der Peitsche gegen ihn aus. Doch Sebastian bewegte sich bereits in seine Richtung. Er warf den linken Arm in die Höhe und fing den Hieb mit dem Unterarm auf. Der Riemen wickelte sich um seine Faust wie ein heißer Draht, als er sich drehte, um dem Kutscher die Klinge seines Dolchs tief in die Brust zu rammen.

Der riss entsetzt die Augen auf, und Blut blubberte aus seinem Mund, als seine Wangen erschlafften. Er fiel schwer auf die Knie, dann kippte er nach vorne in den Schlamm, noch bevor Sebastian Zeit hatte, seinen Dolch herauszuziehen.

»Messer verlorn, was?« Obadiah stieß ein grobes, schrilles Lachen aus. »Was machste jetze? Hm, Captain Viscount?« Er schlug mit dem Prügel in seine Hand und fletschte in einem Grinsen die Zähne.

Sebastian hatte noch immer das Leder der Peitsche um den linken Arm geschlungen. Den Blick fest auf das grobschlächtige, narbige Gesicht seines Gegenübers gerichtet, schloss er die rechte Faust etwa einen Meter dichter am Peitschengriff um den Riemen und wickelte sich das Leder rasch zwei Mal um das Handgelenk.

Obadiah füllte seinen Mund mit Speichel und spuckte in den Schlamm zu Sebastians Füßen. »Wenn ich mit dir fertig bin, erkennt dich dein eigener Pa nich mehr.«

Er trat einen Schritt vor und zielte mit dem Knüppel in Sebastians Gesicht. Das schwere Holz erzeugte ein surrendes Geräusch in der Luft. Sebastian riss die Peitsche hoch, den Lederriemen zwischen beiden Fäusten straff gespannt. Der Schlag prallte von der Peitschenschnur zurück, schickte eine Stoßwelle durch Sebastians Arme und brachte Obadiah aus dem Gleichgewicht.

Mit einem Tritt gegen den Standfuß des großen Mannes nahm Sebastian ihm das Gleichgewicht. Obadiah ging hart zu Boden und ließ reflexhaft den Knüppel los, um den Sturz abzufangen. Sebastian trat erneut, und der Prügel flog trudelnd durch den Regen, um mit einem Platschen in dem schmutzigen Wasser des Stauweihers auf dem grünen Seitenstreifen in ihrer Nähe zu landen.

»Du Bastard«, spuckte Obadiah aus. Er umfing mit den Armen Sebastians Beine und brachte ihn wie ein gefesseltes Kalb zu Boden.

Mit einem schmerzvollen Grunzen stürzte Sebastian. Er kroch herum und trat um sich, um sich aus dem Griff seines Kontrahenten zu befreien. Obadiah griff mit den Fäusten in Sebastians Mantel, und beide Männer rollten zusammen über den grasbewachsenen Seitenstreifen und einen kleinen Abhang hinunter, wo sie mit einem Platschen in die trübe Oberfläche des Weihers eintauchten. Sebastian spürte, wie sich das kalte Wasser über ihm schloss, und hatte kaum Zeit, einen letzten Atemzug zu holen, bevor sein Kopf untertauchte.

Er kämpfte sich an die Oberfläche und ruderte mit den Füßen, um Halt auf dem schlammigen, unebenen Grund zu finden. Er schwang herum, sein Atem ging stoßweise, und seine Augen waren von einem Film aus Wasser, Schlamm und Blut überzogen, als er die aufgewühlte, regengepeitschte Oberfläche des Sees absuchte. Das gegenüberliegende Ufer verlor sich in einem trüben Nebel, der sich mit dem Dampf der hämmernden Motoren der Wasserwerke vermischte.

Er wischte sich mit dem nassen Ärmel über das Gesicht und hörte hinter sich Obadiah, der sich mit einem wütenden Brüllen erhob. Bevor er herumwirbeln konnte, schlang sich ein mächtiger Arm um Sebastians Hals und riss ihn gegen eine Brust, die so hart war wie eine der Rinderhälften, die in Jack Slades Metzgerei an ihren Haken hingen.

Sebastian hörte das Blut in seinen Ohren rauschen und spürte, wie die fleischige Kraft des Unterarms seines Gegners ihm die Luftröhre zusammendrückte. Er versuchte, nach vorne zu rucken, konnte es jedoch nicht. Mit letzter Kraft stieß er sich nach hinten und spürte, wie die Füße des großen Mannes unter ihm nach vorn schossen, als er auf dem trügerischen glitschigen Grund den Halt verlor.

Sie gingen beide unter, und der Schwung ließ sie auseinander zucken. Schnell wieder auftauchend watete Sebastian zurück zum Ufer. Er war noch hüfttief im Wasser, als Obadiah in einem Kreis aufspritzenden Wassers durch die Oberfläche brach. Sebastian schwang herum und stürzte sich auf ihn. Er griff nach den Aufschlägen seines Mantels, drückte ihn nach hinten und hinunter. Er beobachtete mit grimmiger Genugtuung, wie sich das trübe Wasser über dem massiven, grobknochigen Gesicht und den erschrocken aufgerissenen Augen schloss.

Von irgendwoher hörte er einen Schrei und das Geräusch von Männern, die durch Schlamm und Regen platschten. Sebastian griff Obadiahs Mantel noch fester und hielt ihn unter der kalten, trüben Wasseroberfläche des Sees fest.

»Lass ihn los!«

Raue Hände schlossen sich um Sebastians Schultern und ließen ihn den Griff lockern. Ein rotbärtiger Mann mit einem völlig zerknitterten Halstuch schob seinen Kopf in Sebastians Gesichtsfeld. »Zur Hölle, was machst du denn da? Du bringst ihn ja um.«

Sebastian spürte, wie Obadiah seinem Griff entglitt. Er wollte ihm hinterher, aber zwei weitere Männer tauchten auf und hielten Sebastian fest. Sie zogen ihn zum Ufer zurück, wo die regungslose Gestalt des Kutschers ausgestreckt im Matsch neben der Droschke lag.

Der Regen fiel mit einem Brausen vom Himmel, das sich mit dem hallenden Donnern der Dampfmaschinen vermischte. Sebastian befreite sich aus dem Griff der Männer und wirbelte herum, um nach dem Weiher zu schauen. Weißer Nebel wirbelte über dem ruhigen, leeren Gewässer.

Obadiah war verschwunden.

»Die Droschke gehört einem Mann namens Miles Buckley«, sagte Sir Henry Lovejoy. Er stand in der Tür zu Sebastians Ankleideraum und beobachtete, wie Sebastian einen winselnden Laut von sich gab, als Calhoun ein Klebepflaster auf dem Schnitt über Sebastians Auge anbrachte. »Einem kleinen, o-beinigen Liverpooler von vielleicht sechzig Jahren.«

»Was hat er zu der Sache zu sagen?«, fragte Sebastian und erhob sich auf die Beine. Er war in schwarze Abendkniehosen, schwarze Seidenstrümpfe und eine weiße Seidenweste gekleidet. Draußen hatte es endlich aufgehört zu regnen, und die Sonne lugte hinter den schweren Wolken hervor, als sie hinter dem Horizont versank.

»Nur sehr wenig. Er wurde in der Church Street in einer Gasse hinter dem White Horse Inn gefunden, bewusstlos von einem Schlag auf den Kopf.«

Sebastian griff nach einem schneeweißen Halstuch. »Wird er sich wieder erholen?«

»Oh ja. Nur eine kleine Kerbe in der Krone, mehr ist es nicht. Er ist ein harter alter Kerl.«

Sebastian grunzte und hielt das Kinn nach oben, während er die Falten seiner Krawatte korrekt band.

Lovejoy sagte: »Ich glaube, Eure Angreifer müssen Euch nach Chelsea gefolgt sein. Dann besorgten sie sich Mister Buckleys Droschke und ließen ihn bewusstlos zurück, während sie Euch vom Cheyne Walk aus folgten und dann warteten, bis Ihr nach London aufbrechen wolltet.«

»Eine Falle, in die ich wie ein richtiger Dummkopf getappt bin.«

Lovejoy räusperte sich. »Nicht ganz. Das Individuum, das die Droschke gelenkt hat, wird keine Missetaten mehr begehen. Ihr habt ihn getötet.«

»Gut.«

»Es wird natürlich eine Leichenbeschau geben, aber es besteht kein Zweifel, dass sein Tod als klarer Fall von Notwehr eingestuft werden wird. Wir haben die örtlichen Wachtmeister beauftragt, die Stauweiher des Wasserwerks und die Flussufer in der Gegend abzusuchen, aber Mister Obadiahs Flucht scheint gelungen zu sein.«

»Er wird wiederkommen«, sagte Sebastian und griff nach seinem Jackett.

Lovejoy räusperte sich erneut. »Genau das befürchte ich.«

***

An diesem Abend klapperte Sebastian sämtliche Spielplätze des *Haut Ton* ab. Gezielt suchte er die Theater in Covent Garden und die glitzernden Ballsäle und Empfangsräume in Mayfair auf. Er suchte in den Gruppen von Männern in schwarzer Seide und weißem Leinen und der Damen in funkelnden Diamanten und schimmernden Abendroben, die verführerisch die Schultern freiließen. Doch die eine Frau, die er suchte, fand er nicht.

Er befand sich gerade in dem von einer Blumendecke überspannten Ballsaal eines Hauses am Cavendish Square, das dem Duke of Isling gehörte, und verengte die Augen vor der dicken Luft hunderter Bienenwachskerzen, da hörte er die vertraute Stimme einer Frau. »Gütiger Himmel, du bist das, Devlin. Bayard schwor, er hätte dich gesehen, aber ich hoffte, er würde nur unter den Auswirkungen von zu viel Punsch des Duke of Isling leiden.«

Sebastian drehte sich um und blickte in die eisblauen Augen seiner Schwester. »Hallo, Amanda.«

Amanda Lady Wilcox war eine große Frau, dünn und adrett wie ihre Mutter, obwohl sie zu sehr wie Hendon aussah, um jemals als hübsch zu gelten, selbst als sie noch jung gewesen war. Zwölf Jahre älter als Sebastian, war sie jetzt Anfang vierzig. Selbst als sie noch Kinder gewesen waren, hatte sie keinen Hehl daraus gemacht, dass sie ihren kleinen Bruder nicht ausstehen konnte. Als er jetzt beobachtete, wie sie die Lippe kräuselte und ihre Nasenflügel sich in Missbilligung blähten, fragte sich Sebastian, ob sie immer schon gewusst oder zumindest vermutet hatte, welche hässlichen Geheimnisse sich um seine Existenz rankten.

»Wie ich höre, bist du schon wieder dabei«, sagte sie und drehte den Kopf, um suchend den Blick über die volle Tanzfläche wandern zu lassen. Sie ertrug es nur kurze Zeit, ihn direkt anzusehen. »Mischst dich wieder in die ekelhaften Einzelheiten einer Mordermittlung ein, wie ein wühlender, kleiner Bow Street Runner.«

Sebastian folgte ihrem Blick und sah seine Nichte Stephanie Wilcox, die am Arm von Lord Smallbone die Schritte des Landtanzes vollführte. Stephanie beendete mit achtzehn Jahren gerade ihre allererste Londoner Saison. Sie war alles, was ihre Mutter Amanda nie gewesen war: zierlich, von gewinnendem Wesen und atemberaubend schön ... und Sebastians vor langer Zeit verschwundener Mutter so ähnlich, dass es ihm in der Brust wehtat, sie nur anzusehen.

Zu einem früheren Zeitpunkt der Saison hatte es Gerede gegeben, dass die junge Miss Wilcox und Smallbone zueinander gefunden hätten. Aber es war noch keine Verlobung verkündet worden, und Sebastian wusste, dass Amanda nervös wurde. »Was ist los, Amanda?«, sagte er mild. »Machst du dir Sorgen, dass ich auf die eine oder andere Weise die Aussichten meiner Nichte auf einen guten Fang zerstören könnte?«

Mit Genugtuung sah er einen zornigen Anflug in den Zügen seiner Schwester. »Sei nicht so vulgär«, versetzte sie. »Auch wenn ich vermute, dass du gar nicht anders kannst.«

»Oh? Wie das, Amanda?«

Ihre Lippen verkniffen sich zu einem dünnen Strich. Anstatt zu antworten, drehte sie sich einfach um und ließ ihn stehen. Er starrte ihr hinterher und fragte sich, wie viel sie wusste, und woher.

»Eine interessante Zurschaustellung geschwisterlicher Zuneigung«, sagte Miss Hero Jarvis, die zu ihm kam. »Oder des Mangels daran.«

Sie trug ein atemberaubendes saphirblaues Satinkleid, das mit Samtbändern gerafft war, und betrachtete ihn mit ihren offenen, leicht amüsierten grauen Augen.

»Eindeutig Mangel derselben«, sagte er trocken. Der Country-Tanz kam in einem Wirbel zum Ende und trieb eine Welle erhitzter und schwitzender Tänzer auf sie zu. »Hierher«, sagte er und legte eine Hand unter ihren Ellbogen, um sie von dem Trubel wegzuziehen.

»Ich dachte, es wäre Eure Art, solche gesellschaftlichen Verpflichtungen zu meiden«, sagte sie und entzog ihren Arm sanft seinem Griff.

»Tatsächlich war ich auf der Suche nach Euch.«

»Dann habt Ihr Glück, mich gefunden zu haben. Ich bin nur hier, weil ich Sir Quillian suche. Die Duchess of Isling ist seine Schwester. Oder wusstet Ihr das nicht?«

»Nein«, sagte Sebastian, der sich auf seine Tante Henrietta verließ und darauf, dass sie ihn über die nicht offensichtlichen familiären Bindungen auf dem Laufenden hielt, die die Mitglieder der oberen Zehntausend untereinander verbandelten. »Und weshalb genau sucht Ihr nach Lord Quillian, Miss Jarvis?«

»Habt Ihr nie einen eigenartigen Zufall darin gesehen, dass Hochwürden Earnshaw sich zum Abriss des Beinhauses auf der Nordseite von St. Margaret's entschloss und genau da auf die Leiche von Sir Nigel stieß?«

»Nein«, gestand Sebastian ein. »Aber ich stimme Euch zu; es ist schon ein rechter Zufall, dass das alles ausgerechnet jetzt geschehen soll, wo der Bischof für die Amtsnachfolge des Erzbischofs von Canterbury in Betracht gezogen wurde – und seinerseits das Einbringen eines Gesetzes zur Abschaffung der Sklaverei im Parlament in die Wege geleitet hatte.«

»Ihr sagtet mir einst, dass Ihr nicht an Zufälle glaubt, wenn es um Mord geht.«

»Habe ich das?«

»Jawohl. Deshalb habe ich heute Nachmittag beschlossen, nach Tanfield Hill zu fahren und Misses Earnshaw mein Beileid zum Tod ihres Gatten auszusprechen.«

Sebastian wandte sich ihr zu und betrachtete sie. »Tatsächlich? Und hat sie geglaubt, Ihr wärt aufrichtig?«

»Hat sie. Ihr seid nicht der Einzige, der schauspielern kann, wisst Ihr.«

»Wie bitte?«

»Ihr wisst sehr genau, was ich meine, *Mister Taylor.* Die Frau war offensichtlich aufgewühlt, aber nicht untröstlich. Ich hatte keine Schwierigkeiten, sie zum Reden zu bringen. Über die Umbauarbeiten an der Kirche.«

»Und?«

»Sie sagte, der Reverend hätte die Änderungen schon seit Jahren vornehmen lassen wollen, hätte aber leider nicht die nötigen Geldmittel gehabt – und auch nicht die Unterstützung des Bischofs.«

»Interessant. Aber noch nichts, um ein Urteil zu fällen.«

»Nein, aber hört zu: Laut Misses Earnshaw war der Reverend äußerst aufgeregt, weil er einen privaten Geldgeber hatte auftun können. Nach einem ausgedehnten Kampf gegen das schlechte Gewissen entschloss er sich schließlich, einfach mit den Bauarbeiten fortzufahren, ohne London House darüber zu informieren.«

»Lasst mich raten. Der private Gönner war Quillian.«

Ihr Gesicht verzog sich. »Ihr wusstet es?«

»Nein. Aber das war der offensichtliche Rückschluss, da Ihr hier nach ihm sucht.« Er betrachtete die dunklen, dichten Wimpernbögen und die anmutige Linie ihres langen Halses und der bloßen, weißen Schultern. »Sagt, Miss Jarvis, warum habt Ihr Euch in den Tod des Bischofs eingemischt?«

Sie sah weg. »Das sagte ich Euch doch. Er war mein Freund.«

»Seid Ihr sicher, dass das der einzige Grund ist?«

Sie lachte höflich. »Welchen anderen Grund sollte ich haben?«

»Ich dachte, es könnte etwas mit dem interessanten Gespräch zu tun haben, das ich heute Nachmittag mit Dr. Daniel McCain und seiner Gattin geführt habe.«

Er sah mit Genugtuung, wie sie erblasste, sich jedoch fast sogleich wieder fing. Miss Jarvis schien in der Tat sehr gut »schauspielern« zu können, wie sie es nannte. In einer Geste, die erschreckend an ihren Vater erinnerte, zog sie eine Braue hoch und sagte jovial: »Dr.

McCain? Ihr meint, vom Chelsea Royal Hospital? Wieso, bitte sehr, interessiert Ihr Euch denn für ihn?«

»Ich habe herausgefunden, dass der Bischof von London am Nachmittag vor seinem Tod Doktor McCain und seiner Frau einen Besuch abstattete.« Sebastian unterbrach sich und beobachtete ihre Reaktion. »Wusstet Ihr das?«

»Nein«, sagte sie sanft. »Allerdings überrascht es mich nicht, wenn man bedenkt, dass Bischof Prescott derjenige war, der mich ermutigte, nach der schrecklichen Lage des Royal Hospitals zu schauen – und der mich Doktor McCain vorstellte.«

»Wirklich? Das ist interessant. Denn wie es scheint, ist der gute Bischof in einer vollends anders gearteten Angelegenheit letzten Montag nach Chelsea gefahren.«

»Ach?« Ihr Lächeln drückte höfliche Überraschung aus. Allerdings flackerte auch ein Schatten in ihren Augen auf, der sehr nach Angst aussah. »Und was war das, Mylord?«

Er erwiderte ihren Blick und hielt ihn fest. Mit leiser Stimme antwortete er: »Ich denke, das wisst Ihr, Miss Jarvis.«

Kapitel 34

Sie stand bewegungslos da, und ihre Lippen öffneten sich leicht, als sie einen raschen, gleichmäßigen Atemzug nahm. Ihre beeindruckende Haltung wankte nicht einen Augenblick. »Ich kann mir nicht vorstellen, was Ihr meint, Lord Devlin.«

»Vielleicht sollten wir diese Unterhaltung an einem privateren Ort fortsetzen«, schlug er vor. »Darf ich Euch zu einem Dinner begleiten, Miss Jarvis?«

»Ich denke nicht.« Sie warf einen beredten Blick um sich. »Allerdings scheint es, als zögen wir beträchtliche Aufmerksamkeit auf uns. Es könnte besser sein, wenn Ihr mich zum Tanz auffordert.«

»Zum *Tanz*?«, wiederholte er halb schockiert, halb verschreckt.

»Nun, ja.« Sie schenkte ihm ein eisiges Lächeln und reichte ihm die Hand. »Vielen Dank, Mylord.«

Ihm blieb nichts anderes übrig, als sie auf die Tanzfläche zu geleiten, wo sich gerade zwei Reihen bildeten.

Sie sahen sich über eine Distanz von vielleicht zwei Metern an, er in der Reihe der Gentlemen, sie in der Reihe der Damen. Sie sagte: »Ihr liegt mit Eurer Annahme vollends falsch, müsst Ihr wissen.«

Das Kammerorchester setzte ein, die zarten Geigentöne drangen kaum durch den Lärmpegel des Geplauders, das den Ballsaal füllte. Die Reihe der Gentlemen verbeugte sich. Die Damen versanken in anmutigen

Knicksen. Sebastian musste warten, bis sie an der Reihe waren, in der Mitte der Reihe zusammenzukommen, um ihr etwas zuzuflüstern: »Ich glaube kaum, dass die Tanzfläche der richtige Ort für diese Unterhaltung ist.«

Ihr Lächeln wurde breiter. »Tatsächlich finde ich den Schauplatz unter diesen Umständen ausgesprochen passend.«

Sie drehten sich, den Rücken zugewandt, umeinander und wechselten beim *Jeté* die Richtung. Er sagte: »Ihr wisst, dass ich nicht offen sprechen kann.«

»Tatsächlich?« Sie warf ihm ein maliziöses Lächeln über die Schulter zu, als sie sich wegbeugte. »Und was würdet Ihr sagen, wenn Ihr könntet, Mylord?«

Die Tanzbewegungen zwangen ihn, sich von ihr wegzubewegen. Ein kräftiger Mann mit übertrieben spitzem Kragen zischte warnend, als Sebastian sich mit dem Uhrzeigersinn statt dagegen drehen wollte. Er vermochte sie nur quer über die Tanzfläche anzusehen, bis der Tanz sie wieder zusammenführte.

Er raunte: »Ihr sagtet, es gäbe keine Folgen.«

Sie schob den Fuß anmutig zur rechten Seite, ging leicht in die Knie und richtete sich wieder auf, wobei sie den zweiten Fuß in einem graziös gleitenden *Dessous* heranzog.

»Ja, das habe ich gesagt.«

Er bewegte sich im *Chassé* hinter ihr her. »Wollt Ihr mich glauben machen, dass Eure« - er unterbrach sich und suchte nach dem richtigen Wort - »*Lage* nicht der Grund für den Besuch des Bischofs bei den McCains war?«

Sie gingen aneinander vorbei, rechte Schulter an rechter Schulter, und Miss Jarvis' Brauen zogen sich in gespielter Verwirrung zusammen. »Meine *Lage*? Was meint Ihr denn damit, Mylord Devlin?«

»Spielt mir nicht die Närrin vor, Miss Jarvis. Ich weiß, dass Ihr alles andere als närrisch seid.«

Sie drehte sich, ihre Fußspitze deutete gerade nach unten, in einer eleganten *Sissone*. »Dann solltet Ihr es doch besser wissen, als sich mir in einer solchen Umgebung zu nähern, nicht wahr?«

Er musste sich weiter bewegen. Der beleibte Idiot im hohen Hemdskragen zischte ihn schon wieder an. Sebastian knirschte mit den Zähnen. »Reitet Ihr morgen früh im Hyde Park aus?«

Sie wiegte sich von ihm weg. »Ich glaube nicht.«

»Wann können wir dieses Gespräch dann fortsetzen?«

Sie verneigte sich anmutig und bewegte sich zur Seite. »Ich sehe keinen Grund, es irgendwann fortzusetzen. Eure Annahme – sofern ich Euch richtig verstehe – ist falsch.«

Er musste warten, bis sie erneut zusammentrafen, dann grummelte er: »Würdet Ihr es mir sagen, wenn sie richtig wäre?«

Sie schwang in einer *Ronde de jambe* herum. »Sicher nicht.«

Die Musik endete, und Miss Jarvis sank mit den anderen Damen in einen tiefen Hofknicks. »Guten Abend, Mylord«, sagte sie und ließ ihn stehen, am Rand der Tanzfläche – frustriert, zornig und zutiefst beunruhigt.

Lord Quillian verabschiedete sich gerade von einer Gruppe Freunden in dem Raum des *Brook's Gentlemen's Club*, der als Jerusalem Chamber bekannt war, als Sebastian zu ihm trat.

»Lord Devlin«, sagte der alternde Dandy, vorzüglich in einen seidenen Abendumhang und einen Zweispitz gekleidet. »Wenn Ihr gekommen seid, um mich armen, reumütigen Sünder auch noch auszunehmen, seid Ihr zu spät dran. Ich habe beschlossen, mich für heute Abend zurückzuziehen, solange meine Besitztümer noch nicht belastet sind.«

Ein Chor gutgelaunter Spötteleien seiner Freunde erhob sich. Sebastian sagte: »Eine Pechsträhne am Spieltisch?«

»Sagen wir, nicht von der Art, dass ich sie fortsetzen wollte.« Quillian warf einen kritischen Blick in den Nachthimmel. »Dieser grässliche Regen hat endlich aufgehört, nicht wahr?«

»So scheint es.«

»Gut. Geht Ihr ein Stück mit mir, Mylord?«

»Verspürt Ihr plötzlich den Wunsch nach meiner Gesellschaft?«, sagte Sebastian, als die beiden den Klub verließen.

Quillian ließ seinen Ebenholzstock zwischen zwei Fingern locker vor und zurückschwingen. »Wohl kaum. Aber ich bin neugierig, wie es mit den Ermittlungen im Mordfall an Bischof Prescott vorangeht?«

»Wirklich? Und welches Interesse habt Ihr in der Sache?«

Quillian schniefte. »Ich weiß sehr wohl, dass ich als Verdächtiger gelte. Ich hoffe natürlich von Euch zu hören, dass Ihr Eure Befragungen in eine andere Richtung lenkt.«

»Tatsächlich ist genau das Gegenteil der Fall.«

Quillians Hand umfasste den silbernen Knauf seines Spazierstocks fester und stoppte ihn mitten in der Bewegung. »Und was genau soll das bedeuten?«

»Es bedeutet, dass ich die Identität des geheimnisvollen Wohltäters herausgefunden habe, der die Bauarbeiten von Reverend Earnshaw an der Kirche St. Margaret's finanziert hat.«

»Ach. Das.«

Quillian drehte seinen Gehstock in einem anmutigen Bogen, der ihn erneut vor und zurück schwingen ließ.

»Ja. Das.«

Sie gingen einen Augenblick schweigend weiter, ihre Schritte hallten in der dunklen, nassen Straße. Sebastian sagte: »Es führt geradewegs zur Frage: *Warum*?«

»Ich schätze, das tut es, nicht?«

Sebastian lachte leise. »Ich vermute, Ihr wusstet, dass Sir Nigel vor all diesen Jahren ermordet und in der Krypta von St. Margaret's liegengelassen wurde?«

»Gewusst? Kaum. Aber ich hatte eine Theorie entwickelt, ja.«

»Glaubt Ihr, Francis Prescott tötete seinen eigenen Bruder wegen der Erbschaft? Einer Erbschaft, die er dann bei der Geburt seines Neffen verloren hat?«

»Das scheint die offensichtliche Folgerung zu sein.« Quillian warf ihm einen Seitenblick zu. »Würdet Ihr nicht zustimmen?«

»Ich weiß es ehrlich nicht.«

Quillian schnaubte und ging weiter.

Sebastian sagte: »Was hofftet Ihr damit zu erreichen?«

»Ich würde doch denken, das ist recht offensichtlich. Wenn ich recht hätte – wenn Sir Nigels vermodernder Leichnam in dieser Krypta läge – dann würde der Verdacht natürlich als Erstes auf den Geistlichen fallen, der für die Öffnung der Krypta verantwortlich war.«

»Bischof Prescott.«

»Bischof Prescott«, stimmte der Baron zu.

»Und der Gedanke dahinter war, dass der Bischof so sehr damit beschäftigt wäre, sich gegen die nachfolgende Anklage des Brudermords zu verteidigen, dass er keine Zeit hätte, seinen Slavery Abolition Act durchs Parlament zu bringen?«

»So in der Art, ja.«

»Scheint etwas weit hergeholt.«

Ein kleines Lächeln zog über das Antlitz des alternden Lebemanns. »Ich bin ein Spieler.«

Sebastian sagte: »Allerdings. Aber mir scheint, dass die Herausforderung sich beträchtlich verringert, wenn Ihr sicher wusstet, dass Sir Nigel dort unten in der Krypta vor sich hin moderte.«

»Ich sehe schwerlich, wie ich das hätte wissen können. Es sei denn natürlich, Ihr deutet an, dass ich Sir Nigel selbst getötet und dort liegengelassen habe.« Quillian zog eine Grimasse. »Eine steile These, das muss ich Euch lassen.«

Er ging ein paar Schritte weiter, bevor er sagte: »Nun hatte ich aber einfach keinen Grund, Sir Nigel zu töten. Ich kannte den Mann kaum. Furchtbar schlechte Gesellschaft, wisst Ihr.«

»Ihr beide wart Mitglieder des *Hellfire Clubs*, oder nicht?«

Die Augen des Dandys verengten sich. »Mein lieber Lord Devlin, der *Hellfire Club* war nicht gerade exklusiv. Er zählte hunderte Mitglieder.«

»Nicht im inneren Zirkel. Wie nannte der sich?«

»Die Apostel«, sagte Quillian. Er seufzte. »So sehr es mich schmerzt, es eingestehen zu müssen: Ich war in Wahrheit selbst kein Mitglied des exklusiven inneren Zirkels. Damals war ich nichts weiter als ein armer zweitgeborener Sohn, gerade ein paar Jahre aus Oxford heraus und bemüht, meinem Weg in der Welt zu folgen.«

»Tatsächlich? Mit welcher Aktivität?«

Lord Quillian blieb unmittelbar neben einem Paar Pferden stehen, das vor einen Sedan gespannt war, und das sogleich in den Führstangen unruhig zu tänzeln begann. »Ach, dies und das«, sagte er und wischte mit einer weiß behandschuhten Hand vage durch die Luft. »Nun finde ich, dass ich meine Toleranz für die Nachtluft überdehnt habe.« Den Gehstock in einer Faust haltend, stieg er gewandt in die Kutsche. »Euch einen guten Abend, Mylord.«

Eine kühle Windbö ließ die Aufschläge von Sebastians Abendmantel flattern und überflutete ihn mit den Düften der Stadt, dem durchdringenden Geruch nassen Pflasters und heißen Lampenöls, der sich mit einem schwachen, aber unvermeidbaren Gestank nach Abwasser mischte. Er blieb einen Augenblick stehen und sah zu, wie die Kutschpferde des Sedans anzogen und im Schritt lostrotteten.

Dann wandte er sich zur Brook Street um, und seine einsamen Schritte hallten in der Nacht wider.

Dienstag, 14. Juli 1812

Am nächsten Morgen hielt sich Hero in der Bibliothek auf, inmitten von Papier- und Bücherstapeln, als ihr Vater durch die Tür trat.

»Guter Gott. Du bist schon wieder in medias res, oder?« Er hob gebundene Abschriften von Berichten hoch und runzelte die Stirn. »Was ist das?«

Sie legte ihren Stift zur Seite. »Ich erstelle eine Liste aller Männer, die vor dreißig Jahren im Außenministerium oder in der Nähe des Königs waren.«

Jarvis' Augen zogen sich amüsiert zusammen. »Du suchst nach Alkibiades, richtig?«

»Ja.«

»Du glaubst, er hat sowohl den Bischof als auch dessen Bruder ermordet?«

»Ich halte es für möglich.«

»Wirklich? Ich glaube, er ist tot.«

»Weil du ihn nie gefunden hast?«

»Ja.«

»Aber warum, glaubst du dann, wurde Francis Prescott in derselben Krypta ermordet wie sein Bruder?«

»Vielleicht hat da jemand Sinn für Humor.«

»Ich sehe darin nicht im Geringsten irgendetwas Lustiges«, sagte Hero indigniert.

Jarvis runzelte die Stirn. »Ich weiß. Und genau das macht mir Sorgen.«

Sebastian saß über einem Bericht seines Verwalters, als an seiner Haustür ein höfliches Pochen erklang. Der Tag war wolkenlos und schön heraufgedämmert, und er hatte für die warme Brise und den Duft nach frisch gebackenem Brot aus der Bäckerei in der Straße unten weit die Fenster aufgerissen. Er hörte Stimmengemurmel in der Halle, und einen Augenblick später führte Morey Sir Henry Lovejoy zu ihm.

»Sir Henry«, sagte Sebastian und erhob sich. »Welch unerwartetes Vergnügen. Bitte, setzen Sie sich.«

Den runden Hut fest in beiden Händen, verbeugte sich der Magistrat ungelenk und räusperte sich. »Vielen Dank, aber nein. Ich kann nicht lange bleiben.«

Sebastian sah, wie Sir Henry in eine Innentasche griff und ein Päckchen zerfledderter gelber Papierbögen herauszog. Und an der gedämpften Stimmung des Untersuchungsrichters erkannte er, dass seine Welt im Begriff war, sich für immer zu ändern.

»Ich war gestern bei der Handelskammer«, sagte Sir Henry. »Kein Schiff mit dem Namen Albatros ist im Januar oder Februar 1782 von Portsmouth aus in See gestochen. Von London jedoch legte eine Albatros am zwanzigsten Dezember 1781 ab, Zielhafen New York.« Lovejoy legte den Stapel auf den Rand von Sebastians Schreibtisch. Die Blicke beider Männer kreuzten sich. Lovejoy sah als Erster weg.

Eine lastende Stille breitete sich zwischen ihnen aus. Sebastian streckte die Hand aus, um die Passagierliste der Albatros hochzunehmen. Das alte Pergament knisterte, als er es auseinanderfaltete. Ein rascher Blick durch die Namen der Passagiere genügte. *Charles Lord Jarvis. Sir Nigel Prescott. A. St. Cyr, Earl of Hendon.*

Er blickte auf. »Das ist die Originalpassagierliste.«

Lovejoy räusperte sich erneut. »Ja. Anscheinend habe ich sie aus Versehen mitgenommen. Ich vertraue darauf, dass ich sie in Eurer sicheren Verwahrung lassen kann?«

Sebastian nickte mit zusammengepresstem Kiefer. Ihm kam nicht der mindeste Zweifel, dass Lovejoy sofort die Bedeutung dessen begriffen hatte, worauf er gestoßen war. Es dauerte einen Augenblick, bis Sebastian »Danke« sagen konnte.

Der Magistrat machte einen weiteren seiner unbeholfenen Diener. »Mylord«, sagte er und drehte sich um.

An der Tür blieb er stehen und sah zurück, als wollte er noch etwas sagen. Dann überlegte er es sich wohl anders, denn er setzte einfach den Hut auf seine Glatze und ging weiter.

Kapitel 35

In Sebastians Erinnerungen lachte seine Mutter immer. Sie war eine schöne Frau mit seidig-goldenem Haar und leuchtend grünen Augen. In dem Jahr, in dem Sebastian elf war, war sie eines herrlichen Sommertages zu einem mehrstündigen Segelturn aufgebrochen. Sie hatte ihn zum Abschied geküsst und sanft durch seine Haare gewuschelt, wie sie es so oft tat. Als die Yacht ihrer Freunde vom Dock ablegte, war er noch stehengeblieben und hatte ihr nachgesehen. Er hatte gelächelt, als das Sonnenlicht ein letztes Mal auf dem ungewöhnlichen Halsband aus blauem Stein und Silber funkelte, das sie so oft trug.

Er hatte sie nie wieder gesehen.

Ertrunken, hatte es geheißen. Aber Sebastian hatte es nie geglaubt. Tag für Tag war er auf die Klippen südlich der Stadt geklettert, um über die aufgewühlten Wellen im Kanal zu blicken und Ausschau zu halten, auf ihre Rückkehr wartend. Erst siebzehn Jahre später erfuhr er, dass er in jenem Sommer recht gehabt hatte. Sophia, die Countess of Hendon, war nicht ertrunken. Sie war einfach davongesegelt und hatte einen Ehemann, eine verheiratete Tochter, die Gräber ihrer

beiden toten Söhne ... und Sebastian zurückgelassen.

Siebzehn Jahre lang hatte er mit der Lüge über ihren Tod gelebt. Jetzt fragte er sich: *Wie viele Lügen kann es geben?* Wie viele Lügen konnten die grundlegenden Wahrheiten in einem Leben überdecken?

Nachdem Lovejoy gegangen war, stand Sebastian noch eine Weile da und fingerte an der Passagierliste der Albatros herum. Er schenkte sich einen Drink ein und hob das Glas an die Lippen. Anstatt zu trinken, wirbelte er jedoch herum und schleuderte das Glas in den kalten Kamin, wo es in tausend Kristallsplitter zersprang und den durchdringenden Geruch nach verschüttetem Brandy zurückließ.

Dann machte er sich auf die Suche nach dem Ehemann seiner Mutter.

Er traf den Earl of Hendon in den Räumlichkeiten des Schatzkanzlers in der Downing Street an. Er stand neben einem Bücherschrank, den Kopf gesenkt und einen schweren Wälzer in den Händen, als schlage er etwas nach.

»Wir müssen reden«, sagte Sebastian.

Hendon hob den Kopf, sein Kiefer war ob der Störung ärgerlich angespannt. »Wirklich, Devlin, wenn du ...«

Sebastian warf die Passagierliste der Albatros durch die Luft; sie landete mit einem leisen Plumps auf den offenen Seiten von Hendons Buch. »Jetzt.«

Hendon legte den Band, den er hielt, zur Seite und faltete das Päckchen auseinander. Er studierte es einen Augenblick lang, legte die Papiere dann sorgfältig wieder zusammen. Seine Hand war nun nicht mehr ruhig. »Ich nehme meinen Hut«, sagte er und drehte sich um.

Sebastian wartete kaum, bis sie die verlassenen Pfade und Blumenbeete des alten Privy Gardens erreicht hatten, bevor es aus ihm herausbrach: »*Warum?* Warum hast du das getan?«

Er hatte schon gefürchtet, der Earl wollte seine Lügen weiter aufrecht erhalten. Aber sogar Hendon musste begriffen haben, dass die Zeit des Leugnens vorbei war. Er schritt mit hinter dem Rücken verschränkten Händen, das Kinn tief zwischen die Schultern gezogen, weiter. Er sah plötzlich älter aus, als Sebastian ihn in Erinnerung hatte, und sehr müde. »Du meinst, weshalb ich dich nicht verleugnete, als du geboren wurdest? Ist das deine Frage?«

»Ja.«

»Und mich der Welt als Hahnrei präsentieren? Nicht gerade wahrscheinlich.« Hendon blickte zu den ausladenden Zweigen der Eschen hinauf, die die Avenue säumten, und deren blassgrüne Blätter vor dem klaren, blauen Himmel zitterten. Er spannte den Kiefer an. »Ich war wütend, das will ich nicht leugnen. Welcher Mann wäre das nicht? Aber ich willigte ein, dich als meinen Sohn aufzuziehen. Ich hatte zwei starke, gesunde Söhne. Niemand hätte je erwartet, dass du in die Lage des Erben kämst.«

Niemand hätte je erwartet, dass du erben würdest.

Sebastian spürte bitteren Unglauben aufwallen, der von Wut und dem verunsichernden Gefühl, sich selbst fremd zu sein, gespeist wurde. »Und mein wirklicher Vater ... Wer war er?«

»Ich weiß es nicht.«

Sebastian starrte das vertraute, zerklüftete Profil des Earls an und fragte sich, ob es eine Lüge war. Noch eine Lüge, zu all den anderen. »Was ist mit Amanda? Weiß sie, wer es war?«

Hendon warf ihm einen raschen Seitenblick zu. »Vielleicht. Ich weiß es nicht. Wir haben nie darüber gesprochen. Obwohl ich immer schon den Verdacht hatte, dass sie viel mehr über die Aktivitäten ihrer Mutter wusste, als es für ein Mädchen ihres Alters angemessen war.«

»Sie weiß also, dass ich nicht dein Sohn bin?«

»Ja.«

»Also habt ihr beide ... Ihr wusstet *beide*, dass Kat und ich nicht Bruder und Schwester sind. Und trotzdem habt ihr uns in dem Glauben gelassen ...« Sebastian schluckte und brauchte einen Augenblick, bevor er weiter sprechen konnte. »*In Gottes Namen*, wie konntet ihr nur?«

Hendon wischte mit einer seiner dicken Hände durch die Luft, und seine Züge verhärteten sich zu einer Maske störrischer Entschlossenheit. »Ich habe die letzten neunundzwanzig Jahre damit verbracht, die Wahrheit vor dir zu verbergen. Denkst du ernstlich, ich würde all das plötzlich aufgeben? Sodass du dich selbst durch die Eheschließung mit einer Frau vom Theater ruinieren kannst?«

Sebastian warf den Kopf zurück, sein raues Lachen erschreckte eine Taube in der Nähe, die mit einem Warnschrei aufflog und heftig mit den Flügeln schlug.

»Mein Gott, das muss man sich auf der Zunge zergehen lassen. Kat ist deine *Tochter*, ich hingegen ... ich bin nur der illegitime Sohn von Gott weiß wem. Man sollte annehmen, dass du die Verbindung eher *ermutigen* würdest. Dann wären meine Söhne tatsächlich deine Enkel – nur eben durch Kat, nicht mich.«

Ein Muskel zuckte in Hendons verkniffener Wange. »Du bist in den Augen der Welt und vor dem Gesetz mein Sohn. Ich habe dir vor annähernd dreißig Jahren deinen Namen gegeben. *Pater est quem nuptiae demonstrant.* Nichts hat sich geändert.«

»Genau darin irrst du dich«, sagte Sebastian, und unter seinen Stiefeln knirschte es, als er abrupt stehen blieb. »Alles hat sich geändert. Alles.«

Und er drehte sich um und ging unter den Bäumen davon.

Sebastian saß mit halb geschlossenen Augen in einer der hochlehnigen Kirchenbänke, die im runden Schiff des Tempels standen, und betrachtete das Standbild eines mittelalterlichen Ritters vor sich, der in ein Kettenhemd gekleidet war. Früher, als er einundzwanzig und Kat erst sechzehn Jahre alt gewesen war, waren sie hierher, in die alte Kirche der Tempelritter gekommen, und hatten sich gegenseitig ewige Liebe geschworen.

Er hörte das leise Geräusch der sich öffnenden und wieder schließenden Tür, hörte ihre Schritte, die sich ihm über die Bodenplatten näherten, und atmete ihren süßen Duft ein, als Kat in die Bank glitt und sich neben ihn setzte.

Er sagte: »Woher wusstest du, wo du mich findest?«

Ein sanftes Lächeln huschte über ihre Lippen. »Ich gebe zu, dass dies nicht der erste Ort ist, an dem ich gesucht habe.«

Der Drang, sie in seine Arme zu ziehen, war so überwältigend, dass er mit beiden Fäusten die Lehne der Bank vor sich umklammern musste. Er sagte: »Du hast mit Hendon gesprochen?«

»Er hat mich aufgesucht.« Sie legte ihre Hand auf seine. »Es tut mir so leid, Sebastian.«

Er ließ den Kopf in den Nacken fallen, sein Hals dehnte sich, als er zur der gekalkten Gipsdecke hinaufsah. »Ich will nicht leugnen, dass es ein gewisser Schock war zu erfahren, dass ich nicht ganz der bin, für den ich mich immer gehalten habe, aber ...«

»Sebastian ... Nein.« Sie drehte sich, sodass sie seine Hand in ihre beiden Hände nehmen konnte. »Du bist immer noch derselbe Mann, der du immer warst. Sebastian St. Cyr Viscount Devlin. Und eines Tages wirst du der Earl of Hendon sein.«

»Das denke ich nicht«, sagte er ruhig.

Ihre Lippen öffneten sich in einem raschen Atemzug. »Was sagst du da? Du würdest doch nicht – Oh Gott, Sebastian ... Du würdest doch nicht weggehen?«

»Ich habe darüber nachgedacht.«

»Das könntest du Hendon nicht antun.«

Er wandte ihr das Gesicht zu, um sie anzublicken. »Ach, tatsächlich?«

»Er liebt dich ...«

Sebastian machte eine missbilligende Geste mit der freien Hand.

»Nein«, sagte sie. »Du weißt, dass es wahr ist. Ich glaube nicht, dass er dich lieben wollte. Aber wie viele von uns können ihre Zuneigung mit dem Willen lenken?«

Als er sie nur weiter ansah, sagte sie: »Du weißt, dass es wahr ist, Sebastian. Hendon hätte dir in den vergangenen achtzehn Jahren jederzeit die Wahrheit sagen können. Aber um deinetwillen hat er es nicht getan. Er wusste, was er dir damit antun würde.«

»Was er mir damit antun würde?«, wiederholte Sebastian. »Was ist mit seinen Lügen und was er mir damit angetan hat – uns beiden angetan hat? Wenn er vor zehn Monaten die Wahrheit gesagt hätte, hättest du niemals Yates geheiratet, und ich hätte niemals ...« Er unterbrach sich.

Ihre Brauen zogen sich in einem Stirnrunzeln zusammen, und sie schüttelte verständnislos den Kopf. »Niemals was, Sebastian?«

Er befreite seine Hand aus ihrem Griff und hob sie hoch, um ihr Gesicht zu berühren und mit den Fingerspitzen sanft über ihre nasse Wange zu streichen. Es war ihm nicht aufgefallen, dass sie weinte. Die Tränen rannen lautlos ihr Gesicht hinunter.

Er wollte sagen: *Geh mit mir weg, Kat. Ich liebe dich, und ich brauche dich mehr als je zuvor. Geh mit mir weg, in ein neues Land, in dem unsere Vergangenheit uns nicht ausmacht, in dem wir beide sein können, was auch immer wir aus uns machen.* Nur ...

Nur dass sie neun Monate zuvor Russell Yates ein Versprechen gegeben hatte. Ein Versprechen, das sie jetzt nicht zurücknehmen würde, nur um ihr eigenes Glück zu ergreifen. Während er seinerseits Verpflichtungen hatte – Hero Jarvis gegenüber und dem Kind gegenüber, das sie in jenen Momenten des Schreckens und drohenden Todes unter den zerstörten Gärten von Somerset House gezeugt haben könnten.

Erneut spürte er die Verzweiflung und den Zorn, die seinen Magen aufwühlten. »Ich werde ihm niemals vergeben. Nie.«

»Du musst, Sebastian.« Sie hob seine Hand an ihre Lippen und küsste die Innenfläche. »Nicht nur um seinetwillen, sondern auch um deinetwillen.«

Er zog sie an sich, ihre Tränen befeuchteten seinen Hals, und er spielte mit den Fingern in dem dunklen, herabwallenden Haar, das ihm so vertraut war. »Ich kann nicht«, flüsterte er. »Ich kann nicht.«

Kapitel 36

»Mylord?«

Sebastian hörte die leise Stimme von Jules Calhoun, ignorierte sie jedoch.

Die Stimme wurde lauter. Insistierender. »*Mylord.*«

Sebastian öffnete ein Auge, sah das frischgeschrubbte, fröhliche Gesicht seines Leibdieners, und schloss beide Augen wieder. »Wenn Ihnen Ihr Leben lieb ist«, sagte er ruhig, »gehen Sie weg.«

Der Leibdiener hatte die Unverschämtheit zu lachen. »Sicher, das könnte ich nun tun. Allerdings ... wisst Ihr, ich hege den Verdacht, dass die Lady dazu imstande ist, die Treppe heraufzustürmen und Euch selbst aus dem Bett zu holen.«

Sebastian öffnete beide Augen und stöhnte, als die Bettvorhänge im Windzug um ihn herum wirbelten. »Lady? Welche Lady?«

»Die Lady, die im Salon auf Euch wartet. Und es ist sinnlos, mich zu fragen, um *welche* Lady es sich handelt«, fuhr Calhoun fort, als Sebastian den Mund öffnete, um genau das zu tun. »Denn sie weigert sich, ihren Namen zu nennen. Sie ist verschleiert. Blickdicht. Alles, was ich Euch sagen kann, ist, dass sie jung ist, braunhaarig und groß. Sehr groß. Und in ihrer Art überaus ehrfurchtgebietend.«

»Zur Hölle«, sagte Sebastian, der in dieser Beschreibung ohne Schwierigkeiten die zornige Tochter von Lord Jarvis erkannte.

»Hier«, sagte Calhoun und drückte Sebastian einen Krug mit einer heißen, faulig riechenden Flüssigkeit in die Hände. »Trinkt das.«

»Was zum Teufel ist das?«

»Mariendistel, Mylord. Um die verbliebenen Gifte aus der Leber zu schwemmen.«

»Gifte?«

»Brandy, Mylord.«

»Oh. Ach so«, sagte Sebastian und kippte das üble Gebräu in einem langen Zug, der ihn erschauern ließ.

Die große junge Frau in einem eleganten Ausgehkleid in Schieferblau mit dem passenden Spenzer saß in einem der Korbstühle vor dem Frontfenster. Bis Sebastian endlich erschien, hatte sie bereits eine ganze Weile dagesessen und sich ein Buch zum Lesen geholt.

»*Die Choephoren*«, sagte sie und hielt den Band hoch, als er durch die Tür trat. »Das scheint eine eigentümliche Wahl zu sein, um es herumliegen zu lassen.«

»Bischof Prescott las es. Ich dachte, ich nutze die Gelegenheit, mir die Geschichte nochmals in Erinnerung zu rufen.« Er ging zu dem Teetablett, das Morey hatte heraufschicken lassen. »Schert Ihr Euch nicht um die Diktate der Schicklichkeit, Miss Jarvis?«

Es galt höchst unschicklich für eine junge Frau, das Haus eines unverheirateten Gentlemans zu besuchen. »Natürlich tue ich das«, sagte sie einigermaßen indigniert. »Ich habe mein Mädchen mitgebracht. Sie wartet in der Halle auf mich.«

»Das habe ich bemerkt. Und dann tragt Ihr ja auch diesen Schleier, denke ich. Ich vermute, Ihr seid mit einer Mietdroschke hergekommen?«

»Gewiss.«

»Gewiss«, sagte er und griff nach der Kanne. »Tee?«

»Bitte.« Sie schob den Schleier zurück und verengte die Augen, als sie ihn musterte. »Ihr seht sicherlich aus, als könntet Ihr ihn brauchen.«

»Danke«, sagte er trocken und gab etwas Sahne in zwei Tassen, bevor er den Tee einschenkte. »Ich vermute, Ihr seid hergekommen, um unser Gespräch von neulich Abend fortzuführen?« Er hielt ihr den Tee hin und hörte zu seinem Bedauern, wie die Tasse auf der Untertasse klapperte.

»Unser was?« Sie nahm die Tasse entgegen und wirkte für einen Augenblick verwirrt, dann errötete sie leicht, als es ihr dämmerte. »Gütiger Himmel, natürlich nicht. Ich bin gekommen, weil ich interessante neue Informationen über Lord Quillian habe.«

»*Quillian*? Schon wieder? Was hat der arme Mann getan, um Eure unsterbliche Feindschaft zu verdienen?«

»Feindschaft hat nichts damit zu tun. Ich bin nach Abwägen aller vorliegenden Indizien schlicht zu der Erkenntnis gelangt, dass dieser Mann am wahrscheinlichsten der Mörder von Bischof Prescott ist.«

»Quillian behauptet, dass er in der Mordnacht beim Prinzregenten im Rundsaal in Carlton House war. Er könnte natürlich lügen, aber das bezweifle ich. Eine solche Lüge könnte man zu leicht enttarnen.«

»Er war dort«, sagte sie und nahm einen winzigen Schluck Tee. »Aber er ist kurz nach zehn Uhr angekommen.«

Sebastian griff nach seiner eigenen Tasse. »Seid Ihr da sicher?«

»Ja. Mein Vater war in jener Nacht ebenfalls beim Prinzen, und er ist ein sehr aufmerksamer Mensch.«

Als Sebastian nichts sagte, verengte sie die Augen. »Gütiger Himmel. Ihr werdet sicherlich nicht meinen *Vater* verdächtigen, Prescott ermordet zu haben?«

»Persönlich? Nein. Lord Jarvis macht die Drecksarbeit nie selbst.«

»Er bevorzugt außerdem Diskretion gegenüber dem Auffälligen. Hätte jemand Arsen in den Wein des Bischofs gemischt, könntet Ihr ihn zu Recht verdächtigen. Aber jemanden beauftragen, dem Bischof in einer Krypta voller vermodernder Leichen den Schädel einzuschlagen? Das glaube ich nicht.«

Sebastian hob seinen Tee an die Lippen und nahm einen tiefen Schluck. »Er könnte in der Wahl seiner Handlanger unklug gehandelt haben.«

»Mein Vater handelt niemals unklug.«

»Wir handeln alle auch mal unklug«, sagte er und erlebte die Genugtuung, sie erröten zu sehen.

Er ging zum Kamin und legte einen Arm auf die Marmorumrandung. »Ihr wisst«, sagte er, »dass das jahrzehntealte Mordopfer, das am Tag von Bischof Prescotts Tod in der Krypta gefunden wurde, tatsächlich des Bischofs Bruder war, Sir Nigel Prescott?«

»Ja.«

»Also was wollt Ihr andeuten? Dass Lord Quillian – der auf irgendwelchen Wegen herausgefunden hatte, dass die Leiche von Sir Nigel in der Krypta lag – die Renovierungen der St.-Margaret's-Kirche finanzierte, um den Bischof nach Tanfield Hill zu locken und dann zu töten?«

»Nicht ganz. Ich deute an, dass Lord Quillian von Sir Nigels Leiche in der Krypta wusste, weil Lord Quillian derjenige ist, der sie dort abgelegt hat.«

»Ihr seid Euch natürlich darüber klar, dass Lord Quillian zur Zeit von Sir Nigels Verschwinden ein junger Mann von vielleicht zweiundzwanzig, dreiundzwanzig Jahren war? Welches Motiv könnte Quillian gehabt haben, einen vierzigjährigen Baronet, den er kaum kannte, zu töten?«

Sie leerte ihre Teetasse und stellte sie mit einem lauten Klirren neben sich auf dem Tisch ab. »Ich gehe davon aus, dass Ihr von der Mission wisst, die der König in die amerikanischen Kolonien entsandte?«

Sie musste diese wertvolle Information von ihrem Vater erhalten haben. Sebastian betrachtete ihr Antlitz und fragte sich, was Jarvis ihr sonst noch erzählt hatte. Er brauchte einen Augenblick, bevor er antworten konnte. »Ja.«

»Ihr wisst auch, dass Sir Nigel in Amerika Beweise für einen Verräter fand? Für jemanden, der in einer Position war, aus der er unseren Feinden wichtige Informationen liefern konnte?«

»Ja«, sagte Sebastian in der gleichen unverbindlichen Tonlage.

Sie beugte sich ungeduldig vor und legte die Hände zusammen. »Es kommt mir so vor, als hätte der Verräter irgendwie herausgefunden, dass Sir Nigel ihm auf der Spur war, und den Baronet umgebracht, bevor der seine Identität aufdecken konnte.«

»Das ist sicherlich eine Möglichkeit.«

Sie setzte sich zurück und zog misstrauisch die Brauen zusammen. »Welche andere Möglichkeit gibt es?«

»Es tut mir leid, aber das kann ich Euch nicht sagen.«

Sie starrte ihn zunehmend indigniert an. »Ihr könnt was?«

Für Sebastian war es eine Sache, in Bezug auf Lady Prescotts Treue zu ihrem verstorbenen Ehemann Zweifel zu hegen, aber eine andere, solche Gerüchte in der feinen Gesellschaft zu streuen. Er stieß sich vom Kamin ab, schlenderte zum Tablett mit dem Tee und hob einladend die Kanne. »Darf ich Euch noch etwas Tee anbieten, Miss Jarvis?«

»Nein, danke«, sagte sie, erhob sich und streckte die Hand nach ihrem Retikül aus, das unbemerkt zu Boden gefallen war.

»Miss Jarvis, wir müssen reden«, sagte er und beobachtete sie. »Und ich meine nicht über die Ermordung des Bischofs von London.«

Sie wandte sich um und blickte ihn an, die dunklen Röcke ihres Ausgehkleids schwangen anmutig um ihre Knöchel. »Wenn Ihr Euch damit auf die Unterhaltung neulich abends bezieht – die Sache ist erledigt.«

»Erledigt? Inwiefern erledigt?«

Sie erwiderte einfach schweigend seinen Blick, die Lippen zusammengepresst, die grauen Augen hart. Sie hatten im Grunde als Fremde zusammen gelegen; sie wusste wenig über ihn außer der Tatsache, dass er der Feind ihres Vaters war. Sie hatte keinerlei Grund, ihm zu vertrauen, im Gegenteil. Und es gab nichts, das er sagen konnte, um dies zu ändern.

Er sagte: »Ihr wollt also, dass ich glaube, der Besuch des Bischofs bei den McCains letzten Montag war … was? Zufall?«

»Ja.«

»Ich glaube nicht an Zufälle, erinnert Ihr Euch?«

»Ob Ihr daran glaubt, dass ein Besuch ein Zufall war, ist irrelevant.« Sie zog die Bänder an ihrem Retikül auf. »Ihr habt recht; ich hätte nicht herkommen sollen.«

»Warum seid Ihr dann gekommen?«

»Einige Stunden einfacher Recherchen haben es mir ermöglicht, eine Namensliste der Personen zu erstellen, die zur Zeit der Amerikanischen Aufstände entweder zum nahen Umfeld des Königs gehörten oder im Foreign Office tätig waren.« Sie zog ein Bündel Papiere hervor und überreichte sie ihm. »Bitte.«

Er nahm die Seiten entgegen und blätterte sie durch. »Das ist eine ziemlich lange Liste.«

»In der Tat. Wie auch immer – dreißig Jahre sind eine lange Zeit. Ich bin die Liste durchgegangen und habe die Namen derjenigen entfernt, die entweder tot, krank oder anderweitig invalide sind, oder kürzlich aus London weggezogen sind.« Sie hielt ihm ein anderes, kleineres Blatt entgegen. »Wie Ihr sehen könnt, ist die Liste derjenigen, die noch zu berücksichtigen sind, erheblich kürzer.«

Es standen nur noch etwa ein halbes Dutzend Namen auf der zweiten Liste, unter denen drei ihm sofort ins Auge stachen: der Earl of Hendon, Charles Lord Jarvis und Lord Quillian.

»*Quillian?*«, sagte Sebastian und blickte auf.

»Quillian. Vor dreißig Jahren war er ein nachgeborener Sohn und stand am Beginn einer Karriere im

Foreign Office. Erst einige Jahre später starb sein älterer Bruder, und er erbte den Titel und das Anwesen.«

»Seid Ihr sicher?«

Sie wandte sich zur Tür um. »Wiederholt meine Bemühungen, wenn Ihr wollt.«

Er sagte: »Ich verstehe noch immer nicht, warum Ihr das tut.«

»Bischof Prescott war mein Freund.«

Er schüttelte den Kopf. »Es ist mehr als das.«

»Was sollte es denn noch sein?«, fragte sie und zog den Schleier wieder herunter. »Guten Tag, Mylord.«

Kapitel 37

Lord Quillians elegantes Stadthaus in der Curzon Street war das Anwesen eines Junggesellen. Er hatte nie geheiratet. Jedes Mal, wenn er danach gefragt wurde, sagte er, dass er Haushalte, in denen Frauen und Kinder lebten, zu laut und ermüdend fand, um sie ertragen zu können.

Da er ein Dasein als Junggeselle führte, hatte er eines der Schlafzimmer im zweiten Stockwerk zu einem weitläufigen Ankleidezimmer umbauen, mit Vorhängen aus burgunderrot und blau gestreifter Seide und großen Schränken und Kommoden aus Kirschholz ausstatten lassen. Als Sebastian an diesem Morgen zur barbarischen Stunde von elf Uhr den Türklopfer betätigte, wurde er in diesen großen Raum geführt.

In beigefarbene Hosen, ein weites, am Hals offenstehendes Hemd und einen Morgenrock mit Paisley-Muster gekleidet, hatte Lord Quillian seine Hände in zwei Schalen mit Wasser getaucht, auf dem Schaumkronen schwammen. »Was für eine ungewöhnliche Uhrzeit für einen Besuch«, sagte er, ohne aufzublicken. »Daraus schließe ich, dass ich sicher davon ausgehen kann, Ihr seid aus einem ungewöhnlichen Grund hier?«

Sebastian warf seinen Hut und seine Handschuhe auf einen Beistelltisch und ging zum großen, zur Straße weisenden Fenster, lehnte sich gegen den Rahmen und verschränkte die Arme vor der Brust. »Ihr sagtet mir nicht, dass Ihr vor dreißig Jahren im Außenministerium tätig wart.«

Quillian warf einen Blick auf den kleinen, pummeligen Kammerdiener, der mit einem Handtuch in der Nähe herumwuselte. »Lassen Sie uns allein.«

Der Mann dienerte, legte das Tuch neben seinem Herrn ab und zog sich zurück.

Quillian zog seine Hände aus dem Wasser und trocknete jeden Finger mit sorgfältiger Präzision. »Habe ich das nicht? Vielleicht habt Ihr recht. Allerdings erinnere ich mich, erwähnt zu haben, dass meine Lage als jüngerer Sohn mich auf die gewöhnliche Notwendigkeit beschränkte, mir mein Brot selbst zu verdienen. Aber vielleicht habe ich nicht die genaue Natur meiner« - er zog eine Grimasse - »*Beschäftigung* genannt. Ich muss nicht eigens erwähnen, dass es nicht gerade ein Höhepunkt in meinem Leben war.«

»Wie ist Euer Bruder gestorben?«

»Mein Bruder?« Quillian blickte auf, seine Augen verengten sich. »Wenn Ihr es unbedingt wissen müsst – er starb an den Pocken. Was genau stellt Ihr da in den Raum, Mylord? Dass ich als junger Mann in einer derartig angespannten finanziellen Lage war, mein Heil darin zu suchen, die Geheimnisse meines Landes an die Amerikaner zu verschachern? Und dann, als ein zeitlich ungünstiger Friedensschluss diesem lukrativen Geschäft ein Ende setzte, habe ich meinen Bruder von Straßenräubern überfallen lassen, um selbst zu erben?«

Sebastian betrachtete die Spitze seines Stiefels. »Ich erinnere mich nicht, irgendetwas über einen Verräter gesagt zu haben.«

Quillian hielt einen Augenblick still, dann beugte er den Kopf in gespielter Zustimmung. »Touché, Mylord. Ihr habt recht, das habt Ihr nicht. Doch Ihr seid ein so unermüdlich nachforschender junger Mann – wie hätte ich da bezweifeln sollen, dass Ihr inzwischen von den Briefen des Alkibiades erfahren habt?«

»Nach meinem Verständnis war die Existenz dieser Alkibiades-Briefe ein streng gehütetes Geheimnis.«

Quillian griff nach einem kleinen Messer und begann, seine Nägel zu kürzen. »Das war es auch – vor dreißig Jahren. Aber im Lauf der Zeit werden solche Dinge immer ungefährlicher. Perceval ließ im April in meiner Anwesenheit einige gezielte Bemerkungen über den Skandal fallen. Ich muss nicht eigens erwähnen, dass ich aufhorchte. Ich meine, es war ein eigenartiger Zeitpunkt. Stimmt Ihr mir darin nicht zu?«

»Ja.«

Lord Quillian seufzte dramatisch. »Am Ende war natürlich alles nichtig. Und ich hoffte so, dass Sir Nigel selbst Alkibiades wäre, dabei hat er in Wahrheit die Existenz des Verräters entdeckt. Allerdings nicht die Identität des Mannes, wie es scheint.«

»Nicht dass wir wüssten.«

Quillian riss in gespieltem Begreifen die Augen auf. »Also deutet Ihr an, dass … was genau? Dass Sir Nigel mich mit Beweisen für meine mutmaßlichen verräterischen Machenschaften konfrontierte, woraufhin ich ihn tötete, um ihn zum Schweigen zu bringen?« Quillian runzelte die Stirn. »Ja, ich sehe, wo in einem solchen Szenario die Logik liegt. Es hat nur einen Haken.«
»Der wäre?«

»Ich bin kein Verräter.« Quillian erhob sich und warf seinen seidenen Morgenrock ab. »Auch wenn ich verstehe, dass man das leicht behaupten kann. Allerdings nicht so leicht beweisen.«

»Man sagte mir, dass Ihr am fraglichen Dienstag erst um zehn Uhr in Carlton House angekommen seid«, sagte Sebastian. »Wo wart Ihr davor?«

Quillian blickte leicht amüsiert drein. »An keinem Ort, über den ich sprechen möchte«, sagte er und wählte ein frisch gestärktes Halstuch von dem Stapel aus, der für ihn parat gelegt worden war.

Die Konzentration ganz auf sein Spiegelbild gerichtet legte Quillian das weiße irische Leinen sorgsam um den Hals und begann mit der komplizierten Aufgabe, die Enden zu verknoten. »Soweit ich es sehen kann, sind Eure Versuche, den Mörder des Bischofs zu finden, nicht direkt von Erfolg gekrönt. Habt Ihr Eure Aufmerksamkeit deshalb den Geschehnissen von vor dreißig Jahren zugewandt? Ihr nehmt sicherlich nicht an, dass der Bischof und sein Bruder von ein- und demselben Mann getötet wurden?«

»Ich ziehe diese Möglichkeit in Betracht, doch.«

Quillian beugte sich vor, sein Blick wurde konzentriert, als er ein paar sorgsame Korrekturen am übertriebenen Knoten seiner Krawatte vornahm. »Ich nehme an, Ihr wisst, was Ihr tut. Aber ich glaube, Ihr irrt Euch.«

»Tatsächlich? Was nehmt Ihr denn an, was den Brüdern Prescott zugestoßen ist?«

»Ich denke, Francis Prescott hat seinen Bruder vor dreißig Jahren wegen der Erbschaft umgebracht. Und als meine hilfreiche Einmischung die Leiche des Opfers zutage förderte, eilte er zum Ort des Verbrechens zurück – um selbst zum Opfer zu werden.«

»Wessen Opfer?«

Der Dandy wandte sich vom Spiegel ab und streckte sich nach einer Weste aus blass lachsfarbener Seide mit einem Rückenteil aus feinem, weißem Leinen. »Ich gab Euch doch neulich einen kleinen Hinweis. Habt Ihr ihn nicht verfolgt?«

Sebastian kräuselte die Stirn. »Ihr meint William Franklin? Wollt Ihr mich glauben machen, der Amerikaner tötete den Bischof wegen ein paar Schuljungen?«

»Meine Güte«, sagte Quillian und knöpfte energisch die Reihe kleiner Perlenknöpfe seines Gilets zu. »Kann es sein, dass Ihr es gar nicht wisst?«

»Dass ich was nicht weiß?«

»Wie groß die Abneigung war, die William Franklin unserem guten Bischof entgegenbrachte. Wisst Ihr, als einer der führenden Loyalisten, die in London Zuflucht suchten, arbeitete William Franklin unermüdlich im Anliegen seiner amerikanischen Landsmänner und brachte im Parlament Petitionen für ihre Entlastung ein. Als jedoch Franklins eigener Fall vor die Parlamentarische Kommission gebracht wurde, sprach man ihm lediglich eine Bagatellsumme zu. Den Hauptteil seiner Forderungen – die sich auf nahezu fünfzigtausend Pfund beliefen – erkannte man ihm nicht an.«

»Warum?«

»Weil Francis Prescott die Kommission davon überzeugte, dass Franklins Loyalität zweifelhaft wäre, und zwar aufgrund der verräterischen Aktivitäten seines berühmten Vaters Benjamin Franklin. Nach Prescotts Auffassung hatten *père et fils* Franklin gezielt beide

Seiten des Konflikts unterstützt, sodass sie immer gewinnen würden, egal, wie der Konflikt ausginge.«

»Wann war das?«

»Die Anhörungen der Kommission? In den späten Achtzigern glaube ich.«

»Also wollt Ihr sagen, dass William Franklin mehr als zwanzig Jahre wartete, bis er alt und unbeweglich war, bevor er plötzlich eines Abends beschloss, dem Bischof in eine abgelegene Dorfkirche zu folgen und ihm Schädel einzuschlagen?«

»*La Vengeance est un plat qui se mange froid.* Vielleicht hat Franklin jetzt, da seine Frau tot ist, nicht mehr das Gefühl, noch etwas zu verlieren zu haben?« Quillian zog die Schultern hoch. »Aber der Experte für Mord seid Ihr, also nehme ich an, ich sollte mich Eurer überragenden Kenntnis des Sujets beugen.«

Rache ist ein Gericht, das man am besten kalt genießt. Sebastian beobachtete, wie der Baron eine filigran gravierte goldene Uhr in die Tasche seiner Weste gleiten ließ. »Ich bin neugierig«, sagte Sebastian. »Wie kommt es, dass Ihr so viel über die Beziehungen zwischen Prescott und William Franklin wisst?«

Quillian hängte einen Anhänger ans Ende seiner Uhrkette. »Wie lautet das Sprichwort? ›Bleib deinen Freunden nahe und deinen Feinden noch näher.‹ Francis Prescott hat sich selbst zu meinem Feind gemacht. Deshalb habe ich es mir zur Aufgabe gemacht, all die kleinen schmutzigen Geheimnisse zu kennen, die der Bischof vor allen anderen verbergen wollte.« Er streckte die Hand aus und zog leicht an der Glockenschnur. Einen Augenblick darauf erschien der Leibdiener des Barons in der Tür.

»Sind wir bereit, den Mantel anzulegen, Mylord?«, sagte der kleine Mann mit einer Verbeugung. »Soll ich James um seine Hilfe bitten?«

Sebastian drückte sich von der Fensterbank ab. »Sind die gemeinsamen Anstrengungen Eures Leibdieners *und* Eures Kammerdieners nötig, um Euch in Euren Mantel zu kleiden?«

»Das will ich doch sehr hoffen«, sagte Quillian irritiert. »Jegliches überschüssige Material würde unansehnliche *Falten* hervorrufen. Und das wäre vollends untragbar.«

Sebastian griff nach seinem Hut und den Handschuhen. »Ich finde selbst hinaus.« Doch auf der Türschwelle blieb er stehen, blickte zurück und sagte: »Eines Tages wird ein Gesetz zur Abschaffung der Sklaverei das Parlament passieren, ob mit oder ohne Bischof Prescott. Das wisst Ihr, nicht wahr?«

»Ich weiß es«, sagte der Baron und richtete seine Manschetten, während der Leibdiener einen tadellos geschneiderten Mantel aus Merino-Kammgarn bereithielt und der Kammerdiener darauf wartete, behilflich zu sein. »Aber ohne Prescott sehe ich es für die nächsten zwanzig oder mehr Jahre nicht voraus. Und wer weiß?« Der Baron lächelte. »Bis dahin kann ich längst tot sein.«

William Franklin stand an einer der offenen Seiten des langen, niedrigen Gebäudes, das sich hunderte Meter den Penton Place in der Nähe von Hanging Field entlang erstreckte. Der Komplex, der als Leinpfad bekannt war, bestand aus niedrigen Backsteinmauern, die nur bis in Hüfthöhe reichten, und einem schlichten

Reetdach, das von Reihen grober Pfosten getragen wurde. Darunter waren Hanffasern zu Seilen gesponnen und dann zu Stricken gewickelt. Die Seile konnten nur miteinander zu festen Stricken verschlungen werden, wenn sie komplett auseinandergezogen wurden, was auch die ungewöhnliche Länge des Leinpfads erklärte.

»Faszinierend, nicht wahr?«, sagte Franklin, als Sebastian zu ihm schlenderte. Der alte Mann musste schreien, damit er sich über das Klackern der sich drehenden Metallräder verständlich machen konnte. »Als ich ein kleiner Bub war, hat mein Vater mich in Philadelphia immer zum Leinpfad in der Nähe des Hafens mitgenommen. Ellen freut sich auch immer.«

Sebastian verengte die Augen gegen die dichten Wolken aus Hanffasern. Es war eine schmutzige Arbeit, und die Luft war schwer vom Geruch nach Hanf und Teer und dem Surren der sich verwickelnden Fäden. »Heute ist sie aber nicht bei Ihnen?«

»Sie wäre mitgekommen, aber sie wollte den Brief an ihren Vater zu Ende schreiben.« Das Lächeln des alten Mannes verschwand kurz, als er an seinen unberechenbaren Sohn dachte. »Er verspricht ihr seit Langem, sie besuchen zu kommen, kommt aber nie. Er hat die Unterlagen meines Vaters, müsst Ihr wissen. Ich dränge ihn schon so lange, sie zu veröffentlichen, habe ihm angeboten, ihm dabei zu helfen. Aber er will nichts davon hören.«

Sebastian studierte das vom Alter gezeichnete Gesicht des Amerikaners. Nach allem, was Sebastian gehört hatte, pflegten die familiären Arrangements der Franklins einem eigenartigen und bizarren Muster zu folgen. William Franklin, selbst ein illegitimer Sohn, hatte seinen eigenen illegitimen Sohn Temple von Benjamin aufziehen lassen. Temple Franklin wiederum hatte seine illegitime Tochter Ellen in Williams Familie aufwachsen lasen. Sie waren eine brillante, aber ungewöhnliche Familie. Vielleicht war jede Familie ungewöhnlich, dachte Sebastian dann, jede auf ihre eigene Weise.

Er sagte: »Wie ich hörte, war Bischof Prescott maßgeblich für die Entscheidung der Parlamentarischen Kommission verantwortlich, Ihren Antrag zum größten Teil abzulehnen.«

Franklin warf ihm einen wissenden Seitenblick zu. »Ah, deshalb seid Ihr hier, nicht wahr? Ihr habt von den Beschlüssen der Kommission gehört.« Er gluckste leise. »Glaubt mir, Lord Devlin, wenn ich je den Drang verspürte, Francis Prescott zu töten, dann vor zwanzig Jahren. Nicht vergangene Woche.«

»Manchmal türmen sich solche Dinge übereinander auf.«

»Richtig«, sagte Franklin. »Richtig.« Er zog eine schlichte goldene Taschenuhr aus seinem altmodischen, tabaksfleckigen Gilet und sah nach der Uhrzeit. »Ich habe Ellen versprochen, mit ihr zu *Gunter's* ein Eis holen zu gehen. Aber ein paar Minuten bleiben mir noch.«

Etwas in der Bewegung rief in Sebastians Kopf das Echo einer Erinnerung wach, aber der Gedanke schien nur kurz auf und verschwand, bevor er ihn greifen konnte.

Er hob den Blick zum Leinpfad, wo ein Mann mit einem großen, hölzernen Keil, der als »Top« bezeichnet wurde, die Seile vor der Aufwicklung zog und gespannt hielt. Die Leinen mussten gleichmäßig unter Spannung gehalten werden, ohne Verknotungen, bis der gesamte Faden aufgewickelt war. Die Durchschnittslänge eines Fadens betrug tausend Fuß.

Die Länge, die man brauchte, um einen Mann wegen – beispielsweise – Mordes zu erhängen, war deutlich geringer.

Sebastians Hände umfassten die Backsteinmauer vor ihnen fester, als er dabei zusah, wie sich die Stränge der Seile miteinander verwoben. »Großer Gott«, sagte er. »Warum habe ich daran nicht früher gedacht?«

Franklin schüttelte verständnislos den Kopf. »Woran gedacht?«

Sebastian drückte sich von der Mauer ab. »Danke sehr für Ihre Hilfe, Mister Franklin.«

»Jederzeit, jederzeit«, rief Franklin ihm hinterher. »Und Euch viel Glück, Lord Devlin.«

Kapitel 38

Sebastian machte einen Zwischenhalt in der Brook Street, um eine kleine, geladene, doppelläufige Pistole in seine Tasche zu schieben. Dann brach er zur Bow Street auf.

Als er im Public Office ankam, erschreckte er Sir Henry Lovejoy mit seiner Frage: »Sie sagten, Sie würden die Umstände der Deportation von Jack Slade untersuchen. Nicht wahr?«

»Ja«, sagte der Magistrat, setzte umständlich seine Brille auf und griff nach einer Akte. »Ich habe meine Notizen gleich hier. Allerdings hatte ich den Eindruck, dass Ihr die Verwicklung von Mister Slade nicht mehr für möglich hieltet?«

»Ich habe meine Meinung geändert. Sagen Sie mir alles, was Sie wissen.«

Als Sebastian den Metzgereiladen in der Monkwell Street betrat, löste Jack Slade gerade Fett von einer Lammkeule. Der Metzger trug eine blutige Schürze um die Taille. Die Hand, in der er das dünne Ausbeinmesser hielt, war ebenfalls blutig, genauso wie das Hackmesser, das neben ihm lag. Der durchdringende Geruch nach rohem Fleisch erfüllte die Luft.

Sebastian sagte: »Sie haben mir gar nicht erzählt, dass das Gnadengesuch von Francis Prescott Sie vor dem Galgen gerettet hat.«

Slade sah auf, die eine Wange war dunkel von verschmiertem Blut, der Kiefer angespannt. »Und wenn?«

Sebastian ließ den Blick durch den kleinen Laden schweifen und nahm die Rinder- und Schafhälften wahr, die an massiven Wandhaken hingen. Ein Tablett mit Würsten stand auf der Theke; das grüne, verbeulte Gitter, mit dem nach den Geschäftszeiten der Laden verschlossen werden würde, war gegen die Wand gelehnt.

Er sagte: »Die Sache ist folgendermaßen: Ich frage mich schon die ganze Zeit etwas. Warum sollte Father Prescott – ich nehme an, damals war er nur ein Priester, nicht Bischof? Gleichgültig – warum sollte Father Prescott intervenieren, um einem Mann zu helfen, der dafür verurteilt wurde, im Alkoholrausch seine Frau zu Tode geprügelt zu haben? Ja, richtig«, sagte Sebastian, als sich Slades Brauen zusammenzogen. »Ich habe herausgefunden, dass Sie nicht ganz die Wahrheit sagten, als Sie behaupteten, Ihre Frau wäre verstorben, während Sie in Sydney waren.«

Der Metzger schnitt einen Streifen Fett ab und ließ ihn in den Eimer zu seinen Füßen fallen. »Schätze, er fühlte sich schuldig. Wegen dem, was sein Bruder meiner Familie angetan hat.«

»Das ist eine Erklärung«, sagte Sebastian.

»Welche gibt's denn sonst noch?«

Sebastian änderte seine Haltung, sodass er freien Blick auf die Straße hatte, wo ein Straßenhändler ein Fass den Hügel hinauf zum Kirchhof rollte. »Schönen Laden haben Sie hier. Sind Sie schon lange im Geschäft?«

»Fast fünf Jahre. Warum fragt Ihr?«

»Es kommt nicht oft vor, dass ein Mann, der in Botany Bay war, mit den nötigen Mitteln nach Hause kommt, um ein Geschäft zu gründen.«

Slades Kopf fuhr hoch, und der Griff seines Messers klapperte auf der Oberfläche des Hackblocks. »Was wollt Ihr damit sagen?«

»Dass Sie Francis Prescott erpresst haben. Dass Sie ihn schon vor Jahrzehnten erpresst haben, dass er seinen Einfluss nutzte, um Sie vor dem Galgen zu retten. Und dann, als Sie aus Botany Bay zurück waren, haben Sie ihn wieder unter Druck gesetzt, damit er Ihnen das Geld gab, um diesen Laden zu eröffnen.«

Slade starrte ihn an, die Stirn gerunzelt, die Nasenflügel in jedem Atemzug blähend.

Sebastian sagte: »Ich nehme an, er ließ Ihnen außerdem regelmäßig eine kleine Summe zukommen, oder? Ist das der Grund, weshalb Sie am Montag vor London House auf dem Gehweg mit ihm diskutiert haben? Weil Sie fanden, dass seine Aussicht auf das Amt des Erzbischofs in Zukunft den Preis für Ihr weiteres Schweigen erhöhen sollte, er aber nicht willens war, darauf einzugehen?«

Slade wischte mit der Rückseite seines festen Unterarms über seine sonnengebräunte Stirn und hinterließ dort einen weiteren blutigen Streifen. »Schaut mal, der Bischof war mein Freund. Die Leute kennen die Geheimnisse ihrer Freunde. Die Leute helfen ihren Freunden, wenn sie können. Daran is nix Falsches.«

»Und welches Geheimnis kanntet Ihr vom Bischof von Lon-«

Sebastian unterbrach sich, da sein übersensibles Gehör das leise Geräusch von reibendem Stoff und das unterdrückte Atmen eines Mannes wahrnahm. Sebastian warf sich gerade in dem Augenblick zur Seite, als ein gigantischer Ochsenknochen, der noch vor Fett und Knorpel glänzte, durch die Luft dorthin geflogen kam, wo er einen Augenblick zuvor seinen Kopf gehabt hatte.

»Moin, *Captain* Viscount«, sagte Obadiah, der die Lippen in einem Grinsen zurückzog und den Geruch heißen, alten Schweißes um sich verbreitete, als er erneut mit dem Ochsenknochen ausholte.

Sebastian schnappte sich das hölzerne Wursttablett und schleuderte es dem Mann fest genug ins Gesicht, dass dieser zur Wand zurück wankte. Zerrissener Wurstdarm und Fettbröckchen rannen seine Lederweste und die Hosen hinunter. Mit einem Brüllen stieß er sich von der Wand ab, den Kopf wie ein angreifender Stier gesenkt.

Sebastian zog die kleine Steinschlosspistole aus der Jackentasche und schoss aus beiden Läufen in das Gesicht des Mannes, womit er es in einen Sprühnebel aus Blut und Knochen verwandelte. Der kleine Laden füllte sich mit dichtem, blauem Rauch und dem beißenden Geruch verbrannten Pulvers.

Jack Slade brüllte: »*Obadiah!*« Er schnappte nach dem Hackbeil, sprang über den Tresen und warf sich auf Sebastian.

Sebastian riss instinktiv den Arm hoch, bremste den Schlag jedoch nur zum Teil, und die scharfe Klinge schnitt tief in sein Fleisch. Dann prallte der kräftige Körper des Metzgers auf ihn, und beide Männer gingen zu Boden.

Sie stießen gegen den Blecheimer, der umfiel und einen Schwall flüssigen und geronnenen Bluts über den Boden ergoss. Sebastian wankte und rutschte in dem blutigen Sägemehl, aber es gelang ihm, sich auf den Metzger zu wälzen. Er schloss die linke Faust um Slades Handgelenk und riss die Hand mit dem Hackmesser hoch über den Kopf des Metzgers. Doch Sebastians rechter Arm hing an seiner Seite herunter, nass von Blut, das von seinen Fingerspitzen herabtropfte und sich mit dem verschütteten Dreck auf dem Boden mischte. Er bemerkte, wie sich von den Seiten her seine Sicht eintrübte. Die Kraft in seinem Faustgriff ließ nach.

Slade bäumte sich auf und rammte mit dem Oberkopf gegen Sebastians Stirn. Sebastian taumelte zurück und verlor mit seinen vom Blut glitschigen Fingern den Halt am Handgelenk des Metzgers.

Slade bewegte sich ruckartig zur Seite und holte mit dem Hackmesser in Richtung von Sebastians Kopf aus. Sebastian warf sich zur Seite. Die schwere Klinge krachte in den hölzernen Rahmen des alten grünen Gitters hinter ihm, wo sie stecken blieb.

Slade, dessen Gesicht ein gestreiftes Muster aus Schweiß, Blut und Sägespänen aufwies, ruckelte am Griff des Beils, um es freizubekommen. Sebastian rammte den Stiefelabsatz seitlich gegen den Kopf des Metzgers und stieß ihn so zurück. Dann umschloss er mit der Linken selbst den Beilgriff. Er hebelte die Klinge aus dem Holz heraus und schwang herum, als Jack Slade gerade angreifen wollte.

Mit einem hässlichen, dumpfen Geräusch schnitt die Klinge des Hackbeils in den Brustkorb des Metzgers. Slade plumpste nach hinten, zuckte und lag still.

Den Atem mit einem pfeifenden Geräusch einziehend, sank Sebastian gegen die blutbespritzte Wand zurück. Er saß einen Augenblick still da, sein Harz schlug fest gegen seinen Brustkorb, und das Blut aus der klaffenden Wunde an seinem Arm sammelte sich auf den Bodendielen neben ihm. Dann riss er sich das Halstuch herunter und band es fest um seinen Arm.

»Du hast Glück gehabt«, sagte Gibson, der den hässlichen Riss in Sebastians Unterarm mit einer sauberen Reihe Stiche nähte. »Nur eine Spur tiefer, und er hätte eine Arterie verletzt. Ein winziges bisschen mehr nach rechts, und es hätte dich die Bewegungsfähigkeit deiner Hand kosten können.«

Sebastian hatte sich bis auf sein zerrissenes, blutgetränktes Hemd und die Hosen ausgezogen und saß zusammengesunken auf dem einen Ende des langen, schmalen Tischs im vorderen Zimmer von Gibsons Praxis. Er nahm einen tiefen Zug aus der offenen Brandyflasche, die er mit einer Faust fest umklammerte, und biss die Zähne zusammen.

»Tut weh, was?«, sagte Gibson in einem Ton, der verdächtig nach hämischer Genugtuung klang. Er verknotete die Fäden und griff nach einer Rolle mit Wundverbänden. »Du glaubst also, dass es stimmt? Dass Slade den Bischof erpresst hat?«

»Ich glaube nicht, dass es da große Zweifel gibt. Die Frage lautet, wofür hat der Bischof Slade bezahlt? Um welches Geheimnis ging es?«

»Dass Francis Prescott vor dreißig Jahren in der Krypta von St. Margaret's seinen Bruder ermordete?«, schlug Gibson vor und wickelte den Verband um sein Werk.

»Das glaube ich nicht. Ich muss immer wieder daran denken, wie Slade lachte, als er hörte, dass Sir Nigel in der Krypta dort unten gefunden worden war.«

»Hättest du ihn nicht getötet, hättest du ihn fragen können.«

»Hätte ich ihn nicht getötet, hätte er *mich* getötet.«

»Das ist wohl so.«

Sebastian nahm einen weiteren tiefen Schluck Brandy. »Miss Jarvis wusste, dass Prescott erpresst wurde. Sie wusste nur nicht, von wem. Das heißt aber nicht, dass sie nicht weiß, weshalb.«

Gibson verknotete den Verband und übergab Sebastian die zerrissenen, blutigen Überreste seines Jacketts. »Falls du vorhast, sie zu besuchen, solltest du in Betracht ziehen, in der Brook Street anzuhalten, um dich zurechtzumachen.«

Sebastian grunzte und schob seinen Arm in das, was von dem Hemdsärmel noch übrig war.

»Und was auch immer du machst, lenke deine Füchse nicht selbst«, sagte der Arzt und passte ihm eine Schlinge an. »Oder die Grauen. Halte dich entweder an Mietdroschken oder lass Tom oder Giles dich fahren. Du musst diesem Arm Ruhe gönnen. Wenn du es übertreibst, kannst du den Gebrauch dieser Hand immer noch einbüßen.«

»Für den Fall, dass du es vergessen haben solltest: Tom heilt selbst noch eine Verletzung aus.«

»Ich habe heute Nachmittag nach Toms Schulter gesehen. Kinder heilen rasch. Wenn du mich fragst, könnte diese erzwungene Untätigkeit mehr Schaden als Gutes bewirken. Davon abgesehen ist er nicht in Gefahr. Obadiah ist ja tot.«

»Und wenn es gar nicht Obadiah war, der letzte Nacht auf uns geschossen hat?«

Gibson hob die Schüssel mit blutigem Wasser und den Haufen schmutziger Leinentücher hoch. »Irgendwie kann ich mir William Franklin gar nicht vorstellen, wie er neben einer Haustreppe in der Brook Street wartet, um auf dich zu schießen. Das war Obadiah.«

Sebastian glaubte an seine eigene Version. Aber überzeugt war er nicht.

Kapitel 39

Er traf Miss Jarvis in der Bibliothek von Berkeley Square am dunklen, schweren Schreibtisch sitzend an, umgeben von Bücher- und Papierstapeln.

Sie trug ein schlichtes Kleid aus blassgelbem Makobatist, das hochgeschlossen und mit feiner weißer Spitze verziert war. Sie hielt den Kopf über Notizen gesenkt, die sie gerade machte, und das nachmittägliche Sonnenlicht fiel durch das große Fenster zum Garten warm auf ihr braunes Haar. Bei Sebastians Eintreten sah sie auf und legte ihre Feder zur Seite, ihr Antlitz ruhig und beherrscht. Er suchte ihre gleichmäßigen Züge nach Hinweisen darauf ab, dass sein Verdacht wahr sein könnte. Sollte sie jedoch seine Anwesenheit als beunruhigend empfinden, so ließ sie es sich nicht anmerken.

»Lord Devlin«, kündigte der Butler ihr an und drückte sich nervös herum, offensichtlich unsicher, ob es weise war, sie der Gesellschaft eines so gefährlichen Besuchers zu überlassen.

»Ihr könnt ihm sagen, dass ich verspreche, Euch nicht zu entführen«, sagte Sebastian und ging zu einem Tisch, auf dem ein Tablett mit einer Karaffe von Lord Jarvis' bestem Brandy stand.

Eine Andeutung von Belustigung hellte ihre Züge auf. »Danke, Grisham. Das wäre alles.«

Sebastian schenkte sich einen Drink ein und leerte ihn in einem einzigen Zug.

»Nehmt Euch doch etwas Brandy«, sagte sie in sardonischem Ton.

Er füllte sein Glas erneut. »Vielen Dank.«

Ihr Blick haftete einen Augenblick lang auf seiner Armschlinge. Doch anstatt eine Bemerkung dazu zu machen, erhob sie sich und begann, ihre Unterlagen einzusammeln.

Er sagte: »Habt Ihr ein neues Projekt in Angriff genommen, Miss Jarvis?«

»Tatsächlich ist mir in den Sinn gekommen, dass Ihr vielleicht ganz recht habt und ich mich zu einseitig auf Lord Quillian als Täter versteift habe. Deshalb habe ich beschlossen, mehrere andere Thesen zu verfolgen.«

Er schlenderte zu ihr, um den Titel auf dem am nächsten liegenden Buch zu betrachten. »*Burkes's Peerage*? Also seid Ihr gerade ... wobei? Eure Liste Verdächtiger zu erweitern, indem Ihr das komplette Adelsverzeichnis mit einbezieht?«

Ein böswilliges Glitzern verdunkelte ihre feinen grauen Augen. Sie entwand den Band seinem Griff und schob ihn in ein Regal zurück. »Wusstet Ihr, dass Lady Prescott vor ihrer Eheschließung mit einem anderen Mann durchgebrannt war?«

»Der nicht standesgemäße Verehrer. Meine liebe Miss Jarvis, habt Ihr zufällig seine Identität herausgefunden?«

»Nicht zufällig, Mylord. Aber ich habe seine Identität herausgefunden. Leutnant Marc Hatfield, dritter Sohn von Lord Bixby.«

»Wer?«

»Leutnant Hatfield. Er wurde in Yorktown getötet.«

Sebastian starrte nachdenklich in seinen Brandy. »Mit anderen Worten, er ist Sir Nigel um fast ein Jahr in den Tod vorausgegangen.«

Sie nickte. »Als ich zum ersten Mal von dem Durchbrennen erfuhr, dachte ich, der enttäuschte Verehrer könnte für Sir Nigels Tod verantwortlich sein. Doch das war offensichtlich nicht möglich.«

Etwas an der jovialen Art und Weise, in der sie das sagte, verriet Sebastian mehr, als sie wohl beabsichtigt hatte. Er nahm einen Schluck Brandy und sagte mit stiller Belustigung: »Ihr dachtet, der nicht standesgemäße Verehrer wäre Quillian, richtig?«

Ein Spur Röte huschte über ihre Wangen, doch sie sagte nur: »Was ist mit Eurem Arm geschehen?«

»Eine unerfreuliche Begegnung mit einem Metzger und seinem Hackbeil.«

»Einem *Metzger*?«

»Ein Mann namens Jack Slade. Schon einmal von ihm gehört?«

Sie schüttelte den Kopf. »Sollte ich?«

»Vergangenen Mittwoch erzähltet Ihr mir von Eurem Verdacht, jemand hätte Bischof Prescott erpresst. Wie der Zufall es will, hattet Ihr damit recht. Allerdings war es nicht Quillian, sondern Jack Slade.«

»Der Metzger.«

»Der Metzger.«

»Das kann nicht Euer Ernst sein.«

»Ist es aber. Wisst Ihr, dieser spezielle Metzger ist in Prescott Grange aufgewachsen und hegte und pflegte einen mächtigen Hass gegen die Gebrüder Prescott. Zu irgendeinem Zeitpunkt vor seiner Deportation nach Botany Bay wegen Mordes an seiner Gattin gelangte

Mr. Jack Slade in den Besitz eines wertvollen Geheimnisses.«

Ihm war bewusst, dass sie ihn sehr genau beobachtete. Sie sagte: »Und kennt Ihr die Natur dieses Geheimnisses?«

»Nein.« Er leerte sein Glas und stellte es beiseite. »Aber Ihr kennt es, nicht?«

»Wie bitte?«

Er ging zu ihr, nahe genug, um den schwachen Lavendelduft zu riechen, der um ihre Schultern lag, und um das verräterische Zusammenziehen ihrer Pupillen zu erkennen. »Als Ihr Euch am Dienstagabend vergangener Woche mit dem Bischof getroffen habt – was sagte er da, dass Ihr glaubtet, er würde erpresst? Und denkt nicht einmal über irgendwelches frommes Geplapper nach, dass man das Vertrauen eines Freundes selbst nach seinem gewaltsamen Tod ehren müsse. Im Lauf der vergangenen Woche war ich gezwungen, drei Männer zu töten. Es wurde auf mich geschossen, ich wurde mit einer Pferdepeitsche geschlagen, einem Hackbeil angegriffen und beinahe ertränkt. Mein Geduldsfaden wird langsam dünn.«

Zwei steile, helle Falten erschienen in ihren Mundwinkeln.

»Verratet es mir«, sagte er.

Sie ging zurück und begann, ihre Bücher zu stapeln. Das leise Geräusch, das entstand, als die Buchdeckel aufeinander zu liegen kamen, klang in dem stillen Saal unnatürlich laut. Er glaubte nicht, dass sie die Absicht hatte, ihm zu antworten. Dann schien sie zu einer Entscheidung zu kommen. Sie sagte: »Als ich vergangenen Dienstagabend in London House eintraf, war ganz offensichtlich etwas geschehen, das ihn beunruhigte. Zunächst sagte er einfach, er hätte verstörende Nachrichten erhalten. Aber später, nachdem wir miteinander gesprochen hatten ...«

»Ja?«, drängte er sie, als sie zögerte.

»Er sagte, es sei nicht angenehm, von den Ereignissen der Vergangenheit eingeholt zu werden. Und er verriet mir ... er verriet mir, dass er in seiner Jugend Vater geworden war.«

»Sir Peter?«

Ihr Kopf ruckte nach oben. »*Sir Peter?* Gütiger Himmel. Daran habe ich nie gedacht. *Ist* Sir Peter sein Kind?«

»Ich weiß es nicht, aber inzwischen habe ich den Verdacht, dass es so sein könnte.«

»Ich frage mich, ob Prescott deshalb *Die Choephoren* gelesen hat?«

»Es ergibt Sinn, nicht wahr?« Er betrachtete ihre sorgsam beherrschten Züge. »Was hat der Bischof noch zu Euch gesagt?«

»Nichts.«

Sebastian blickte durch das Fenster auf den hübschen, von hohen Mauern umgebenen Garten hinter dem Haus, auf die sich im Wind bewegenden grünen Blätter der Sträucher und den blauen Streifen des vom Regen reingewaschenen Himmels. Er konnte sich nur einen einzigen Grund vorstellen, weshalb Francis Prescott diese schmerzliche Last mit Miss Hero Jarvis geteilt haben sollte, und weshalb sie das Geheimnis so ungern enthüllen wollte.

Er hatte sie immer für eine patente, intelligente Frau von außergewöhnlichem Mut und Stärke gehalten.

Doch jetzt, da sie mit durchgestrecktem Rücken in der Nachmittagssonne stand, die durch das Fenster hereinfiel, wirkte sie auf einmal verletzlich und vielleicht auch etwas ängstlich.

»Dies ist kein Geheimnis, das Ihr verstecken oder allein tragen müsst«, sagte er ruhig. »Wir können schon morgen mit einer Sondergenehmigung getraut werden. Ihr müsst mir erlauben, so zu handeln, Miss Jarvis. Um Euretwillen und um des Kindes willen.«

Ein Muskel zuckte vor Wut in ihrer Wange und ließ den Eindruck von Verletzlichkeit zerspringen. »Ihr liegt mit Eurer Annahme falsch, Mylord. Es gibt kein Kind.« Und dann sagte sie es nochmals, ihre Augen streng und ohne zu blinzeln, als könnte sie ihn beschwören, ihr zu glauben: »Es gibt kein Kind.«

Sie erinnerte ihn mit ihrer entschlossenen Lüge trotz aller Indizien für das Gegenteil so sehr an Hendon, dass die Ähnlichkeit ihm einen Schauder den Rücken hinunterjagte. »Ihr habt selbst gesagt, dass Ihr es mir nicht verraten würdet, selbst wenn es ein Kind gibt.«

Sie wandte sich ab, den Kopf hoch erhoben, den Rücken gerade, um an dem Glockenstrang neben dem Kamin zu ziehen. Seine Unsicherheit war gerade noch groß genug, dass er aufhörte, in sie zu dringen. Aber er sagte mit gedämpfter Stimme: »Ich werde in dieser Sache nicht lockerlassen.«

»Wenn Ihr mich nochmals besuchen wollt, werde ich nicht zu Hause sein«, sagte sie und rauschte aus dem Saal.

Sebastian saß auf der eingefallenen Steinmauer der verlassenen Gärten, die zum ursprünglichen Somerset

House gehört hatten, und blickte auf das sonnenbeschienene Wasser des Flusses vor sich. Die Luft war schwer vom Summen der Insekten und dem fruchtbaren Geruch eines lang vernachlässigten Gartens. Vor zweihundert Jahren hatte ein mächtiger Herrscher der Renaissance diesen Streifen Landes in prominenter Lage erworben und einen großartigen Palast mit pittoresk angelegten Gärten und weinumrankten Terrassen erbauen lassen. Doch das alte Somerset House gab es schon lange nicht mehr. Was davon noch übriggeblieben war, war dieses verlassene, überwucherte Gewirr zerbrochener Steine und halbtoter Rosenstöcke, sowie eine Flucht versteckter, baufälliger Stufen. Sie führten in vergessene unterirdische Räume hinunter, die überflutet wurden, wenn das Wasser hereindrängte.

Er verbannte die Erinnerungen an diesen bestimmten Tag aus seinem Kopf und verengte die Augen, als er einen Fährmann beobachtete, der seine Fracht zum anderen Ufer ruderte. Seine Ruder ließen eine in der Sonne glitzernde Gischt aufsprühen. Er hatte das beunruhigende Gefühl, das ihm die Zeit davonlief, auch wenn er wusste, dass dieses Gefühl ebenso gut nur eine Folge aus seiner persönlichen Frustration und Wut zusammen mit seiner – wie Kat es einst bezeichnet hatte – charakteristischen Unfähigkeit, eine Niederlage einzugestehen sein konnte.

Immer wieder dachte er an eine Bemerkung zurück, die Sir Peter am Morgen nach Francis Prescotts Tod im Jerusalem Gate gemacht hatte – eine Bemerkung, die Sebastian bis jetzt nicht bedacht hatte. *Das ist doch bezeichnend, oder,* hatte Sir Peter gesagt, *wenn ein Mann*

*sich einen Termin nehmen muss, um seinen verfluch-
ten Onkel zu sehen?*

Sir Peter hatte behauptet, das Treffen am Dienstag vergangener Woche sei nur ein weiterer Teil eines fortdauernden Streits über eine gewisse dunkeläugige Varietétänzerin gewesen. Allerdings würde das bedeuten, dass Francis Prescott *Sir Peter* aufgesucht hätte, und nicht umgekehrt.

Wie Sebastian wusste, konnte es Zufall sein, dass Sir Peter sich mit seinem Onkel am Tag nach dem Zusammenprall zwischen dem Bischof und Jack Slade vor London House getroffen hatte. Doch das bezweifelte er.

Was würde ein Mann wie Jack Slade tun, das fragte sich Sebastian, wenn Francis Prescott die Versuche des Metzgers, ihm mehr Geld abzupressen, verweigert hatte? Sebastian kam auf drei Möglichkeiten: Slade konnte die Niederlage eingestehen. Er konnte in wütender Rache das Geheimnis des Bischofs aller Welt verkünden. Oder ...

Oder er konnte das gefährliche, aber wertvolle Geheimnis einem neuen Käufer anbieten. Vielleicht Lady Prescott.

Oder ihrem Sohn. Sir Peter Prescott.

Kapitel 40

Als der Nachmittag zur Hälfte vorgerückt war und ihre Mutter sich für einige Stunden der Erholung in ihr Ankleidezimmer zurückgezogen hatte, bestellte Hero ihre Kutsche und fuhr flussaufwärts nach Chelsea.

Sie hielt im Schatten einer ausladenden Kastanie am Ende des Chayne Walk an und blieb eine Weile sitzen, den Blick auf das hübsche Backsteinhaus Nummer elf gerichtet. Sie beobachtete, wie Misses McCain heraustrat und vom Flussufer aus die Enten fütterte; sie beobachtete, wie Dr. McCain nach Hause spaziert kam, die Brust gewichtig vorgereckt, seine Füße platschten leicht beim Gehen. Die beiden waren ein freundliches und würdiges Ehepaar, und sie bezweifelte nicht, dass sie eines Tages einem bedürftigen Kind gute Eltern sein würden. Aber nicht ihrem Kind. Sie konnte diesen Menschen ihr Kind nicht überlassen.

Sie beugte sich auf dem Sitz vor, klopfte an des Kutschdach und rief scharf: »Weiter geht's.«

Sebastian nahm die deutlichen Warnungen von Gibson, dass er seinen verletzten Arm schonen müsse, ernst und ließ sich von seinem Laufburschen nach Tanfield Hill fahren. Tom genoss die Erfahrung in vollen Zügen, wenngleich Sebastian in den Augen des Burschen einen Schatten erkennen konnte, als sie am späten Nachmittag das Dorf erreichten. Gibson hatte Toms Fähigkeit, sich rasch zu erholen, offensichtlich überschätzt.

Sebastian ließ die Füchse in Toms Obhut im *Dog and Duck* zurück und folgte einem schmalen Fußpfad den Mühlbach entlang. Über den Hügeln im Westen sank langsam die Sonne, und ihr goldenes Licht fiel durch das Blätterdach der Weiden und Eichen gefiltert auf den dicken Humusboden, der noch feucht vom Regen war, wo es gesprenkelte Schatten hinterließ.

Bessie Dunlop, Kinderfrau von Sir Peter und vor ihm von seiner Mutter, saß auf einem verwitterten Stuhl mit einer hohen Sprossenlehne, der vor die offene Tür ihres Cottages gestellt worden war. Sie schälte Erbsen in eine Schüssel, die sie auf dem Schoß hielt und sah nicht auf, als Sebastian die Lichtung betrat. Doch das Reh, das zufrieden in der Nähe des Cottages graste, erstarrte, die Muskeln angespannt und bereit zu fliehen.

»Alles gut, Mädchen«, sagte Bessie zu dem Reh. »Er wird dir nichts tun.« Erst dann blickte sie hoch. »Ich habe Euch gestern erwartet.«

»Augenscheinlich haben Sie meine Kombinationsgabe überschätzt.«

Sie lachte zu der Bemerkung, ein volles und melodiöses Lachen, das zu einer viel jüngeren Frau hätte gehören können.

Er ging zu ihr und in die Hocke, legte die Ellbogen auf den gespreizten Knien ab und richtete den Blick auf ihr Gesicht. »Sie sagten mir, dass Sir Peter Sie letzte Woche besucht hat. An welchem Tag?«

Gichtige, abgearbeitete Finger griffen nach einer anderen Schote und ließen die harten Erbsen daraus in die Schüssel fallen. »Ein Abend ist für mich wie der andere.«

»Es war an dem Abend, an dem der Bischof gestorben ist, nicht wahr?«

»Kann schon sein.« Sie griff nach einer weiteren Erbsenschote. »Sir Peter ist ein guter Junge. Nie zu beschäftigt oder von seiner eigenen Wichtigkeit verhindert, um sein altes Kindermädchen zu besuchen.«

»Aber irgendwie glaube ich nicht, dass sein Besuch am Dienstag ein rein gesellschaftlicher Besuch war, nicht?«

Als sie nicht antwortete, sagte Sebastian: »Sir Peter kam, um zu fragen, ob es stimmte, was Jack Slade ihm erzählt hatte, nicht? Dass der Bischof sein Vater war.«

Ihre Finger unterbrachen ihre Aufgabe. »Ach nein, das wusste er doch längst.«

»Der Bischof hatte ihm die Wahrheit gesagt?«

»Ja.«

»Warum kam Sir Peter dann zu Ihnen?«

»Er kam, um zu fragen, ob Sir Francis Prescott Sir Nigel getötet hatte.«

Sebastian blickte über die Lichtung zum Mühlbach, der gemächlich vorbeifloss, und dessen Wasseroberfläche fast von den Blättern der hängenden Weidenzweige berührt wurden. »Und was haben Sie ihm gesagt?«

»Ich habe ihm gesagt, dass Francis Prescott niemals einen Mann hätte töten können. Nicht einmal einen, der so böse war wie sein eigener Bruder.«

Sebastian richtete sich wieder auf. »Und war das die Wahrheit?«

Sie legte den Kopf auf eine Seite und suchte seinen Blick. »Ihr schätzt die Wahrheit sehr hoch, nicht wahr, Lord Devlin? Die Wahrheit und die Gerechtigkeit. Ihr habt beide zu Eurer Berufung gemacht. Sogar mehr noch – Ihr habt beide zu Eurem Prüfstein erhoben, vielleicht auch zu einem Götzen. Aber manche Wahrheiten sollten niemals ans Licht. Und manchmal ist das, was Menschen in ihrer selbstgerechten Unwissenheit als Gerechtigkeit bezeichnen, gar keine Gerechtigkeit, sondern nur noch ein Übel mehr, das niemals gutgemacht werden kann.«

Mit einer Leichtigkeit und Anmut, die ihre Jahre Lügen straften, erhob sie sich von ihrem Stuhl und balancierte die Schüssel mit den Erbsen auf ihrer Hüfte. Sie drehte sich um, ging in ihr Cottage und schlug die Tür zu.

Er stand einen Augenblick still da und lauschte auf den warmen Wind, der in den Weiden seufzte, beobachtete eine Ente, die seelenruhig in dem warmen Wasser paddelte, das jetzt vom goldenen Licht der untergehenden Sonne beschienen wurde. Aber das Reh war verschwunden, und der Frieden des Orts war durchbrochen worden. Sebastian wusste, dass er daran schuld war.

***

Anstatt zum *Dog and Duck* zurückzukehren, ging Sebastian die Hauptstraße des Dorfs hinauf, um dann über das im Wind zitternde Gras zu gehen, das von Vergissmeinnicht und umgefallenen grauen Grabsteinen übersät war, bis er die Nordseite des alten Normannischen Kirchenschiffs erreichte.

Jemand – wahrscheinlich Esquire Pyle – hatte einige
der zerbrochenen Bretter des demolierten Beinhauses
über dem Eingang zur Krypta anschlagen lassen. Dennoch konnte Sebastian ihren widerlichen Gestank riechen, der wie ein kalter Todeshauch von unten heraufwaberte.

Er machte einen Schritt zurück, und sein Blick wanderte zu der Linie aus Weiden, die den Mühlbach markierten. Von hier aus konnte er zwei Jungen in Strohhüten sehen, die barfüßig von der gebogenen Steinbrücke aus angelten. Ihre Konturen fingen die schräg einfallenden Strahlen der untergehenden Sonne auf, und
die warme Brise trug ihr fröhliches Lachen zu ihm.
Wenn Sir Peter am vergangenen Dienstagabend seine
ehemalige Kinderfrau besucht hatte, müsste er auf dem
Rückweg nach London an der Kirche vorbeigekommen
sein.

Die Worte der alten Kinderfrau klangen in Sebastians
Kopf nach. Vielleicht hatte sie recht; vielleicht blieben
manche Wahrheiten besser unbekannt. Vor dreißig
Jahren hatte ein grausamer und böser Mann in den Tiefen dieser Krypta den Tod gefunden. Vielleicht wäre es
besser gewesen, wenn die Geschehnisse jener dunklen,
schrecklichen Nacht niemals bekanntgeworden wären. Hochwürden Earnshaws unbeabsichtigte Zerstörung des alten Beinhauses hatte jedoch das Licht der
Gegenwart auf die Vergangenheit geworfen. Und nun
waren sowohl Earnshaw als auch vier weitere Männer
tot.

Er beobachtete eine kleine, blonde Frau in einem militärisch aussehenden Hut und einem Reitgewand mit
Messingknöpfen, die auf einer edlen Rotbraunen die

Hauptstraße herauffritt. Am Eingang zum Kirchhof zog sie die Zügel an. Die schwarze Schleppe ihres Reitgewands glitt über die dunkelroten Flanken ihres Pferds. Die Braune warf den Kopf zurück, ihr Zaumzeug klirrte, als die Dame elegant aus dem Sattel glitt. Sie hielt einen Moment inne und hob den Kopf, um den Kirchhof zu betrachten. Er schlenderte durch das hohe Gras zu ihr.

»Lady Prescott«, sagte er und nahm die Zügel ihres Pferdes.

»Lord Devlin.«

Sie wandten sich um und gingen nebeneinander her, das Pferd trottete hinterdrein. Sie sagte: »Bessie sagte mir, dass ich Euch hier finden würde.«

Als er keinen Kommentar abgab, wandte sie sich ihm zu und sah ihn mit amüsierten, leuchtend blauen Augen an. »Ich weiß nicht, ob sie Dinge sehen kann, die der Rest von uns nicht wahrnimmt, oder ob sie schlicht eine hervorragende Menschenbeobachterin ist. Manchmal kann sie eine unbequeme Zeitgenossin sein.«

Er sagte: »Warum seid Ihr hier, Lady Prescott?«

Sie sah zu dem vom Alter geschwärzten Steinturm vor ihnen, sodass das Licht voll auf ihr Antlitz fiel und die weiche Haut ihrer Wangen sowie eine blasse Narbe beleuchtete, die er erst jetzt sah, und die quer über das Lid ihres linken Auges verlief. »Dreißig Jahre sind eine lange Zeit, um mit einem Geheimnis zu leben.«

Er wartete, und einen Augenblick später sagte sie: »Sir Nigel ist mit einem Packen Papiere aus Amerika zurückgekehrt – verräterische Briefe, die jemand geschrieben hatte, der sich ›Alkibiades‹ nannte.«

»Ja. Ich weiß.«

»Wisst Ihr, wer sie geschrieben hat?«

Er schüttelte den Kopf.

Sie schürzte die Lippen und stieß einen langen Atemzug aus. »Mein Vater war es. Der Marquess of Ripon. Er behauptete, es wäre ein Ausleben republikanischer Prinzipien. Er war ein Schüler der Aufklärung, müsst Ihr wissen, und las in einem fort Voltaire, Rousseau und ihresgleichen.«

»Aber Ihr habt ihm nicht geglaubt?«

Sie stieß ein leises, freudloses Lachen aus. »Die einzige Sache, der mein Vater wirklich ergeben war, war der Spieltisch.«

»Ich hörte, er war tief verschuldet.«

»Das waren sie alle. Sandwich. Dashwood. Fox. Aber nicht alle versuchten, durch Landesverrat aus den Schulden herauszukommen.«

»Wusstet Ihr, was er tat?«

»Nicht, bevor ich diese Briefe zu Gesicht bekam.«

»Sir Nigel zeigte sie Euch?«

»Ja. Er hatte die Handschrift meines Vaters sogleich erkannt.« Sie blickte den Hügel hinab zu der Brücke, auf der einer der Jungen seine Angel einholte. »In einem der Briefe enthüllte mein Vater entscheidende Informationen über die Pläne der Armee für Yorktown.« Sie hielt inne. »Jemand, der mir sehr lieb war, wurde in Yorktown getötet.«

Sebastian sagte: »Warum brachte Sir Nigel die Briefe nicht zum König?«

»Um den Vater seiner eigenen Gattin als Verräter bloßzustellen?« Ein dünnes Lächeln huschte über ihre Lippen. »Was denkt Ihr denn, was aus den Ambitionen meines Gatten geworden wäre, zum Außenminister ernannt zu werden?«

Ihre Hand wanderte hoch zu ihrem Gesicht, und mit den Fingerspitzen berührte sie in einer unbewussten Geste die Narbe über ihrem Auge, bevor sie sie wieder fallen ließ. »Sir Nigel hatte ein schlimmes Gemüt. Er war zornig auf Vater und auf mich. Er wusste, dass er meinen Vater nicht bloßstellen konnte, ohne seine eigenen Interessen zu verletzen. Aber er dachte, die Androhung der Enthüllung wäre genug, um meinen Vater zum Rückzug aus London zu zwingen.«

»Aber das war sie nicht?«

»Vater wusste, dass die Ambitionen meines Ehemanns ihn verwundbar machten. Als Nigel ihm drohte, lachte mein Vater ihn aus. Sagte, er werde sich auf sein Anwesen zurückziehen, wenn Nigel ihm zehntausend Pfund zahlte.«

»Ein gerissener alter Fuchs.«

»Oh ja. Aber mein Vater hat sich verrechnet. Er unterschätzte die Gewalt von Nigels Zorn.«

Eine Fliege umschwirrte die Ohren des Pferds. Die Stute schüttelte den Kopf und ließ ihre Mähne fliegen. Lady Prescott streckte die Hand aus, um den Hals des Pferds zu tätscheln.

»Wann war das?«

»An seinem Todestag. Am fünfundzwanzigsten Juli. Er kam an dem Abend schon wütend aus London nach Hause. Schwor, er würde meinen Vater als Verräter bloßstellen und sich von mir scheiden lassen. Ich bettelte ihn an, es nicht zu tun, aber er verlangte nach seinem Pferd und ritt davon.«

Es sagte einiges über die englischen Ehegesetze und die Haltung der britischen Gesellschaft aus, dass eine verängstigte, missbrauchte Frau entsetzt sein musste, wenn ihr Ehemann mit Scheidung drohte. Sebastian betrachtete Lady Prescotts halb abgewandtes Profil. Die meisten Frauen würden lieber unvorstellbare Grausamkeit von der Hand ihrer Ehemänner ertragen als das soziale Stigma und den finanziellen Ruin einer Scheidung, die das Los geschiedener Frauen waren. Er sagte: »Also seid Ihr ihm gefolgt.«

Sie nickte. »Ich dachte, er würde nach London reiten. Aber als ich durch Tanfield Hill ritt, schien der Vollmond, und ich konnte seine Stute sehen – Lady Jane -, die beim Beinhaus angebunden war. Mein Mann und seine Brüder hatten als Kinder oft in der Krypta gespielt. Er erzählte mir immer Geschichten darüber und prahlte, wie er als Junge dort unten immer Gegenstände versteckt hätte. Mir wurde klar, dass er die Briefe von ›Alkibiades‹ dort versteckt haben musste. Ich hatte in Prescott Grange schon danach gesucht, müsst Ihr wissen, und sie nicht finden können.«

Sie hatten ihren Gang längst unterbrochen und standen auf dem Kiesweg neben der Kirche. Von hier aus konnten sie den Geröllhügel sehen, der von der Zerstörung des Beinhauses noch übrig war. Als der Wind sich drehte, brachte er einen uralten Geruch mit sich.

Sebastian sagte: »Ihr seid ihm in die Krypta gefolgt?«

Sie blickte auf ihre verschränkten Hände hinab. »Ich hoffte immer noch, ich könnte ihn zur Vernunft bringen. Aber er war berauscht von Brandy, Zorn und Rachedurst. Sobald er mich erblickte, ging er auf mich los. So hatte ich ihn noch nie zuvor gesehen. Er hatte mich schon früher verletzt, doch dieses Mal wollte er mich töten, so wahr ich hier stehe.« Ihr Blick wanderte zu der Brücke über den Mühlbach, deren Steine von der untergehenden Sonne in goldenes Licht getaucht waren. Die Jungen waren verschwunden. »Ich glaube ehrlich, er hätte es getan.«

Sebastian sagte: »Der silberne Dolch. Ihr hattet ihn von Prescott Grange mitgebracht, nicht wahr?«

Die Muskeln bewegten sich an ihrer Kehle, als sie schluckte. »Mein Vater hatte ihn mir geschenkt. Er brachte ihn als junger Mann von seiner großen Tour aus Rom mit. Sir Nigel hatte mich ... verletzt, bevor er wegritt. Als ich ihm hinterhergeritten bin, nahm ich den Dolch mit. Nur ... für alle Fälle.

Als ich die Treppe hinunterstieg, war er im hinteren Teil der Krypta. Er hatte aus der Sakristei eine Lampe geholt, und ich konnte das Licht über die Reihen alter Säulen und die gestapelten Särge in den Seitenschiffen flackern sehen. Er drehte sich um, als er mich hörte. Ich sagte seinen Namen. Das war alles. Nur seinen Namen. Er begann sofort, mich anzubrüllen, warf mir die wüstesten Beschimpfungen an den Kopf. Dann stieß er mich zurück gegen eine der Säulen und legte seine großen Hände um meinen Hals.«

Sie hielt einen Augenblick inne, den Blick auf ihre eigenen verschränkten Hände gerichtet. »Ich spürte, wie seine Finger sich in meinen Hals gruben und fest zudrückten. Ich konnte nicht atmen. Ich versuchte, ihn anzubetteln, anzuflehen, dass er aufhörte. Aber ich konnte nicht sprechen. Und ich dachte: *Er braucht sich nicht von mir scheiden zu lassen. Er wird mich umbringen.*«

»Also habt Ihr auf ihn eingestochen.«

Sie nickte, ihre Stimme nur noch ein gequältes Flüstern. »Bloß dass er mich nicht losließ. Er öffnete nur den Mund und schrie und drückte noch fester zu. Also stieß ich nochmal zu. Und nochmal. Und da ließ er mich los.«

»Was machtet Ihr?«

»Ich rannte zum Pfarrhaus. Ich war blutüberströmt. Das meiste war Blut meines Mannes, aber nicht nur. Francis – Sir Nigels Bruder – war damals der örtliche Pfarrer. Er war ein völlig anderer Mensch als sein Bruder. Während Sir Nigel weg war, waren er und ich uns … nahegekommen.«

Sie blickte wieder den Hügel hinab. Sebastian wartete, und nach einer Weile fuhr sie fort. »Frauen, die ihren Ehemann töten, werden noch immer verbrannt. Wusstet Ihr das? Es wird als eine Art des Verrats angesehen.«

»Ihr habt ihn in Notwehr getötet.«

Nur der Hauch eines Lächelns glitt über ihre Lippen. »Und welches Gericht von Männern hätte das geglaubt, was meint Ihr? Ich stieß ihm den Dolch *in den Rücken*. In einer Krypta.«

»Francis Prescott hat Euch geglaubt?«

»Francis kannte seinen Bruder.«

Sebastian sagte: »War es Francis Prescotts Idee, die Krypta zu versiegeln?«

Sie nickte. »Er hatte ohnehin vorgehabt, es zu tun. Es gelang uns gemeinsam, Nigel tiefer in die Schatten zu ziehen. Dann verschloss Francis das Tor zur Krypta, holte die Stute und ließ sie auf der Heidelandschaft laufen. Bis zum Abendgrauen am nächsten Tag wurden beide Eingänge zur Krypta zugemauert.«

Sie sog einen tiefen Atemzug ein, der das Mieder ihres schwarzen Reitgewands hob. Sebastian betrachtete das langsam ergrauende, helle Haar, das sich in ihrem Nacken kräuselte, die sanften blauen Augen, die denen ihres Sohnes so sehr ähnelten, und wusste, dass sie ihm nicht alles erzählte.

Er sagte: »Wusste Sir Nigel, dass Ihr mit dem Kind seines Bruders schwanger wart?«

Er sah, wie ihre Lippen sich öffneten und ihre Wangen erschlafften. Doch sie erholte sich rasch und hob das Kinn. »Ich weiß nicht, worüber ihr da spr...«

»Tut es nicht«, sagte Sebastian. »Bitte versucht nicht, mich für dumm zu verkaufen, Lady Prescott.«

Sie blickte zur Seite und zwinkerte schnell.

Er sagte: »Wusste Sir Nigel es?«

Sie schüttelte den Kopf, ihre Stimme wurde zu einem Flüstern. »Ich wusste es damals selbst noch nicht. Es war ... Es war ein Fehler. Wir wussten das. Aber Francis ... Er war so ein guter und sanftmütiger Mann. Er war alles, was sein Bruder nicht war. Und ich war so unglaublich einsam.«

Sebastian betrachtete eine Ansammlung weißer Wolken in der Nähe des Horizonts, die just in diesem Augenblick einen goldenen Strahlenkranz erhielten, und dachte darüber nach, welcher gute, sanftmütige Priester wohl die traurige, einsame Frau seines Bruders mit der Hitze seines eigenen Körpers tröstete.

Ein sehr menschlicher, dachte er dann.

»Es ist einem Mann verboten, die Witwe seines Bruders zu heiraten. Übrigens ...« Sie unterbrach sich und musste schlucken, bevor sie fortfuhr: »Nachdem, was Nigel zugestoßen war, kam es nicht mehr in Frage, dass wir uns weiterhin sahen. Francis heiratete mehrere Jahre später eine junge Frau, obgleich er als Peters Onkel dennoch eine wichtige Rolle im Leben meines Jungen spielen konnte.«

Sebastian nickte. Was hatte der Kaplan gesagt? *Sir Peter war für ihn wie ein Sohn.* Laut sagte er: »Wie hat Jack Slade die Wahrheit über Sir Peter herausgefunden?«

Er sah den Anflug von Wut und Angst in ihren Augen. »Dieser abscheuliche Mensch. Er hat Francis immer weiter verfolgt. Hat uns beobachtet. Er belauschte uns eines Tages, nachdem Peter geboren war. Das war kurz bevor er seine Frau umbrachte. Francis hat ihn im Newgate-Gefängnis besucht, um mit ihm zu beten, und Slade sagte, wenn Francis nicht vor Gericht den Antrag stellte, dass sein Todesurteil zu Deportation abgemildert würde, würde er aller Welt erzählen, dass mein Sohn ein Bastard sei.«

»Vielleicht hätte man ihm nicht geglaubt.«

Die Farbe ihrer Wangen vertiefte sich. »Es gab im Dorf schon Gerede. Nicht über Francis und mich, aber über Peter. Niemand wusste, dass Sir Nigel in Amerika gewesen war, aber man wusste, dass er bis Mitte Juli auf Reisen gewesen war. Ich hatte verlauten lassen, das Kind sollte im April zur Welt kommen, aber ... Nun ja, er sah nicht wie ein Siebenmonatskind aus.«

»Wusstet Ihr, dass der Bischof Slade nach dessen Rückkehr von Botany Bay Geld zahlte?«

Das Licht, das durch das Blätterdach der Eichen fiel, warf gefleckte Schatten auf ihre Gesichtszüge. Sie sagte: »Ich wusste es. Er tat es für Peter. Aber es besorgte ihn. Ich glaube, er sagte Slade, dass er nicht mehr weiter zahlen wolle, und bedrohte ihn, dass ich ihn wegen Erpressung anzeigen würde, wenn er etwas daran ändern wollte. Deshalb hat Jack Slade ihn getötet.«

»Dessen bin ich mir nicht sicher«, sagte Sebastian.

Sie hob ihre blauen Augen, um ihm ins Gesicht zu blicken, und er sah die wachsende Angst einer Mutter darin. »Wer hat es dann getan?«

Anstelle einer Antwort sagte Sebastian: »Wusste Francis Prescott über die Briefe Eures Vaters Bescheid?«

»Ich habe ihm in jener Nacht davon erzählt. Aber zu Gesicht bekommen hat er sie nie.«

»Was ist denn aus ihnen geworden?«

»Ich weiß es nicht. Ich bin immer davon ausgegangen, dass Sir Nigel sie bei sich trug, als er umgebracht wurde.«

»Ihr habt nicht danach gesucht?«

»Nein. Ich war ... ich war in einem Ausnahmezustand. Und nachdem die Krypta zugemauert wurde, welche Rolle spielte es da noch?«

Die Stute hob den Kopf, und ihre Augen zwinkerten, als sie die Schnauze an ihrer Herrin zu reiben begann. Lady Prescott streichelte die samtige Nase des Pferds. »Nach dem Tod von Sir Nigel ging ich zu meinem Vater und erzählte ihm, dass ich wusste, was er getan hatte, und dass ich die Briefe von Alkibiades vor den König bringen würde. Er wusste nicht, dass ich sie gar nicht mehr besaß. Am nächsten Tag ging er weg nach Derbyshire. Seither haben wir nicht mehr miteinander geredet.«

»Er lebt noch?«

»Ja.«

Entlang dem Mühlbach hatte sich Nebel erhoben. Sebastian konnte eine neue Kühle in der Luft spüren und roch den penetranten Geruch von Holzfeuer in der Brise. Lady Prescott nahm die Zügel ihres Pferdes und schickte sich an, aufzusteigen.

»Die Bestattung ist übermorgen«, sagte sie. »Die Kirche wollte Francis in St. Paul's bestatten, aber Peter hielt es für richtig, ihn hier in der Krypta zu beerdigen. Ihn und Sir Nigel, beide. Und dann wird sie wieder versiegelt. Dieses Mal für immer.«

Sebastian half ihr auf den Sattel und beobachtete, wie sie die Samtschleppe ihres Reitgewands um sich ordnete.

»Warum habt Ihr mir das erzählt?«, fragte er.

»Ich glaube, Ihr kennt den Grund«, sagte sie und bewegte den Absatz zur Seite ihres Pferdes.

Er beobachtete, wie sie davon ritt und den Oberkörper tief über die Mähne des Pferdes beugte, als sie unter die Eichen kam. Der kurze Schleier ihres militärisch wirkenden Huts flatterte im Wind.

Dann wandte er sich in Richtung des *Dog and Duck*.

Kapitel 41

»Glaubst du ihr?«, fragte Gibson.

Sebastian hatte es sich in einem von Gibsons Ohrensesseln im Salon gemütlich gemacht. In seiner brauchbaren Hand hielt er einen Brandy und beobachtete, wie Gibson einen Beutel mit Notizbüchern, Stiften, Maßbändern und allerlei anderen Utensilien füllte.

»Ich bin nicht sicher«, sagte Sebastian und nahm einen langen Zug von seinem Brandy.

»Es passt zu den Wunden an Sir Nigels Leichnam. Zwei oberflächliche, schlecht geführte Stichwunden und eine dritte, tiefe, die tödlich war.«

»Das stimmt«, sagte Sebastian. »Aber sie könnte auch einfach hinter ihm in der Krypta aufgetaucht sein und ihm in den Rücken gestochen haben.«

»Nach allem was wir gehört haben, bin ich mir nicht sicher, ob ich sie für das, was sie tat, verurteilen würde.« Gibson sah zu ihm herüber. »Wirst du es den Behörden berichten?«

Sebastian nahm einen weiteren Schluck Brandy. »Nein.« Er sah, wie Gibson auch noch Kerzen in seinen Rucksack packte, und fragte ihn: »Worauf zum Teufel bereitest du dich da vor?«

Gibson griff nach einer Zunderdose. »Sir Henry sagte mir, dass sie die Krypta von St. Margaret's nach der Bestattung erneut versiegeln wollen. Ich erwähnte, dass ich interessiert wäre, mich ein bisschen umzusehen, und er sagte, er wolle es mit der zuständigen Behörde abklären. Morgen früh werde ich gleich als Erstes dorthin fahren. Ich habe gehört, dass manche der Leichen noch aus der Zeit vor der Eroberung stammen, und ich werde nicht viel Zeit haben, sie alle zu studieren.«

»Sie wofür zu studieren?«

»Zum Zwecke des Vergleichens.«

Sebastian biss die Zähne zusammen, als eine neue Schmerzwelle von seinem Arm aus heranrollte, und nahm einen weiteren Schluck.

Gibson, der ihn beobachtete, sagte: »Schmerzen, oder? Bist du nicht froh, dass du heute Tom die Kutsche nach Tanfield Hill hast lenken lassen? Wenn du auch nur ein bisschen Verstand hättest, wärst du jetzt in deinem Bett.«

Sebastian grunzte und nahm einen weiteren Schluck Brandy.

Gibson sagte: »Sie hätte dir gar nichts erzählen müssen. Warum sollte sie dich anlügen?«

Es dauerte einen Augenblick, bis Sebastian begriff, dass Gibson noch immer von Lady Prescott redete. Er sagte: »Vielleicht denkt sie, dass sie damit ihren Sohn beschützt.«

»Sie denkt, dass Sir Peter den Bischof ermordet hat? Aber ... warum denn? Ich gebe zu, er könnte ein kleines bisschen verärgert darüber sein, dass der Mann ihn die letzten dreißig Jahre angelogen hat. Aber man tötet deshalb nicht einfach einen Mann.«

»Tatsächlich hatte Sir Peter den gleichen Grund, Francis Prescott zu töten, den seine Mutter hatte, Sir Nigel zu töten.«

Gibson verschloss seinen Sack und blickte stirnrunzelnd zu Sebastian herüber. »Hatte er den? Welchen?«

»Die Briefe seines Großvaters.«

»Aber ... sicherlich hatte Sir Peter doch keinen Anlass, zu befürchten, dass der Bischof ihn jetzt, zu einem so späten Datum, verraten würde?«

»Ich weiß es nicht. Nach allem, was wir gehört haben, ging die Leidenschaft mit dem Bischof immer durch, wenn das Thema auf die amerikanische Revolution kam. Und wenn sie sich stritten?«

Sebastian leerte sein Glas mit einem langen Zug und erhob sich. »Wer kann schon sagen, was geschehen wäre?«

In dieser Nacht träumte Sebastian von blutbefleckten Tüchern, die im Wind wehten, von antiken, gesplitterten Särgen und leuchtenden Schädeln. Die Stimmen längst Verstorbener flüsterten ihm Dinge zu. Ihre gewisperten Worte mischten sich mit dem Klagen des Windes, der die kahlen Zweige dunkler Baumsilhouetten vor einem sternenlosen Himmel peitschte.

Eine Reihe Särge stand in einem nebligen Tal. Sebastian näherte sich mit in der Stille laut widerhallenden Schritten den offenen Särgen, und sein Hals wurde eng.

Im ersten lag sein Bursche Tom; seine Augen waren geschlossen und die auf seiner Nase prangenden Sommersprossen stachen von der blassen Haut ab. Mit wachsendem Schrecken erkannte Sebastian, dass im nächsten Sarg Paul Gibson lag, seine über der Brust gefalteten Hände hielten einen Rosenkranz. Im Sarg hinter ihm lag eine Frau, ihr Gesicht wurde von den Spitzenrüschen des in Satin ausgeschlagenen Sargs verborgen. Als Sebastian einen Schritt auf sie zu ging, hörte er das Klacken eines Gewehrs und schrak aus dem Schlaf hoch. Sein Herz raste, und sein Mund war trocken.

Es dauerte lange, bis er wieder einschlafen konnte.

Donnerstag, 16. Juli 1812

Am nächsten Morgen stieg Hero in aller Frühe die Treppe zum alten Kinderzimmer im oberen Stockwerk hinauf, wo sie und ihr Bruder David so viele glückliche Stunden ihrer Kindheit verbracht hatten. Die niedrigen, schmalen Betten waren mit Leinentüchern abgedeckt, auf den ramponierten Schaukelpferden, Zinnsoldaten und Trommeln lag eine Staubschicht. Hero strich mit den Fingerspitzen über die arg abgenutzte Oberfläche des alten Schulpults und fand die Stelle, an der sie und David einst ihre Namen eingeritzt hatten, als die Gouvernante nicht hinsah. Sie lächelte bei der Erinnerung. Dann erlosch das Lächeln und ließ einen sehnsüchtigen Schmerz zurück.

Sie ging zu dem schmierigen, von Spinnweben überzogenen Fenster, das zum Hof hinauswies. Als kleines Mädchen hatte sie hier so manchen verregneten Nachmittag verbracht, auf dem Sessel am Fenster eingerollt und zwischen den Seiten eines Buches gefangen. Ihre Lieblingsgeschichten waren immer solche gewesen, die von Abenteuern und Reisen handelten. In ihrer Vorstellung war sie mit Marco Polo die Seidenstraße entlang gereist, war mit Captain Cook in der Südsee gesegelt und hatte mit Xenophanes das anatolische Hochland durchquert. *Eines Tages,* hatte sie sich immer gesagt. *Eines Tages, wenn ich groß bin, werde ich hören, wie die warmen Winde Arabiens in den Dattelpalmen wispern, ich werde die aufgehende Sonne sehen, die im Hindukusch auf den schneebedeckten Hängen glitzert.*

Es war nie so weit gekommen. In letzter Zeit dachte sie darüber nach, dass sie weggehen musste, wenn das Kind erst geboren war.

Sie konnte sich nicht vorstellen, ihr Kind aufzugeben und dann einfach so wie vorher weiterzuleben, als wäre nichts von alledem geschehen. Und dann kam ihr in den Sinn: Warum nicht *jetzt* weggehen? Warum das Kind nicht in einem fernen Land zur Welt bringen und es behalten?

Sie verspürte den raschen Herzschlag der Erregung. Sie könnte in einigen Jahren nach England zurückkehren und das Kind einfach als eine Waise präsentieren, die sie im Verlauf ihrer Reisen adoptiert hatte.

Warum nicht?

An diesem Morgen verstimmte Sebastian seinen Burschen, als er ihn erneut anwies, eine Mietdroschke zu rufen.

»War's Euch nicht recht, wie ich die Füchse auf dem Weg nach Tanfield Hill behandelt hab?«, sagte der Bursche, und sein Gassenjungengesicht war von dem Versuch, seine Emotionen zu unterdrücken, ganz verkrampft.

»Das ist es nicht«, sagte Sebastian. »Es ist …« Er unterbrach sich, nicht bereit, seinem stillen Unbehagen Ausdruck zu verleihen, das die Träume der vergangenen Nacht ausgelöst hatten. Er schob seinen Dolch in die

Scheide, die im Stiefelschaft seiner Hessischen verborgen war, und sagte schlicht: »Ich weiß, wie sehr die gestrige Fahrt meinem Arm zugesetzt hat, und deshalb weiß ich, dass es dir auch wehgetan haben muss. Ich will, dass du dich noch einen Tag ausruhst. Das ist alles.«

Die Züge des Jungen hellten sich etwas auf, aber noch immer sah er störrisch drein. »Meiner Schulter geht's gut.«

»Es wird ihr noch besser gehen, wenn sie einen weiteren Tag Ruhe bekommt. Jetzt lauf und ruf mir eine Droschke.«

Sir Peter hielt seine Varietétänzerin in Camden Town aus, in einem kleinen Haus gleich hinter der Brompton Road. Es war eine anständige, wenn auch nicht sehr beliebte Straße voller adretter Häuser mit frisch gestrichenen Türen und Blumenkästen, in denen üppige hängende Pelargonien und Stiefmütterchen vor den säuberlich gesetzten Mauern aus rotem Backstein blühten.

Auf Sebastians Klopfen öffnete ein flachbrüstiges Mädchen mit spitzem Gesicht, vielleicht dreizehn Jahre alt, das eine gestärkte weiße Haube und eine ängstliche Miene zur Schau trug. Dieser Haushalt empfing offensichtlich nur selten Besuch. »Boh«, flüsterte sie und stieß bewundernd den Atem aus.

»Amy«, erklang eine Frauenstimme aus dem Haus. »Ist das ... *Oh.*«

Sir Peters Tänzerin erschien hinter ihrem jungen Mädchen, und eine zierliche Hand flog vor Überraschung zu ihrem Mund, als sie Sebastian erblickte. Sie hatte dichte, dunkle Locken, strahlende Augen, die typische, cremige Gesichtsfarbe der Devonshire-Frauen und musste einst der Liebling des Varietés gewesen sein. Jetzt ließ die Wölbung unter ihrem hochtaillierten, schlicht gemusterten Musselinkleid darauf schließen, dass sie mindestens im sechsten Monat schwanger war.

»Ich bitte um Entschuldigung für die Störung, Madam«, sagte Sebastian und lüftete den Hut. »Ich bin auf der Suche nach Sir Peter.«

»Er hat Francis mit nach Whitehall genommen, um den Wachwechsel zu sehen.«

»*Francis?*«

»Unseren Sohn.« In einer selbstbewussten Geste legte sie sanft ihre linke Hand auf ihren schwellenden Bauch, und im Gold ihres schlichten Rings am dritten Finger sah Sebastian die Morgensonne aufglimmen.

»Sie ist nicht meine Geliebte«, sagte Sir Peter. »Sie ist meine Frau. Und zwar bereits seit fast vier Jahren, seit ihrer Schwangerschaft mit Francis.«

Sie standen zusammen am Rand der Horse Guards Parade. Ein flachsblonder Junge von vielleicht drei Jahren kletterte auf dem Rohr einer türkischen Kanone herum, die zehn Jahre zuvor aus Ägypten mitgenommen worden war. »Sie ist bezaubernd«, sagte Sebastian.

Ein sanftes Lächeln erhellte die Züge seines Gegenübers, der seinen Sohn beobachtete. Es schwand nur langsam. »Ihre Abstammung ist durchaus respektabel. Ihr Vater war Arzt. Aber nach seinem Tod blieb die Familie ohne Geld zurück. Sie kam auf der Suche nach

Arbeit nach London.« Er hielt inne. »Du weißt, wie das läuft.«

Sebastian blickte über den Paradeplatz hinweg zu den Hyde Park-Kasernen. Die warme Sonne badete den Park in goldenem Licht, aber er konnte die drohenden dunklen Wolken sehen, die sich bereits wieder über dem Horizont zusammenballten.

»Natürlich«, sagte Sir Peter, »spielt ihre Abstammung nun keine Rolle mehr. Nicht, nachdem sie auf die Theaterbühne gestiegen ist. Welcher Mann heiratet seine Geliebte?«

»Ein Mann, der den Mut hat, seinem Herzen zu folgen?«, vermutete Sebastian.

»Mut?« Sir Peter lachte bitter. »Hätte ich den Mut, würde Arabella offen als meine Frau mit mir in Prescott Grange leben, und nicht versteckt in Camden Town.«

Sie konnten jetzt die Ablösung der Wache sehen. Dunkle Pferde schritten feierlich voran, die Sonne schien auf die roten Helme und weißen Federbüsche der Männer. »Der Bischof wusste von eurer Ehe, nicht wahr?«, sagte Sebastian. »Habt ihr euch deswegen gestritten?«

Prescott verengte die Augen zum Schutz vor der Sonne. »Am Anfang ja.«

Der kleine Junge, Francis, glitt die Kanone herunter und rannte zu ihnen. »Sie kommen, Papa!«

Sebastian sagte: »Ich weiß, dass Jack Slade dich Montagabend aufgesucht hat, und ich kenne auch den Grund.«

Sir Peter hielt sein Gesicht weiterhin halb abgewandt. Er betrachtete die näherkommenden Leibwachen, deren dunkle Pferde sich in makelloser Präzision voran bewegten. »Es ist nicht leicht, wenn man herausfindet, dass sein ganzes Leben eine Lüge war.«

Sebastian starrte weiter über den Platz und sagte nichts.

Nach einer Weile fuhr Prescott fort: »Slade wollte, dass ich ihm Geld gebe. Zweitausend Pfund.«

»Hast du nachgegeben?«

»Ich sagte ihm, dass ich Zeit bräuchte, um eine solche Summe aufzubringen.«

»Hättest du ihm das Geld gegeben?«

»Ich weiß es nicht.« Er warf Sebastian einen Seitenblick zu. »Ich hörte, du hast ihn getötet. Ich muss sagen, dass ich froh darüber bin.«

Sebastian sah, wie die königliche Standarte sich im Wind bewegte. »Er hatte keinerlei Beweise für irgendetwas. Nur sein Wort.«

Prescott stieß ein leises, unfrohes Lachen aus. »Das und die Tatsache, dass mein Onkel ihn seit Jahren für sein Schweigen bezahlte.«

Sebastian sah, wie der Trompeter sein Instrument für den königlichen Salut an die Lippen hob. »Du sagtest zu mir, dass du in der Nacht, in der Francis Prescott starb, hier in Camden Town gewesen wärst. Aber das ist nicht wahr. Du bist an dem Abend nach Tanfield Hill geritten, um Bessie Dunlop zu besuchen.«

Prescott drehte sich zu ihm und sah ihn an. »Was zum Teufel deutest du da an, Devlin? Dass ich den Bischof auf dem Kirchhof von St. Margaret's gesehen habe, als ich durch das Dorf ritt, und mich dazu entschloss, ihm in die Krypta hinunter zu folgen? Um ihm dann den Schädel einzuschlagen? Warum zur Hölle sollte ich so etwas tun? Weil er den Ehemann meiner Mutter zum Hahnrei gemacht hat? Weil er meine eigene Ehe ablehnte?«

»Hast du jemals von den Alkibiades-Briefen gehört?«

»Nein.«

Sebastian studierte das gerötete, ärgerliche Gesicht seines ehemaligen Schulfreundes, die sanften blauen Augen und die wirren, hellen Locken, die über seine Stirn fielen. Wenn er nur schauspielerte, machte er seine Sache gut.

Die Töne des Saluts klangen über die Parade hinweg. »Täterä«, machte Master Francis und marschierte auf der Stelle, die Hände gehoben, als puste er in eine imaginäre Trompete.

Sebastian sah die Sonne schimmernd auf dem flachsfarbenen Haar und den klaren Zügen des Jungen liegen. »Dein Sohn sieht dir schier unglaublich ähnlich«, sagte er. »Und deiner Mutter.« Für einen Augenblick verklangen die grellen Trompetentöne und die Rufe der kleinen Menge. Er dachte an einen anderen Mann mit hellen Locken, sanften blauen Augen und der feinen Physiognomie eines Gelehrten.

Oder eines Priesters.

Wie aus weiter Ferne hörte er Sir Peter sagen: »Die Ähnlichkeit der Ashleys schlägt immer durch.«

Sebastian wandte sich um und blickte ihn an. »*Ashley* ist der Familienname deiner Mutter?«

Sir Peter runzelte verwirrt die Stirn. »Ja. Warum?«

»Und Dr. Simon Ashley – der Kaplan des Bischofs – ist dann ... der Bruder deiner Mutter?«

»Ja.«

»Zur Hölle nochmal«, flüsterte Sebastian.

»Warum ist Onkel Simon nicht mit uns zur Wachablösung gekommen?«, fragte Master Francis, der dem Verlauf ihrer Unterhaltung auf die typische, kindlich-verwirrte Art gefolgt war.

»Er musste woanders hin«, sagte Sir Peter.

Sebastian fröstelte plötzlich. »Du hast ihn heute gesehen?«

»Das war tatsächlich recht eigenartig. Er sagte, er hätte Geschichten darüber gehört, dass die Gebrüder Prescott als Kinder in der Krypta von St. Margaret's gespielt haben, und er wollte wissen, ob Onkel Francis mir je von dem Geheimversteck erzählt hat, das sie dort hatten.«

»Und hatte er das?«

Sir Peter nickte. »In der Westmauer der Krypta soll es eine kleine Altarnische geben. Einer der Steine am Fuß dieser Nische ist lose.«

»Wann war das?«

»Dass wir ihn gesehen haben? Kurz, bevor Francis und ich aus dem Haus gegangen sind. Vielleicht vor einer halben Stunde. Warum?«

Sebastian dachte an Paul Gibson, der letzten Abend Notizbücher und Kerzen in einen Sack gepackt hatte. Er hatte dabei aus Vorfreude gestrahlt, einen Tag mit der Untersuchung und der Analyse der verrottenden Überreste seiner Mitmenschen zu verbringen. Ein ehrgeiziger Kirchenmann, der bereits zwei Mal im Versuch, die Beweise für den Hochverrat seines Vaters zu sichern, getötet hatte, würde nicht zögern, einen einbeinigen irischen Wundarzt mit einer beherrschenden Leidenschaft für den menschlichen Körper zu töten.

»Papa«, sagte Master Francis und zog an den Rockschößen seines Vaters. »Siehst du ...« Der Junge stieß einen überraschten Schrei aus, als Sebastian ihn sich schnappte und mit ihm quer über den Paradeplatz losrannte.

»Rasch«, rief er Sir Peter über die Schulter zu. »Ich muss dein Pferd ausleihen.«

Prescott gab sich Mühe, mit ihm mitzuhalten. »Aber ich verstehe nicht ...«

»Ich habe nicht genug Zeit, zur Brook Street zurückzufahren. Und du musst für mich eine Nachricht zur Bow Street bringen. Es ist sehr wichtig, dass du sie persönlich an Sir Henry Lovejoy übermittelst. Kannst du das machen?«

»Ja, aber ... Himmel und Hölle nochmal, Devlin! Was ist denn nur los?«

»Simon Ashley hat deinen Vater umgebracht. Deinen *wirklichen* Vater. Und wenn ich es nicht rechtzeitig nach Tanfield Hill schaffe, könnte er einen Freund von mir töten. Paul Gibson.«

Kapitel 42

Sebastian gab Sir Peters gutmütigem Fuchs hart die Sporen. Sein linker Arm, mit dem er die Zügel hielt, war nass von Schweiß, während er den rechten Arm dicht an seinen Oberkörper hielt. Ein starker Wind trieb die wachsenden Wolkentürme am Himmel vor sich her, schob sie vor die Sonne und peitschte die Äste und Zweige der Eichen und Ulmen, die den Weg nach Tanfield Hill beschatteten. Als er Hounslow Heath erreichte, war der Schmerz in seinem Arm zu einer sengenden, glühend-heißen Pein angewachsen, die ihn schnell und oberflächlich atmen ließ und seine Gedanken umnebelte. Er trieb das Pferd weiter voran.

Die ersten Regentropfen fielen, als er über die Brücke des Mühlbachs klapperte und den Wallach dann den Hügel hinauftrieb. Regen zeichnete ein Muster aus nassen Spritzern auf die ruhigen Grabsteine und platschte sanft im hohen Gras des Friedhofs. Neben dem antiken Glockenturm zog Sebastian die Zügel an und glitt vom Sattel hinunter. Mit einer Hand bedeckte er die Nase des Pferds, das sanft schnaubte. Der Kirchhof war leer. Wenn Gibson oder Simon Ashley hier waren, mussten sie ihre Pferde im *Dog and Duck* untergestellt haben, bevor sie in die Krypta hinuntergestiegen waren.

Den schmerzenden Arm dicht an den Oberkörper haltend, arbeitete Sebastian sich auf dem Weg um die

Kirche voran. Am klaffenden Eingang zum Treppengewölbe der Krypta verlangsamte er, auf mögliche Geräusche irgendwelcher Bewegungen achtend. Jemand hatte die verwitterten Bretter vom zerstörten Eingang weggerissen und zur Seite geworfen. Er konnte die engen, hohen Stufen sehen, die in eine dunkle Leere hinabführten, aus der nur ein schwacher Schein wie von einer weit entfernten, flackernden Flamme hervorschien.

Kühle, feuchte Luft wehte von unten herauf und brachte den Geruch alter, alter Erde und des Todes mit sich. Schmerzlich des leisen Knackens der Trümmer unter seinen Stiefelabsätzen gewahr, schlich sich Sebastian die ausgetretenen Stufen hinunter. Sein Fuß traf auf die letzte Stufe und dann auf die eingesunkenen, unebenen Steinplatten des Kryptabodens. Sebastian drückte sich mit dem Rücken gegen die aufgeschichteten, unbehauenen Steine des Mauerwerks und sog tief und gleichmäßig den Atem ein.

Die Flamme einer einzelnen Kerze glühte am anderen Ende, an der Westmauer der Krypta. Durch sie erstreckte sich der Schatten eines Mannes langgezogen und unförmig über die unebenen Bodenfliesen und Reihen grober Säulen. Dann bewegte sich der Schatten, und Sebastian erkannte Simon Ashley, dessen schwarzer Rocksaum über den schmutzigen Boden wischte. Er hatte den Rücken zum Raum gedreht, und seine Schultern bewegten sich, als er eine Eisenstange benutzte, um die Steine am Fuß einer unbearbeiteten Nische in der rückwärtigen Wand aufzustemmen.

Gibson war nirgends zu sehen.

Sebastian griff mit der linken Hand nach unten und zog den Dolch aus seinem Stiefel. Mit vorsichtigen Bewegungen schlich er sich an schattigen Nischen vorbei, die mit staubigen und von Spinnweben überzogenen Särgen vollgestopft waren. Sie waren sechs- oder siebenfach übereinandergestapelt worden. Einige davon waren mit Eisenbeschlägen verschlossen, um Grabräuber abzuhalten, andere waren beklemmend klein und weiß gestrichen, wodurch sie als Kindersärge gekennzeichnet waren. Als seine Augen sich an die düstere Finsternis gewöhnten, traten mehr Einzelheiten hervor: Rüschen von Sargverkleidungen, die zwischen gesplittertem Holz hervorlugten, und deren Spitzenkanten sich zu losen Fäden aufgelöst hatten; ein Sarggriff in der Form eines Cherubs; eine angelaufene, rautenförmige Messingtafel mit der Inschrift *Mary Alice Mills, verstorben 1725 im Alter von 16 Jahren* ...

Mit der Stiefelspitze stieß er gegen etwas Weiches, das nachgab. Als er hinunterblickte, erkannte Sebastian Gibsons Sack und ein Durcheinander aus Notizbüchern, Maßbändern und Messschiebern, die über die abgenutzten Bodenfliesen verstreut waren.

Paul Gibson lag gleich dahinter, mit dem Gesicht nach unten am Fuß einer aufragenden Wand aus alten Särgen, die sich durch das Gewicht des Alters neigten und zerborsten waren. Sebastian ging neben ihm in die Hocke und tastete mit den Fingerspitzen nach seinem Hals. Gibsons Pulsschlag war schwach, aber vorhanden. Bei Sebastians Berührung stöhnte er leise.

Der Kaplan wirbelte herum, in der Faust ein Päckchen vergilbter Briefe. Seine Augen weiteten sich bei

Sebastians Anblick. »*Devlin.* Was zur Hölle tut Ihr hier?«

Sebastian richtete sich auf, den Dolch hielt er locker an seiner Seite. »Gebt auf, Ashley«, sagte er ruhig. »Ein Untersuchungsrichter der Bow Street und ein halbes Dutzend Wachtmeister sind schon auf dem Weg hierher.«

Der Kaplan schüttelte den Kopf. Das flackernde Licht einer Kerze, die er mit Wachs auf einem Sarg in der Nähe befestigt hatte, tanzte über sein blasses Antlitz und seinen gestärkten, weißen Priesterkragen. Er schob die Briefe in seinen Rock und umgriff mit beiden Fäusten die Eisenstange. »Es tut mir leid, aber das glaube ich nicht.«

Sebastians rechter Arm in seiner Schlinge war nicht zu benutzen. Gibson lag bewusstlos neben ihm, und es musste Sir Peter einige Zeit gekostet haben, Lovejoy aufzutreiben. All dessen war Sebastian sich schmerzlich bewusst. Wie lange würden Lovejoy und seine Bow Street Runner brauchen, um nach Tanfield Hill zu kommen, fragte er sich. Eine Stunde? Mehr?

Zu lang.

Er sagte: »Ich weiß von Eurem Vater und den Alkibiades-Briefen. Was ich allerdings nicht weiß, ist, woher Ihr davon erfahren habt. Als all das sich zugetragen hat, müsst Ihr noch ein Kind gewesen sein.«

»Rosamond hat es mir erzählt. Vor Jahren, als ich ihr vorwarf, dass sie nie unseren Vater besuchte. Sie sagte, Sir Nigel hatte die Briefe bei sich, als er starb. Als ich also davon hörte, dass die Krypta geöffnet worden und seine Leiche gefunden worden war, dachte ich, dass ich rasch handeln musste. Bevor die Briefe ans Licht kommen konnten.«

»Also hat Prescott Euch von der Krypta erzählt.«

Ashley nickte. »Gleich, nachdem Earnshaw wieder gegangen war. Ich dachte, ich hätte genug Zeit, herzukommen, die Briefe zu holen und wieder zu verschwinden, bevor der Bischof ankäme. Doch mein Pferd trat sich einen Stein in den Huf und lahmte. Als ich die Treppe herunterkam, war er schon neben dem Leichnam seines Bruders in die Knie gegangen und beugte sich über ihn. Er hielt Papiere in der Hand. Ich nahm an, es wären die Alkibiades-Briefe. Ich hatte oberhalb der Treppe eine Eisenstange aufgehoben, die die Arbeiter liegenlassen hatten, und als er sich umdrehte, da ... schlug ich nach ihm. Ich wollte ihn nicht töten. Ich schwöre! Aber ich musste an diese Briefe kommen.« Das Kinn des Kaplans sackte herunter, und er schluckte. »Nur dass es nicht die Briefe waren, sondern bloß alte Besitzunterlagen.«

»Aber ... Francis Prescott war Euer Freund; Eure Schwester war einst mit seinem Bruder verheiratet. Glaubt Ihr nicht, er hätte Stillschweigen über den Verrat Eures Vaters bewahrt? Um Lady Prescotts willen, wenn schon nicht Euretwillen?«

Ashley runzelte die Stirn. »Um Rosamonds willen? Wieso sollte er das?« Sebastian musterte die überraschten Züge seines Gegenübers. Lady Prescott mochte ihrem priesterlichen kleinen Bruder zwar vom Verrat ihres Vaters berichtet haben, aber offensichtlich hatte sie nichts von ihrer eigenen Untreue gesagt.

Ashley sagte: »Ihr meint, ich hätte das Risiko eingehen und zusehen sollen, wie mein Vater für *Verrat* verurteilt und gehängt würde?«

»Anstatt einen Mann zu ermorden? Ja.«

Ashley kräuselte die Lippen. »Das *Leben* meines Vaters hing von der Schnelligkeit meines Handelns ab.
Sein Leben und meine Zukunft. Ihr habt leicht reden
und urteilen, sicher in Eurer Stellung als Erbe Eures Vaters. Ihr habt keine Vorstellung davon, was es heißt, als
jüngerer Sohn geboren zu sein und Euren Weg in der
Welt allein zu finden. *Keine Vorstellung.* Diese Briefe
würden jegliche Aussicht, die ich jemals auf Karriere in
der Kirche hatte, zerstören. Glaubt mir, die Söhne von
Verrätern steigen in der kirchlichen Hierarchie nicht
sehr hoch.«

Sebastian bemerkte, dass Gibson zu seinen Füßen
sich rührte. »Und Earnshaw?«

Der Kaplan umfasste die Eisenstange fester und hob
sie wie einen Krocketschläger hoch. »Er sah mich auf
dem Kirchhof. Zwar nicht gut, aber es reichte aus, dass
es ihm später dämmern könnte. Vielleicht die Form
meiner Silhouette oder etwas Bestimmtes an der Art,
wie ich mich bewegte. Ich konnte das Risiko ...« Ashley
unterbrach sich, als Gibson erneut grunzte und darum
kämpfte, sich auf den Ellbogen aufzustützen.

Einen desaströsen Augenblick wandte Sebastian
seine Aufmerksamkeit seinem Freund zu. Er hörte das
Sirren, mit dem Ashleys Eisenstange durch die Luft
schnitt, und fiel auf seine Hände und Knie. Es war nur
ein Wimpernschlag, bevor das gekrümmte Ende der
Stange neben der Stelle, an der sein Kopf gewesen war,
in einen großen, samtbedeckten Sarg krachte.

Der alte Sarg zerbarst, gesplittertes Holz, altes, mit Pferdehaar gefülltes Futter der Sargverkleidung und Stücke des geborstenen Schädels fielen heraus. Ashley schwankte von der Wucht seines Schlags und bemühte sich, die Eisenstange aus dem Holz zu befreien. Sebastian trat nach ihm und traf den Kaplan genau in dem Moment in der Kniekehle, als die Eisenstange endlich aus dem Sarg freikam.

Ashley wirbelte herum und krachte mit voller Wucht rückwärts in den Stapel Särge, der in die letzte Nische gestellt worden war. Das trockene, alte Holz zerbarst und sackte in sich zusammen, wobei die Särge gefährlich ins Wanken gerieten. Dann stürzte der gesamte Stapel in einer krachenden Kaskade aus zerberstendem Holz, sich öffnenden, braunfleckigen Leichentüchern und abgetrennten, geschrumpften Körperteilen zusammen.

Sebastian warf sich über Gibsons hingestreckten Körper und schützte mit seinem guten Arm seinen Kopf vor Bruchstücken aus Holz und Knochen, die um sie herunterregneten. Ein grinsender Schädel, der noch mit lederartiger Haut überzogen war und dessen mattes, dichtes dunkles Haar sich in dem gerüschten Kissen verheddert hatte, krachte auf seinen hochgezogenen Arm und schickte sein Messer schliddernd über das Geröll auf dem Boden. Die Kerze, die Ashley auf einem Sarg in der Nähe aufgestellt hatte, kippte um.

Die Krypta tauchte in erstickende Schwärze.

Sebastians Augen gewöhnten sich rasch an den Lichtmangel. Der Kaplan jedoch war wie die meisten Menschen im Dunkeln hoffnungslos blind. Er stolperte herum, hustete vom Staub, und seine Eisenstange sirrte durch die Luft, da er sie wie ein Verrückter zuerst in die eine, dann in die andere Richtung schwang. Die Spitze klirrte gegen eine Steinsäule, dann krachte sie in einen weiteren Stapel von Särgen.

Sebastian tastete leise im Geröll um sich herum und fand schließlich einen Gegenstand, der wie eine Kniescheibe aussah. Das Knochenstück warf er gegen die Rückwand der Krypta. Es traf auf den Stein und fiel klappernd herunter.

»*Devlin?*« Ashley wirbelte herum und versuchte verzweifelt, die trübe Dunkelheit zu durchdringen. »Wir können einen Handel eingehen. Ihr wahrt Schweigen über mein Geheimnis und ich über Eures.«

Mit verstohlenen Bewegungen schob Sebastian seinen gesunden Arm unter den bewusstlosen Körper seines Freundes.

»Ich weiß das von Miss Jarvis«, sagte Ashley, und seine Stimme hallte in dem dunklen Gewölbe wider. »Ich habe vor einigen Wochen ihr Gespräch mit dem Bischof angehört.«

Sebastian erstarrte.

»Ich weiß, dass Ihr mich hören könnt, Devlin«, rief Ashley. »Wenn Ihr versucht, mir diese Morde anzuhängen, wird jeder in London von dem Bastard erfahren, mit dem Ihr Lord Jarvis' ach-so-saubere Tochter geschwängert habt.«

Sebastian, dessen Herz in seiner Brust wild pochte, versuchte, mit einem Arm seinen Freund hochzuheben. »Gibson«, wisperte er, dann erstarrte er, denn ein schwacher Lichtschein erhellte die staubgeschwängerte Szenerie.

Offenbar war Ashleys Kerze doch nicht erloschen. Als sie in einen der zusammenstürzenden Särge gefallen war, musste sie gezischt haben, dann aber wieder neu aufgeflammt sein. Jetzt leuchtete sie auf, von altem Stoff und Holz genährt, und füllte die Krypta mit zunehmendem Licht und dem Geruch nach brennendem Haar und Wolle.

»Zur Hölle«, fluchte Sebastian und kämpfte darum, Gibson mit sich zu ziehen.

Doch den kurzen Überraschungsvorsprung, den ihm die Dunkelheit geliefert hatte, hatte er bereits verloren. Mit einem Zischen wie von brennendem Pech entflammte sich der mumifizierte Leichnam in einem der Särge, als wäre er eine gigantische Fackel und füllte die Krypta mit gleißendem Licht und dem Gestank nach brennendem Fleisch.

»Devlin!«, brüllte Ashley, die Eisenstange zum Ausholen über den Kopf erhoben.

Sebastian griff in einen Haufen Dreck, bekam eine Handvoll Grund und zerbröckelte Knochen zu fassen und warf sie in das Gesicht des Kaplans. Der riss einen gekrümmten Arm hoch, um seine Augen zu schützen, und wankte einen Augenblick.

Sebastian ließ Gibson los, rammte mit dem Kopf voran in den Kaplan und stieß ihn mit Wucht quer über den Gang in den von Spinnweben überzogenen Sargstapel unter dem Bogen der gegenüberliegenden Seite.

Die Mauer aus Särgen stürzte um sie herum in einem staubigen Wirbel aus Knochen, Holz und zerbrochenen Eisenbeschlägen zusammen. Die beiden Männer gingen zusammen zu Boden und rollten immer weiter. Ein gezacktes Holzstück riss Sebastians Bein auf. Sein verletzter Arm stieß gegen ein steinernes Säulenkapitell, und Pein explodierte wie ein Peitschenschlag in seinem Kopf, nahm ihm den Atem und verdunkelte sein Sehvermögen.

Er bemerkte, dass Ashley sich aufrichtete, die vermaledeite Eisenstange noch immer in Händen.

»Du Bastard«, fluchte Sebastian. Er drehte sich und trat mit dem Stiefelabsatz gegen Ashleys Unterarm. In einer wirbelnden Bewegung flog die Stange davon.

Sebastian hörte ein Prasseln und bemerkte, dass der Lichtschein in der Krypta heller geworden war. Mit einem hässlichen, fauchenden Geräusch rasten die Flammen von einem Seitenschiff zum nächsten und nährten sich von den dichten Stapeln aus trockenem Holz, verdorrten Leichen und alten Stoffen, die von eingetrockneten Körpersäften ganz steif waren.

Ashley rappelte sich auf und blickte wild um sich. Sebastian boxte mit seiner gesunden Faust in das Gesicht des Geistlichen, wodurch dieser zurück in splitterndes Holz und klappernd herabstürzende Knochen prallte.

Das Feuer war nun überall um sie herum und füllte die Luft mit einem üblen, öligen Geruch, der Sebastian den Atem nahm und in seinen Augen brannte. »Gibson!«, brüllte er. Kräftig hustend tastete er sich dorthin zurück, wo der Chirurg versuchte, sich auf sein gesundes Knie hochzuwuchten.

»Leg mir den Arm um die Schultern«, rief Sebastian über den Lärm des Feuers hinweg.

Sebastian arbeitete sich wieder in die Aufrechte und zog Gibson mit sich. Durch einen Flammentunnel taumelten sie gemeinsam zu der Treppe unter dem Gewölbe. Die Seitenschiffe mit den Särgen hatten sich in mächtige Feuerwände verwandelt, die die Luft mit dem Flammenflüstern alter Leichentücher und mit brennenden Holzstückchen füllten, die überall herabregneten.

Da brach der dem Ausgang am nächsten gelegene Stapel Särge in einer feurigen Lawine zusammen und schleuderte brennende Bruchstücke in den Mittelgang hinein. Ein rauchendes Holzstück fiel Sebastian auf den Kopf und ließ ihn in die Knie gehen. Er versuchte, auf die Füße zu kommen, und spürte, wie ihn etwas Schweres im Rücken traf und ihm die Luft aus den Lungen presste. Er stürzte nach vorne und verlor Gibson aus seinem Griff.

»Gibson!«, brüllte er und tastete nach ihm. Ein heftiger Hustenanfall schüttelte seinen Körper und nahm ihm seine letzten Kräfte.

Ein schrecklicher Zorn erfasste ihn: wegen des ungeborenen Kindes, das nie seinen Vater kennenlernen würde, und wegen der Frau, die der Geburt dieses Kindes nun allein entgegenblicken musste. Mit zusammengebissenen Zähnen arbeitete er sich wieder auf die Beine und hörte irgendwo von oben her einen Ruf.

Er sah auf und sah die dunklen Schatten von Männern, die sich gezielt durch den Rauch und die flackernden Flammen arbeiteten. Hände streckten sich aus und hoben Gibson aus Sebastians Griff, trugen ihn zu den Stufen. Sebastian hörte eine vertraute, hohe Stimme und sah den Feuerschein, der sich in den Gläsern von Sir Lovejoys Brille spiegelte.

»Wir müssen uns sputen, Mylord«, sagte der Untersuchungsrichter und schloss beide Fäuste um den Stoff von Sebastians Mantel. »Könnt Ihr aufstehen?«

Sebastian nickte. Er hustete inzwischen so stark, dass er nicht mehr sprechen konnte. Schwer auf den kleinen Magistrat gestützt, taumelte er die abgenutzten, schmalen Stufen hinauf.

Oben angekommen, machte er einen Schritt über die Überreste der alten Backsteinmauer und ging zu Boden. Er rollte sich auf den Rücken und blinzelte zu den schweren, grauen Wolken hinauf. Regen platschte in sein Gesicht, und er sog die süße Landluft in seine Lungen.

»*Gibson?*«, fragte er. Die Anstrengung, seinen Kopf zu drehen, um nach seinem Freund zu schauen, löste einen neuerlichen Hustenanfall aus. »Wie geht es ihm?«

»Er hat eine hässliche Platzwunde am Kopf, aber es scheint ihm gut zu gehen. Tatsächlich sieht er besser aus als Ihr, Mylord.«

»Und Ashley?«

»Zu ihm konnten wir nicht vordringen.«

Sebastian hustete erneut und gab den Versuch, sich aufzusetzen, auf. Für den Augenblick tat es ihm gut, einfach hier im kühlen Gras zu liegen und den Regen Staub, Spinnweben und den Geruch des Todes von seinem Gesicht waschen zu lassen.

Er sagte: »Ich habe nicht geglaubt, dass ihr noch rechtzeitig kommt. Sir Peter muss Sie viel schneller gefunden haben, als ich es für möglich hielt.«

»Sir Peter?« Lovejoy kräuselte die Stirn. »Sir Peter habe ich nicht gesehen.«

Sebastian hob seinen Kopf, um den Magistrat anzublicken. Lovejoys Hut war verschwunden. Der Ärmel seines Mantels war angesengt, und über einem Auge prangte ein schwarzer, schmieriger Streifen, der ihm das Aussehen eines Schurken verlieh. »Aber was machen Sie dann hier?«

»Miss Jarvis hat den Familiennamen des Marquess of Ripon in *Burke's Peerage* nachgeschlagen und die Verbindung zum Kaplan des Bischofs hergestellt. Als sie herausfand, dass Dr. Ashley die Absicht hatte, heute Morgen hierher zu fahren, bestand sie darauf, dass wir ihm folgen müssten. Ich persönlich hielt ihr Verhalten für eine Überreaktion. Ganz offensichtlich habe ich mich da getäuscht.«

Sebastian ließ den Kopf zurück ins nasse Gras fallen und fing an zu lachen.

Kapitel 43

Freitag, 17. Juli 1812

In einen marineblauen Morgenrock, ein weißes Leinenhemd und rehlederne Hosen gekleidet ging Sebastian am nächsten Morgen hinunter in sein Frühstückszimmer und fand dort seine Tante Henrietta vor, die ihn bereits erwartete.

Sie war in ein opulentes Reisekleid aus feinem, malvenfarbenem Satin gewandet, das vorne mit Schnurverschlüssen geschlossen war. Auf ihrem Kopf prangte ein hoher Turban aus malven- und zitronenfarbiger Seide. Als er überrascht auf der Türschwelle stehenblieb, sagte sie: »Ich sagte deinem Butler, er solle mich nicht ankündigen.« Als er sie noch immer anstarrte, fügte sie hinzu: »Ich habe mit Hendon gesprochen.«

»Aha.« Er ging zum Beistelltisch, goss sich Ale in einen Krug und nahm einen tiefen Zug. »Dachtest du, ich würde mich weigern, dich zu empfangen?«

»Ich hielt es für möglich.«

Er griff nach einem Teller und hielt ihn fragend hoch. »Darf ich dir etwas auftun?«

Sie schüttelte sich leicht. »Es ist schon schlimm genug, um diese Zeit außer Haus zu sein. Nun auch noch Nahrung zu sich zu nehmen, wäre reine Barbarei.«

Er lachte auf und ging zur Anrichte, auf der eine Vielfalt von Speisen auf seine Auswahl wartete.

»Ich wollte dir für deine Hilfe in dieser neuerlichen Unannehmlichkeit danken«, sagte sie. »Der Erzbischof sagte mir, dass du sowohl den Mord an Francis Prescott als auch an diesem Reverend von Tanfield Hill aufgeklärt hast. Er sagte mir außerdem, dass du der Meinung bist, der Mörder von Sir Nigel würde niemals gefunden werden und wäre aller Wahrscheinlichkeit nach bereits tot.« Sie hielt inne. »Er hat dir natürlich geglaubt.«

Sebastian sah zu ihr hinüber. »Und du tust das nicht?«

Sie erwiderte seinen Blick und hielt ihn fest. »Ich kenne dich.«

Er kam zum Tisch und setzte sich. »Manchmal ist es besser, wenn die Wahrheit niemals ans Licht kommt.«

»Nun, ganz gewiss würde ich das nicht bestreiten. Auch wenn das nun keine Haltung ist, die ich jemals von dir zu hören gedacht hätte.«

Er nahm seine Gabel hoch und hielt dann inne, den Blick auf ihr plumpes, gewitztes Gesicht gerichtet. »Hast du es immer schon gewusst?«, fragte er. Es war nicht nötig, mehr zu sagen; man wusste nie, wann die Dienstboten lauschten.

»Von Anfang an, ja«, sagte sie ruhig. »Meine Zuneigung zu dir hat nichts mit den Umständen deiner Geburt zu tun. Dein Bruder Richard war ein großartiger junger Mann, und seinen Tod habe ich so betrauert, als wäre er mein eigener Sohn gewesen.« Sie schniefte. »Cecil habe ich hingegen nie allzu sehr geschätzt. Er war seiner Mutter zu ähnlich.«

»Ich habe meine Mutter sehr liebgehabt«, sagte Sebastian. »Und Cecil auch.«

»Ich weiß. Hendon sagte mir, dass du in Frankreich Agenten nach Informationen über sie suchen lässt. Hattest du bereits Erfolg?«

»Noch nicht.«

Sie schwieg einen Augenblick und betrachtete ihn. »Ich nehme an, du bist der Auffassung, dass der Grafentitel rechtmäßig an diesen Narren, deinen Vetter im Norden übergehen sollte?«

Ganz wie Hendon hatte Henrietta nie etwas anderes als Verachtung für Delwin St. Cyr, den einfältigen, dümmlichen entfernten Cousin übriggehabt, der in Yorkshire lebte und nach Sebastian der Nächste in der Erbreihenfolge der Grafschaft war. Sebastian zog eine Braue hoch. »Du nicht?«

»Wohl kaum. Delwins Großvater – der Vetter meines Vaters – war impotent. Sein Sohn wurde von dem örtlichen Pfarrer gezeugt.«

»Das kannst du nicht wissen.«

»Oh doch, das kann ich. Du siehst also, wenn du denkst, du würdest Delwin sein ›rechtmäßiges‹ Erbe wegnehmen, täuschst du dich. Delwin ist nicht mehr St. Cyr als du. Sogar weniger. Deine Mutter hatte immerhin St. Cyr-Blut in ihren Adern, durch ihre Großmutter.«

Sebastian lächelte schief. Er hätte es wissen müssen. *Die Blutlinie der St. Cyrs. Der Name der St. Cyrs. Das Vermächtnis der St. Cyrs.* Solange Sebastian sich zurückerinnern konnte, hatte für Lord Hendon nichts mehr gezählt als das Erbe der St. Cyrs zu wahren und fortzuführen. Nichts.

Sie beobachtete, wie er sich abmühte, mit der linken Hand zu essen, während die Rechte sorgsam und ruhig auf seinen Schoß gebettet war. »Ich hörte, du hast dir den Arm verletzt. Ist es schlimm?«

»Es wird heilen.«

Sie nickte. »Hendon wird sich freuen, das zu hören«, sagte sie, und er wusste, dass sie deshalb hergekommen war: um seinen Vater – *den Earl*, korrigierte er sich innerlich – wissen zu lassen, wie es ihm erging.

Mit einem lauten Stöhnen wuchtete sie sich in die Aufrechte. »Er ist der einzige Vater, den du hast, Sebastian. Und du bist ihm so lieb wie es ein Sohn nur sein kann. Die Entfremdung, die im letzten Winter zwischen euch entstanden ist, hat ihn sehr mitgenommen. Lass das, was Sophia vor dreißig Jahren getan hat, nicht zwischen euch kommen.«

»Da spielen weit mehr Dinge eine Rolle als das, was Sophia getan hat, und das weißt du wohl.«

Sie schniefte erneut. »Wenn du Kat Boleyn meinst – ich habe sie nie für die richtige Frau für dich gehalten. Du kannst mich jetzt mit deinen Blicken so viel erdolchen, wie du willst, Sebastian. Dennoch ist es die Wahrheit – und das meine ich nicht nur auf die weniger als wünschenswerten Umstände ihrer Geburt oder ihres Berufs bezogen. Du brauchst eine Person, die dich auf dem richtigen Weg hält.«

»So wie Claiborne dich auf dem richtigen Weg gehalten hat?«

»Grundgütiger«, sagte sie verletzt. »Er hat nie etwas Derartiges getan.«

»Exakt das meine ich.«

»Ich bin aber nicht du.« Sie wandte sich zur Tür um.

Er hielt sie mit seinen folgenden Worten auf. »Als Mitglied der Mission, die der König in die Kolonien entsandte, müsste Lord Jarvis ...« Sebastian unterbrach sich, um seine Worte sorgfältig zu wählen. »Jarvis müsste die Wahrheit gekannt haben. Und doch hat er, obgleich er und Hendon sich mit ihren Hörnern im Lauf der Jahre ineinander verkeilt haben, dieses Wissen nie zum Nachteil des Earls verwandt. Warum nicht?«

»Jarvis und Hendon sind sehr alte Gegner. Beide kennen Geheimnisse voneinander, die der jeweils andere lieber begraben lassen möchte.«

»Das bedeutet?«

»Das bedeutet, es ist oftmals besser, wenn die Wahrheit nie ans Licht kommt.«

Er traf Miss Jarvis in den sonnenwarmen Gärten von Berkeley Square an, wo sie mit ihrem Mädchen über sorgfältig gepflegte Kieselsteinpfade wandelte. Am Begräbnis des Bischofs und seines Bruders hatte sie nicht teilgenommen, denn Bestattungen wurden als gefährliche Anlässe betrachtet, von denen Frauen aus gesundheitlichen Gründen ausgeschlossen waren.

Sie war so offenkundig in ihre beunruhigenden Gedanken versunken, dass sie ihn nicht sah, und er blieb eine Weile im Schatten einer getrimmten Eibenhecke stehen, um sie zu betrachten. Sie trug ein überaus bezauberndes Musselinkleid mit Zackenlitzenbesatz und einen Strohhut, der von einer feschen roten, unter ihrem Kinn gebundenen Schleife gehalten wurde. Ihre Wangen jedoch waren unnatürlich blass und ihre Züge angespannt. Er wusste, warum.

Sie stellte sich mit Anmut und Courage dem, was für jede Dame aus gutem Hause die undenkbarste und schlimmste Entwicklung sein musste. Mit einer gewissen Amüsiertheit erinnerte er sich an jene Momente unter den verlassenen Gärten des alten Somerset House zurück, als sie glaubten, dem Tod ins Angesicht zu blicken und stattdessen ein neues Leben gezeugt hatten. Die Vorstellung einer Zukunft mit Hero Jarvis als Gattin an seiner Seite – und Charles Lord Jarvis als seinem Schwiegervater – löste in Sebastian nackte Angst aus und bereitete ihm Übelkeit. Aber als Ehrenmann konnte er nicht zulassen, dass sie die Folgen jenes Tages allein trug. Er holte tief Luft und ging zu ihr.

Beim Klang seiner Schritte blickte sie sich um und erstarrte. Er sagte neckend: »Ihr habt Euren Sonnenschirm vergessen.«

Sie lächelte nicht. »Ich wollte gerade hinein gehen. Guten Tag, Mylord.«

»Oh nein, das tut Ihr nicht«, sagte er und schloss zu ihr auf, als sie sich wieder umdrehen wollte. »Ich werde Euch nicht wie ein Gentleman einfach weglaufen lassen. Zuallererst müsst Ihr mir erlauben, Euch dafür zu danken, dass Ihr mir das Leben gerettet habt.«

»Gern geschehen. Aber jetzt muss ich wirklich ...«

»Nein. Ich kenne die Wahrheit«, sagte er geradeheraus. »Ihr könnt es leugnen, so viel Ihr wollt. Simon Ashley hat es mir erzählt.«

»Ashley? Aber woher wusste ...« Sie unterbrach sich abrupt, um ihrem Mädchen einen beredten Blick zuzuwerfen. Die Frau zog sich außer Hörweite zurück.

Miss Jarvis setzte den Spaziergang auf dem Pfad fort, die Arme vor der Brust verschränkt, und senkte die Stimme. »Was genau wollt Ihr sagen, Lord Devlin?«

»Ich sage, dass Dr. Ashley mir mitten in seinem Versuch, mich zu töten, einen überaus interessanten Vorschlag unterbreitete. Er kündigte an, dass er willens wäre, über mein ungeborenes Kind zu schweigen, sofern ich zustimmen würde, über seine kürzlichen, mörderischen Handlungen Stillschweigen zu bewahren.«

Die Luft war schwer vom Duft nach feuchter Erde, sonnenerhitztem Gestein und einem zarten Hauch von Lavendel. Sie hatte die Würde, ihr Leugnen nicht fortzusetzen. Sie ging einfach weiter, den Rücken durchgestreckt und die Lippen zu einer dünnen Linie zusammengepresst. Aber er konnte an ihrem Hals sehen, dass sie schluckte.

Er sagte: »Ich habe eine Sondergenehmigung in meiner Tasche. Wir können heiraten, noch ...«

»Nein.«

»Miss Jarvis ...«

Sie wandte sich ihm zu, die Augen dunkel vor Wut, Angst und einer weiteren Regung, die er nicht zuordnen konnte. »Nein. Ihr kennt meine Meinung zur Institution der Ehe im heutigen England.«

Er erschrak und stieß ein sanftes, unsicheres Lachen aus. »Miss Jarvis, ich versichere Euch, dass ich Euch weder schlagen werde noch Euch meine unwillkommene Aufmerksamkeit aufnötigen werde. Noch werde ich jedweden Wohlstand, den Ihr mit in die Ehe bringt, im Kartenspiel riskieren. Und ich verlange nicht einmal, dass Ihr Euch in dieser Sache nur auf mein Wort verlasst. Ich habe einen Ehevertrag entwerfen lassen, der garantiert ...«

»Nein.« Sie hob die gespreizte Hand an ihre Stirn und beschattete ihre Augen. »Was Ihr da vorschlagt, ist

Narretei. Es ist närrisch für Euch, es ist närrisch für mich, und ich werde es nicht tun.«

»Wenn Ihr es nicht um Euretwillen tut, dann denkt doch wenigstens an das Kind.«

»Ich *denke* an das Kind.«

Er warf einen raschen Blick über die Schulter zu dem Dienstmädchen, dann beugte er sich näher zu Miss Jarvis und sprach mit gesenkter, ernster Stimme weiter. »Ihr könnt dieses Kind nicht ernstlich in die Obhut von einem wie Dr. McCain geben.«

»Was ist falsch mit Dr. McCain?«

Tatsächlich war nichts an dem Mann falsch, außer dass er Sebastians Kind adoptieren wollte. Sebastian sagte: »Ich denke, seine Gattin ist harmlos, aber McCain selbst ist ein öder, engstirniger Langweiler.«

»Es gibt Schlimmeres, als ein öder, engstirniger Langweiler zu sein.«

»Darüber lässt sich streiten. Wenn Ihr auf Eurer Gegenwehr zur Ehe beharrt, überlasst mir das Kind. Ich werde es großziehen.«

Ihre Nasenflügel blähten sich in einem schnellen Atemzug. »Nein.«

»Warum nicht?« In ihm wallten übermächtige Frustration und Wut gemischt mit Sorge auf. »Ihr müsst mir doch erlauben, etwas zu tun, um ...«

»Glaubt mir, Lord Devlin, das ist nicht vonnöten. Ich habe beschlossen, dass ich einfach weggehen werde, um das Kind zu bekommen. Ich werde ein paar Jahre reisen, nach Arabien oder vielleicht in das Land des Hindukusch.«

»Ihr meint, Ihr wollt das Kind in *Arabien* bekommen? Seid Ihr des Wahnsinns?«

»Nein, ich bin nicht des Wahnsinns. Sondern lediglich fest entschlossen, sowohl das Kind als auch meine Unabhängigkeit zu behalten. Wenn ich in einigen Jahren wieder zurückkehre, kann ich das genaue Alter des Kindes leicht im Unklaren lassen. Ich kann das Kind als eines präsentieren, das ich im Verlauf meiner Reisen adoptiert habe, und niemand wird es besser wissen. Ach, Gerede könnte es natürlich geben, na und?«

Er musterte ihr blasses, starkes Antlitz. »Das würdet Ihr tun? Das Kind aufwachsen lassen im Glauben, jemand zu sein, der es gar nicht ist?« Der Gedanke zerrte an Sebastian, eine schmerzliche Erinnerung an eine eigene Wunde, von der er wusste, dass sie niemals heilen konnte.

»Es gibt keine Alternative.«

»Aber gewiss gibt es eine Alternative. Ihr könnt mich heiraten.«

»Ich werde schreiben«, sagte sie. »Werde Euch wissen lassen, dass es dem Kind gut geht. Nun müsst Ihr mich entschuldigen, Mylord. Ich habe viel zu tun.«

Sie wollte an ihm vorbei eilen, doch er griff nach ihrem Arm und hielt sie auf. »Ich kann das nicht zulassen.«

Sie entzog ihren Arm betont seinem Griff. »Und wie wollt Ihr mich aufhalten, bitte schön?«

»Ich weiß es nicht. Vielleicht entführe ich Euch?«

»Macht Euch nicht lächerlich«, sagte sie und ließ ihn dort stehen, in der Sonne, dem weichen Wind und dem zarten, über allem schwebenden Duft nach Lavendel.

***

An diesem Abend erschien Jarvis, was selten genug vorkam, am eigenen Abendessenstisch.

Er unterhielt sich eine Weile mit Hero über den Krieg auf der iberischen Halbinsel und das kriegslüsterne Gebaren der jungen Vereinigten Staaten. Wie üblich, trug Annabelle wenig mehr als ihre typischen, verwirrten und gehaltlosen Bemerkungen bei.

Sie beendeten gerade einen Gang mit einer schönen Spargelcremesuppe, da holte Hero tief Luft und sagte unumwunden: »Ich habe darüber nachgedacht, einen Führer anzuheuern und eine Weile auf Reisen zu gehen.«

Annabelle ließ klirrend ihren Löffel fallen. »Auf Reisen? Aber ... wohin denn, Hero?«

»Arabien. Indien. Wer weiß?«

»Großer Gott«, sagte Jarvis. »Was hat dich auf diese Idee gebracht?«

Sie blickte zu ihm hinüber, ihr Antlitz von eigenartig entschlossenen Linien gezeichnet. »Du weißt, dass ich immer schon die Welt sehen wollte. Ich denke, ich habe endlich ein Alter erreicht, in dem ich das tun kann, ohne dass es zu viel Gerede geben wird.«

»Aber ...« Ihre Mutter tastete nach ihrem Weinglas. »Was soll ich denn nur ohne dich tun?«

»Deine restlichen Tage in Bedlam zubringen, wohin du auch gehörst, das ist sicher«, sagte Jarvis böse.

»Papa«, sagte Hero in leisem, angespanntem Tonfall. »Das solltest du nicht einmal im Scherz sagen.«

Jarvis hob eine Braue. »Was lässt dich annehmen, dass ich scherze? Erwartest du ernstlich von mir, ihre Verrücktheit zu ertragen, wenn du nicht da bist, um sie in Schach zu halten und wenigstens den Anschein von Normalität zu erzeugen?«

Jarvis betrachtete sich selbst als einen Meister im Einschätzen sowohl von Männern als auch von Frauen, doch was er nun im verzerrten, besorgten Antlitz seiner Tochter wahrnahm, verwirrte ihn. Sie erinnerte ihn an einen in die Enge getriebenen Fuchs.

»Hero?«, sagte Annabelle mit schwacher, flehender Stimme.

Hero streckte die Hand aus, um fest die ihrer Mutter zu ergreifen. »Es ist gut, Mama.« Sie zwang ihre Lippen zu einem wenig überzeugenden Lächeln, das ihre Augen nicht erreichte. »Es war nur ein Gedanke. Keine Angst. Ich werde nicht gehen.«

»Wenn du so gelangweilt bist«, versetzte Jarvis, »musst du einen Ehemann suchen und Kinder in die Welt setzen.«

Hero blickte über den Tisch zu ihm. Er erwartete, dass sie eine ihrer üblichen, provokativen Bemerkungen über die Unangemessenheit der modernen britischen Ehestandsgesetze machen würde. Stattdessen stieß sie ein eigenartiges, mildes Lachen aus und sagte: »Vielleicht werde ich das.«

Anmerkungen
der Autorin

Während die Kirche St. Margaret's und das Dorf Tanfield Hill fiktiv sind, habe ich mich in Bezug auf die Krypta von St. Margaret's von der realen Krypta von St. Wystan's in Repton inspirieren lassen, und zwar sowohl in Bezug auf ihren Aufbau als auch auf ihre Wiederentdeckung.

Über die Bestattungsgepflogenheiten des neunzehnten Jahrhunderts und das Bestatten in Krypten empfehle ich die Lektüre der faszinierenden Materialien, die sowohl als gedruckte Veröffentlichungen als auch im Internet über die archäologischen Ausgrabungen der Christ Church in Spitalfields in London veröffentlicht wurden. Außerdem die Materialien zur St. Pancras Church, Euston Road, sowie zur erst kürzlich wiederentdeckten Dominikanischen Kirche im ungarischen Vác.

So überraschend es auch scheinen mag, war das unglaublich lange Herauszögern der Bestattung des Bischof Prescott zu jener Zeit völlig normal. Durchschnittlich waren es zwischen zehn und zwölf Tagen. Englische Edeldamen blieben Bestattungen bis ins viktorianische Zeitalter fern.

Das Feuer, das den Höhepunkt dieser Geschichte ausmacht, ist von einem realen Geschehen inspiriert: Am

Ende des neunzehnten Jahrhunderts brannte es in der Krypta von St. Clements in London tagelang. Das Feuer wurde nur durch die dichtgestapelten Särge und deren Inhalt gespeist.

Die Person Francis Prescott ist lose an den realen Bischof Beilby Porteus angelehnt, der viele Jahre Bischof von London war. Ein leidenschaftlicher Reformator und Gegner der Sklaverei, war Bischof Porteus einer der führenden Unterstützer des Slave Trade Act, der 1807 im Parlament verabschiedet wurde. Während er sich vor allem in Reden gegen die Französische Revolution und die Doktrinen des Thomas Paine aussprach, schrieb er auch das Antikriegs- und Anti-Empire-Gedicht nieder, das von Lord Jarvis teilweise zitiert wird. Er starb 1809 (friedlich) in der Sommerresidenz Fulham Palace des Bischofs von London. John Moore war von 1783 bis 1805 Erzbischof von Canterbury, auf ihn folgte der eher farblose Charles Manners-Sutton. Mein Dank geht an Ms. Janet Laws, die persönliche Sekretärin und Assistentin des derzeitigen Bischofs von London, dafür dass sie mir einige Rechercheanfragen zur ehemaligen Residenz des Bischofs von London beantwortet hat.

Zahlreiche Orte und Gebäude, die ich in dieser Serie nenne, wie etwa die erste Kirche von St. Pancras und The Temple, sind im Lauf der letzten zwei Jahrhunderte renoviert oder neu erbaut worden und sehen deshalb heute anders aus als es 1812 der Fall gewesen wäre. Ich habe sie so beschrieben, wie Sebastian sie gesehen hätte.

Das Leben von William Franklin, dem Sohn Benjamin Franklins, war weitgehend so, wie ich es beschrieben habe, wobei er allerdings im September 1782 von New

York abgesegelt ist, nicht Anfang Juni, wie ich es hier erzähle. Die meisten Kommentare, die meine Charaktere zur Amerikanischen Revolution und den jungen Vereinigten Staaten machen, stammen aus echten Briefen, Tagebüchern und Reden, die in jener Zeit gehalten wurden. Während sie für manchen vielleicht einen modernen, leicht satirischen Anklang haben mögen, so entsprechen sie doch sehr der Art und Weise, wie die meisten Gentlemen des Regency den neuen amerikanischen Staat und seine radikal neue Regierungsform betrachteten, nämlich als eine ernsthafte Bedrohung der Zivilisation.